EN PROPIA MANO

Selecciones Austral

Foto: Jesús Alcántara

ANTONIO GALA

EN PROPIA MANO

PRÓLOGO DE
JUAN CUETO

SEGUNDA EDICIÓN

ESPASA-CALPE, S. A.
MADRID
1983

Edición especialmente autorizada para
SELECCIONES AUSTRAL
Primera edición: 18 - IV - 1983
Segunda edición: 29 - IV - 1983

—

Diseño de cubierta Alberto Corazón

—

Depósito legal: M. 13.549—1983
ISBN 84—239—2112—3

Impreso en España
Printed in Spain

Acabado de imprimir el día 29 de abril de 1983
Talleres gráficos de la Editorial Espasa-Calpe, S. A.
Carretera de Irún, km. 12,200. Madrid-34

ÍNDICE

Páginas

PRÓLOGO

Es éste un país que todavía sospecha del éxito. No es casualidad —sólo paradoja— que el más respetado de nuestros pensadores le deba la celebridad a un ensayo *periodístico* contra la irrupción de las masas en los tradicionales escenarios del gusto burgués. Cuando Ortega y Gasset aseguraba que las muchedumbres empezaban a llenarlo todo, los teatros y las aceras, las playas y las tiendas, los cafés y los ocios, la cultura tradicional y la política, no sólo estaba constatando inconscientemente un fenómeno social derivado del paso trascendental de una economía de producción a otra de consumo —los artículos del ensayo aparecieron en *El Sol* en forma de folletón en 1929, fecha de la gran crisis que revolucionó la historia y los hábitos de las sociedades industrializadas o en trance de ello: que revolucionó también el concepto de éxito cultural—; sobre todo, estaba emitiendo un elitista gesto de fastidio por el protagonismo ascendente de las masas en el hecho cultural, hasta entonces patrimonio de las minorías ilustradas. Pero, curiosamente, el enorme éxito del gran filósofo español no puede dejar de relacionarse con su presencia continua en los más poderosos medios de comunicación de la época, y muy especialmente, el periodismo de gran difusión.

Ortega fue el primer escritor español que entendió la decisiva mutación que se había operado en el discurso intelectual de su tiempo. Había que exclaustrar el pensamiento: sacar la cultura de los claustros académicos; airearla en las columnas de la prensa, exponerla a las mayorías, traducirla al lenguaje de la calle, divulgarla a los vientos populares, conectarla con la sociedad. Ya no bastaba escribir sólo para intelectuales. Fue el primer filósofo español de masas, aunque su filosofía iba contra el gusto de las masas. Su gran contradicción consistió en utilizar los grandes medios de difusión —incluidos el poder y la política, que son los *mass media* de mayor envergadura— para combatir la ética y la estética de las muchedumbres consumidoras surgidas de las enormes mutaciones históricas e industriales. En cualquier caso, sus aristocratizantes *mensajes* culturales quedaron neutralizados por los *medios* escasamente aristocráticos que utilizó para divulgarlos. McLuhan tenía razón para decir lo que dijo. Más todavía. Lo que se ha dado en llamar filosofía orteguiana, a fin de cuentas, es una reflexión en profundidad acerca de los asuntos cotidianos: de las ideas mundanas y de las creencias populares. No sólo es que la celebridad de Ortega —su influencia cultural y política, por lo tanto— le viniera por su magistral trato continuo con los grandes medios de comunicación de masas; es que su pensamiento quedó contagiado por la presencia de ese gran público al que se dirigía con fines paternalistas. Al contrario de lo que ocurrió con la mayor parte de nuestros pensadores y ensayistas de épocas anteriores —y posteriores, como ahora veremos— en la escritura de Ortega y Gasset están retratados, con mayor o menor nitidez, siempre con elegancia, los grandes problemas de su tiempo: el ruido y la furia de esas masas que, equivocadas o no, lo cierto es que cambiaron para siempre y jamás el curso de la historia y el discurso de la cultura.

Lamentablemente, la tradición que prevaleció en este país fue la del Ortega apocalíptico de *La rebelión de las masas.* Es decir, la del intelectual en estado puro, academizante, que desconfía por sistema del gusto de las muchedumbres y sospecha por método del éxito popular, al margen de la calidad intrínseca de las obras culturales celebradas por las muchedumbres. Incluso se perdió durante muchos años aquella orteguiana seductora manera de filosofar o ensayar de cara al gran público, y sobre asuntos de rango cotidiano, mundanos. Se perdió, en fin, la gran oportunidad de incorporarnos a la modernidad. Porque desde aquel 1929 famoso, las masas iban a ser algo más que coro en los escenarios del occidente: iban a transformarse en protagonistas indiscutibles de una nueva cultura surgida de las ruinas humeantes de la primera industrialización, que ya nada tenía que ver con las ideas intelectuales acuñadas en el siglo XIX. Y en esa nueva cultura, como es notorio, uno de los postulados esenciales era —y es— el estatuto privilegiado del gran público. Pero no de unos lectores o espectadores cualquiera: un público lo más amplio posible, en donde apenas cuentan ya las estructuras internas y tradicionales de clase social, sexo, edad, religión, familia, ideología, incluso nacionalidad.

Para ceñirnos al caso de la escritura, que es el que nos interesa en este prólogo a los artículos de Antonio Gala, lo que implicó este radical cambio de rumbo fue algo tan sencillo y complejo a la vez como la presencia viva, al otro lado del texto, de una masa de lectores que no sólo iba a determinar la esencia y la existencia del discurso, sino sus propios contenidos. El triunfo o el fracaso del texto dejaba de estar supeditado a los criterios de la crítica especializada o del lector intelectual, y dependía directamente de la aceptación o del rechazo de ese nuevo lector multitudinario, homogeneizado, surgido del flamante hecho de civilización. Aquella única instancia del lector intelectual de la sociedad decimonónica —una intelectualidad cuya idea de cultura se reducía para lo esencial al discurso novelístico— dejó paso a la última instancia del gran público surgido de la sociedad industrializada. La escritura en la que se reconocía la sociedad había dejado de tener relaciones exclusivas y excluyentes con las minorías. El fervor del público era un hecho sociológico, pero también un hecho cultural decisivo. Las musas se hicieron masas.

Que el lector y Antonio Gala me perdonen este largo y pelmazo excurso de introito, que hubiera resultado obvio y absurdo en cualquier otro país desde hace cincuenta años. Pero escribir sobre Antonio Gala exige referirse inmediatamente al fenómeno insólito de su enorme éxito popular, y, como decía al principio de todo esto, el éxito se estima sospechoso por estos alrededores, especialmente dentro de las filas de lo que podemos llamar la *intelocracia,* cuyo código de usías y manías anda lamentablemente extraviado por entre vanas nostalgias decimonónicas, preorteguianas.

Hoy por hoy, Antonio Gala es el escritor español de mayor éxito popular. Sus obras teatrales baten todos los récords de taquilla y se reestrenan sin cesar y sin excepción; sus artículos habituales en la prensa provocan avalanchas de correo; sus intervenciones públicas constituyen verdaderos acontecimientos de muchedumbres, sólo comparables a los que suelen protagonizar cantantes, futbolistas, toreros o estrellas de cine: en fin, la presencia del escritor ante las cámaras de la televisión o los micrófonos de la radio hace subir la atención instantáneamente, y siempre es garantía de espectáculo cultural. Que yo sepa, con las estadísticas en la mano izquierda —escribo con la derecha—, nunca en la historia reciente de este país un profesional de la literatura, y sólo de la literatura, ha logrado mayores índices de audiencia, como se dice en la jerga de los medios de comunicación de masas.

Pero al mismo tiempo que se extiende el éxito popular de Gala —y podrían aducirse otras muestras— crece el silencio acerca de su escritura en los reductos de la *intelocracia.* No soy crítico teatral, ni siquiera un aficionado fiel al teatro por razones de periferia, pero me llama poderosamente la atención el divorcio creciente que existe entre el juicio de la crítica intelectual y el juicio espontáneo del público cada vez que Antonio Gala estrena. Es como una misteriosa ley matemática y con flema empírica la constato, sin entrar en polémicas gremiales: el fervor de los espectadores está en proporción inversa al disfavor de la crítica. O a lo mejor el caso curioso exige la formulación contraria: el silencio intelectual aumenta a medida que aumentan las ovaciones populares. Esta ley no sólo puede y debe aplicarse al teatro de Gala, sino a la mayor parte de las obras culturales que circulan con éxito fuera de lo que el divertido Tom Wolfe denomina *culturburgo;* o si se quiere, al margen del *discurso intelectual dominante,* para decirlo como en la era tediosa de la Escuela de Frankfurt, que es de donde proceden buena parte de las actuales confusiones culturales... dominantes. Pero es ley, eso sí, netamente española. Acaso uno de los pocos diferencialismos que todavía persisten. En cualquier otro país —no me canso de insistirlo— el éxito del gran público no solamente se interpreta como hecho sociológico de primera magnitud —y por lo tanto, como asunto de prioritario interés cultural—, sino que, además, forma parte del *valor añadido intelectual* del acontecimiento.

La prueba contundente de lo que afirmo es la coincidencia cada vez más estrecha entre los éxitos de audiencia y la estima sincera de las minorías culturales. Desde hace varios lustros —desde el tantas veces citado auge de la segunda industrialización, un hecho decisivo en nuestro siglo— las listas de *best-sellers, hit-parades, rankings,* recaudaciones taquilleras y demás entusiasmos de muchedumbres apenas se diferencian en los Estados Unidos, Francia, Italia, Inglaterra o Alemania de los mitos culturales más queridos y celebrados por las élites. La explicación de tal fenómeno exigiría un montón de conocimientos que no poseo, e igual cantidad de páginas, de las que tampoco dispongo aquí. Baste decir, para lo que ahora nos interesa, que aquella famosa irrupción de las masas que tanto escandalizó a Ortega, implicó, por un lado, la espectacular elevación del nivel cultural del gran público, por su acceso directo e inmediato —a través de los *mass media,* fundamentalmente— a formas de creación literarias, musicales, plásticas o filosóficas hasta entonces reservadas celosamente a las minorías sociales; por el otro, supuso el contagio inverso: la estética de la modernidad —de las diversas modernidades y posmodernidades que se han venido sucediendo desde los años treinta— es influida directamente por la presencia de ese nuevo público masivo y desligado de una categoría o grupo social particular (la tradicional oposición cultura obrera/cultura burguesa, que hizo correr ríos de tinta filosófica, deja de tener sentido) y también determinada por esas nuevas tecnologías de producción y reproducción de las mercancías culturales: el medio se hizo mensaje.

En todas las vanguardias del medio siglo se refleja la silueta alargada y multitudinaria de ese lector o espectador inédito en los anales de la cultura, desde el *pop art* hasta el llamado *nuevo periodismo,* desde el imperialismo audiovisual hasta las ideologías de la repetición, desde la moral del *best-seller* hasta el vasallaje al acontecimiento de multitudes, desde la arquitectura hasta la creación musical. No es casualidad, por tanto, ni mucho menos producto del esnobismo, como por aquí aún repiten los despistados a la violeta, el interés cada vez mayor de las minorías intelectuales euroamericanas por aquellas manifestaciones surgidas directa u oblicuamente de la cultura de masas: la novela criminal y detectivesca, las narraciones de las selvas verdes y las velas blancas, las grandes series de televisión, las mitologías apoteósicas del *star-system* de Hollywood; o las reflexiones académicas acerca del estatuto central de los medios de comunicación de masas en los discursos de lo social, lo político, lo cotidiano o lo cultural; o el resurgir impetuoso en estos momentos de filosofías, sociologías o éticas que tienen como objetivo académico las masas, reincorporándose así, de manera tan tardía, a la tradición inaugurada en este país por Ortega, aunque con un signo totalmente distinto.

La historia, sin embargo, no es nueva, aunque sí son inéditas las millonarias estadísticas de audiencias que ahora se registran y se recaudan. Algo tan aparentemente elitista como es la música sinfónica, por simple ejemplo que me encanta repetir, es resultado directo del gran público, de la presencia de las muchedumbres en el hecho cultural. Cuando la burguesía floreciente del siglo XVIII tuvo contacto directo con el hecho musical, hasta entonces reservado a la aristocracia, cuando accedió a la música cortesana, fue necesario sustituir los pequeños salones de la realeza por salas de concierto de dimensiones mucho mayores para dar cabida al nuevo público. Todo lo cual exigió, naturalmente, un mayor volumen de sonido para cubrir satisfactoriamente las dimensiones de la sala. Entonces se añadieron a la primitiva orquestina más instrumentos para producir el volumen requerido por los locales que acogían al nuevo auditorio. El resultado fue eso que hoy conocemos con el nombre de orquesta sinfónica. Así surgieron los nombres rotundos de Beethoven, Schubert, Brahms o Mendelssohn, y el éxito ya no dependía del aplauso de los reyes o de la opinión de sus consejeros intelectuales, sino de las ovaciones espontáneas de aquellas primeras muchedumbres calificadas de bárbaras por la aristocracia dieciochesca.

La situación extraña que Antonio Gala ocupa en la literatura española es un ejemplo claro de nuestra atípica situación respecto de otras culturas modernas. Una escritura culta y brillante, de gran exquisitez en el fondo y en la forma, que suele manejar asuntos específicamente literarios, de gran sensibilidad poética, en la tradición intelectual de los escritores españoles del 98 y el 27 obsesionados por el problema de España; una escritura poco adecuada en principio para llegar a vastos auditorios, ha logrado de la noche a la mañana el fervor del gran público, el éxito de muchedumbres, una popularidad que en estos momentos no goza (o padece) ningún escritor español. Pero el fenómeno insólito de Gala se expresa también en ese ya referido silencio o desdén de que es objeto por parte de la clase intelectual española a medida que se ensancha su público. O lo que todavía es más sorprendente, a medida que su escritura se hace más lujosamente madura, más escritura que nunca. Aquéllos que en tiempos celebraron su *Adonais,* sus primeros estrenos teatrales, su premiado articulismo elegante, sus espléndidas recreaciones históricas en televisión o su altanera postura político-moral en los lustros recios, apenas pronuncian ahora su nombre, precisamente cuando el gran público más lo pronuncia. O seguramente por eso.

No trato de hacer aquí una defensa de Antonio Gala contra sus detractores o silenciadores intelectuales. Sería absurdo y pretencioso por mi parte modesta. La escritura de Gala se defiende a las mil maravillas por sí sola, con sólo echarle un vistazo. Únicamente intento, a propósito de este libro de artículos periodísticos, reflexionar sobre un fenómeno literario que particularmente me llama la atención; en especial, por lo que hace unas líneas señalaba acerca de esa tendencia cada vez más clara en las culturas de la segunda industrialización a analogar los éxitos mundanos con los académicos, para decirlo al modo de Kant; los *rankings* de audiencia con los *hit parades* del crédito intelectual, para decirlo al modo colonizado. Pero reflexionar esta anomalía no en literato o en crítico —no soy ni una cosa ni otra—, sino en sociólogo o comunicólogo —aunque tampoco sea nada de esto—. Sobre todo, porque los discursos de Antonio Gala, los mayores y los menores, ni proceden ni forman parte de la cultura popular. Pertenecen con todas las de la ley a la cultura culta, aunque al cabo de un proceso complejo hayan llegado a ser extraordinariamente populares sin ceder una línea o conceder una metáfora de su primitivo estilo.

La perplejidad, por lo tanto, es doble. O de doble filo. Cómo ha podido fraguarse tal éxito popular con esos materiales literarios y por qué su silenciamiento progresivo en los espacios de la *intelocracia*, cuando no su crítica desproporcionada.

La explicación puede estar en lo siguiente, sin descartar otras posibles. Antonio Gala no escribe para intelectuales, aunque la suya sea una escritura de inequívocos rasgos intelectuales, especialmente por su rico patrimonio léxico y estilístico. El lector virtual o modelo que se infiere de los textos de Gala pertenece a esa clase amplia, mayoritaria, de ciudadanos de cultura media, que no se sienten integrados de manera explícita, o formal, en cerradas categorías sociales, religiosas, ideológicas o familiares; seres más urgidos de líderes espirituales que políticos, huérfanos de modelos carismáticos donde reflejarse o apoyarse por unos instantes, y faltos de códigos individuales que den respuesta a las mil angustias cotidianas de las sociedades modernas. Tampoco escribe Antonio Gala para una sola edad, una sola cultura, un solo sexo, una sola clase social, una sola sensibilidad. Ese *tú* del que habla Andrés Amorós es un destinatario surgido de aquel nuevo hecho de civilización al que tantas veces aludí.

El lector modelo de Antonio Gala es ese público tan homogeneizado como desorientado, presente en todos los espacios del consumo cultural, pero excluido de los procesos de creación o difusión de la cultura. Para decirlo de manera precisa: Antonio Gala escribe para la muchedumbre solitaria.

Eso explica su éxito popular. Y en este país, pero sólo aquí, también eso explica su atípica posición en el mundillo intelectual español, únicamente atento a los textos que se dirigen desde el primer enunciado al minoritario lector intelectual, y que no se apartan un milímetro de los estrictos códigos culturales —léxicos, estilísticos, enciclopédicos— en los que habla y por los que se identifica esa sociedad limitada, pero de escasa vocación anónima.

Basta repasar la lista de temas literarios que Antonio Gala ofrece en este libro para perfilar con toda nitidez la figura de ese lector modelo al que se dirige —o, tal vez, al que va construyendo a golpe de escritura— y que se sitúa en el otro extremo del lector modelo intelectual. Son los grandes asuntos mayúsculos del amor, la soledad, la belleza, el dolor, la muerte, la solidaridad, la esperanza, el sentido de la vida, la tristeza, su Andalucía, España como enigma y problema, los marginados sociales, la ternura hacia los animales, nuestro catolicismo, la nostalgia, la tolerancia y el fanatismo, la infancia y la vejez, la condición humana, la moral cotidiana, los gozos del paisaje y las penas de la gran ciudad, la pasión, las cartas de sus lectores, la responsabilidad del escritor, el propio acto de escribir, las admiraciones populares, Troylo, el éxito, Antonio Gala...

Normalmente, los escritores de periódicos suelen convertir los sentimientos en actualidad. Antonio Gala transforma la actualidad en sentimientos. Se puede rastrear por entre estas cien cartas, escritas en dos años, las grandes urgencias y alarmas de la vida española, en un período de vital importancia histórica. Pero el 23-F, la visita de Wojtyla, el miedo al golpismo, los Mundiales, las peripecias burocráticas de la democracia titubeante, las injusticias cotidianas, las legislaturas o las investiduras son meros pretextos para hablar, en última instancia, de esos *sentimientos* que agobian a la muchedumbre solitaria. Su arte inconfundible de articulista consiste en traducir el acontecimiento avasallador y estruendoso al lenguaje íntimo y espiritual de esa sensibilidad en la que se reconocen las mayorías silenciosas y desconcertadas, valga la redundancia.

Pero, y esto es importante, no lo hace halagando los bajos instintos populares, incurriendo en populismo, como tantos otros perseguidores de famas. Intenta «aupar a su auditorio». Lleva a sus fieles por los senderos del «elitismo mayoritario». Lucha sin cuartel contra la zafiedad cultural, la vulgaridad ambiental, las masificaciones consumistas, la repetición mediocre, las burdas mitologías de las grandes series. Fustiga sin recato los hábitos de su lector modelo, de ese nuevo público indefenso al que el escritor prioritariamente se dirige; y lo hace no sé si con ánimo regeneracionista, pero con vara lírica y zumbona en forma de pluma bien nacida, casi casi aristocrática.

En este «atrevimiento sentimental» —como dice Mainer— creo yo que reside la fuente principal del éxito de Antonio Gala. Pero no sólo en eso. Su brillante estilo literario, su léxico sin concesiones o sus constantes referencias culturales clasicistas, no parecen, en principio, los procedimientos más adecuados en este país para seducir a las mayorías. Pero tampoco basta traficar sin elegancia literaria con los sentimientos mayúsculos para conectar con el gran público, como es bien notorio. Entiendo que en el ensamblaje feliz de esos temas delicados de gancho popular con una escritura lujosa y elevada, muchas veces academicista y hasta erudita, radica el secreto del doble enigma de Antonio Gala. En un libro de próxima publicación por esta editorial —*Diario cultural*— Amorós afirma que la obra de Gala «tiene más capas de cebolla de lo que parece». Los viejos estructuralistas hubieran dicho «varias lecturas», y los nuevos semióticos, siguiendo a Eco, «estrategia textual abierta». Pero es más gráfica la castiza analogía de Amorós. Que una capa de la cebolla hace sentir y otra reflexionar, las hay patéticas y también irónicas, unas rozan lo sensiblero y otra a punto están de incurrir en cinismo. Cada capa de las cien capas de la cebolla provoca un diferente y antagónico tipo de lágrimas cuando uno se expone a ello, de tristeza o de gracejo, llantos literarios del sur o risas abiertas de cuna culta; lágrimas de sangre sabia o de cocodrilo intelectual. Difícil saberlo.

Estrechamente relacionado con el asunto anterior, creo necesario mencionar, aunque sea de pasada, otra característica que me parece central para analizar lo que venimos analizando: el porqué de los fervores populares. Me refiero al carácter sagrado de la escritura de Gala. Y no digo «sagrado» como sinónimo de «religioso», sino como oposición a «profano».

La literatura sagrada no es la que habla de Dios —no es la teología— o con Dios —no es la liturgia de oración—, ni siquiera la que narra los orígenes de la divinidad —no son las mitologías—. La literatura sagrada es la que se refiere a los sentimientos elementales de la humanidad, del hombre en concreto. La que refiere la gran aventura humana de ese gran conjunto de temas sospechosamente similares a los citados como centrales en este libro. La escritura sagrada es la que no mantiene relaciones con la ciencia, la escritura profana por antonomasia.

En este sentido califico de sagrados los textos de Gala, los periodísticos y los teatrales. Una sacralidad, insisto, que se manifiesta como un inconcreto sentimiento espiritual sin que nada tenga que ver con la fe en una salvación más o menos litúrgica, institucional, y mucho menos con las iglesias. Una espiritualidad agnóstica, incluso ácrata, de rabiosa individualidad, narcisista en la forma —yoísta—, de radical sensibilidad poética, siempre literaria. *Numinosa*, hubiera dicho Rudolf Otto. Una sacralidad que no admite Dios o dioses, iglesias y liturgias: sólo fieles.

Porque esa escritura de sentimientos que Gala nos ofrece en estas páginas es, a fin de cuentas, una literatura cuyo eje central es lo *fascinante*. Fascinación como medio y también el mensaje de la fascinación. Antonio Gala no trata de convencernos por medio de los tradicionales procedimientos razonadores —aunque la suya sea una posición racional, racionalista en ocasiones— sino de *seducirnos* con su verbo hecho carne tipográfica. Y esos temas insistentes, recurrentes, de la felicidad, el amor, la solitaria solidaridad o la redención por el dolor o el sufrimiento ¿qué cosa son sino otras tantas manifestaciones de su creencia en la salvación terrenal del hombre, en lo *fascinante* de la vida? De ahí le viene al escritor esa tendencia, tantas veces señalada, a veces con saña, de su pasión por el exceso, por la exhuberancia verbal. Cito de nuevo a Rudolf Otto: «Lo *fascinante,* esa categoría central de lo numinoso, de lo santo, se convierte en lo *excesivo.* Porque en todo sentimiento de sacralidad, por muy contenido y mesurado que se manifieste, tiembla y palpita un vestigio de esa emoción de reboso superlativo.»

No insistiré más en esta idea, puede que equivocada, pero que, en cualquier caso, merecería el beneficio del análisis detallado. Las curiosas relaciones que Antonio Gala mantiene con sus muchísimos fieles, adoradores, por lo que he podido constatar en varias ocasiones, no hace más que confirmar este sentido sagrado que fluye de su escritura, y de su figura. Los suyos no son *fans,* que son devotos. Por eso el carisma de Antonio Gala poco tiene que ver con otros entusiasmos populares procedentes del mundo cultural. Su popularidad asumida —y sospecho que sufrida— recuerda sobre todo a la de los grandes mitos de la ópera. Y como divo concibe su manera de ofrecerse en espectáculo fuera de la escritura. Esa escenografía personal e intransferible: bastones, atuendos, collares, oratoria subyugante, coqueterías, ingenios, cóleras, caprichos, depresiones, silencios, cordialidades. El nuevo lenguaje social de lo sagrado.

JUAN CUETO.

EN PROPIA MANO

INVITACIÓN A LA ESPERANZA

Vengo de la calle. Hace un día frío y limpio. Al abrigo de los cristales parece primavera: tan profundo y azul, tan tangible está el cielo. Pero, a la intemperie, el aire de hielo tira de las orejas como en un cumpleaños. Junto a un semáforo en rojo se me ha acercado una mujer de edad confusa. Sin previo aviso, me ha cogido de las manos y, de puntillas, me ha plantado dos besos en la cara. Tenía la piel de las mejillas colorada y brillante. Me ha dicho su nombre y su edad: su tercera edad. Es una jubilada llena de nervio y de un cariño a duras penas contenido. Me pide que le ponga una frase cualquiera en un papel. No tiene papel, ni lápiz: sólo una improvisada voluntad. Un hombre, que espera el verde del semáforo, arranca dos hojas de una agenda ya caducada y me alarga un bolígrafo. También él quiere recordar el encuentro. La mujer, de buenas a primeras, me dice que me va a hacer un jersei; que necesita mis medidas; que vive en Arturo Soria, y que lleva bastantes meses con ganas de hacerme un jersei de lana gorda, porque sabe que a mí me gustan los jerseis. Me acompaña un amigo. «Y a su amigo también voy a hacerle otro jersei.» Se nos acerca un guardia municipal con el talonario de multas en la mano. Dice que me tiene que poner una multa porque estamos interrumpiendo el tráfico. «Pero si no hemos bajado de la acera», grita casi la mujer. «Pero si este señor no ha hecho nada. Si es amigo de todos, guardia, hijo. Es culpa mía. He sido yo. Lo he parado yo.» El hombre de la agenda no entiende nada. El guardia, guiñándome, me tiende el reverso del talonario. «Son cinco mil pesetas, don Antonio. Fírmeme usted aquí.» Le firmo, mientras la mujer se echa a llorar. «Ay Dios mío. Ay Dios mío.» Al guardia y a mí y al hombre de la agenda y a mi amigo nos cuesta Dios y ayuda convencerla de que todo es una broma. La beso. Se queda con su cara de niña envejecida todavía mojada por las lágrimas. «Ay qué susto. Ay Señor.» Y le prometo mandarle mis medidas. «¿De qué color lo quiere? El jersei, digo: ¿de qué color? » «Feliz 81», nos repetimos todos. Y me vuelvo contento hacia casa.

Estoy seguro de que el jersei de mi nueva amiga, tan generosa de sí misma, será una buena coraza contra los peligros de este año que empieza, convaleciente aún de la larga enfermedad que me supuso el otro, de su larga tristeza. Una coraza sobre mi corazón será el jersei tejido por esas manos trabajadas y dadivosas, que quizá no hayan hecho otra cosa que dar, que darse, que ofrecerse. Esta mujer menuda ha confirmado con sencillez mi interminable esperanza en el hombre, mi certeza en la igualdad esencial de todo ser humano, mi devoción por la solidaridad frente a lo injusto, mi aspiración a ejercer con naturalidad los gestos naturales. Cuántas lecciones en un par de minutos de un mediodía de enero. Una mujer gastada, pobre, digna, «vulgar y corriente» como ella habría dicho, toma con impetuosa serenidad la mano que desea estrechar, sin cálculo y sin amilanamiento; defiende a voces a quien supone atropellado; ofrece lo que puede: algo para quitar el frío del que nadie está exento; sonríe, acaricia, llora, llora y sonríe a un tiempo. Llego a casa pensando en tan hermoso ejemplo. Y te lo cuento a ti, que me lees hoy, para que esa diminuta anécdota sirva de pórtico a esta correspondencia. Un pórtico al que no hay que dar más importancia de la que tiene: ninguna y toda. Porque cualquier acto realmente humano del hombre es suceptible de hundirse en la noche o de imponerle un nombre nuevo a las estrellas.

Con tales intenciones se inicia esta balbuciente y fraternal serie de observaciones que te voy a enviar a ti *en propia mano.* Tú y yo tenemos muchos temas comunes de que hablar. No tan altos acaso como para dedicarles un artículo, ni tan profundos como para tratarlos a través de un ensayo, ni tan universales como para abrirles un hueco en un periódico. Temas nuestros, para nosotros —domésticos, cotidianos, chicos, afectuosos— que en una carta entregada *en propia mano* se comentan mejor. Quisiera instalarme en la zona cordial y desbordada de cualquier hombre y de cualquier mujer. Quisiera acertar con los momentos minoritarios de la mayoría. Pero es imprescindible que los dos —tú y yo— seamos sinceros; que los dos —tú y yo— bajemos nuestras guardias: las que por desconfianza o por timidez o por cobardía acostumbramos a llevar levantadas.

Vivimos en un mundo inundado de soledad, de desamor, de frío. No siempre somos verdaderos —porque no sabemos, o no nos atrevemos, o no queremos serlo—, ni pacientes. No siempre tenemos esperanza: esa virtud bajita, con las piernas más cortas que la caridad o la fe: esa hermana menor, que arrastra cuando corre a las otras mayores. (Porque, ¿qué sería del mundo si no hubiera esperanza?, ¿a santo de qué se movería, en qué dirección, por qué motivo?) Con frecuencia la inseguridad nos hace hostiles: herimos a los demás con nuestro escudo más que con nuestras armas. Sin duda, una vacilante cortedad nos frena en los sanos e imprescindibles contactos con los otros. Y el recelo nos transforma en crustáceos crispados y erizados. Y la suspicacia nos cierra, nos coarta, nos aísla, nos enmudece las emociones y el elogio dispuesto y la alegría. Andamos juntos, callados como muertos. El temor a no ser bien recibidos nos impide intentar que nos reciban. Y, sin embargo, nadie sabe su verdadero nombre hasta que no es llamado por una voz ajena.

El ser humano es torpe, deslumbrante, competidor, suicida, menesteroso, inagotable, ruin, magnífico, egoísta, insustituible. El ser humano es, a la vez, Caín y Abel. Eso es lo que tenemos. Eso es lo único con que contamos. Estamos hechos con la humilde y gloriosa madera de los sueños. Con la madera se puede construir un laúd o un patíbulo. Por eso a ti, que ahora me lees, te invito a la esperanza. Empecemos el año 81 con un jersei de amor contra el frío de fuera.

LAS BUENAS COMPAÑÍAS

De todos los seres vivientes, el más susceptible de afligirse ante la soledad es el hombre. Tanto que, hace miles de años, se le definió como el *animal sociable.* No obstante, se diría que la sociedad, nacida para acompañarlo, libera al individuo cada vez menos de su soledad; casi podría afirmarse que progresivamente se la acentúa. A cualquiera que ande por nuestras ciudades le asaltará ese mudo quejido en los ojos de los transeúntes; percibirá la leve sonrisa que se prende, cómplice y casi desesperada, en otra ajena. Es como si la soledad, que comenzó siendo una carencia, se hubiese convertido en algo positivo —negativo más bien, pero presente y tangible—; se hubiese convertido, al crecer, en un verdadero sentimiento, tan importante como el del' amor, pongo por caso.

Y se me ocurre mencionar el amor, porque, con frecuencia, solemos contraponerlo a la soledad, en una mecánica mental equivocada. Supongo que es esa la razón —dado que a mí no se me conoce amor alguno— de que los periodistas acostumbren a interrogarme sobre la soledad, y me refieran su soledad las anfitrionas, y la mayor parte de las abundantes cartas que recibo de desconocidos me produzcan la impresión de estar escritas por solitarios que me ofrecen con generosidad su compañía. Recuerdo que en un largo recorrido por las universidades del *Middle West* americano —donde, por supuesto, me encontraba profundamente aislado— me enternecía la gentileza de los profesores que, en los interminables fines de semana, se disputaban el honor de invitarme a sus casas. Yo agradecía, durante las tres primeras horas, tal hospitalidad con el extranjero; a la cuarta, comenzaba a inquietarme; a la quinta, estaba hasta las narices de ellos, y, en las siguientes, comprendía que me habían llevado allí no para aligerar mi soledad, sino para rellenar con mi conversación la suya.

En alguna parte he escrito que en el amor hay tres terrenos —tú, yo y nosotros— y que los dos primeros deben conscientemente hallarse separados. *Con*suelo, *com*pañía, *com*pasión, *con*vivencia, son aspectos que requieren dos territorios espirituales bien definidos. La *con*fusión es la muerte del amor: un sentimiento cuya primera *con*fesión es «*yo te* amo», o sea, una contundente afirmación de dos pronombres singulares. La jubilosa corriente en que el amor *con*siste exige dos riberas, y la hermosa conquista mantenida a diario, en que el amor despliega su potencia, presupone un terreno *nullius* y dos fuerzas *con*trapuestas, que un gozoso vaivén desequilibra para volver a equilibrar.

Una socióloga inglesa aseguró hace poco que la ropa que una persona guarda en su armario constituye la prueba más fehaciente de sus aspiraciones afectivas, y es más reveladora de su estado cordial que una declaración expresa de su amor. Según esa socióloga, quien utilice prendas de demasiado abrigo está pidiendo a gritos seguridad y afecto. Como si el frío del que intentáramos protegernos con nuestra indumentaria fuese, ante todo, frío interior. Como si el exceso de calor en la vestimenta viniese a compensar, en primer término, un defecto de atenciones, una falta de cariño y, en definitiva, el escalofrío con que la soledad anuncia su llegada o recuerda su dura permanencia.

En las conclusiones de la socióloga inglesa pensaba el otro día al enterarme de los resultados de una encuesta sobre *la felicidad y los españoles.* (Porque felicidad y soledad se presentan también como palabras contradictorias, y acaso no lo sean. No soy yo, sin embargo, la persona más adecuada para opinar sobre ello: primero, porque jamás he tenido vocación de felicidad; segundo, porque, hecho a reflexionar sobre mí o sobre el mundo, tampoco me ha clavado la soledad su puñalada trapera en la mitad del corazón. Quiero decir que estoy —es cierto— sin compañía íntima, pero mi solidaridad me ha evitado la tragedia de ver cómo la soledad, de ojos negros y fijos, se instala, sin permiso y para siempre, en las sillas del alma.) Me sorprendió leer que el 82 por ciento de los españoles son felices. Y que son más felices los casados que los solteros, y éstos más que los viudos. Y que los hombres experimentan más felicidad al casarse que las mujeres. Y que los levantinos se sienten mucho menos felices que los norteños. Por el contrario, no me sorprendió en absoluto que los católicos poco o nada practicantes se reconocieran mucho más felices que los muy practicantes. Y es que el catolicismo ha insistido demasiado en considerar este mundo como un valle de lágrimas: cuando, si Dios creó al hombre, es de suponer que su misericordia lo creara para hacerlo feliz. Y degollar tal jocundidad vital es el peor pecado —el único pecado contra naturaleza— que puede cometerse.

Así las cosas, no es nada extraño que, en vida del General Franco (como en vida de los anteriores gobernantes teocráticos), produjéramos los españoles la impresión de seres friolentos y arropados, y que, cuando murió él, hace cinco años, se desatara un esplendoroso *strip-tease* nacional. El desnudo en las revistas, en los teatros y en las calles fue, no una «oleada de pornografía» como tanto se pregonó, sino una natural oleada de gozo y de satisfacción sentimentales. El odio al destape que ha caracterizado a nuestro país se explica claramente con arreglo a la tesis de la sociología británica: el nacionalcatolicismo nos vestía en tanto en cuanto nos hacía sentir desamparados. Una demostración con argumento *a contrario:* más cubiertos, más solos. La obligación de taparse venga o no venga a cuento equivale a una imposición de silenciar los deseos, las penurias, las privaciones íntimas. La persona completa y eufórica no teme apenas la inclemencia exterior: se encuentra plena y reconfortada por un calor de dentro. Qué curioso que muchos maridos tengan la habitual aspiración de terminar comprándole un abrigo de pieles a la esposa. Un abrigo de pieles con que ocultar su soledad, aunque yo pongo cada día más en duda el refrán de que una buena capa pueda taparlo todo. Por eso, ni se me pasa por las mientes oponerme al divorcio, que es siempre un gesto de renovación de guardarropas, un grito de redención que se inicia en el vestidor, un alivio del luto, un reconocimiento de la verdad —por dura que esta sea— como primer paso hacia una nueva primavera. Quien no siempre estuvo solo sabe la gravedad de una presencia que destroza la soledad y no acompaña. Con rigurosa certidumbre puede proclamarse que el ser humano no fue creado para semejante tortura, por mucho que los obispos se empecinen.

EL PERRO DEL HORTELANO

Parece que, en mi Córdoba, andan a la greña los más distinguidos representantes del Concejo y la Iglesia. Sin entrar en cuestiones de forma, campo de canonistas y juristas, entiendo que el asunto puede ser buen pretexto para clarificar posiciones. Y, desde luego, para separar dos conceptos que ni el poder temporal ni el espiritual han tenido nunca muy seguros: lo económico y lo ecuménico. Los hechos son, en principio, muy simples. El alcalde ha cedido a los musulmanes, para practicar su culto, dos pequeños locales: una sencilla construcción en mitad de un parque público, utilizada como almacén municipal, y el convento de Santa Clara. Dicho así, se creería que el alcalde ha quedado como un cochero con las dos religiones. Por eso es preciso aclarar en seguida que el edificio abandonado del Campo de la Merced era una especie de morabito —alrededor del cual se han divertido muchas tardes de jueves de mi infancia—, que se levantó para que los regulares, tan odiados en la guerra de los Tres Años, lo utilizaran como mezquita, y que la capilla de Santa Clara —o sus ruinas, mejor— se alza sobre otras ilustres ruinas anteriores: las de la mezquita de Abu Outman.

En Andalucía —me gusta repetirlo— no es moro todo lo que reluce, pero mucho de cuanto reluce sí lo es. Si nos molestáramos en excavar, encontraríamos con frecuencia superpuestos templos fenicios, tartesios, griegos, cartagineses o romanos por debajo de los visigóticos y los árabes. Y, por descontado, el fundamento de gran parte de iglesias y catedrales andaluzas son sinagogas o mezquitas. No es que Andalucía sea de infinita versatilidad histórica en cuanto a religiones, sino que ha aprendido la escasa importancia que tiene el nombre de los dioses. Existen en ella lugares donde los hombres han adorado siempre, se han postrado, han elevado sus quejas y sus ruegos. Son sitios santificados ya por los hermosos y acendrados gestos de la plegaria. Su destinatario ha sido invariablemente una potencia en que los hombres han creído, en la que han confiado, que han amado o temido. El apelativo que a esa potencia, para invocarla, le dieron es acaso lo menos trascendente. Quedan la casa de la oración y el aliento con que la oración fue dicha. Lo demás pasa y muda.

De ahí que, si el editorial de un periódico de Madrid, afirma que «quinientos años de posesión dan a los actuales cordobeses un derecho, que si se quiere podemos llamar "ecológico", a su entorno cristiano», muchos nos permitamos disentir. Disentir de lo que sea posesión, de lo que sea derecho, de lo que sea actualidad, de lo que sea ecología y de lo que sea cristianismo. Si se usa un simple criterio cronológico, los árabes llevaban en Granada ochocientos años cuando los Reyes Católicos destrozaron sus vidas, sus emblemas, sus aras. Y ese convento de Santa Clara se erigió sobre una fe también quinientos años establecida en Córdoba, cuyo esplendor no se lo otorgaron precisamente los reconquistadores. (Entre paréntesis, llamar «reconquista» a eso es como llamar «liberación» a lo que en la guerra civil se hizo contra la voluntad de numerosos pueblos.)

El obispo de Córdoba —puesto cimero no siempre ocupado por mediocres— ha escrito que para su rebaño «supondría un enorme error histórico (...) desandar un camino de siglos y cambiar al cristianismo, que ha llegado mucho más lejos en perfección espiritual, por una religión mucho más simple y menos desarrollada». Aparte de que echar un pulso entre dos religiones es de mal gusto, no es mejor religión *la más desarrollada,* sino la que en un momento de la historia de una colectividad —o de un hombre solo— sirva más de pacificación a su alma, de acicate a su mente, de abono para su esperanza, de ensanchamiento a su solidaridad. Y en cuanto a los *errores históricos en materia religiosa,* convendría que alguien aconsejara al obispo de Córdoba no arriesgarse a emplear más esa expresión. Incluso que le aconsejase no repetir lo de «los principios católicos sobre ecumenismo, en los cuales no cabe ninguna actitud conquistadora ni proselitista». Porque, prescindiendo de todas las *cruzadas,* la palabra propaganda, en su sentido de ahora, la inventó la Iglesia con su *propaganda fide:* una decidida perifrástica activa. Es difícil persuadirse de que la Iglesia católica, en serio, opine que se halla por encima de las otras iglesias; que es la apoderada en exclusiva de la divinidad; que es propietaria y distrtibuidora de la verdad única; que su Dios es superior a los otros dioses que —antes, a la vez o después que ella— los hombres han elegido como propios.

Cuando se lee en aquel editorial que «la historia tiene páginas incombustibles al petróleo», dan ganas de añadir que también tiene —y ahí está la prueba— páginas incombustibles a las hogueras de los autos de fe. Y cuando se lee una referencia al «desmoronamiento del sentido nacional que va significando un Estado que deja la historia en manos de alcaldes», dan ganas de replicar que en este país no han sido las manos de los alcaldes las peores; que el «sentido nacional» no debe servir de careta para proteger monopolios eclesiásticos, y que, cuando Franco les dio el morabito a los *regulares,* nadie entre quienes representa ese periódico —el *Ya*— alzó su voz airada, sin duda por estar convencidos de que Franco sí podía «representar plenamente el ser nacional». Como pudo representarlo cuando, con el marqués de Lozoya en Bellas Artes, se le ocurrió, en agradecimiento al mundo islámico que había contribuido a su victoria, trasladar la Catedral de Córdoba a otra parte y restituir la Mezquita «a su integridad estilística y a su antiguo destino, para que fuese, como lo fue en el siglo X, centro espiritual del Islam». Es evidente que la Iglesia española y Franco jugaron siempre de *calé* a *calé*.

Yo he procurado ser objetivo en cuanto a ese tema. Muy respetables instancias han pretendido recabar mi opinión favorable a tal cambio, hoy sugerido y auspiciado por tentadoras ofertas de petrodólares. Me he opuesto y me opondré a que la fábrica renacentista y barroca de la Catedral se separe de la Mezquita. Porque ambas forman ya un conjunto histórico; porque la segunda se ha conservado gracias a la primera; porque los problemas arquitectónicos podrían ser insolubles; porque la reconstrucción de lo ya destruido sería un *pastiche* semejante al que se está inventando en Medina Azahara; porque nuestra *sultana con muslos de emperador* no admite más trasplantes. Soy partidario de que la Mezquita-catedral se dedique a lugar de oración de las tres grandes religiones que fueron prueba viva de los caudales de convivencia y tolerancia que Córdoba marcó. Las ortodoxias son exigentes y sangrientas; las exclusiones, fratricidas; los fanatismos concluyen en el asesinato. La decadencia cordobesa comienza con los almorávides y los almohades, que traen de bandera su estricto dogmatismo, comparable al católico. Consérvese para adorar lo que para adorar se fundó. Y que ninguna religión sea perro del hortelano, que prefiera el hundimiento de sus iglesias —la Magdalena, Santiago y tantas, tantas, tantas— antes que compartirlas con otros suplicantes. Porque la gloria de cualquier dios han de dársela hombres, y cualquier dios, para serlo, ha de ser más grande que nuestro corazón.

LOS MONOPOLIOS

Se dice que la seguridad pierde al hombre, y esa paradoja contiene una de las mayores verdades de su existencia. Es curioso que los padres, para el porvenir de sus hijos, a quienes aman, aspiren a la seguridad. Seguridad, ¿de qué?: de ingresos, de instalación, de respeto, de accesorios, de posición, de exterioridades. Seguridad, ¿a costa de qué?: de iniciativas, de movilidad, de viveza, de riesgo, de progreso. (Es decir, a costa de aquello que de más humano —por frágil, por crecedero, por íntimo, por perfectible— tiene el hombre.) Y si esto es con los padres y los hijos, ¿qué no será con lo demás? La gente, en efecto, se lanza como loca a introducirse en escalafones cerrados; a sentarse en sillones restringidos; a trepar por cucañas exclusivas; a disfrutar de situaciones amparadas por un *numerus clausus.* A cualquier opositor se le anima diciendo: «Trabaja, hijo. Mátate durante dos o tres años. Ya tendrás luego tiempo de descansar, de salir con la novia, de escribir versos y de hacer lo que te plazca. Cuando hayas sacado la oposición y estés seguro.» Qué terrible amenaza la de estar *ya* seguro. Yo, que apenas he hecho otra cosa en mi vida que prepararme para pasar exámenes y pasarlos, creo que casi nunca he estado seguro de casi nada. Quizá por eso conservo íntegras las capacidades de sorpresa y de admiración y de curiosidad que configuraron mi infancia, y las capacidades de vulnerabilidad y desafío y entusiasmo que configuraron mi adolescencia.

Claro que, en mi caso, no podía ser de otra manera. Primero, ¿de qué iba yo a estar seguro? Segundo, mi profesión es una de las que menos seguridad ofrece: escritor cualquiera puede serlo; de literatura todo el mundo se considera autorizado a opinar y a entender: otra cosa es la medicina, el derecho, la ingeniería, la arquitectura. Y tercero, siempre he juzgado la inseguridad como consanguínea de la creación. El creador ha de trabajar a la intemperie, sin un apoyo demasiado firme, sin hipotecas, procurando que a cada día corresponda un afán. La tranquilidad y el sosiego parecen lo contrario a la creación. El sueldo fijo significaría un nirvana, y el nirvana no es postura de vivos. Cuando en alguna oportunidad he rechazado los realizadores que Televisión Española me brindaba, no fue por otra causa. Siento una instintiva desconfianza hacia quien, cultivando un arte, busca una garantía. Me echan para atrás los *garantizados*. Pienso que el creador debe andar por el mundo con el culo gloriosamente al aire. Querer nadar y guardar la ropa, en el arte y en todo, suele acabar en un lamentable y desairado *streaking*.

Nada deteriora tanto el comportamiento del hombre, a solas o en grupo, como la seguridad así interpretada. De ahí que deteste con ahínco cuanto signifique monopolizar, que, en definitiva, no es más que llevar al extremo aquel sentimiento de *victoria-por-incomparecencia-de-contrarios* que en la seguridad apunta. Tal sentimiento llega entre nosotros a ser especialmente peligroso y especialmente corrosivo. Porque los españoles somos capaces de un esfuerzo muy grande, pero también muy corto. Somos capaces de un 2, de un 3, de un 4 de mayo; sin embargo, el 15 de junio decimos «qué calor está haciendo», y nos largamos a abanicarnos a una playa. Y eso sucede en lo individual y en lo corporativo. La idea de que la seguridad personal no se altera cuando un nombre social la ampara y nos encubre, es endémica. Sujetos que, por sí mismos, son trabajadores y cordiales, puestos en un despacho o tras una ventanilla se transforman en sus propios antípodas.

Y cuando a esa indiferencia se la exacerba oficializándola con la concesión de un monopolio, no es para dicho lo que puede ocurrir. Ni es para dicho, ni yo voy a decirlo. Basta echar una miradita alrededor. Sierra Morena, en la época del bandolerismo, era el paseo de coches del Retiro comparada con la Telefónica, ese rayo que no cesa. (Yo tengo en este momento dos comedias de éxito en cartel: pues mis derechos de autor no alcanzan para pagar unos recibos crípticos, ominosos y a todas luces desmadrados. Hablo de mí, que no llamo jamás por teléfono, entre otros motivos porque el mío lo tengo ocupado porque alguien siempre me está llamando a mí.) Y ya que he escrito «a todas luces», ¿qué pasa con las compañías eléctricas? No hace mucho este periódico se refería a su fraude habitual de facturar las subidas de precio con retroactividad, por la vía de no inspeccionar los contadores hasta después —un después lo más lejano posible— de autorizarse la subida. En cuanto a la Red de Ferrocarriles, con razón la palabra red tiene en castellano una acepción de trampa: los trenes son caros, desatendidos, arbitrarios, incómodos e inseguros. (La seguridad para el monopolista acarrea siempre la inseguridad para el usuario.) Y tres cuartos de lo mismo ocurre con la compañía aérea (o las compañías, si es que hay más de una, cosa que no sabemos) y con la del gas y la del agua y la de la gasolina: he aquí un buen ejemplo de malas compañías. Y en cuanto a la televisión —largarto, lagarto—, ¿qué vamos a contar? Es tan confusa y está tan segura de sí misma, que ni siquiera hay culpables de su fracaso diario. El hecho de la unicidad de todos estos *entes nacionales* es un impresionante burladero, una avalada impunidad, una estremecedora patente de corso, una muralla de soberbia contra la necesidad de dar explicaciones. Porque ante tal seguridad, ¿qué importa que los ejercicios anuales concluyan con déficit de miles de millones?, ¿qué significa que los ciudadanos, a quienes se tiene la obligación de servir, se sientan estafados?, ¿a quién se piden cuentas?, ¿quiénes son responsables?, ¿qué sanción imponible hay contra un monopolio sino la única lógica: su desaparición?

Cuando se esfuma la leal, la honesta, la estimulante competencia, se esfuman con ella la noción de servicio, el sentido del deber, el impulso de superación. Y no sólo en los asuntos de tejas para abajo: también en aquellos otros que miran más allá. Un ejemplo *in excelsis:* la Iglesia católica en España ha actuado, como jerarquía, igual que un monopolio religioso que se resiste con uñas y con dientes a dejar de serlo. Por eso defiende —y defenderá a ultranza— su forma de docencia y su forma de matrimonio. No porque piense en lo mejor para su clientela, sino porque —sobrevenida la libertad de cultos— piensa en su propia continuidad, en la continuidad de sus beneficios. Si fuese de otro modo, como entidad moral le bastaría señalar los principios e invitar a seguirlos. Pero qué difícil es renunciar a privilegios seculares. ¿Cómo convencer a la Iglesia, verbigracia, de que, existiendo el divorcio, se desunirán menos matrimonios; de que, al suprimirse esa seguridad, ese monopolio de los cónyuges que ella proclama, se esforzarán en ser más atentos los maridos, y las mujeres en ser menos descuidadas; de que, ante la posibilidad de pérdida y el riesgo de ruptura, estarán las parejas más pendientes de lo que tienen en común? ¿Cómo convencer a la Iglesia —que no sé si es divina, pero humana no es— de que la mejor manera de que una cosa se destruya es declararla eterna?

ECHAR DE MENOS

El ser humano es una consecuencia, el impaciente fruto de una historia. Su imagen es, como la de Jano, bifronte. El presente consiste en una llama que arde, fugaz entre el recuerdo y la esperanza. Por eso en cada vida hay un momento peligroso en que puede el pasado valorarse más que el futuro, en que el *ya* puede pesar más que el *todavía.* Y se produce entonces una descompensación grave. Porque los ingredientes de que estamos formados han de aportarse en dosis muy precisas. Echar de menos siempre no es sensato. Y, sin embargo, qué tentación tan grande echar de menos. La tentación de volver la cara —si es que es necesario volverla— aun sin querer, aunque nos hayamos prohibido mirar atrás para no convertirnos en estatuas de sal. Con cuánta fuerza nos atrae el olor de ayer a heno recién segado, el olor de la alegría que cruzó a nuestra vera con paso de paloma, y que levantó el vuelo, y que sólo ahora, después de ida, vemos tal como fue: voraz e iluminada. (¿Tal como fue? Quien sabe. «¿Cómo eran, Dios mío, cómo eran los ojos de la amada?)», se pregunta el amante. Da igual: era la amada. Sus ojos eran omnipotentes y únicos. Y basta.

«Cuán presto se va el placer, / cómo después de acordado / da dolor, / cómo a nuestro parecer / cualquier tiempo pasado / fue mejor.» Y no es que lo sucedido fuese preferible a lo que nos sucede. Es mejor sólo por haber pasado, por haberse quedado inmóvil, intangible, terso, explicable, no dañino, no agrio. El tiempo ha transcurrido con su piadosa esponja; ha borrado los filos y la sangre, las huellas de su crimen; deja la gracia y la sonrisa; nos permite desaprender aquel resabio amargo con que la vida condimenta sus guisos. De ahí que el hombre suela ampararse en su niñez, olvidando lo que toda niñez tiene de trágica aventura, de riesgo, de soledad y de desvalimiento. No da dolor el placer que se recuerda: lo que nos duele es no haberlo gozado, no haber sabido con plenitud entonces que aquel sabor entreverado era el placer. El presente perdido es lo que duele, los buenos días perdidos.

Hay en Andalucía un sentido del verbo extrañar que me conmueve. No es, por supuesto, su forma reflexiva —extrañarse—, pero tampoco su acepción de desterrar, ni sorprender, ni sentir ajeno a algo o a alguien, ni notarse incómodo en un sitio o ante una situación o junto a una persona. O quizá sea todo eso junto. Porque significa percibir una carencia, echar de menos algo que se ha tenido. «No conseguí dormir: he extrañado mi cama» (y no la cama), dice el andaluz. Lo que produjo el insomnio no fue la novedad de la cama de anoche, si no la falta de la de anteanoche. No es que se haya acostado uno en una cama extraña, sino que a uno le extraña la asusencia de la propia. Extrañar, añorar, echar de menos: qué tarea tan ardua y tan humana. El Arcipreste de Hita aconseja: a «la fablilla / que diz: por lo pasado no estés mano en mejilla». Ticne razón el Arcipreste, pero ¿qué le vamos a hacer?, se nos va el corazón a su querencia, aunque en los nidos de antaño no haya pájaros ya, o precisamente porque ya no hay pájaros. No sé si la mancha de una mora con otra verde se quita, ni si un clavo saca otro clavo, pero sé que las cuestiones del corazón no siempre cumplen las reglas de la física. El hombre es una vida consciente de sí misma: una parte de él pertenece a la naturaleza y cumple sus instintos: el de conservación y el de reproducción, pongo por caso. Pero otra parte, de ese ser bifronte sobrevuela, rebelde e insatisfecha, y a veces no sólo no se reproduce, sino que ni siquiera intenta conservarse. Romeo y Julieta echan tanto de menos que se mueren. Ahí está el cielo azul, ahí está el mar azul: hermosos, pero mudos; infatigables, pero indiferentes.

Llevan millones de años en su sitio. Nosotros somos una gota de rocío sobre una brizna de yerba, apenas un pretexto, una leve ocasión, una centella en medio de la noche, un parpadeo, nada. El hombre es un náufrago ahogándose en el mar. Y, no obstante, es más grande que el mar: el hombre sabe que se muere, y el mar no sabe que lo mata.

Alguien nos advierte: «Tú has agotado ya los días de la entrega.» Si así fuese, ¿qué haríamos de ahora en adelante con tanto corazón? No es así, no es así. El hombre no se acaba. Echa de menos para descansar, para seguir andando un poco más. («El amor otra vez, la misma, porque / la vida y el amor transcurren juntos, / o son quizá una sola / enfermedad mortal».) Echar de menos es igual que sentarse ante una melancólica ventana, y ver atardecer, y escuchar voces que dejamos de oír, y saber que continuamos vivos y que en nosotros —a través de nosotros— continúa vivo cuanto estuvo vivo. Echar de menos es también una forma de entregarse. «Aguda espina dorada, / quién te volviera a sentir / en el corazón clavada.» Extrañamos aquel temblor de la cita, la angustia del teléfono que suena y del teléfono que no suena, los ojos airados, la ansiedad de la palabra inoportuna y de la caricia inoportuna, si puede serlo una caricia. Extrañamos lo malo tanto como lo bueno. O acaso es que la calificación de lo bueno, y lo malo de ayer no coincide con la de ahora, y ahora rememoramos de otro modo los gestos, los sentimientos, de gozo o de tristeza. O acaso lo que echamos de menos es nosotros mismos, los que fuimos con motivo de aquello que creemos echar de menos —la mañana en el parque, el viaje a aquellas ruinas, la habitación en sombras un domingo de abril, el beso en la mejilla junto al tren—, los que fuimos y nunca más seremos. No nos bañamos dos veces en un mismo río. El espejo en el que nos mirábamos —es decir, cuanto nos rodeaba y nos hizo felices y añoramos— fuimos nosotros. Aquel espejo era un cristal: nosotros le pusimos el azogue. A su través no vemos lo que vimos: vemos lo que quisiéramos haber visto. El pasado, por quieto, es más susceptible de ser embellecido que el presente. El hoy, que nos parece adocenado y frío, lo evocaremos mañana vibrante y ardoroso: lo echaremos de menos. Y no porque el mañana se acerque más oscuro, sino porque lo que de veras le gusta al ser humano es eso: echar de menos. Echar de menos hasta lo que tuvo. ¿Qué otra cosa, si no, hace el amante cuando inventa un ayer rico y jugoso para ofrecérselo a quien ama? Él sabe que el instante presente —ese en el que ofrece— es el más bello instante de su vida. Pero finge que no, para sentirse menos vacío, más digno de quien ama. El presente tiñe con su dicha el pasado. Porque, en el fondo, no existe el tiempo. ¿Quién lo mide? El latido del corazón. Ahí está todo.

A echar de menos con tiento, como el final de un balance aprobado a los asuntos de una agenda cumplida; a echar de menos con piedad, como si se tratase de una vida no propia, pero próxima; a echar de menos con ánimo, para ratificarnos y sobrevivir; a cchar de menos sin desesperación —sin demasiada esperanza también, pero sin desesperación— es a lo que llamamos serenidad. Ni un minuto de nuestra existencia se improvisa. Cada uno es el resultado de una larguísima serie, de una serie no interrumpida de minutos. Acerbos o gloriosos, qué más da: a fin de cuentas quizá sea la intensidad, no el matiz, lo que importe.

«Y DE CULTURA, ¿QUÉ?»

Produce escalofríos comprobar que, en el discurso de investidura del nuevo presidente del Gobierno (discurso en el que —supongo— procuró dar el mejor aspecto de su imagen y de sus intenciones), no se mencionaran ni una vez siquiera la palabra cultura, la palabra investigación, la palabra ciencia, la palabra universidad. Y esos escalofríos desembocan en la catalepsia cuando advertimos que ningún diputado de ningún partido le formuló ningún reproche por ello, ni le hizo la menor pregunta sobre el tema. Si a esto se añade que los políticos cumplen siempre mucho menos de lo que prometen, el único consuelo que nos queda es saber que, en ese campo, no seremos timados por el nuevo Gabinete: de antemano se nos garantiza su absoluto desinterés por la cultura. Lo cual no deja de ser una prueba más de que el ser humano —más, cuanto más ignorante— tiene una irresistible tendencia a despreciar cuanto ignora. Pero he dicho que no contamos más que con un consuelo, y no es cierto. Hay otro: el de que, en lo que atañe a este asunto, no vamos a empeorar: ya estábamos en lo peor. Recuerdo que cuando, sorprendiéndonos a casi todos, se comunicó al país la designación regia del anterior presidente (que se ha despedido con bastante malos modos, cosa que cabía esperar), yo me encontraba charlando con un político vigente, ponderado y, por lo menos curioso. «¿Cree usted que ese señor ha leído a Goethe?», me preguntó. «Creo que no», le respondí, y proseguimos nuestra conversación. Unos momentos después insistía: «¿Y a Cervantes?» «A Cervantes, indudablemente no», contesté con firmeza.

Nuestros políticos acaso no tengan entre todos más de media docena de ideas. Una de ellas, muy extendida y probablemente causante de muchas animadversiones, es la de que los intelectuales son individualistas y opuestos al Estado. De ahí que nuestros políticos tiemblen ante la posibilidad de usar el intelecto, por juzgar que se trataría de una contradicción esencial. Cuando, de tanto en tanto, uno de ellos invita a una *jornada de reflexión,* no puedo evitar la carcajada. ¿Qué entenderán por reflexión? ¿Habrán reflexionado alguna vez en el estricto sentido de ese verbo: «considerar nueva o detenidamente una cosa»? Discurría Averroes que la conducta social del hombre sólo debe diferenciarse de la privada en que, dentro del ámbito colectivo, la práctica de las virtudes ha de ser aún más intensa y meticulosa. Pero ¿cómo va a elevarse al plano comunitario lo que no existe, ni por lo más remoto, en el plano personal? ¿Con qué razonamientos convencer a nuestros políticos de que el Estado, en sí mismo, no es nada; de que, para justificarse, ha de ser un instrumento educativo y tener un propósito mejorador del hombre? Porque, ¿tienen nuestros políticos el más ligero concepto de lo que es mejorar un país? ¿No han confundido esa mejoría con sus trágalas, sus pueriles ambiciones, sus menudas rencillas, sus baraterías y su pasión de mando?

El mismo Averroes, que presenciaría con infinita extrañeza lo que está sucediendo entre nosotros, opinaba que la diferencia entre los estudiosos y los gobernantes es que los primeros contemplan la virtud en sí misma, mientras que los segundos son pragmáticos y pretenden su cumplimiento. Hoy por pragmatismo se entiende otra cosa muy distinta: la zorrería, el descaro, la preferencia del propio bien o, a lo sumo, el del propio partido, el chalaneo de intereses opuestos y, en definitiva, la desvergüenza de quitarse de encima las responsabilidades en cuanto empiezan a ser agobiadoras. Llamar, por ejemplo, pragmatismo a dimitir de la noche a la mañana, con una despedida atiborrada de tópicos horrendos y pésima literatura, en un momento clave y pensando en volver al sillón que se abandona, me parece una aberración. Ese no es un pragmático, sino un fresco y un caradura. Me temo que Averroes lo hubiera calificado así también. Porque él reputaba que el político ha de realizar un auténtico milagro: conseguir que los hombres, sin dejar de ser libres, cumplan lo que necesariamente deben cumplir dentro del orden universal. Claro que Averroes quizá no hubiera llamado a los nuestros, políticos. Según él hay tres especies de hombres: los materiales, que buscan el placer y la satisfacción; los esforzados, que procuran el honor y la fama, y los sabios, que persiguen la ciencia. Sólo estos últimos están, de verdad, capacitados para regir a los demás. Si lo que legitima al poder es la honestidad, la sabiduría y la prudencia, aquí ni Diógenes encontraría un político digno de legitimidad. Subordinar aquí a la sabiduría otros bienes instrumentales —como la gloria, la riqueza, el éxito y la fuerza— sí que sería una auténtica ruptura. En consecuencia, de acuerdo con la tesis de Averroes, estamos apañados.

¿En qué consiste, hoy en día, el oficio de político? ¿En qué se ha transformado tras cuarenta años de elecciones digitales, abandono, indiferencia por los verdaderos valores del hombre, menosprecio por sus más altos derechos y persecución a la cultura? ¿No intuyen los políticos que es la cultura lo que da su rumbo a un pueblo, su desarrollo, su alcance, su identidad y su medida; que es la cultura su memoria consanguínea y a la vez su proyecto? Es que, para ser cualquier cosa, hay que aprender, estudiar, ilustrarse, prepararse, menos precisamente para ser político. ¿Bastará con ser ambicioso para ello? El hecho de que, en alguna época, el quehacer de gobernar consistiera en la culminación de una tarea intelectual, resulta inconcebible ahora. El humanismo es, para nuestros líderes, una vanidad o una heterodoxia. Prefieren proseguir su camino de chisgarabises con ínfulas, y ni siquiera se sonrojan de sus propios desconocimientos. (Hay un ministro que, por la simple circunstancia de escribir de cuando en cuando algún soneto, es tachado de muy peligroso por sus colegas.) En el concurso de charlatanes que se ha celebrado hace poco en Orihuela se escucharon peroratas con más sentido común y más facundia que las que suelen escucharse en las Cortes.

Dos resultados se derivan de tal desdeñoso desamparo de la cultura. Primero, que los creadores de ella han vuelto de nuevo las espaldas a la política, como sucedió en la tiniebla de la dictadura. Cuando los políticos se conceptúan preteridos si se les nombra ministros de Cultura, ¿qué relación sino el correspondiente asco mantendrán con ellos los creadores, los investigadores, los científicos, los artistas? ¿Cómo reiterarse hoy aquí el caso, no infrecuente antes, de obras y libros y tratados dirigidos a políticos en el poder que los comprendían, protegían y estimaban? Segundo, una democracia, para ser válida, ha de instalarse en un pueblo culto y ser guiada por personalidades responsables ante él. De otra manera la democracia no llegará jamás. Es inútil contar con un pueblo maravilloso, si a ese pueblo lo confunden políticos nescientes; si los gobernantes oscilan entre darle la razón, como a un niño, para que no moleste, o castigarle con rudeza, como a un niño, sin darle explicaciones. Unos políticos incultos pasarán siempre de la demagogia a la tiranía. Porque no sentirán respeto por su pueblo, y porque no tendrán con él el lazo de unión más estrecho que existe: el de una idéntica postura ante la vida, el de una misma actitud histórica, el de una concepción semejante de aspiraciones e ideales. Es decir, la unión que sólo otorga el participar de una común cultura.

LA HERMOSA MANTENIDA

No estoy seguro de que los españoles tengamos presente, por falta de costumbre y por otras razones, el hondo significado de la palabra democracia. Y sin embargo, difícilmente encontraremos en la actualidad una más utilizada. Eso pensaba, la otra noche, escuchando por radio las confusas noticias sobre el tiro de gracia que se pretendió asestarle. Y mientras asistía, la otra tarde, a la manifestación en que esa palabra —junto a las de Constitución y libertad— era requerida y exaltada. Y mientras oigo, cada día, desgranarse las interminables quejas de algunos de mis compatriotas, que han visto cómo su entorno empeoraba. Creo que, cada cual en lo suyo, necesitamos todos reflexionar un poco.

Hace más de dos años, en estas mismas páginas, escribía yo que a la democracia no cabe reducirla a la promoción de un estado de libertad garantizada, por muy alta que nos parezca semejante cota. Primero, porque si la libertad no tiene como fin la convivencia, acaba siempre en la soledad, o en un cuerpo a cuerpo. Segundo, porque entiendo que la democracia ha de aspirar a mucho más: al pleno desarrollo de la responsabilidad colectiva. Por tanto, no se trata de algo estático, sino de algo dinámico, de algo positivo y flamígero, que hemos tomado en nuestras manos y debemos —como en una gallarda y costosa carrera de relevos— impulsar hacia adelante. Si no progresa la democracia, no es sólo que se paralice, sino que se malogra: o crece, o muere. La democracia no se termina de hacer nunca, como el amor: son los gestos del amor lo que se acaba, no el sentimiento; son los envoltorios de la democracia lo que se fija, no su espíritu. De ahí que yo la vea en una estrechísima relación con la cultura, porque el pueblo ha de gozar —en ese proceso en que la democracia consiste— de todos los derechos a educarse en la administración de la vida social e individual, para avanzar así hacia más nobles formas de existencia. Si no es de tal manera, la democracia no quiere decir nada, y se caerá por sí sola como una cáscara huera que a nada ampara y nada representa.

La democracia para mí no es susceptible de ser considerada sólo como una forma de gobierno, ni como una doctrina política. Definirla como la participación del pueblo en su propio regimiento es empequeñecerla. Yo la siento como la actitud agente, vital y colectiva de la comunidad —y de cada uno de sus componentes— ante los problemas que su propia evolución le plantea. En el fondo, sucede como con el cristianismo: si lo ceñimos a un decálogo moral, no es casi nada; si lo juzgamos como una savia que templa y anima, uno por uno, los miembros del cuerpo social, es respetable; si lo entendemos como una vía amorosa y solidaria de vivir la vida entera y el mundo, y la muerte, y lo que tras ella venga, le reconocemos ya su incalculable dimensión. En definitiva, no se puede ser *sobre todo,* ni *ante todo,* ni *nada más* demócrata: eso apenas tiene contenido, salvo cuando se sube de los infiernos de una dictadura. A la democracia hay que llenarla en seguida de comprensión, generosidad, esperanza, realidad y buen sentido. Si no, no pasará de ser una palabra griega y una vaga intención.

Acaso no sea malo que los hechos hayan demostrado, con la elocuencia que sólo ellos alcanzan, que la democracia no estaba aún instalada entre nosotros; que se trata de un huésped delicado y exigente; que precisa atenciones casi infinitas por parte de cada uno de nosotros, porque cada uno —personalmente— somos sus anfitriones; y que, si a los gobernantes los llamamos nuestros, no es porque nos gobiernen a nosotros, sino porque gobiernan en nuestro nombre. Nada más lejos de la esencia de la democracia que convertirse en una panacea: ella, que no es más que un punto de partida y una prudente posibilidad. Una mesa sirve —ofrecida y neutral— para que se depositen objetos sobre ella; que los objetos sean bonitos o feos —incluso monstruosos y humillantes, como hemos comprobado— no es cuestión de la mesa, ni siquiera de los objetos, sino de nosotros, que los depositamos sobre ella o permitimos, sin quitarlos, que otros los depositen.

La mayor gloria de la democracia coincide con su servidumbre mayor y su mayor riesgo: al ser de todos, por todos tiene que ser integrada y defendida. No caben más exclusiones que las voluntarias; no caben más armas que las legisladas y previstas; no cabe más alta apelación que la que se inste ante la popular soberanía. La democracia no puede ser implantada por unos cuantos francotiradores: primero porque no es una guerra; segundo, porque ha de ser aceptada y mantenida por la mayoría. Consiste en un bien común que, del rey abajo, todos hemos de sostener si queremos disfrutarlo. Y ninguno a solas y por su cuenta —ninguno: del rey abajo— conseguirá sostenerla. Eso ha quedado claro: ni el Rey, ni los Estados Mayores, ni el Ministerio del Interior, ni las Fuerzas de Seguridad han sido los que, el mes pasado, retuvieron aquí la democracia: fue el apoyo, el esfuerzo, la firmeza y la real gana del pueblo. Como debía ser. Porque la democracia es lo contrario del totalitarismo, como el consentimiento es lo contrario de la imposición, y la armonía es lo contrario de la orden irrazonada. La dictadura se presenta acorazada porque ha de vencer. La democracia se presenta desnuda porque ha de convencer y enamorar.

Pero esa desnudez, esa fragilidad, esa vulnerabilidad, esa inermidad que son sus atractivos, son también sus riesgos. Los amantes de la democracia son, a la vez, sus autores y sus mantenedores. La democracia tiene que ser la hermosa mantenida: próxima, íntima, conquistada, anhelada, nuestra. Nada que nos cueste sudores y peligros logrará satisfacer los deseos del ser humano verdadero, porque lo recibirá como un mandato o como una donación: de procedencia ajena en cualquier caso. Y la democracia, como del reino de los cielos advirtió el Cristo, padece violencia. Detesto la permanente e insensata lamentación de los que le echan la culpa de todo a la democracia: de la delincuencia, de la inflación, del mal estado de las carreteras, de la excesiva poda de los árboles urbanos, del descuido de las calles, de todo. La detesto. Cada uno de esos plañideros debe tomar sobre sus hombros su cuota de democracia y transportarla. Porque de lo que la democracia adolece, lo que echa en falta es, precisamente, la colaboración de cada uno, sin la que no se verá jamás completa. Hagamos con valentía frente a los criminales y extorsionadores; pongamos nuestro brazo al lado de las víctimas; cantemos sin temor las verdades al lucero del alba, se pique quien se pique; denunciemos cuanto creamos que debe denunciarse en beneficio de la comunidad; demandemos el cumplimiento de las normas y la afirmación de nuestros derechos: sólo por tal camino nos llegará la democracia.

De vivir en un hotel —provisional y de prestado, pero quizá más cómodo— hemos pasado a vivir en casa propia: las averías, las mejoras, el aseo, la calefacción corren ya a nuestro cargo. Hasta hace poco se nos daban alimentos ya digeridos, sin preguntarnos nunca qué queríamos comer; ahora tenemos nosotros que ir al mercado, y conservarlo limpio y en paz. Recordemos que los lugares comunes no es que no sean de nadie, es que son de todos y hemos de cuidarlos, si cabe, más que los de cada uno solo. Tal es la condición de la libertad y de la democracia. Una condición grave. Pero a una vida sin convivencia libre yo no la llamo vida.

EL CABALLO DE ESPARTERO

Releo mis notas sobre un español insólito: elemental y ponderado a un tiempo, rígido y tierno, militar y civil, exigente consigo mismo antes que con los otros, amante de la libertad y de la disciplina, y, para remate, enamorado más de cincuenta años de su propia mujer. Vivió ochenta y seis: cinco de ellos, exiliado en Londres; veintitrés, retirado al silencio en La Rioja. Nació en Granátula, una aldea manchega. Su padre construía carretas. Tuvo ocho hermanos y una infancia apretada. Hizo, aún adolescente, la Guerra de la Independencia: la única ocasión histórica en que todos los españoles han estado de acuerdo (un acuerdo que el bellaco de Fernando VII se encargó de destrozar). Hizo, luego, las desoladas guerras de la Independencia americana. Fue la estrella liberal de la guerra carlista. Su diligencia logró el Convenio de Vergara, que no imponía la derrota y su rencor oscuro a ningún bando. (A un periodista de *The Globe* le declaró: «La victoria por la fuerza de las armas hubiera conducido a una ocupación militar permanente de las provincias vascas y Navarra: una carga onerosa para ellas y para la nación. Y, como los irlandeses para Inglaterra, aquellos ciudadanos hubiesen sido una constante amenaza de perturbación social: un enemigo vencido, pero no domado.» Insólitas la visión y la actitud.)

También es insólito en el personaje haber ascendido, desde su cuna artesana, por personales méritos, a vizconde de Bandeas, conde de Luchana, duque de Morella y duque de la Victoria con Grandeza de España. Su reina le otorgó el Toisón de Oro; la de Inglaterra, la cruz de la Orden del Baño; la de Portugal, las insignias de la Torre y la Espada; el rey de Francia, el gran cordón de la Legión de Honor. Fue Regente de la niña Isabel II. Y, expulsada de mayor, cuando el trono de España andaba de mano en mano —entre un infante de Portugal, un príncipe alemán, el duque de Génova, dos Orleans, un Habsburgo y un Saboya—, el pueblo cantaba: «Los demás no los queremos, / Espartero es popular; / rey lo debemos alzar, / o sin rey nos quedaremos.» El general Espartero —de él hablo— renunció a esa candidatura multitudinaria, y Amadeo I fue a Logroño a llevarle el título de Príncipe de Vergara con tratamiento de Alteza Real. Cuando se reinstauró la monarquía, el joven Alfonso XII lo visitó en la paz de su jardín para pedirle consejo. Nadie podía ya concederle más honores. El viejo general se quitó del pecho la Cruz laureada de San Fernando y la prendió en el uniforme de aquel muchacho que ascendía al lugar de donde él, sin amargura, había regresado. Él, el único español de origen al que se ofreció el trono en quinientos años; de origen español y de origen proletario, por si fuese el primero poca dificultad.

Pero hay algo más insólito aún en este personaje: nunca se alzó, nunca se sublevó, nunca se levantó, nunca se pronunció. En una época ruin, envilecida, en la que las libertades se pisoteaban y se redimían para volver a pisotearse; en una época en que la gente se desayunaba con un gabinete y se acostaba con otro, lo mismo que la reina; en una época en que había más manifiestos militares que edictos de alcaldía; en una época en que los chaqueteros, las intentonas, las cuarteladas, los motines, los espadones, las sargentadas y los que eran algo más que sargentos se erigían en salvadores de la patria, entre la botella, la guardia, el naipe y la querida; en una época en que, a imitación de las reales personas, se robaba cuanto se podía; en una época así, Espartero tuvo en su boca siempre la misma frase: «Cúmplase la voluntad popular», sin tratar, por supuesto, de inventarse esa voluntad, cosa que es muy frecuente. Y, ocupando la más alta magistratura de la nación, al acusársele de malversación de fondos públicos, mandó una nota a los periódicos —libres por su gestión— que ningún adversario pudo desmentir: «Siendo brigadier, don Baldomero Espartero era más rico que cuando ha sido duque de la Victoria y Regente del reino. Elevado a tales dignidades, en lugar de aumentar su capital, ha disminuido en más de una mitad, porque necesitó de él en su nueva posición. Debiendo declarar al mismo tiempo que no tiene otras cantidades ni dentro ni fuera del reino, a excepción de dos mil duros impuestos en el camino de las Cabrillas, dos mil en Pamplona y cuatro mil en Logroño.» Y eso porque su mujer era adinerada.

Este hombre, con todos los poderes en su mano, sintió en su vida por dos veces una extraña desgana, un deseo de concluir, una incontenible decepción, la certeza de que ningún esfuerzo es aquí útil. La primera vez, Narváez, el espadón de Loja, lo echó de España. La segunda, el descolorido O'Donnell lo impulsó a Logroño. En ambas, Espartero prefirió la paz de su país. Pero aquellos estados de ánimo sí que no son insólitos. Todos los españoles de conciencia recta y claras ilusiones, enamorados de la libertad y de la imagen que soñaron de España, han sentido lo mismo en más de una ocasión. Porque ni siquiera queda el consuelo de repetir «cúmplase la voluntad nacional», cuando se está imponiendo exactamente lo contrario.

Un instante sólo tuvo Espartero en contra al pueblo, que lo adoró porque en él se reconocía y se salvaba. El día 7 de octubre de 1841, de madrugada, una conjura reaccionaria, en que intervino Diego de León, entró en Palacio para secuestrar a la Reina. Espartero estaba enfermo esos días. León, a quien se hizo conde de Belascoáin al lado de Espartero, con treinta y un años y ya general de división, lo visitaba en su alcoba, conversando como antiguos e íntimos amigos. León aquella noche tomó la antecámara de la soberana, que sollozaba en brazos de su aya. Pero las ayudas que esperaban los raptores no llegaron, y tuvieron que huir. El conde de Belascoáin, «la primera lanza del Ejército», iba con sus largos bigotes peculiares, envuelto en el gran capote blanco de húsar. A los veinte minutos la Milicia Nacional acudió contra los sublevados. El pueblo de Madrid se sumó íntegro a la causa de Espartero. León, todavía con su llamativo capote, fue apresado en Colmenar Viejo. De los muchos consejos de guerra que suscitó la rebelión, fue el suyo el más apasionante. El fiscal pidió pena de muerte, y así se falló por unanimidad, con aprobación posterior del Tribunal Supremo de Guerra y Marina, que presidía el general Maroto, el otro del Abrazo de Vergara. No se trataba sólo de la deslealtad con su superior y amigo, ni de un delito contra el Regente, ni de una sedición contra el Gobierno: era un crimen contra el Trono, contra la libertad, contra la Constitución, contra el Parlamento y contra los intereses e ideales por lo que el pueblo español había sufrido, después de una guerra civil, muchas calamidades y catástrofes. El perdón se hubiera interpretado, no como generosidad, sino como flaqueza y miedo: se habrían multiplicado los golpes y agresiones. Espartero, por encima de sus particulares sentimientos, situó cuanto había jurado proteger. Reconociendo que ese fue «el trance más doloroso de su vida», denegó el indulto. Y Diego de León fue fusilado el 15 a mediodía.

No sé si han cambiado mucho las circunstancias hoy. Al menos, una sí: la pena de muerte ha sido abolida por nuestra Constitución: la misma contra la que se suelen dirigir los atentados. Con lo cual se demuestra, una vez más, que el caballo de Espartero —y no sólo por sus testículos— es mejor que el caballo de Pavía.

EL GRILLO

Desde el mes de noviembre, en la ventana de mi cocina, que da al jardín, está cantando un grillo todas las noches. No entiendo una palabra de grillos. No sé cuánto viven, ni cuál es su misión en este mundo. No sé ni el día preciso en que el mío empezó a cantar, ni siquiera si se puede llamar cantar a lo que hace. Una noche percibí un ruidito inesperado, y al mismo tiempo supe que no era la primera vez que lo oía, pero sí la primera que me sorprendió oírlo. Pensaba que los grillos sólo cantan en verano. Y escuché con ternura el roce de unos élitros friolentos, ateridos, inciertos. Procuré localizarlo para protegerlo del frío, porque el invierno se acercaba. Pero todo el mundo sabe lo ubicuo que es un grillo: a ratos parecía estar muy cerca, a ratos muy lejos; en un rincón, o en otro; dentro, o fuera. Desde entonces he bajado cada noche temiendo que el grillo hubiese muerto, pero me ha recibido su mensaje poco a poco más firme, más veloz y más acompasado. Las temperaturas de esta avanzadilla de la primavera creo que le han fortificado la salud y endurecido los élitros. Y su voz me llega, día a día, más rotunda y más afectuosa. Porque el grillo, a falta de algo mejor, se ha transformado para mí en el símbolo de mi hogar: un hogar tan deshabitado como el mío no necesita mucho. Quizá un grillo es lo menos que se despache en electrodomésticos, pero no tengo más y debo conformarme. El es mi grillo dickensiano. Y no quiero pensar que desaparezca, porque ya han desaparecido para mí demasiadas cosas que estaban entramadas y urdidas con mi vida.

Por eso el otro día —el 23-F, como dicen ahora con la torpe manía periodística de complicar con simplificaciones—, cuando escuché el tableteo de las metralletas, me acordé del pacífico tableteo de mi grillo; de su molesta, ruda e inarmónica canción, tan significativa para mí, sin embargo. Y antes que otros riesgos, sin duda mayores, me estremeció el riesgo de perder esa escasez, ese diapasón tan cotidiano y mío. (Mío, por Dios, ¿hasta qué punto? ¿Hasta qué punto puede nadie llamar suyo a casi nada, y menos a casi nada vivo, y menos aún a un grillo, que va y viene, y es cosa de la hierba y la tierra y el aire?) La noche de la torpe intentona corrí a la cocina impaciente por oír a mi grillo. Y lo oí. Y me tranquilizó, por una parte, y sentí, por otra, pena. Porque él y yo teníamos la espada de Damocles sobre nuestras cabezas. Él no sabe quién era Damocles, pero yo sí: lo cual no constituye una ventaja indescriptible. Entre otras cosas, porque Damocles ni siquiera fue el dueño de esa espada. Era un cortesano muy próximo a Dionisio el Viejo, rey de Siracusa, que se pasaba el tiempo hablando de la felicidad de los monarcas. Tanto que, en cierta ocasión en que no estaba la Magdalena para tafetanes, Dionisio el Viejo le cedió su puesto por un día, para que experimentase por sí mismo la felicidad que no cesaba de exaltar. Y Damocles se sintió invadido de gozo, hasta que advirtió —encima de su crisma, pendiente sobre el trono— una espada sujeta por la crin de un caballo nada más. Bajo esa permanente amenaza, Damocles comprendió que nadie sabe de su casa, de su sitio, de su hogar tanto como el que los vive y los ocupa.

Yo pensaba, en la funesta noche, que mi grillo y yo teníamos ya bastante espada con la vida —ese extraño juego que se acaba de pronto— y con el río de la infelicidad —que arrastra en su oscura corriente breves trozos de júbilo— y con la soledad —que cada cual intenta poblar con sus élitros y con el ronco son de sus canciones—. Pensaba que bastante espada tenemos todos con la propia, como para que nadie, con el fútil pretexto de salvarnos, nos añada otras nuevas. Nuevas y absurdas, nuevas y ajenas, no deseadas por nadie, porque hemos expresado bien clara nuestra voluntad: la voluntad de salvarnos entre nosotros, hombro con hombro, juntos en paz y, a ser posible, alegres; la voluntad de que nadie —ni de tejas para abajo, ni para arriba— se tome por nosotros el trabajo de salvarnos a la fuerza. Qué tozudez la de los poderes fácticos —otro eufemismo incomprensible y bobo— y la de los no fácticos.

Que nos dejen a cada uno defender nuestro hogar. (Yo, con mi grillo dentro: es tan poquito que da risa pensar que vayan a quitármelo.) Porque ni mi hogar ni el de nadie se defienden, por ejemplo, atacando el divorcio. La Iglesia, que ha consentido que la sociedad consumista y atroz convierta a la familia en una masa informe, ¿qué autoridad fáctica se arroga sobre los no católicos —en definitiva, sobre hombres libres, sean o no católicos— para entorpecer que nos legislemos el divorcio? El mal que está hecho, ¿va a arreglarse atando hasta la muerte, y más allá de la muerte, a un hombre y a una mujer que no se quieren? Es una solución tan tonta como la de prohibir los anticonceptivos porque una niña de tres años pueda comerse una caja y ponerse malita: cosa que ha sucedido en Madrid el otro día. Es el tipo de soluciones garbanceras, de las que los poderes fácticos suelen ser muy devotos. El procedimiento más radical para evitar las enfermedades venéreas es cortarse la verga: cierto, pero un poco excesivo. Para matar un grillo no hay que echar la casa abajo a cañonazos. Claro que los pueblos salvajes se imaginan que las costumbres de su tribu son leyes naturales. Y no estoy convencido de que los poderes fácticos (supongo que se denominan así cuando se ejercen de modo subrepticio, amagante y perenne como la espada de Damocles) hayan avanzado mucho por la vía, difícil y común, de la cultura. No sé siquiera si habrán entrado ya en nuestro siglo XX.

Los garbanceros se han creído siempre salvadores, aunque para salvarlo tengan que cargarse a quien quieren salvar. Yo estoy casi seguro de que el cocido tuvo la culpa de la guerra civil (menos mal que fue civil, que si llega a ser militar no lo contamos). A mí no me extraña que en Mallorca, cerca de Manacor, alguien haya sembrado un garbanzal en lo que fue una basílica paleocristiana del siglo IV. Van a crecer garbanzos en las tres naves que formaban uno de los templos más antiguos de la isla, en lo que fue su ábside y sus pequeñas alas. Así se acaba en seguida con la cultura: plantando garbanzos sobre ella y permitiendo que el Ayuntamiento de Manacor no tenga, para ayudar a la arqueología, más que un presupuesto de 3.500 pesetas.

Lo que queremos la mayoría de los españoles es evidente: que nos administren bien los pocos bienes materiales que tenemos, si es que nos queda alguno, y que nos dejen a nosotros administrar los demás. Ahora, a las izquierdas, parece que les molesta hasta que fumemos. Vaya por Dios también con las izquierdas: se nos han vuelto fácticas. Bueno, está bien, que nos adviertan el peligro del tabaco, y el del alcohol, y el de los psicofármacos, y el de las drogas ilegales. Que nos adviertan de todos los peligros, y que luego nos dejen en paz hacer lo que queramos. Que no nos toquen la alegría de vivir: que la hay, sí, señor, a pesar de los poderes fácticos. Y que no nos cambien este país entero en una olla de grillos: cada cual tiene el suyo, y lo ama, y lo atiende, y lo alienta para que dure hasta el verano y pueda cantar a voz en cuello y dar su leve do de pecho. Que nos dejen intacto el grillo personal: nuestro hogar, nuestra libertad, nuestra sonrisa y nuestra pena. ¿O es que es mucho pedir?

LA CIUDAD DEL DEMONIO

La inmortal definición que del hombre dio Aristóteles no debe traducirse por *animal político*, ni siquiera por *animal sociable:* su más estricta traducción sería *animal ciudadano.* Es decir, aquel que tiende a agruparse en viviendas afines, y a organizarse de manera que se satisfagan en común sus exigencias primarias y las secundarias que, con posterioridad, aparezcan. La importancia, por tanto, de la ciudad en el desenvolvimiento de la especie es imposible de exagerar. Y así se ha verificado a través de la historia, cuando los hombres tomaban el nombre de la ciudad en que nacían, antes y acaso por encima de su propia familia y por su ciudad sacrificaban la vida, y a ella glorificaban; y por ella eran, en ocasiones, declarados aleves y traidores. A una ciudad la hacen sus ciudadanos, y a ellos pertenece; pero también es cierto que la ciudad es la que configura a los que en ella viven, y ellos quienes pertenecen, de alguna forma, a ella. El desterrado añora las calles en donde fue creciendo y descubriéndose poco a poco el corazón y el júbilo y la soledad y los sueños; las calles por donde sudó sangre y por donde sudó luz. Y es que una ciudad es lo mismo que la vida: ya estaba cuando nosotros asomamos —nuestros ojos se abrieron a su clima, a su cielo, a su pronunciación del idioma, a sus torres, a sus portadas— y seguirá estando cuando nosotros nos hayamos ido. Cada ciudad tiene una cultura distinta, que consiste en el reconocimiento y cultivo de su característica personalidad, o sea, de su historia, sus costumbres y su actitud vital, y de sus rincones, sus patios, sus cúpulas y tránsito: de su alma y su cuerpo. Porque las ciudades nos corresponden como son, pero también como han sido: son nuestro recordatorio y el diario que escribimos.

Para un programa de televisión dirigido a no sé

cuántos millones de hispánicos, me preguntaron el otro día, en el más alto piso de la torre de la catedral de Córdoba, cuál era mi idea del progreso. Abajo se extendía el blanco caserío, lo que fue la *Medina* y la *Ajarquía,* los tejados donde empezaba a amarillear el jaramago. Se extendía, rodeada de recientes ultrajes, una ciudad que fue cantada, adorada y exaltada por sus hijos. En un lugar así, el progreso, cara al año 2000, ¿qué puede ser sino mirar atrás? Porque atrás estuvo la ciudad ejemplar, que aupó las ciencias y las artes, multiplicó las bibliotecas, tuvo casi un millar de casas de baños, varios cientos de minaretes y mezquitas. Si se la llamó el ornato del mundo es porque fue construida por el hombre para el hombre y a su justa medida: a la medida de su tamaño, de sus aspiraciones, de su deseo de estar acompañado y ser fértil para alguien, de sus necesidades (de las auténticas, no de las provocadas por una civilización ciega y regresiva, cuyo feroz anhelo es *tener* y no *ser).* De ahí que lo que Córdoba —y otras muchas ciudades— debería entender como progreso es reconstruir sus ruinas, mirarse en ellas y aprender su lección.

Porque sucede que aquello que al hombre lo define, aquello que el hombre ideó para aliado, se ha convertido en su enemigo. Ignoro si queda aún una *ciudad de Dios,* pero alrededor nuestro hay demasiadas del demonio. Y la mudanza ha sido tan veloz que yo —ni medio secular— puedo testificarla. Yo he conocido ciudades enamoradas de sí mismas, pulidas, cuidadosas, casi coquetas, orgullosas de su hermosura y su pasado. Y he conocido el proceso de su desenamoramiento: su abandono, su desidia y su indiferencia. Lo mismo que les ocurre a muchas mujeres, que admiramos de jóvenes, y la casa, el marido, los hijos u otros pretextos menos identificables, las vuelven desdeñosas de su apariencia, despeinadas, negligentes, con las medias caídas. Sé que a nadie puede definírsele por el número de sus arrugas. Hasta sé que las arrugas son el más delicado de los *memorandums*. Por eso estimo que con las ciudades, como con las personas, la más exacta forma de amar es envejecer atentamente juntos. Y por eso me espanta comprobar que el glorioso invento de la ciudad se haya vuelto con tanta virulencia en contra nuestra, y nos haya confirmado, según escribió san Pablo a los efesios, como hijos de la ira.

En efecto, la ciudad enciende nuestro rescoldo de agresividad porque hemos acabado por tener que defendernos de ella, porque, para sobrevivir, hemos de sacudirnos el cúmulo de ansiedades que ella nos provoca. Y todo se hace un erizado círculo vicioso. Los niños, sometidos a las terribles y asoladoras cóleras domésticas de padres tensos, infrecuentes, lejanísimos, pasan a las cóleras escolares de maestros tensos, desbordados e insuficientes. La afirmación de los adolescentes, que no aman el sitio en que nacieron porque no es amable, estará siempre a dos dedos de la delincuencia. A falta de seguridad, de familia, de educación, de ideales que imitar, de historia próxima y tangible, ¿qué les queda sino copiar los gestos de la violencia, que los harán —a los ojos de todos— temibles por lo menos?

Y frente a lo que de enriquecimiento e intercambio tuvo el ágora o el foro, o la plaza o el atrio, ¿qué es hoy el centro de nuestras ciudades, sino un humeante y ensordecedor amasijo de edificios administrativos, bancos, oficinas, aparcamientos, coches y almacenes? ¿Dónde se fue el corazón que, con su sístole y su diástole, ritmaba la vida colectiva? La incomunicación nos encapucha; corta los hilos de la simpatía, de la solidaridad, de los espontáneos contactos confiados. Raramente pregunta uno la hora o una dirección, o pide fuego, ante el temor de que no se le responda o se le responda a bufidos. En vez de subrayar la personalidad de sus habitantes, hoy la ciudad los despersonaliza, los acogota, los reseca. En vez de ser una segunda y maternal naturaleza, la ciudad hoy nos arrebata la primera: apenas nos consiente un árbol, un ficus de interior, un parque degradado y sombrío. En vez de aumentarnos por contigüidad y reciprocidad el gozo de vivir, nos tacha las razones de hacerlo, inundándonos de desinterés y de desgana. Y, sin embargo, fue para mantener y enardecer la vida para lo que la ciudad se imaginó.

Su lógico propósito se ha visto, pues, frustrado. Nada choca que el año 1981 se declare, por el Consejo de Europa, Año del Renacimiento de la Ciudad. Prescindiendo de la desconfianza de que se dedique un año a lo que requiere el amor de mil vidas, creo que o vuelve a considerarse la ciudad como lo que fue, o no conseguiremos sino extraviar nuestra propia identidad de ciudadanos, tan desvaída ya, con cuanto de aterrador acarrea esa pérdida (hombre: animal ciudadano). Porque si las ciudades no son nuestras, no las amaremos, ni seremos de ellas; porque si se transforma en lugar de desencuentro, lo que era precisamente lo contrario, será mejor huir. Hay que restablecer la función protectora de las ciudades, la evidencia de su inserción en el campo, su copropiedad ancestral: lo nuestro en ellas es un poco de todos, y lo de todos es un poco nuestro. Hay que permitir —más que permitir, provocar; más que provocar, exigir— la participación de los ciudadanos en la ardua salvación de sus ciudades: no otra cosa es la democracia, y la mejor entendida empieza desde abajo. Hay que triturar cuantos obstáculos se opongan a esa natural e insustituible participación: administrativos, burocráticos, políticos, especulativos, económicos, sociales. Un concejo sin vecindario es una broma; un alcalde sin vecindario es una carcajada. Elegirlos ha sido sólo el primer paso de nuestra gestión. Un primer paso no puede, de ninguna manera, impedir los siguientes; sino, por el contrario, estimularlos.

CONTRADICCIONES

El hombre no es el riguroso punto final de un proceso. El hombre no es un ser de una pieza. No es algo que esté ahí, inmóvil y concluso, de lo que se pueda afirmar «hasta aquí llega», «así se explica», «éste es su mecanismo». Ni la vida, tampoco. De ahí que yo no tema a las rupturas, a las salidas de tono de la vida, a las heterodoxias. Las contradicciones —en general más aparentes que reales— son la sal de la vida. No me sorprende nada que suela resultar atroz repartirle a un actor un papel cuando «le va mucho, porque es su propia historia». Todo el mundo acostumbra a reaccionar mal frente a su propia historia y, aparte de la desgana por reconocernos, nos sentimos más cómodos con las ropas, los gestos, las palabras de extraños: entre la persona y el personaje, entre el individuo y el actor, conviene que haya ciertas distancias para lograr una perspectiva favorable. La imaginación nos desfosiliza; en muchas ocasiones es más fértil que la realidad. Siempre me llamó la atención que Stephen Crane consiguiera su mayor éxito literario con *El rojo emblema del valor* (una novela desmitificadora del heroísmo, muy realista, edificada sobre el concepto de la guerra) y no con *El barco abierto* (libro mediocre, que describe un hundimiento y deja frío al lector), porque Crane jamás pisó un campo de batalla ni presenció una guerra, pero sí tuvo, por el contrario, una terrible experiencia personal de naufragio.

Quizá la más rotunda confirmación de la libertad del hombre es la posibilidad de contradecirse, como la más visible demostración de la propiedad de una cosa es destruirla. Una mudanza de opinión por convencimiento, por acopio de nuevos datos, o por un cambio de actitud ante los hechos, la considero no sólo honrosa, sino elogiable. Lo contrario sería una traición a lo que de mejor tiene el hombre: su capacidad de curiosidad, de enriquecimiento, de evolución. Cuando alguien sincero expresa su opinión actual, y alguien memorioso le recuerda que hace unos años opinaba lo opuesto, debe encogerse de hombros y responder: «Bueno, ¿y qué?» Las ideas fijas las encuentro privativas de locos, y los imbéciles son los únicos que no se moverán jamás de sus razones, entre otras cosas porque no las tienen. Qué atractiva esa cualidad irisada y múltiple y enriquecedora de no atornillarse, ni empecinarse, ni «mantenella y no enmendalla». Las contradicciones de cada uno son tan definitivas de su personalidad como sus coherencias y sus continuidades. Yo de mí sé decir que a quien ayer amé hoy no lo amo; que a quien ayer respeté hoy lo pongo en cuarentena; que pienso que una de mis más queridas y fundamentales certezas: la esperanza en el hombre, nunca tendrá que verse —ni en mi entorno ni en mi interior— contradicha. Y lo pienso precisamente porque el hombre es un ser contradictorio: si no, no habría remedio.

Acaso lo que más me divierta de un periódico sea tropezar de continuo con noticias que llevan en sí un pasmo y un desacuerdo con la lógica (tal es, de ordinario, el origen de los mejores chistes). No hay que ir ni una semana atrás para encontrar un conjunto de esas noticias verdaderamente alentador. Por ejemplo, en la Universidad Pontificia de Salamanca —donde alguna vez yo he dictado alguna conferencia— entró el otro día una vaca y pasó allí dos horas. No estoy seguro de cuáles fueran sus intenciones —si sólo universitarias, o también teológicas—, ni si las vio coronadas por el éxito. Lo que sí veo es que hasta el mismo Pontífice (que, sin duda, es un santo, aunque no lo sea de mi devoción) da pábulo a bastantes contradicciones. Mientras él vuelve los ojos a su Polonia natal, se le sublevan y manifiestan los empleados vaticanos, que prefieren mayores sueldos y más seguridad, y quieren dejarse de privilegios, halos e indulgencias. La Asociación de Dependientes Seglares, que equivale al sindicato que no se les concedió constituir, no se identifica con la curia de Cracovia, donde, según el Papa, «era un honor para los seglares trabajar gratis en provecho de la Iglesia». Las cosas han cambiado; bienvenido sea el cambio. Quien no sé si va a ser del todo bienvenido sea el propio Papa a España. Misión del Sur, una organización de religiosos y sacerdotes andaluces, espiritual y físicamente al lado de los trabajadores del hambre cuando no lo son ellos mismos, han arrugado el morro ante la amenaza de un viaje a España costoso, excesivo y gesticulante. Ellos abogan, suponiendo que la visita sea irrevocable, por la sencillez y la discreción, por el «testimonio humilde de una Iglesia que sirve a los pobres desde el campo mismo de los pobres». Por eso han escrito a la Conferencia Episcopal que juzgan «poco pedagógica» la carísima organización de esas acostumbradas y masivas manifestaciones de amor filial al Papa.

En esa multiplicidad de posiciones se basa mi esperanza. Un juez de Sevilla abre un sumario a más de 26.000 personas, que ya es decir —hombres y mujeres de toda España—, que firmaron un documento en que aseguran haber abortado o colaborado en la realización de abortos, solidarizándose así con un grupo acusado de tales prácticas en un centro de planificación familiar. Otro grupo, éste de científicos italianos, llevan muy avanzadas unas investigaciones que permitirán, a través de una máquina convertida en madre, mantener la vida de fetos humanos procedentes de abortos, incluso nacer cuando se cumpla el plazo normal de tal gestación anormal. El hombre, imprevisible siempre, acaso lo es más en cuanto atañe a sus relaciones amorosas, del calibre que sean, y a sus muy previsibles consecuencias. Un muchacho, verbigracia, ha sido condenado por el Tribunal de Assise de l'Isère, en el sureste francés, a ocho años de reclusión por haber violado a su esposa. «El hombre», dice el veredicto, «no puede disponer a su antojo de su mujer, como si el matrimonio confiriera un derecho de propiedad absoluta.» Es cierto; tiene razón el juez. Claro que, además del débito, el condenado le atizó a la querellante no menos de catorce cuchilladas, lo que difícilmente puede calificarse de caricias eróticas. Por el contrario, en Italia, durante una comparecencia judicial, dentro de la jaula de los acusados, fornicaron y procrearon Francesca Bellere, militante del Movimiento Prima Línea, y su amante Fabio Brussa, sin que nadie se enterara, a pesar de la estricta vigilancia de jueces, carabineros, abogados y público. Fabulosa puntería, más admirable si se tiene en cuenta la urgencia, acrecentada por quince meses de separación en celdas de seguridad máxima.

Y hablando de seguridad, ¿qué Seguridad Social es ésa, en cuyas residencias para ancianos la correspondencia es leída y censurada por los directores? ¿No se tratará más bien de un inseguridad social, ofrecida a quienes muy poco tienen ya además de esas cartas quc, con dificultad en los ojos y en las manos —sin que se añadan otras más injustificadas—, leen o escriben? La verdad es que a veces las contradicciones son tristes, no graciosas. Como la de haber recibido yo, en el Día Mundial del Teatro, tres cartas del extranjero dándome la enhorabuena por la creación de un Centro Dramático Andaluz —con la Junta de Andalucía, según dicen— del que no tengo, lamentablemente, ni el más mínimo dato, ni alusión, ni ofrecimiento, ni petición de parecer o ayuda.

ELEGÍA POR LA BELLEZA

Siempre he pensado que, con los movimientos trascendentales de la humanidad, sucede como con ciertas aves: cantan en un sitio y ponen sus huevos en otro; distraen así al enemigo y protegen su obra. Quizá las batallas más importantes de una civilización no sean las más sonoras; ni sus más irremediables derrotas, las que aparezcan con mayor evidencia. Casi todo el mundo está de acuerdo con el aforismo *primum vivere, deinde philosophare,* y cierto que, sin vida, no existiría la vida superior que el filosofar representa. Pero me temo que sería un asunto muy discutible el de qué se ha de entender por vida en sí. Espero que para pocas personas de nuestro mundo —en su más amplio sentido, no sólo en el geográfico y en el cualitativo— vivir pueda reducirse a sobrevivir: respirar, comer, dormir y trabajar (trabajar sólo en el mejor de los casos). Espero que vivir sea también amar, desarrollarse, contemplar y disfrutar las hermosuras de ese mismo mundo. Hay actitudes y sentimientos instintivos que no pueden incluirse en el *phiulosophare,* sino en el puro *vivere.* Opinar de otro modo es darle una revolucionaria vuelta a la tortilla, vuelta que tenemos la obligación de no dejar pasar inadvertida. Porque libre es el ser humano de adoptar una postura indiferente, contentadiza y pasota, en la que se conforme con este pan para este queso, y viceversa. Pero, para ser verdaderamente libre, ha de tener consciencia de que esa postura no ha sido siempre la más humana, ni sea ahora la más inteligente. Y quienes se quejan de que una buena parte de la juventud se encoja de hombros, reduciéndose a unos mínimos y desangelados cuarteles de invierno, han de ser conscientes también de que nuestra sociedad —nuestra en cuanto la toleramos, si es que no la exaltamos— ha renunciado a bienes, a valores, a estímulos, empequeñeciendo el *vivere* a extremos lamentables.

Una de las más estremecedoras decadencias de este tiempo es la de la belleza. Hasta la palabra ha quedado anticuada: cuanto más el concepto y el objeto que expresa. «Un bello objeto», escribió Keats, «es algo para siempre.» Hoy nadie puede estar seguro de que Keats no se equivocara, salvo que nuestra época no sea entendida sino como un breve traspiés. Hoy lo bello se confunde con lo vano y lo insulso: no sólo no se considera atractivo, sino que ni siquiera es respetable. Y resulta difícil averiguar por qué caminos se ha llegado a semejante situación. Con demasiada frecuencia hay entrevistadores que me interrogan sobre mi calidad de esteta, sobre mi esteticismo (ninguno de los dos vocablos está aceptado por la Real Academia), y lo hacen con un leve e involuntario retintín, que no es más que el eco de una transformación social, más radical y honda de lo que nos imaginamos, y sobre la que bastantes pocos se detienen a reflexionar.

La belleza se ha definido como una propiedad de las cosas que nos mueve a amarlas, infundiendo en nosotros deleite espiritual. (También el término deleite se juzga un risible arcaísmo.) Es decir, por una parte, la belleza se vincula al amor —con lo cual algo objetivo en sí provoca una respuesta subjetiva—, y, por otra parte, se vincula a un efecto placentero, sutil, inexplicable y elevado. Si se me replica que no está Noé para chubascos, ni Sansón para tijeras, lo comprenderé. Pero me gustaría saber si en este modestísimo estado de cosas vamos a renunciar además, de antemano y por impuesta conducta colectiva, a las satisfacciones interiores. Ninguna época puede calificarse de auténticamente humana si intenta oponerse a lo que de más humano hay en el corazón del hombre. Y no creo que haya nada mucho más humano que la tendencia a ser divino, en donde se halla la raíz de todo lo noble, de todo lo digno, de todo lo perdurable. Por encima y por debajo de cualquier actividad utilitaria que nos mantenga; por encima y por debajo de la actividad subordinada que es cualquier política; por encima y por debajo de esa peana fundamental y previa —pero previa a algo, en todo caso— que es la propia vida.

Desde que Plotino mantenía que la belleza de los cuerpos tiene razones en común con los dioses, ha llovido más de lo calculable. Pero ha llovido siempre de la misma manera, porque la naturaleza no se traiciona, ni tiene veleidades como el alma del hombre. La otra noche cenaba yo en un restaurante chino, cerca de una mesa cuyos comensales eran diez o doce parejas muy jóvenes. Quizá celebraban una despedida de solteros. Entre las muchachas había dos de facciones muy bellas, pero era otra —decididamente fea, graciosa y sin el menor arreglo— la que partía el bacalao y se llevaba el gato al agua. Recordaba yo los refranes castellanos, hechos por mentes cazurras, o resentidas, o recelosas, o desengañadas *(la suerte de la fea la bonita la desea; quien con mujer bella casa, de su honra se descasa; a la mujer y a la mula, por el pico le entra la hermosura; el hombre como el oso, cuanto más feo más hermoso...).* Recordaba el «sé bella y cállate», aquel sordomudo homenaje de Baudelaire. Recordaba el esplendor de la bisexualidad, en el comportamiento y en la vestimenta. Recordaba el auge del travestismo y, en contrapartida, el ácido furor de algunas feministas. Recordaba las oleadas de las distintas culturas, cuando la belleza se inclinaba, en unas, del lado masculino; del femenino, en otras. Y, mientras recordaba, comía esos agridulces, informales, menudos platos chinos, que agradan al paladar sin llenar el estómago. Platos que se idearon como para comer sin ganas, tan distantes de nuestros cocidos, nuestras fabadas y nuestras paellas. Y no eran contradictorios mi digestión y mi razonamiento.

La belleza fue utilizada a lo largo de la historia para encantar y para seducir. Hoy la gente bella ni siquiera sabe que lo es. Al no ser la belleza una moneda en curso, al no existir el reflejo de la admiración, no se ve la belleza a sí misma: somos algo en alguien, o por o para alguien; en soledad, ¿quién se es? Ahora viven los bellos la historia del patito feo antes de que, en el espejo y la exiliada tristeza del desván, se descubriera cisne. La hora de su epifanía se fue y aún no ha vuelto. Los bellos quieren ser otra cosa además, puesto que la belleza no es ya un camino para el encanto y la seducción, ni éstos, para lograrse, la precisan. Hoy emplean ganchos de abordaje distintos: más provocadores que ayer, más urgentes. ¿Por qué? Porque la belleza, que era el natural, al cundir el desamor, desaparece como puente tendido, y se requieren llamadas tronitonantes de atención. La frialdad progresiva hace que todos tengamos que levantar la voz para entendernos y para seducirnos mutuamente. El origen de *la oleada de pornografía que nos invade* no es más que éste. La sociedad que marginó a la belleza no debe quejarse ahora de las consecuencias inesperadas que tal marginación ha producido. La ecología natural no se quebranta en vano.

Y que no se diga que hemos sustituido un tipo de belleza por otro; que ha perecido la belleza clásica o la romántica o la canónica para dejar su puesto a una más cómoda, más práctica, más llevadera. Es falso: yo me refiero a la belleza como sentimiento, como aspiración, como trasunto del ánimo, como algo que trasciende de dentro afuera. Y ningún sistema de convivencia actual ha sustituido al que ella sostenía. Aplaudo a las feministas que escupen sobre los concursos de belleza, sobre las *majorettes,* sobre la mujer-objeto (si es que el ser objeto del deseo de alguien es una exclusiva de lo femenino, que me parece que no: el hombre y Dios son también objeto de deseos). Aplaudo todo lo que nos haga más libres, pero no más pobres. Y que no se me diga tampoco que el feísmo es nuestra estética de hoy, porque como estética yo respeto al feísmo. Pero infortunadamente también ha perecido: ya no se lucha *contra* la belleza, lo que sería una forma de reconocerla (como es una forma de fe fusilar al Sagrado Corazón del Cerro de los Ángeles): simplemente la belleza ha dejado de ser visible para la casi totalidad de nuestro mundo.

PRIMAVERA MORTAL

Hace siglos, en la tan mal llamada oscura Edad Media, los hombres vivían y morían de verdad, con los ojos abiertos. La vida y la muerte izaban sus fulgores como dos poderosas reinas que fuesen hermanas siamesas. A la vez se escribían *libros de buen amor* y *libros de bien morir;* los pleitos matrimoniales del alma y el cuerpo contagiaban a la humanidad de sus concupiscencias y de sus tinieblas; a las exaltaciones dionisiacas de los carnavales sucedía el amenazador espejo de los miércoles de ceniza; los trashumantes poetas, que el invierno había amortiguado, se despertaban al primer calor cantando: «Omnia sol temperat / purus et subtilis, / novo mundo reserat / facies aprilis.» Los ciclos de la liturgia, las estaciones del año, el uso y el desuso del propio corazón tenían entonces un imponderable significado. El «media vita in morte summus» del antifonario suponía una excepción: la de aquellos para quienes la vida era sólo una larga agonía camino de la muerte. Para los otros, el rostro de cada abril volvía a sembrar en un mundo enteramente nuevo. El presente era difícil y arriesgado, pero también lo único que debía ser, con entregada pasión, tenido en cuenta. Si en las semanas santas los disciplinantes arrastraban sus ensangrentados arrepentimientos era porque estaba próxima la gloria de la resurrección. Con la primavera retorna Proserpina a la superficie de los campos; con la primavera retorna también el Cristo, como Proserpina, desde los infiernos. La religión cristiana no habría alcanzado su gran predicamento si no hubiese prometido vida eterna. El mundo como valle de lágrimas no era un producto fácil de vender. San Pablo lo sabía: «Si Cristo no hubiera resucitado, vana sería nuestra fe.»

Ahora las cosas no ocurren así. Se vive casi sin advertirlo; transcurre monótona la vida sin desgarrarse los tersos muslos entre los rosales, sin levantar su verde cántico por encima de la penumbra y el infortunio. Y llega, inadvertida también, la muerte, porque su idea se ha procurado expulsar de nuestro trivial horizonte cotidiano. Se desecha la reflexión sobre su irrevocabilidad; se cambia de conversación; se mira hacia otro lado. La muerte aparece con profusión en los medios de comunicación de masas, pero ajena, despersonalizada, masiva ya ella misma, manipulada por la sociedad. Morir es el cumplimiento de una función fisiológica que, igual que otras, ha de reservarse para el secreto de la intimidad, y de la que no es de buen gusto hablar. La exaltación jubilosa de la vida es casi un delito, una peligrosidad social. Y la manifestación pública de la muerte, también. Porque pueden inclinar a la persona a preguntarse el *qué* y el *para qué,* distanciándola así del sistema totalitario y sus inflexibles coacciones.

A otro poeta trashumante, Rilke, lo asombró en nuestro siglo lo contrario que a sus colegas medievales de los *Carmina Burana:* «Oh, en abril, cuántas muertes.» Y las heladas estadísticas repiten incansables que la primavera es hoy la gran favorecedora de las depresiones; que su mano de plata perfumada es la que, con mayor frecuencia, carga las pistolas, diluye los barbitúricos letales, afila las cuchillas. Cuánto ha cambiado su tibio soplo: a su llegada, antes —«ad amorem properat / animis herilis»—, el alma del hombre se precipitaba hacia el amor; sin embargo, ahora parece que, cada día con mayor abundancia y mayor prisa, se precipita hacia la tristeza y hacia la nada. ¿Cómo entender esta contradicción de que el exceso vital de la primavera, su evidente alianza con la renovación de la existencia, haga volver los ojos a la tiniebla, ensimismarse a tantos, recibir la tentación grave de la muerte en pleno corazón? La primavera, con su insinuada superabundancia, subraya aún más nuestras carencias. Y lo que debería ser una invitación a la vida se convierte en una invitación a su acabamiento. Como si la primavera, que se nutre de todos y nos nutre a todos, fuese una fiesta a la que alguien no hubiese sido convocado.

Camus, tan emocionante, tan emocionado, tan nuestro, fue taxativo: «No hay más que un problema filosófico verdaderamente serio: el suicidio. Juzgar si la vida vale o no la pena de que se la viva es responder a la pregunta fundamental de la filosofía.» Siempre hubo suicidas, pero sería difícil encontrar en eras anteriores esa duda sobre el valor de la vida. ¿Por qué? Porque, en general, los hombres que pasaron antes que nosotros vivieron *su* vida: mala o buena, trascendentalizada o terrenal, miserable o fastuosa, pero *la suya*. Y es que la vida en sí carece de sentido; se trata de una posibilidad: la más alta, una materia susceptible de ser transformada o utilizada para muchos fines. Quien persista en vivir ha de buscar uno, adherirse a uno, añadir un ingrediente que lo justifique. Si delega tal elección en la sociedad industrial de hoy, ella le atiborrará la mente con interminables representaciones de un futuro que jamás será suyo, exigiéndole a cambio su inexcusable concurso en frías labores utilitarias, técnicas, colectivas. Y el ser humano es algo más que el socio de esa sociedad: en ella no se siente implicado. Frente a la vida, la infinita reproducción de las necesidades provocadas y el infinito eco de su insatisfacción componen el más disparatado sinsentido. Vivir para trabajar, para enriquecerse, para sobrevivir, es una flagrante idiotez. Se trabaja, se medra y se sobrevive precisamente para vivir. Vivir es otra cosa. Pero la continua multiplicación de deseos previa y artificialmente creados es el único patético sentido que nuestra *generosa* sociedad ofrece a nuestra vida. Y quien se arriesgue a salir del carril prevenido se encontrará de manos a boca —sobre todo en primavera, cuando la naturaleza arrecia sus cálidas proposiciones— con el suicidio, con la locura o con la droga.

El desacuerdo consigo, el desencuentro con su destino es lo que más desasosiega al ser humano. No el sufrimiento, no el dolor, no la muerte, sino su incomprensión. Y, por desdicha, en nuestro mundo, es sólo en el minuto de la muerte cuando muchísimos hombres se enfrentan por primera vez con ellos mismos en total libertad y resplandor; sin la sociedad que los aturdía, sin el agobio de las necesidades inventadas y de las criminales competencias que la costumbre ha transformado en norma. En ese minuto se reconcilian las contradicciones, incluida la más grave: rechazar este mundo tan cruel y no aceptar abandonarlo. En ese minuto —que los suicidas anhelan, sépanlo o no— se capta por fin la vida como destino inabolible, con el sentido que acaso viviendo no fuimos capaces, por presiones externas, de intuir. Y ese minuto no es extraño que se multiplique con el recordatorio de la primavera.

En los países superdesarrollados, las falaces necesidades satisfechas empujan a los hombres a quitarse la vida, desencantados ya, desprovistos del engaño urdido por la sociedad. El paraíso prometido no era tampoco el *paraíso*, y es tarde para recomenzar la búsqueda. Porque es la búsqueda de algo lo que nos mantiene. (Dicen que existe la paz en los verdes campos del Edén; hay que morirse para averiguarlo: tal advertencia de O'Neill dio título y argumento a la primera comedia que estrené.) Los suicidas de esta primavera —hay muchos modos de suicidarse— serán aquellos que, ante un florido atardecer, tengan una hora de claridad y de interrogación. Una hora que los mueva a afirmarse como individuos en el momento en que se aniquilen como tales. Los suicidas de esta primavera serán aquellos que, hartos de esta vida, persigan la vida proclamando al mismo tiempo sus dos solemnes raíces: *yo* y *no*. Su gesto será como el del cliente de un hotel, que cuelga del pomo de su puerta un aviso: «Estoy cansado. Voy a dormir un poco. Por favor, no molesten.» Mientras, la primavera, por ciudades y campos, entonará, para cada vez menos oídos, su irisada canción vertiginosa.

PERIODISMO DE COLORES

Un escritor no ha de justificarse por lo que escribe. Bastante cruz es ya soportar su destino como para tener que andar dando explicaciones de cómo lo cumple. Lo que sí es probable es que no haya tantos escritores como a primera vista pudiera parecer. Hoy —y ayer— muchos entran al arte por la puerta de servicio. Y no es ese el buen camino. Entre otros motivos, porque al arte no se entra; se nace en él y, como mucho, se acaba por salir. Es de esas tristes salidas del arte de lo que voy a hablar. Yo no soy persona de revistas, ni de muchos periódicos. No es que me pase lo que al joven Disraeli, que afirmaba que cuando quería leer algo lo escribía primero: me pasa que no tengo tiempo para casi nada de lo que de verdad me gustaría. Se me clavan en la cabeza los minutos perdidos como un acerico. Siempre ando con remordimientos de conciencia porque no encuentro suficiente tiempo para trabajar. Y están el correo y el teléfono y los viajes y las invitaciones y los alcaldes de tantos lugares de España que quieren que les pregone sus fiestas. (Los pregones han sustituido a las coronaciones de las reinas de antes: la monarquía real ha acabado con las de quincalla.) Está todo ese azacaneo, que desvanece y que distrae y es el enemigo íntimo de cualquier escritor. No; no tengo salud ni posición para leer revistas. Pero, de vez en cuando, cae alguna en mis manos: en un viaje, en una sala de espera, en un vago intermedio. Y he echado de ver un curioso fenómeno de vaivén, una especie de *operación retorno,* que resulta alarmante por lo que puede tener de simbólica. Hemos concluido por estar donde estábamos.

Antes de esto que dimos en llamar la libertad, las revistas habituales eran bastante rosas y bastante imbéciles. Yo creo que uno ya tiene demasiadas historias personales como para fisgonear en las ajenas, y nunca conseguí interesarme en los trasiegos amorosos de los actores, por ejemplo. Quizá por entender que mejor les iría a ellos y a nosotros si fuesen un poco menos amantes y un poco más actores: cuando un actor se dedica a representar su propia vida, el asunto termina como el rosario de la aurora, porque la vida suele estar mal escrita. (Los escritores tenemos la costumbre de redondear un poco más las cosas, ordenar las situaciones y obtener un final lógico en apariencia. La vida obra al revés porque ella sí que no necesita de justificaciones.) Y quien dice actores dice cualquier otra profesión. Me espanta ver con qué naturalidad tales revistas tratan de personajes remotos, de ligues o rupturas remotos, de formas de comportamiento casi selenitas comparadas con las nuestras. Leo cifras, sueldos, fiestas, actitudes, divorcios, bautizos, princesas, que nada tienen en común con nosotros; penas de amor de *misses* abandonadas o de *misses* que abandonan —como si el amor fuera un desodorante— para dedicarse a ser modelos, o actrices, o presentadoras de televisión, o entretenidas por las bravas. Y me pregunto si eso puede apasionar a nadie que no sea la *miss* o, todo lo más, el novio que la *miss* tenía en su pueblo.

Después de llegar lo que dimos en llamar la libertad apareció, como una deslumbrante aurora boreal, otra clase de revistas: las verdes. De repente se había comprendido que, en España, como mejor se riegan las plantas y más crecen es *top less;* que como más natural anda una mujer por una casa, suya o no, es en pelota viva; que lanzar una cometa, o sorber un refresco a través de una paja, o recibir a un cobrador del gas, o morder un clavel, o asomarse a una ventana, o ponerse simplemente un zapato, son gestos que no tienen otro remedio que hacerse en cueros para que estén bien hechos. España comprendió —por su bien, espero— que lo que hay en ella es de los españoles, y que lo que se comerán un día los gusanos mejor que lo disfruten los cristianos. Como un seminarista que ha colgado los hábitos, España se volcó en el sexo y acaso en dos conceptos afines: el aborto y el divorcio. También se roza un poco la política, pero sólo en cuanto afecta al mantenimiento de esa nueva postura desnudista. La política no es hoy casi nada vistosa, salvo que se consideren vistosos la sangre y los secuestros, y salvo que se consideren política la criminalidad y el terrorismo. Pero ésos son otros colores ya.

Repito que un escritor no tiene que justificarse. Sin embargo, los artículos que se leen en casi todas las revistas son, por lo común, intercambiables, vacíos, arrastrados, empobrecedores y, en una palabra, lamentables. Si hay algo que detesto es que un escritor se transforme en portera cotilla, sea cual sea la altura de su copete. El otro día se quejaba un sociólogo de la escasez de artículos literarios que se publican hoy. Y llevaba razón: entre la política (esa desgraciada asistenta por horas que nos está echando de la casa y, cada vez más fuerte, nos muerde los talones), el denominado nuevo periodismo (que consiste, según sus representantes, en no saber escribir a caso hecho y en salpicar de olor dudoso las cuartillas) y la baja estofa del envase en que se sirven los artículos, de aquí a nada, para leerlos buenos, tendremos que reeditar a tres o cuatro nombres ya póstumos, o a punto.

Para mí, el escritor de periódico no puede ser igual que un saltimbanqui, por mucha prisa que le meta el motorista. Yo no ejerzo de crítico —y Dios me libre, como hasta ahora me ha librado—: no me refiero a la calidad, que será buena o mala según la pluma y el momento, sino a algo más peligroso: a la intención. Aquí casi nadie se sienta ya a escribir literatura. Y alguien tan poco recamado como Jean Paul Sartre ha dicho: «No se es escritor por haber elegido decir ciertas cosas, sino por la forma en que se digan.» Si uno opina que los grandes almacenes tienen la obligación de no achabacanar el gusto de su clientela, ¿qué va a opinar uno de los grandes escritores? Yo reconozco que, aparte de pequeño, no soy superficial, sino reflexivo más bien: a la realidad la ingiero y la digiero. Aunque sea odiosísima la comparación, me comporto como un gusano de seda, que saca de sí mismo la hebra sin importarle morir en el capullo. Pienso que la actualidad demasiado rabiosa termina por mordernos y contagiarnos su hidrofobia: ha de contemplarse de manera olímpica, por encima, para situarla en su verdadera perspectiva y otorgarle su verdadera dimensión. La literatura de sobresalto no me gusta. Aspiro a escribir para mañana y pasado mañana. Escribir no es peinar a una señora, por duquesa que sea. Y los carnés de baile, las agendas, las cuentas de la plaza —ni de un escritor, ni de Sarah Bernhardt, de quien en cierta ocasión vi unas— no me interesan, ni le interesan a nadie que sea mínimamente interesante. El escritor no debe creer que siempre se le reclama por admiración: a veces se la reclama porque es más barato que pagar un anuncio en un periódico. Pero los cocteles y los saraos y el bullebulle —y hasta el propio periodismo, según Hemingway— son buenos para un escritor siempre que sepa dejarlos a tiempo. El auténtico escritor —insisto— no ha de justificarse: todo le servirá, *etiam peccata;* el auténtico escritor, como todo el mundo, puede hacer lo que le salga de las narices. Pero, en general, al escribir, es conveniente que le salga de las narices hacer literatura. Lo demás son chorradas.

CAMPO DE SANGRE

Acabo de viajar por Andalucía. No soy agricultor, pero tampoco me hace falta: tengo ojos en la cara. Con las lluvias de abril, los campos andaluces están rezumando verdor y tierno brío. La tierra se ofrece, dadivosa y pujante, entre matices incontables, moteada de flores, abierta y maternal, plúrima, inextinguible. Una vez más uno comprende por qué la mal llamada Reconquista descendió desde el norte; por qué se organizaron guerras santas, cruzadas, alianzas ejércitos; cuál era el verdadero afán que solapaban las expulsiones y las quemas de fe. Una vez más uno comprende que poseer un paisaje tan hermoso y feraz fuese la ambición histórica de tantísimos pueblos; por qué Andalucía ha cambiado de dueño tantas veces; por qué su dominio ha sido la ilusión, declarada o secreta, de las sucesivas culturas europeas... La mañana abre su madreperla sobre la mar de olivos; el manso oleaje de los cerros estira hacia el horizonte su pacífico verde; la promesa del espeso aceite aletea, como un pájaro de oro, por el aire transparente... El mediodía se tiende sobre los huertos y los cereales; hay un sol que calienta el pan creciente y levanta sus jugos; se emperezan las lomas, chorrean gozo y vida, hasta que una calina temblorosa vela la lontananza... Cae la tarde sobre los exquisitos despojos de Medina Azahara; pasta el ganado por las afelpadas terrazas que descienden, con paciencia, hacia el río; está muda la sierra y toca, sin embargo, su cuerno de la abundancia la campiña... Una vez más uno comprende que en esta tierra se le hayan enredado para siempre el corazón y la memoria. Porque es un paraíso laborado, un amor correspondido, un sudor bienoliente. Y uno piensa: felices quienes nacieron en un paisaje así, los sureños a los que esta luz acaricia, los sonrientes, que siembran y aguardan sosegados y recogen...

Pero, de repente, hay una sombra que me alarma y un ala negra que me tunde los párpados. La tierra más rica de España está habitada por los hombres más pobres de España. La tierra con mejores condiciones agrícolas del mundo —exceptuada acaso Dinamarca en su conjunto— da a muchos de sus hijos ceniza y amargura en alimento. ¿Qué sucede aquí? ¿Qué ha sucedido aquí? ¿Qué viene sucediendo? ¿Cómo es posible que, en este inusitado vergel, más de 90.000 familias jornaleras carezcan de jornal y de ahorro y de crédito para poder sobrevivir? ¿Quién, viendo esta fertilidad, se creerá que el hambre y la miseria galopan sobre ella? ¿Quién imaginaría que, la mayor parte de la emigración española, fue esta fecundidad lo primero que vio al abrir sus ojos; fue esta fecundidad lo que tuvo que abandonar para no aniquilarse? ¿Quién sospecharía que, sobre este escenario generoso y brillante, hay padres de familia que regresan cada noche a su casa con las manos vacías y rebosante el corazón de pena; hay trabajadores, honrados y dispuestos, que no se ocupan más que dos meses al año, y doblan los otros diez su abochornada frente ante la horca caudina y humillante del empleo comunitario; hay muchachos empujados por el paro a la oscuridad y al delito; hay niños de risa fresca que, ante el acoso, dejan la escuela para ir a la rebusca de garbanzos o aceitunas, y recomenzar en su vida la desolada historia de sus padres: unos padres entristecidos que llenan las plazas de estos pueblos tan blancos y tan bellos, unos padres que sólo son braceros analfabetos y parados?

¿Quién puede darme la explicación de esta verdad atroz que, cuando la medito, me ensangrienta la paz y los papeles? Injusto es ya que ni un hombre solo, sobre la ancha redondez del planeta, pase hambre. Pero ¿cómo calificar entonces la tortura secular de este campesinado andaluz, al que los poderosos y los Gobiernos

—más, al que el país entero— olvida; del que se desentiende; al que arroja, de tiempo en tiempo, un hueso que roer, cuando él fue el creador de esta opulencia, labró estas extensiones ondulantes, nació aquí dueño de su destino y de su suelo? ¿A qué puerta, a qué pecho hay que llamar para corregir tan inmenso desastre? ¿A qué revolución habrá que recurrir para que se remedie? De los ocho millones y medio de hectáreas de Andalucía, más de cuatro podrían cultivarse; dos millones de monte, replantarse; duplicarse las dedicadas al regadío, aprovechando el agua que se deja perder. En Andalucía se están arrancando, sin piedad y sin discriminación, los olivares; se siembran productos de secano en tierras de regadío; se fomenta la mecanización que reduce los puestos de trabajo. En Andalucía permanecen improductivos y sin repoblar los montes, mientras los hombres rumian el agrio tallo del paro ante sus laderas. En Andalucía nadie proyecta constituir industrias de transformación de los productos agrícolas, que emplearían las manos, robustas y desprovistas, de sus hombres. En Andalucía no se recuerda ya que todo —y la tierra más que nada— ha de cumplir una primera y más grave función: beneficiar a la comunidad que nació en ella y reside en ella y la trabaja. En Andalucía no se toma en cuenta la obligación moral de expropiar las tierras abandonadas, baldías o no bien utilizadas: obligación moral y obligación jurídica, porque existe, aunque nunca se aplique, una ley de Fincas Manifiestamente Mejorables.

¿Qué oligarquía es ésta, qué Gobierno es éste, qué país es éste que ignoran —o fingen ignorar— que el derecho al trabajo y el derecho al sustento mínimo son los más genuinos de todos los derechos del hombre? Porque, sin ellos, serán músicas celestiales las libertades civiles, las libertades políticas, las constituciones artificiales y las artificiales democracias. Porque, sin ellos, la igualdad ante la ley será una farsa, y una escalofriante mentira cualquier democracia que se quiera implantar. Porque, sin ellos, serán fraudulentas conversaciones de salón los pasos de la autonomía; irresponsables e innecesarios los partidos; injustificado y sin razón el poder de la Junta de Andalucía; pecado mortal de lesa humanidad cuanto se coma y se beba y se ría y se cante.

¿Es que la historia de los campesinos andaluces no ha dado aldabonazos bastantes como para que se la escuche? ¿Es que, después de tanta palabrería, tendremos que luchar por el principio: el derecho a la dignidad del hombre y a habitar sobre su propia tierra y a trabajar y a percibir por su trabajo un jornal decoroso? Basta de garambainas. Cuando aparece el hambre no hay más que eliminarla, sin preguntar siquiera. Gabinetes, después; Cortes, después; democracia después. El hambre hay que saciarla. Ningún país presuma de serlo de verdad si tiene hombres hambrientos entre sus ciudadanos. La pasión de los jornaleros andaluces no es un conflicto laboral cualquiera, pero tampoco es un sino al que haya que plegarse. Algo hay que hacer definitivamente. Algo hay que hacer de una puñetera vez. O la reforma agraria, o apechugar con las consecuencias de no emprenderla. *Hacéldama,* que quiere decir campo de sangre, se llamó al sitio donde se ahorcó Judas. Que sobre el campo de sangre de Andalucía se ahorquen las traiciones, porque, si España entera no se conmueve ante un desgarro tal, es que España, como unidad, no existe. Y entonces bueno será que pase lo que tenga que pasar, y que caiga quien tenga que caer.

CHARLA CON TROYLO

Hemos pasado mucho tiempo sin vernos, Troylo, demasiado tiempo, más que nunca. Miraba distraído hacia otro lado —no sé aún de qué modo pudo suceder eso—, me descuidé, y te fuiste. No quiero recordar cómo te fuiste. Quiero recordarte impetuoso y jubiloso, remanso menudo de la vida, compañero mío, secretario mío, llavero de mis últimas caricias. Desde el 30 de octubre no te he visto. Y, sin embargo, Troylo, el otro día me encontré con tus ojos tranquilos, con tu alborotadora lealtad, con el color de tus pacientísimas orejas. Fue en la antigua Casa de Fieras del Retiro, en Madrid. Presentaba el libro de nuestras charlas. Estábamos nuestros amigos y yo tan apretados, y eran tantos amigos: miles de amigos, Troylo, con sus perros muchos de ellos. En medio de los perros te entreví. Entreví la clara mansedumbre de tu mirada, tu cabeza dispuesta siempre al gesto solidario, tu hociquillo levantado y curioso. Seguro de entreverte, te dije en alta voz: «Tú y yo vamos a ser recordados, a través de nuestras conversaciones, por los lectores leales que nos fueron siguiendo semana tras semana. Ser recordado, Troylo, es la mejor manera que hemos conocido tú y yo de no morir.»

¿Qué te voy a decir que tú no sepas? Hasta ahora la primavera se ha traído un meneo que ya, ya. Una primavera de quita y pon: la primera de tu vida en que no estaremos juntos, Troylo. Pero, a pesar de todo, el jardincillo de casa ha conseguido enaltecerse con jacintos y narcisos, y la glicina ha dado ya un racimo y hay dos anémonas. Tú de flores no entiendes. Te habría gustado olfatearlas, verlas crecer a escondidas, asomando con timidez la cabeza en espera de que el sol las animara, deseando salir y castigadas igual que niños malos dentro de los sépalos. No sé si tú ves, Troylo, estas flores de casa, porque llevas dormido tanto tiempo, tanto tiempo sin despertar debajo del olivo, aupando a la indecisa primavera... Quizá por eso ella corretea y viene y va y se oculta y juega y no termina de volver. Igual, Troylo, que tú.

La Real Sociedad Canina ha tenido contigo un detalle precioso: le ha dado tu nombre a un premio para el más bonito *téckel* que se presente en la Exposición de San Isidro. «Trofeo Troylo. En memoria», lleva la copa escrito. ¿ A que te gusta, Troylo, presumido? Qué importante te has hecho. Pertenecemos a un país de glorias póstumas: no tenemos arreglo. Tus amigos del otro día, cuando me alargaban los libros para que los firmara, me decían bajito una palabra, y nos mirábamos a los ojos, y yo tenía un picor en la garganta, y la tarde estaba delicada y azul, y te presentía tanto... Habían venido muchos, sólo para cambiar una frase de amistad, de ciudades lejanas: de Barcelona, de Vitoria, de Ceuta, de Badajoz, de Córdoba. Y trepaba la emoción por los micrófonos como una enredadera. Como una enredadera nos oprimía una emoción común a todos, apiñados, incómodos, contentos y a la vez un poco tristes, unidos y reunidos por ese estrecho vínculo que es el amor compartido. No quisiera haber nacido yo, Troylo, en un país distinto. De éste somos los dos. De esta gente, de esta brusca cordialidad, de esta sincera entrega repentina.

Estábamos allí, en aquel jardín del Retiro, muchísimo más grande que el de casa, cuando, por encima de las cabezas que me rodeaban, me llegó la pareja de perrillos. Tú me has mandado dos en lugar de uno sólo. No para sustituirte —cosa que no es posible—, sino para que me entretenga mientras espero, para que yo —tan torpe— me vaya acostumbrando a mirar a otro sitio que no sea mi propio corazón. Los conocí durante la Semana Santa en Lorca, en El Escarambrujo. Son cuatro hermanos: dos hembras y dos machos. Cuando me condujeron hasta ellos había periodistas al acecho: ya tú me entiendes. Al inclinarme y acercar mi mano, uno de los machillos saltó para lamérmela. Todos vaticinaron que ése sería el elegido. Lo cogí. Me mordisqueaba la nariz y las orejas con la fervorosa pasión de los cachorros. Yo miraba a su hermano: un poco tembloroso, tranquilo, indiferente, bien criado, más rubio. Al día siguiente volví a visitar a la camada. Metieron en el corralillo a la madre, y las hembras y el macho cariñoso se apresuraron a mamar los tres de un lado. El rubio, parsimoniosamente, se aproximó al otro lado y se lo mamó entero. Yo, por primera vez después de tantos meses, supe que aquél era el cachorro que tú me destinabas. Pero la sorpresa fue que llegó acompañado de una hembrita, y hubo que bautizarlos a la carrera. Tu nombre era griego, Troylo. Los suyos son árabes. Él se llama Zegrí, que significa el *Fronterizo.* Ella se llama Zahira, que significa la *Floreciente.* Zegrí es un nombre que contiene memorias de Granada, porque hubo una familia allí con ese apellido que se llevó muy mal con los Abencerrajes. Zahira es un nombre que contiene memorias de Córdoba, porque Almanzor, para gallear frente al califa, que vivía en la ciudad Azahara, le construyó a su amada la ciudad Zahira. En el fondo, Troylo, cualquier historia se repite: *Fronterizo* y *Floreciente* pueden muy bien llamarse los dos protagonistas de una bonita historia de amor en el *Far-West.*

Aquí están ahora mismo: imposibles, bullangueros, meones, insaciables, zarandillos, caprichosos, felicísimos. Dos puñados de carne rezumantes de ruido, pis y gozo: como tú fuiste un día, hace ya doce años. Cuando sean algo mayores les prestaré tu manta y tus correas; los cepillaré con tu cepillo; les devolverán la vida a tus juguetes, y roerán los huesos que dejaste. Sobre la mesa tengo los certificados de su inscripción en el *Libro de orígenes.* Mentira me parece que a unos seres tan lindos y tan mal educados se les clasifique con tanto ringorrango, y se sepa cuáles son los ocho bisabuelos de cada uno. Nacieron el día 23 de febrero, Troylo: un día en que a España entera le recorrió un alarmado escalofrío. Representan la vida nueva, la constante esperanza y la resurrección. Serán muy guapos: como tú, ya verás. Porque lo que una vez se sintió, lo que una vez sucedió, se queda para siempre. El mundo es una serie de renovaciones, cambiantes e inmutables... Eso, mientras firmaba libros de nuestras charlas, pensaba yo el otro día, en aquel jardín grande, donde algunas tardes íbamos tú y yo a jugar con otros perros, y donde aquella tarde en que tú ya no estabas, estabas también tú, presente igual que antes. Estábamos todos, Troylo. Estábamos los que siempre estuvimos. Y nos queríamos, Troylo, y nos abrazábamos a través de ti, por causa tuya. Cualquier causa es hermosa si conduce al abrazo. Porque tú viviste ayer como nosotros vivimos hoy, y cumpliste con alegría tu destino de perro dulce y fiel. Ojalá nosotros cumplamos, con tanta perfección, cada cual el nuestro: nuestro destino mucho más complicado, de hombres dulces y fieles. Gracias, Troylo, por haber existido. Te quiero, Troylo, y siempre te querré.

LA SINRAZÓN

«Y luego no querrán que den golpes de estado», refunfuñó entre dientes la señorita cajera de los grandes almacenes. El cliente la miró a mitad de camino entre la ira y la incredulidad. El cliente, para el que ir de compras es un vía crucis, había recorrido ya todas las estaciones en dos horas. Le habían ofrecido calcetines de un tamaño inferior al suyo, porque no tenían a mano los justos del color que deseaba. Le habían hecho cargar con una camisa distinta a la elegida, porque de la elegida no quedaba más que una y estaba estropeada. Le habían endilgado un pantalón de una talla mayor, con la vaga promesa de tenérselo arreglado en cuatro días. Le habían probado diez chaquetas distintas, intentando, en cada prueba, convencerlo de que el del mal cuerpo era él y de que la prenda era impecable. Cuando pretendió pagar con una tarjeta de crédito, le hicieron esperar cerca de media hora para comprobar que era real su cuenta en el banco y que estaba surtida. Y cuando el cliente —que era yo— aseguró, con plena convicción, que había perdido la mañana y que todo aquello le parecía ridículo, y agregó que quería abonar la factura en metálico, la señorita cajera de los grandes almacenes, de cara larga y no muy atractiva, refunfuñó entre dientes: «Y luego no querrán que den golpes de Estado.»

Lo que más odio en este mundo —acaso lo único que odio—, porque no lo comprendo, es la sinrazón. El diccionario de la Academia la define con suficiente claridad: «Acción hecha contra justicia y fuera de lo razonable o debido.» La sinrazón suele llevar consigo el empecinamiento en el error, el cerrojazo contra cualquier actitud reflexiva, la resistencia a la más remota posibilidad de cambiar de opinión. Todas las actitudes por las que siento una invencible antipatía, en el estricto y grave sentido de la palabra, nacen de aquella actitud. Y las adoptan siempre personas cuya mente es rígida e impenetrable como un muro de piedra; personas que, si no piensas como ellas —si es que ellas piensan—, te endosan el sambenito de enemigo mortal. El fanatismo de toda laya, por ejemplo, procede siempre de la falta de razón: de una razón no ejercitada y, sin embargo, o por eso, segura de sí misma hasta el disparate. Y no es otra tampoco la causa del terrorismo; de cualquier terrorismo, porque creo que hay bastantes: todo gesto que persiga producir el terror, lo consiga o no, lo es.

Hay uno tan inmediato, tan visible, tan ensangrentado, que supongo que serán contadas las personas que no sientan una esencial repugnancia ante él: sólo los terroristas de esta clase. Repugnancia y sorpresa, es decir, lo que se siente ante comportamientos de incompresible crueldad. Y la sinrazón es la que los guía. No cabe ahí el diálogo, ni los argumentos, ni la mudanza de los datos, ni siquiera la certeza de que sus acciones no conducirán sino al hundimiento colectivo, al naufragio del barco en que todos navegamos, y del que ellos no son más que las ratas. No he conocido sino a uno o dos hombres malos en mi vida. He conocido, sí, a muchos egoístas, a muchos que anteponían su bien al de los otros; pero la maldad gratuita, ensimismada, que no busca otra cosa que el daño ajeno, apenas no. Ni quiero conocerla. No quiero conocer a nadie por quien no pueda ser persuadido de algo, o a quien yo no pueda persuadir. Mi razón, mi sensibilidad, mi cuerpo entero y mi alma entera se crispan por muchos motivos ante tal ralea de terrorismo asesino, pero en la raíz de todos está éste de la sinrazón; éste de la cobarde y enmudecida tiniebla; éste de no dar la cara, ni la oportunidad de defenderse al discrepante; éste de no ser ya discrepante de nada, sino criminal a secas: criminal irracional.

No obstante, hay más terrorismos. Está el de los que planean golpes de Estado salvadores, el de los que amenazan con ellos, el de los que chantajean con su inminencia a sus contradictores. Porque tal postura va también contra la justicia, y está fuera de lo razonable y lo debido, y promueve el terror (que es un miedo al mal que nos amenaza, a un mal inconcreto que se respira y no nos deja respirar otra cosa, ni aspirar a otra cosa, y no sabemos dónde está, ni por dónde va, ni a dónde). El terror puede llevar a la sinrazón, porque ciega y desordena y perturba. Por eso detesto al terror y a quienes lo alimentan. Y son más de lo que preferiríamos creer. Son los terroristas y los golpistas y los que le hacen el caldo gordo a unos y a otros: con su silencio o con su estímulo, con su apocamiento o con su aplauso, con sus omisiones o sus comisiones. No hay nada que justifique una alianza, por mínima que sea, con los sembradores del terror. Si alguien dice que el país está desengañado se equivoca. Desengañado ¿de qué? ¿Es que estuvo engañado? ¿Es que aquel 15 de junio, soleado y vibrante y verdadero, fue un engaño? En pocas ocasiones durante mi vida he visto un día más claro, ni un pueblo más abierto, ni una más firme decisión. Engañado, el que crea que retroceder es beneficioso. Como escribió Lope de Vega: «En la senda del vivir / no ir hacia adelante, es ir / atrás, y el que a arar empieza / no ha de volver la cabeza / sino arar y proseguir.»

Entiendo que cada uno, en estos tiempos que muchos intentan convertir en malos, debe cumplir con su obligación personal y de ciudadanía, y exigir lo que crea que debe exigir a los demás. La señorita cajera de los grandes almacenes es, en el fondo, una terrorista. Si estuviera en su mano, el golpe se habría dado, y a ella, por supuesto, se le habría concluido ya la libertad de hacer comentarios como el que yo le oí: esa libertad y muchísimas otras libertades. Y son terroristas también los que tienen terror a la libertad: los que no quieren asumir el riesgo; los que se desentienden de una tarea que es común y que se llama España; los que ignoran que sea la solidaridad y la unificación de los esfuerzos; los que amagan con la paliza, con las pistolas o con el golpe de Estado a los que no opinan como ellos, o a los que les pasan con su coche, o a los que son más altos o más inteligentes o más ricos. Son terroristas los ruines: desde los capitalistas que sacan sus bienes del país hasta los dependientes que, por no molestarse en ir al almacén, no te despachan lo que pides. Son terroristas los que utilizan a los terroristas como arma arrojadiza contra la democracia.

Dice Pemán, al que hace poco le dieron con laudable justicia el Toisón de Oro, que «la virtud más eminente / es hacer sencillamente / lo que se tiene que hacer». Sencillamente y con todo el amor de que seamos capaces. Hasta hoy —ojalá tampoco desde hoy— no he escrito una sola palabra contra alguien que no haya brotado del amor y la esperanza. De ahí que la sinrazón me saque de quicio: porque rechaza la esperanza y el amor. En medio de la amargura en que los terroristas nos anegan, he cumplido cada día lo que estimé mi deber. La noche del 23 de febrero fui a recoger un premio que le daban a mi comedia *Petra Regalada,* y acepté una invitación para aparecer en televisión a las 4,30 de la tarde. La noche del último —al menos cuando escribo— de los miserables atentados asistí al acto previo a una asociación de amistad hispano-árabe. A su hora, difícil hora, pregoné las fiestas de San Isidro de Madrid y me fui de jurado al Festival de Cine de Cannes, representando a España. No considero que sea la mía una conducta ejemplar, pero sí razonable. Porque, contra lo más frecuente entre nosotros, ahora sí que hay que poner toda la carne en el asador y quemar —en el buen sentido, Dios— el último cartucho.

EL MUERTO, AL HOYO

La futura visita del papa a España ha dado ocasión a que se recrudezca uno de nuestros más acendrados entusiasmos: el de pasear cadáveres de un lado para otro. Es un tema en que Juana la Loca fue sólo una regia aficionada en comparación con otros personajes, profesionales de él. (El general Franco, por ejemplo, con el Valle de los Caídos que él mismo hizo caer.) Charlando un día con periodistas sevillanos me preguntaban si, de conseguir el traslado de los restos de Antonio Machado desde Colliure a Sevilla, era partidario yo de que se enterraran en el panteón de hombres ilustres. Les recordé su expresa voluntad de no ser considerado un *hombre ilustre* y de descansar a orillas del Duero, junto a Leonor. Uno de los periodistas apuntó la posibilidad de trasladar a Sevilla también los restos de Leonor. Y, ante tal despliegue procesional de momias, yo sugerí que se trajeran de paso los restos de la madre Leonor y demás parentela. Cuando visito un pueblo, acostumbro a observar sus mercados y sus cementerios. Creo que lo definen bien el cuidado que los vivos tienen de sí y el cuidado con que atienden a sus muertos. Pero nunca conviene exagerar: convertir en fetiches los despojos me parece una tradición rechazable. Lo glorioso del hombre es que, cuando esté vivo, dé la vida: esa misma vida que continúa tras él y en la que él, porque participó a su hora, sigue participando. «Lo demás es silencio.» (Por si acaso, quisiera dejar clara mi intención de ser incinerado: si no me gusta, vivo, tener culo de mal asiento, cuanto menos me habrá de gustar muerto.)

Así reflexionaba al leer hace poco la polémica entre Alba de Tormes y Ávila. Creyeron el alcalde y el párroco de la primera que iba a ser removido a la segunda el cuerpo de santa Teresa, para que lo venerara el papa en su viaje, tan discutible, por España. Las dos fuerzas vivas manifestaban su «total indignación» por los «juegos subterráneos» de un intento que «sólo puede interesar a Ávila o a los padres carmelitas», y al que «el pueblo se opondrá con todas sus fuerzas». No es la primera vez que Alba de Tormes se expresa con tanta contundencia. A los tres años de morir la santa se armó el primer zipizape: los carmelitas robaron de noche el cadáver, lo subieron a un burro y se lo llevaron a Ávila. Intervino el nuncio, amenazó con excomulgar a la priora de San José si no devolvía la presa, y hasta veinticinco años después no se zanjó el litigio, por el papa, a favor de Alba. De cualquier modo, hablar del cuerpo de la santa es mucho hablar. El corazón y el brazo izquierdo están a los lados del sepulcro; muchísimos conventos custodian pedazos de osamenta: una clavícula, un maxilar, etcétera. Y aquella mano izquierda que tanto le sirvió a la santa en vida, estaba en Lisboa y luego pasó a Ronda; desde Ronda, con el *nihil obstat* de quien fuese, llegó a poder de Franco —que era mucho poder— y durante cuarenta años los españoles pudimos comprobar que la santa, en efecto, tuvo más mano izquierda de lo que sospechábamos.

No sé qué opinaría ella, tan resalada, de este menudeo. En 1963 circuló por España un brazo suyo. El trasiego se justificó con dos razones: propagar el culto de dulía a la inagotable y brava fundadora, y recabar fondos —cuándo no es Pascua en diciembre— para la construcción de una basílica. A medio hacer se encuentra aún, porque el dinero obtenido no fue con suficiente nitidez administrado. Si hubiesen dejado a la propia Teresa de Cepeda organizar el viaje se habría conseguido sin duda la cantidad precisa. Claire Bretcher, la humorista que contó en comics «La vida apasionada de Santa Teresa de Ávila», la ha calificado de «arribista furiosa» y «mujer de negocios».

Tal opinión, por descontado, no tiene nada de original. La propia interesada nos cuenta en su vida que tenía motivos para serlo: a su abuelo, Juan Sánchez, judío, le echaron, por judaizante, en Toledo, un sambenitillo con sus cruces, que debía llevar públicamente en la procesión de los reconciliados, de iglesia en iglesia durante siete viernes. Juan Sánchez, mercader, vio su vida económica en vilo con tanta exhibición, y acabó por largarse a Ávila y poner tienda nueva. Esa inteligencia hebrea —práctica y veloz, concreta y oreada— es la que permitió a Teresa escribir como escribía y hacer lo que hizo; la que le permitió apearse del éxtasis para pedir rebajas en alguna factura; la que le permitió, camino de fundar en Burgos, cuando al río se le hincharon las narices y se llevó por delante al carro y a las madres y al cura rodrigón, al escuchar la voz de Su Majestad y esposo, que le decía: «Teresa, así trato yo a mis amigos», contestar, entre reprochadora y embromada, mientras intentaba no ahogarse: «Por eso tenéis tan pocos.»

Pobre Teresa, que tanto anduvo por España en vida, y no la dejan ahora descansar ni muerta. Qué destino el suyo, y el de ese otro carmelita reformador, «el medio fraile», como ella lo llamaba, el más grande poeta en castellano, Juan de la Cruz. Porque el destino póstumo del cuerpo de éste fue peor aún. En Úbeda murió y allí lo enterraron. Pero Ana de Peñalosa había obtenido de Doria, el padre General, permiso para, de donde quiera que muriese fray Juan, tomar su cuerpo y enterrarlo en el convento de Segovia. (Los robos de reliquias, entre el fervor y la ganancia siempre, estaban a la orden del día. Felipe II fue uno de los mejores coleccionistas de santos desperdicios que conoce la historia.) Un alguacil de corte y dos criados fueron a hurtar a Úbeda, de noche, el cuerpo de san Juan. No pudieron llevárselo porque estaba incorrupto. Le cortaron el índice derecho, aquel con que escribía, y echó sangre. Entregaron el dedo como prueba, a Ana de Peñalosa. Pero volvieron al siguiente año, calculando que el cuerpo estaría ya seco por la cal que le echaron. Y se armó entonces la marimorena. Clemente VIII emitía breves que nadie acataba; aconsejaba incluso a los ubetenses disimulos y arterías para lograr el cuerpo, sabiendo las dificultades de ejecución que encontrarían sus órdenes. («Después de cenar diga al prior del convento que se vaya a la iglesia, que le quiere comunicar el negocio a que va, y estando en la iglesia haga que un notario, que llevara consigo como criado, le notifique nuestras letras, y mándele que so pena de excomunión guarde secreto, y tome el cuerpo acomodándolo en parte decente, y luego aquella noche lo saque de Segovia sin parar y llévelo a Ubeda.») Fue inútil todo. Hasta que se alcanzó una transacción entre las ciudades: Ubeda, sin renunciar su derecho al *todo,* aceptó «una pierna de la rodilla abajo y él un brazo del codo a la mano, juzgando a menor decencia cortar otra cosa a un cuerpo que aún estaba entero». Y en éstas sigue el asunto todavía. Dice la «Historia del Carmen Descalzo», de Silverio de Santa Teresa, que «aunque no nos acaba de satisfacer el despedazamiento del cuerpo del santo que le dio remate, todavía es edificante el pugilato piadoso de estos dos pueblos por poseer las reliquias de tan gran varón». Su traslado, por si fuera poco, fue famoso en España. Como no podía menos lo recogió —irónico, compasivo, escéptico y judío también— Miguel de Cervantes en el capítulo XIX de la primera parte del *Quijote;* un libro en el que ay, estamos todos retratados.

LAS DOS ESPADAS

«Un pastor, un rebaño y una espada» era el endecasílabo que resumía las aspiraciones de nuestra época imperial. («Por el Imperio hacia Dios», se dijo ayer mismo en una inverosímil simplificación, que tiene tela marinera.) El pastor era el papa; la espada, el emperador, y el rebaño —por supuesto— todos los demás. Fue una especie de pacto entre los dos poderes. Un pacto en el que, ni por asomo, ninguno de los dos tuvo la más remota intención de consultar al rebaño. Un pacto que pretendía, frente al peligro del protestantismo llamándose a la parte en el descarado botín de las indulgencias y las bulas, aliviar las tensiones medievales, durísimas entre las dos espadas. La Guerra de las Investiduras entre Francia y Roma había convencido a ambos bloques —así se les llama hoy— de que sus beneficios, por separado, eran menores. Por eso, una boda de conveniencia transformó el mundo entero en bienes gananciales. El papa coronaba a los emperadores, y los emperadores se erigían en brazo armado de los papas. ¿Que había perturbaciones conyugales regias?, Roma declaraba nulos los matrimonios. ¿Que se descubrían tierras nuevas?, Roma trazaba la raya: de lo pintado para acá, de España; de lo pintado para allá, de Portugal. ¿Que convenía sacudirse a determinados compañeros de viaje: moriscos y judíos?, Roma instalaba el Sagrado Tribunal de la Inquisición, y arreando que es gerundio. *Sic et coeteris,* como diría Roma.

Tal ha sido la historia de Occidente durante siglos. Los dos poderes han llegado a una *entente cordial* y de mutuo auxilio, construida sobre el *non plus ultra* de la cita del Cristo: «Al César lo que es del César, y a Dios lo que es de Dios.» Sus luchas fraternales, que generalmente se han llamado guerras santas, cruzadas o guerras de religión, han surgido porque uno de los poderes quería trincar más que el otro. Pero cualquiera que fuese el que las iniciaba, el que las pagaba era siempre el mismo: el rebaño, es decir, el pueblo de Dios. Por eso, la vieja puta protagonista de *Los buenos días perdidos* se siente tan segura entre sus dos columnas, las dos con uniforme —o con hábito, que es como la Iglesia llama a sus uniformes—: un guardia municipal y un sacristán: la máxima dosis de uniforme que entonces nos permitía la censura. (Por otra parte, dado el aire intencionadamente garbancero de la comedia, no me vino mal esa reducción de los dos poderes, acatetados y caricaturizados. Por la misma causa que entiendo que la mayor ración de ópera que el sentido musical español admite es la zarzuela. Y porque —hora es ya de decirlo— siempre he tenido por los uniformes, y por la uniformidad, en general, una instintiva prevención.)

Las aseveraciones de una y otra espada suelen parecerse de modo extraordinario; aunque, por descontado, lo que cada una intenta es arrimar el agua a su molino y sólo colaboran y coinciden cuando les beneficia. Aquí la Iglesia se adosó al Ejército y a la dictadura mientras éstos estuvieron dispuestos a abonarle la factura de que los obispos hubiesen levantado los brazos en saludos fascistas, publicado pastorales belicosas y convertido sus sermones en arengas. Cuando la Iglesia percibió que el antiguo régimen empezaba a estar harto de ella y de sus exigencias, y olfateó que el barco se iba a pique, saltó fuera y permitió a Tarancón que galleara, o a Añoveros que se indispusiera con el señorito. Ante el golpe del 23 de febrero calló la Iglesia, con multisecular prudencia, hasta ver por dónde iban los tiros. Y cuando las Fuerzas Armadas decidieron tomar partido —porque ellas fueron quienes lo decidieron— en el problema vasco, los tres prelados publicaron su carta pastoral, que es el ejemplo más nítido de ley del embudo que se ha producido en España en los últimos años. No se concibe cómo una institución que tiene tan claros los límites de cada poder y sus propios fervores democráticos no se somete a ellos. Aquí la Iglesia y el capitán Araña son los mejores sosias para interpretar una «comedia de las equivocaciones».

Y así seguimos, como en la Edad Media, sin avanzar. Nuestras circunstancias y nuestros problemas parece que no les competen ni a los Gobiernos ni a los partidos políticos: son excesivos para ellos, porque son anteriores a ellos. Los partidos son cosa moderna, y nuestros problemas y nuestras circunstancias, no. Les competen, por lo visto, a la Iglesia y al Ejército: por eso es al Ejército al que provocan con abominable tenacidad los infrahumanos terroristas: porque es lo más fuerte y los más representativo. Y entre uno y otro poder se balancea España. Entre los guerreros y los sacerdotes, tirándonos cada uno de una manga, no nos dejan crear, ni pensar, ni trabajar, ni vivir. Hasta que no se coloque cada cual en su sitio no será posible que avancemos, ni que seamos verdaderamente nosotros, sino sólo un reflejo de sus deseos o, por reacción, una contrafigura de ellos, lo cual quizá sea peor por ser injusto.

Un tal monseñor Yanes ha negado, acaso con exactitud, la existencia de intelectuales con obra hecha y de talla en la España actual. Es la mejor prueba de que la Iglesia produce efectos incalculables —en la intensidad, en el espacio y en el tiempo— sobre la modesta tarea de reflexión objetiva e independiente, que caracteriza a la intelectualidad. Sin embargo, consuela observar que el monseñor que hace tan desdeñosa afirmación sea el mismo que asegura que el paro «no está aún en una situación de hambre, y dista de estarlo», y que «parte de ese paro se debe al trabajo de la mujer». En pocas ocasiones ha estado nadie tan cómodamente distante de la verdad. Sin duda, el prelado opina que el verdadero intelectual es el papa Juan Pablo II, que acaba de reducir en un discurso la ética del arte al hecho de vestir al desnudo, lo cual hasta hoy era sólo una de las siete obras de misericordia. Será el primer valioso intelectual que pone involución en cuanto toca, escribe un teatro pueril, besuquea el concreto de todos los aeropuertos, gesticula más que decide, desaprovecha sus viajes y destituye a los más valientes teólogos.

Cuando el citado monseñor, por seguir con el mismo ejemplo, afirma que «la Iglesia es la mayor fuerza moral de este país, por lo que con su silencio la sociedad española sufriría un grave quebranto», y añade que «la desaparición de sus valores éticos-morales supondría la pérdida de la entidad de España», recuerda a un capitán general que asegura: «Los militares no pedimos nada para nosotros, pero lo pedimos todo para la patria... No tenemos más ambición que ser los primeros en el cumplimiento del deber y en el amor sin límites a España.» Puedo estar equivocado —ojalá—, pero me da pavor la frecuencia con que usan los dos poderes las grandes palabras —amor, deber, patria, moral—, que tan difícil es interpretar sin caer en exclusivas. Habría que poner en una panoplia esas dos espadas, que a veces se contradicen, chocan, disimulan, pero que históricamente han oprimido a nuestro pueblo con el sutil pretexto de salvarlo. Sería lo mejor para la Iglesia; sería lo mejor para el Ejército; sería lo mejor también para el rebaño.

CULTURA EUROPEA

Una idea confusa y discutible, pero a la vez válida y tensa, es la idea de Europa. Un guión de mi serie de televisión *Si las piedras hablaran* se titula *César y nada.* Es un diálogo, en Yuste, entre el emperador Carlos y Francisco de Borja. Dice el emperador: «Cuando la Historia hable de mí, si es que habla, debería decir que yo fui el último rey de la Edad Media, esa época sangrienta y delicada. Antes de mí, era Europa una sola familia: mal avenida, pero seguía viviendo en una misma casa y tenía una misma religión. Así llevaba mil quinientos años. Así intenté yo que continuara. No pudo ser. (...) En la hora de nacer no anduvimos con suerte. ¿Qué era Alemania?: una colección de Estados al mando de bandidos. Sus campesinos, agobiados de impuestos, sangrados por judíos, fueron gente propicia a las falsas arengas de Lutero. Y Francia, una nación tan joven, sin historia hasta entonces, quiso fabricársela a costa de mi vida y a costa de mi Italia. Y en mi Italia, la Iglesia, con un poder ya casi familiar, manejada por Farnesios y Médicis... Por esa Europa viajé yo todavía como viajaron los Cruzados cuando no había fronteras, cuando un europeo se encontraba en su casa, dentro de su cultura, fuese a Inglaterra o a España, a Sicilia o a Hungría. Pero, ay, yo tuve que viajar luchando.» Ahí está la cuestión: las nacionalidades se establecen sobre las diferencias, y son las diferencias lo que defienden para su afirmación. La historia de la Europa actual es una serie de luchas interrumpida por una serie de breves paces.

La última tiene treinta y cinco años sólo: no es demasiado vieja. En 1948 se fundó el Consejo de Europa con la misión de proteger y fomentar los ideales y valores comunes: para tan buen propósito se tuvo que esperar al final de la guerra. Hasta 1977 no se integró España en el Consejo: para tan buen propósito se tuvo que esperar al final de la dictadura. En el pasado mes de mayo, reunidos veintiún ministros de los países miembros han proyectado la firma de una Carta Europea de la Cultura. Pero, si es que se aprueba, no será antes de 1984, y en Berlín, de donde brotó la última ruptura. La Historia puede que no sea simétrica, pero sí pendular. Y es triste que hablemos ahora de Europa, con mesurado entusiasmo o sin él: eso confirma que sólo se canta aquello que se pierde. Las más imponentes potencias están fuera de Europa ya, y dentro de ella —y aun dentro de cada país de ella— se multiplican los nacionalismos: no siempre históricos, no siempre respetables, no siempre justificados.

Con notivo de nuestros demorados anhelos al Mercado Común y nuestras dubitadas aportaciones a su cultura, se me preguntaba hace poco qué relación había entre España y Europa. Pienso que la postura española es doble: la geográfica y la histórica. Su postura geográfica es evidente, pese a los Pirineos, y no sólo a causa del estrecho de Gibraltar. Su postura histórica es debatible: frente a la vocación mediterránea de Levante —o quizá no frente, sino junto a ella— está nuestro sentimiento hacia los pueblos árabes y nuestra obligación hacia los hispánicos. A España le tocó en suerte ser el bastión de Europa ante las invasiones, y el vehículo del descubrimiento y la colonización americanos. Luego, España se arrogó —por razones de predominio, más que nada— el papel de adalid de la ortodoxia religiosa. Sin embargo, la cultura es, con la mayor frecuencia, heterodoxa: por antidogmática, variable y creciente; por enemiga feroz de la ortopedia; porque no se reproduce en cautividad y porque exige una moral auténtica y flexible. La consecuencia fue inmediata: nos salimos de Europa. (Nos salimos a empellones, claro está.)

Pero es preciso agregar en seguida que, si aspiramos ahora a compartir nuestro destino —cultural, económico y político— con ella, es porque no llegamos a salirnos del todo. El hijo pródigo retorna por lo que queda suyo aún en la casa del padre. Si en Europa no hubiese nada nuestro, no valdría la pena procurar volver. Porque no somos un pueblo en edad para europeizarse. (A la cultura me refiero, no a las maneras, en que siempre tendremos que aprender.) Y es que Europa tiende a opinar que fue ella quien nos expulsó de sí, como los nórdicos acostumbran a opinar que fueron ellos quienes expulsaron a los moros del Sur. (De ahí que, en nuestra península la actitud de los norteños ante los andaluces se asemeje mucho a la de los europeos en general ante los españoles.) En cualquier caso, puesto a elegir, me quedo con España: su tipo de cultura —combativa, fronteriza, indescifrable, curtida, profunda— es el que me va. Quizá, entre otras razones, porque he nacido aquí.

Acabo de ejercer como jurado, en el Festival de Cine de Cannes, junto a un inglés, un suizo, un italiano, un ruso, tres franceses, un brasileño y una norteamericana. Los premios del palmarés se han otorgado a películas europeas y a actores europeos. No obstante, el colega con quien me sentí más a gusto era el representante del Brasil: lo que tengo de español volvió su cara a lo que había de *aparentemente* menos cultivado. No me refiero, por supuesto, a política alguna, sino a actitudes representativas de los pueblos. Sé que los políticos, en cualquier parte, se desentienden de la cultura, y si cuentan con ella es como algo pesado que hay que aguantar: una piel de cordero que disfrace su quehacer real y sus aspiraciones. Supongo que nadie enamorado de la cultura se dedica jamás a la política. A pesar de ello, leo que la UCD «está dispuesta», llena de abnegación, a darle, en su equipo directivo, «peso específico» a la cultura. (No sé a qué se refieren, pero gracias.) Y a pesar de ello, las intenciones del presidente socialista francés son, en principio, loables: un pacto nacional por la cultura, creación de una Ciudad Internacional de la Música, Escuelas Europeas de Cine y de Canto, una Ley-programa de Educación Artística y una Academia Franco-latina. (Qué curioso que nuestra *obligación* hispanoamericana no haya dado nunca para tanto.) Pero ¿hasta qué punto tales plausibles proyectos no son también *política*, y la mejor política?

Vuelvo de Europa —vuelvo de Francia— y me encuentro con un Congreso Mundial de Teatro en Madrid. En él se me ha vinculado a dos comités: el de Autores y el de Teatro del Tercer Mundo. ¿No es significativo? (El día del homenaje a Buñuel, en Cannes, coincidió con el vergonzoso alpargatazo del Banco Central en Barcelona. Se habría tomado por una prolongación del cine a la realidad: una ratificación surrealista del origen español de Buñuel.) ¿Cómo iba a sorprenderme de encontrar, a mi vuelta, datos característicos de los países subdesarrollados: epidemias atípicas, muertes —inexplicadas por la autoridad— de los tres inocentes de Almería, restricciones de agua, tiroteos por una discrepancia lingüística, y la disolución de la compañía que representaba mi comedia *La vieja señorita del Paraíso* por la incompatibilidad de dos actrices (buena lección para un Congreso de Teatro)? Es triste comprobar, una vez más, que España se elige con más fervor desde fuera de España. Acaso porque sea un país para soñarlo, para echarlo de menos; un país en el que se corre el riesgo, cuando llegas, de comenzar a echarlo en seguida de más.

UN TRÉBOL DE CUATRO HOJAS

Este año se nos ha descolgado de sopetón el verano. Su jadeante tigre asustó a la primavera, salpicada y cobarde, que huyó sin haber habitado apenas con nosotros. Aquí está ya el calor, decidido, invadiendo las azoteas y las habitaciones, maniatando a las brisas, encendiendo repentinas tormentas, desalojando a las familias, que miran hacia los cuatro puntos cardinales y eligen un sitio donde pasar su vacación. Este año es el verano el que ha venido sin que nadie sepa cómo ha sido: anticipado y caprichoso y fuerte. ¿Dónde estará ahora abril, con sus abarcas de plata, y mayo, con su canastilla perfumada y florida? Sin darnos cuenta, de rondón, nos impuso el verano su ardiente pedrería. De él se dice que es la estación más propicia a las revoluciones: supongo que lo será también a las contrarrevoluciones. ¿Por qué, cuando la gente se encuentra descuidada, con los ojos entretenidos, limpiándose el sudor en paz, hay alguien que premedita la rebelión y el drama? Habrá que estar atentos al verano: que sus húmedas manos no tengan que secar más sangre derramada, los cuajarones de más sangre inocente; que, entre todos, resolvamos el remedio para esas vacaciones del paro, tan largas, tan terribles y a deshora, tan destructivas, tan amargas... Se acerca ya la Noche de san Juan, saltando con su oscura falda estrellada sobre las hogueras; se acerca ya y formula tres deseos, o uno solo tres veces repetido. Pronto la Noche de san Juan arrastrará sobre los tréboles su cola negra y cálida: sobre los tréboles que el rocío, de madrugada, balancea. Bajo el plenilunio, delicado e indiferente a nuestras cosas, que no nos falte el trébol este año. («Trébole, ¡ay, Jesús, cómo huele! / Trébole, ¡ay, Jesús, qué olor!») Que cada cual exprese su deseo más íntimo esa noche, y, junto a él, el deseo común de seguir adelante juntos y alegres; el deseo común de que pase el verano al lado nuestro, juntos los españoles y alegres a pesar de los pesares.

Entre todas las estaciones, siempre el verano fue mi predilecta. Amo escribir con el antebrazo pegado por el sudor a los papeles. Amo andar descalzo sobre las baldosas; comer fruta; escuchar al ruiseñor, vestido a contra mano; abandonarme, como un objeto suyo, al sol, ese gran perro dorado; ir ligero de ropa bajo el espeso aliento de las siestas. Y amo también recordar en verano los anteriores veranos de mi vida, los veranos amables de mi vida. Aquellos distantes de la infancia, en que nada tenía que hacer sino esperar la vuelta del otoño con sus libros sin estrenar, forrados ya de azul; y también aquellos otros, más cercanos, en los que el corazón se abría sorprendido ante las facciones —crueles a veces, inevitables siempre— de la belleza o del amor. Recuerdo, mientras escribo hoy —con la mano pegada al papel en efecto—, mis veranos de Italia, cuando aprendía a ser éste que soy, no sé si bueno o malo, pero ya irremediable; cuando tuve la certeza de haber nacido tan sólo para amar y ser amado, antes de que mi vida —la vida— se me fuera por otros derroteros... Aquellos veranos por San Miniato arriba; por San Pietro in Montorio; por la Logia de los Lanceros, contemplando —desde el Perseo— al Biancone; por la plaza *dell'Erbe* en Verona, donde los melocotones son tan célebres como Romeo y Julieta... («La mañana de san Juan, mozas, / vamos a coger rosas. / Pues que tan clara amanece / —vamos a coger rosas— / y todo el campo florece / —vamos a coger rosas—.»)... por las marinas, desiertas e inaugurándose en cada amanecer con la huella, olvidada e inolvidable, de un pie humano en la arena. («Yo no sé cómo bailan aquí, / que en mi tierra no bailan así. / Íbase la niña, / Noche de san Juan, / a coger los aires / al fresco del mar.»)

Y recuerdo los infinitos veranos andaluces, donde me fui quedando, poco a poco, entre quebradas, avellanos, atardeceres compartidos, olivares, cigarras, resoles, ojos que fueron míos y que me reflejaron, manos que fueron mías y me grabaron a sangre y fuego un nombre... En Córdoba, en verano, al mediodía todo es blanco, y por la noche, casi naranja, despiden los viejos muros el bochorno acumulado. En Granada, corren las aguas sin que nadie las detenga. En Jaén, el aire es tan trabado que andar cuesta fatigas. En Málaga hay un soplo que evapora el sudor, y el sudor sabe a mar, y a la orilla del mar huele el salitre con la dama de noche y el jazmín sobresaltado. En Huelva bajan los pinos a beber a las olas, y se tiende la tarde, morada y rosa, sobre las marismas. En Sevilla, el lento oreo se hace el desentendido y se pierde por las plazuelas, mientras el río se para, cansado e indeciso, sin saber cuál elegir de las dos riberas. Porque en Cazorla mana un borbotón de agua entre mariposas blancas, que, como el amor, se multiplica y se transforma en río: un río soñoliento, paternal, generoso y, también como el amor, irreparable.

Recuerdo —con palabras de Lope, acaso sin el gozo de Lope— otros veranos. («Noche de san Juan, / que alegra la tierra / y retumba el mar.») Cádiz, donde el amor se enreda entre los dedos coleando como los pececillos de plata recién sacados de la mar; donde las salinas son un pretexto sólo para juntar los rostros y mirarlas juntos. Almería, donde el agua va pasando por mil tonalidades desde el celeste al negro; donde, cuando el sol se deja —desganado— ganar por el ocaso, el Mediterráneo se pone violeta. («Noche de san Juan: / todo el fuego que tengo / lo traje de la mar.») No siempre estuve solo. Y quizá no lo estoy. Es preciso y hermoso recordar ambas cosas. Quizá nadie está solo.

Por eso yo pido —desde aquí, desde ahora— que todos recordemos nuestro verano irrepetible, si es que alguno hay que no lo sea: nuestro mejor verano. Desde aquí y desde ahora, pido que descendamos, en la Noche de san Juan, a la yerba y al trébol, y busquemos con fe el trébol de cuatro hojas: ése que, con tanta frecuencia, antes, se nos ofrecía, un centímetro más alto que los otros, levantándonos su cuádruple sonrisa y su única esperanza. Porque, como españoles, nuestra esperanza es única. Pido que saltemos, con renovada ilusión, las antiguas hogueras; que dancemos alrededor de las antiguas y eternas hogueras chispeantes, plenas de luz y gracia; que, a su luz, nos busquemos a nosotros mismos, cada uno dentro de sí y dentro de los otros, para sentirnos fraternales y unidos. Pido que, bajo este solsticio de verano, apretemos nuestros esfuerzos y nuestros deseos de felicidad —«Trébole, ¡ay, Jesús, cómo huele! / Trébole, ¡ay, Jesús, qué olor!»—, y nos entreguemos a los ritos petitorios del fuego, y supliquemos que transcurra el calor de este año en medio de la paz colectiva. El más claro trébol de cuatro hojas que conozco, la más cierta de las suertes buenas que conozco, es el recíproco anhelo de continuar y rematar la tarea iniciada: hombro con hombro, jubilosos y seguros de que nadie podrá nada contra la voluntad del pueblo que entre todos formamos. Tengamos confianza: en esta Noche de san Juan, prodigiosa y rotunda, cantará el ruiseñor. Pero es imprescindible que todos lo escuchemos.

LAS FUERZAS QUE ARMAMOS

Cualquier clase de fuerza que no venga avalada por la fuerza moral es despreciable. Las fuerzas de orden público de un país civilizado encuentran su única justificación en aquello que las define: el mantenimiento de ese orden frente a todos los que intenten perturbarlo, incluidas ellas mismas. Su existencia ha de apoyarse en la confianza de la comunidad, que les encomienda una misión delicadísima y tan peligrosa que la propia comunidad no se considera apta para cumplirla: el manejo de las armas contra los infractores de la ley. A cambio de tal confianza, los cuerpos en que se deposita tienen que responder con una nitidez absoluta, eliminando de sus actividades la menor zona oscura. Primero, porque están al servicio de la colectividad y pagados por ella. Segundo, porque el servicio, cuyo cumplimiento se les asigna, es a la vez muy limitado y muy arduo. Tercero, porque, si así no se condujeran, carecerían del derecho de utilizar las vías que sólo a ellos la colectividad tolera utilizar; un derecho es siempre la contrapartida de una obligación y el instrumento correspondiente a una función social. Sucede, por tanto, con las fuerzas de orden público como con la mujer del César, que no sólo debe ser honesta, sino que debe además parecerlo a los ojos de todos, para eliminar hasta la más mínima sospecha de privilegio o de parcialidad.

Atravesamos momentos en que buena parte de la jerarquía eclesiástica se queja de un anticlericalismo desencadenado, y buena parte de las fuerzas armadas se queja de antimilitarismo o, en concreto, de «calumnias intolerables que ni la Guardia Civil como institución ni sus miembros deben tolerar». Estimo que, aquí y ahora, nadie tiene por qué subirse a la parra ni tomar el rábano por las hojas. Si empezamos a llamar enemistad al análisis, y a la petición de explicaciones, «campaña corrosiva orquestada», estamos apañados. Sería como si yo pregonara que, dado que la gente no va mucho al teatro, se ha promovido un ataque contra él en los medios de comunicación para tratar de hundirlo. Si hay algo que distinga los años presentes de los pasados es la posibilidad —no demasiado grande, y cada día menor— de opinar sobre las actuaciones de quienes desempeñan cargos públicos y, en consecuencia, responsables. El cargo, como su nombre indica, no es una bicoca, ni una patente de corso, ni un tentebonete: es un oficio oneroso, un gravamen, una servidumbre y un compromiso: remunerado, claro está. Ninguno de los que ocupan puestos públicos, del rey abajo, son nolimetángeres, que sepa yo.

Con frecuencia mayor de lo deseable se leen noticias de disparos no dirigidos a un blanco conveniente; noticias de gatillos o conductas demasiado ligeros. Un guardia civil deja paralítico de un tiro al alcalde comunista de Abrera, en el Bajo Llobregat; unos guardias civiles matan en Villaviciosa de Odón a un hombre que, al parecer, corría al puesto a denunciar un atraco; otros guardias civiles descerebran a una mujer que, entre algunos vecinos de Overa, se oponía al paso de un camión en defensa del agua para su vital agricultura; unos policías matan, de un balazo de goma, en Parla, a un chiquillo de catorce años, en una protesta por la escasez de agua; otros policías promueven, en Leganés, tal ensalada de golpes y disparos, que acaban heridos siete de ellos y un par de mujeres, cuando la manifestación que dio motivo al caso ya había concluido, y precisamente reivindicaba una mejor asistencia sanitaria; un guardia civil mata en Guadalajara a un joven a la salida de una discoteca... Son ejemplos salteados y recientes.

A tales comportamientos no puede servir de excusa —ni de paliativo— el hecho de que las fuerzas de orden público estén siendo agredidas en zona determinada del territorio nacional. Su preparación —porque el desempeño de un servicio la requiere— exige que no pierdan los nervios jamás: ni en los lugares donde se les acosa, ni mucho menos en los otros: a mayores poderes, mayor serenidad. Si a un boxeador profesional le está prohibido pegarle un tortazo por la calle al primero que le pise un pie, ¿qué no le estará prohibido a quien, con el dedo índice en un gatillo, puede matar en nombre de la ley? Esa preparación, en los números y en los mandos, ha de distinguir entre el terrorismo y lo que no lo es, y en ambas situaciones atenerse a las normas. Porque un *error trágico,* como ha calificado el erróneo ministro del Interior a los sucesos de Almería, es definitivamente irreversible, y hay que responder de él. Esa preparación, la comunidad tiene una perfecta facultad de reclamarla. Y me parece que no hablaba de ella un ex ministro —hoy partidario de la pena de muerte, ayer torpe titular de Gobernación en los acontecimientos de Vitoria— cuando afirmó que «cualquier teniente de la Guardia Civil sabe cómo terminar con el terrorismo». Porque para hacerlo no es prudente disparar contra lo primero que se mueva y preguntar después. ¿O es que acaso estamos donde estábamos?

La noche del *error trágico* de Almería, lo comentaba yo cenando con un escritor y periodista. Ante mi consternación, aseguró que prefería esa equivocación sangrienta a otras por omisión, que nos estaban empujando fuera de este país. Yo creo, por el contrario, que son los errores que van contra la confianza básica del pueblo en sus cuerpos armados los que acabarían por echarnos. Para merecer el respeto, la consideración, la fe y la ayuda de un pueblo, aquellos cuerpos han de actuar con una meticulosa limpieza, reconocer sus fracasos y, además de tenerlas, dar sensación de serenidad, honradez y perspicacia. El periodista a que aludía hace también crítica de teatro, y un día me advirtió que el duro juicio sobre una obra mía era prueba de su más alto aprecio por mí y un estímulo para que no defraudara su esperanza. No sé si era verdad, pero *mutatis mutandi* también a la fuerza armada ha de aquilatársela mucho: por serlo, y porque mucho y muchos dependemos de ella. Es imposible tolerarle esa ley del embudo, en virtud de la cual basta que un guardia civil cometa una tropelía para que deje de ser guardia civil, según su más alta autoridad afirmó cuando el alpargatazo del Banco Central en Barcelona. Si se deja de ser guardia civil por pisar el umbral de un banco con malas intenciones, ¿por qué no se deja de serlo al atravesar el umbral de las Cortes con el propósito de mandar a tomar por saco el Parlamento y la Constitución? ¿O es que eso contribuye al «honor y gloria» del tricornio, como se ve escrito por bastantes paredes de la Patria?

Un editorial de este diario, pidiendo el esclarecimiento de lo de Almería, precisaba: «No es el honor de la Guardia Civil lo que anda en juego, sino el juicio sobre el comportamiento de alguno de sus miembros, cuya actitud deshonra al cuerpo al que sirven y al uniforme que visten.» Dudo que sea cierto. Yo entiendo que el honor es, primero, el estricto cumplimiento de nuestros deberes respecto del prójimo y de nosotros mismos; segundo, la buena reputación que sigue a la virtud y al mérito. Yo entiendo que se trata de una recompensa que nos conceden los demás. Yo entiendo que es muy intrincado distinguir entre una institución y quienes la componen. Yo entiendo que sí es el honor de un cuerpo el que anda en juego: ya que, de no clarificar él mismo el comportamiento de sus miembros, arrojará una sombra sobre sí. Porque —y de esto estoy seguro— nadie honra a quienes no respeta, ni a quienes, sencillamente, teme.

NUESTRA REALIDAD

Todo el que me conoce sabe que mi aparato digestivo es una porquería: perezoso, indigno, siempre a punto de agujerearse, de una desgracia perfeccionada por el uso: en una palabra, indeseable. Anoche me fui, con él a cuestas, a una cena entre gente moderada. (Lo cual no es mucho decir, porque hoy suelen confundirse los moderados con los acobardados, y acobardados están en España bastantes ciudadanos y todos los políticos.) Procuré cenar poco y sano. No me sirvió de nada: la conversación —honrada, no obstante, o quizá por honrada— me levantó el estómago. Entré en casa vomitando. Toda la noche tuve una sensación de asco. Y creo que en esta ocasión no se debía a una de las habituales equivocaciones de mi aparato digestivo: existen cosas que no hay quien las digiera.

El otro día, una periodista granadina me preguntaba cuál había sido el día más triste y cuál el más alegre de mi vida. Sin reflexionar casi, por instinto, di como el más triste uno muy íntimo —un día de orfandad—, y como el más alegre, por el contrario, uno de solidaridad y compañía gozosa: el 15 de junio de 1977, en el que bautizamos a una España reciente, amanecida y llena de esperanza. Todo volvió a empezar en ese día, y todo era posible. Nunca lo comunitario fue tan de la mano de lo individual, tan a su mismo paso. Iba a mudar lo colectivo porque cada uno de nosotros se iba a mudar el alma. Qué buen día, señor, qué inolvidable día... Y, sin embargo, tal día se ha olvidado. Hoy parece mentira la juventud aquella, tanta sonrisa, tanto fervor ilusionado. Mientras a duras penas ingurgitaba anoche mi revuelto de huevos con no sé qué, recordaba mi día más alegre; escuchando a mis derrotados comensales, recordaba mi buen día perdido. Nunca más comeré con políticos. Yo no tengo salud, ni edad, ni posición para ese exceso. Qué disparate, madre. Están tan ensimismados que no ven a un palmo de sus propias narices; para ellos no hay más realidad que sus fantasmas. Qué suyos son. Y con cuánta razón puede decirse que son suyos: porque lo que es nuestros, desde luego que no.

Todos los profesionales —de lo que sea: desde la fontanería a la biología— intentan ser coherentes consigo mismos y con su profesión: una profesión por la que cobran, de la que viven y en la que se cumplen. Todos, menos los políticos al uso de esta tierra. Nadie los ha obligado a hacerse políticos (seguramente no han recibido, para ello, más presiones que yo, y aquí me tienen limpio de plvo y paja): lo son por vocación irresistible. Pues yo no he visto ninguna vocación tan malograda, tan contradicha, tan yacente. ¿Qué les pasa a estos pobres? Los del Gobierno, ni gobiernan, ni tienen la más remota intención de gobernar; los de la oposición, ni se oponen, ni reclaman, ni dicen esta boca es mía. Y el país descarrila sin esos dos rieles por donde lógicamente tendría que circular. No hay en el presente ni un solo ministro que no haya debido dimitir, o ser cesado, por lo menos tres veces. Nadie da explicaciones, entre otras cosas porque nadie las pide; pero cuando se dan sobreviene un seísmo: con azúcar está mucho peor. No se explican: eructan. El ambiente se ha vuelto tan irrespirable, tan pestilente, tan corrupto, tan mendaz como el de antes. Han vuelto a ser entronizados el cambalache, la mediocridad, el compadreo y el temor. Como para tener un aparato digestivo que se ande con melindres.

La democracia, se quiera o no, es igual que el movimiento (no el Movimiento nacional, por Dios, sino al revés): se demuestra andando, se perfecciona andando, se afirma en su propio progreso. Si se detiene, muere. A la democracia, como a la vida, no se le puede suplicar: «Espérate un par de años, hibérnate, hazte la distraída, no hagas ruido, ya vendrán tiempos mejores», porque se muere. No es que corra peligro —el peligro es consanguíneo de la vida y de la democracia—, es que se muere y no hay quien la levante. Un Gobierno asustado y una oposición asustadiza y parchosa matan a la democracia. ¿Qué dilema es ese entre dar un paso hacia adelante o dar dos hacia atrás, por si los tanques? ¿Y qué tanques son esos? Si alguien elogia —o lo consiente— a un golpista, delinque contra la Constitución lo mismo que quien elogia a la ETA. Si alguien promociona —o lo consiente— a un golpista, es tan enemigo de la patria como un GRAPO, si es que lo hay. ¿Qué significa la declaración del ministro del Interior: «La extrema derecha, aunque ha realizado actos terroristas, no se basa de una forma tan radical sobre el terrorismo como ETA»? ¿Qué significa eso de que el acto de invadir las Cortes fue un «terrorismo con una componente política más fuerte, y relacionado con menos peligro personal. No se le causó daño a nadie»? ¿Estamos todos locos, o ese ministro sólo? ¿Que no se les causó daño a nadie? ¡Qué atrocidad!

Por televisión vimos cómo se pateaba la inmunidad del Congreso, cómo se le insultaba zafia y torpemente, cómo se amenazaba, cómo se envalentonaba la mezquindad con el arma en la mano, cómo se zarandeaba a un general. Lo vimos todos. Pero, bendito sea el Señor, no fue tan grave: a nadie se hizo daño: tiros al aire, pelillos a la mar, honor y gloria. Tres días después, la Patria entera clamó contra tal atentado. A gritos. Nunca estuvo tan clara una opinión pública. Pero «las reformas no se pueden violentar; tenemos que adaptarnos al ritmo que necesita la sociedad». ¿Qué sociedad, señor ministro? Porque lo que es la nuestra necesita un ritmo y una sanción y una sentencia tan rápidos como su propia decisión de oponerse. De oponerse a ella por sí misma, ya que ni la oposición se opone aquí. El golpe ha triunfado en la mente de todos los políticos: qué pena.

¿Cómo no iba a vomitar anoche oyendo hablar de la *realidad política?* Como si la *realidad política* fuera algo intangible, misterioso, inmanejable; es decir, como si fuera lo contrario de la verdadera realidad. ¿Qué es la realidad política, señores de la oposición? ¿No será el coco de los niños, al que su mismo miedo hace crecer? Ya estamos hartos de poderes fácticos, existan o no, que hay que mimar para que no nos hagan pupa. «Una cordera, / de tanto acariciarla, / se volvió fiera», se canta por mi tierra. La otra mañana, en un departamento de ginecología, cuando le pidieron su número de consulta a un marido, gritó: «Qué coño número, si yo soy uno de los guardias civiles que tomaron las Cortes.» A eso llevan el canguelo y la *realidad política.*

El ex presidente Suárez —cuando se está de vuelta se habla más y mejor— ha dicho ayer: «No pueden existir, al margen de la Constitución, centros de decisión impunes, sin control, que a nadie dan cuenta de sus intenciones y que pueden no defender intereses generales, sino oposiciones minoritarias y contrapuestas a los intereses manifestados por el pueblo español.» Esa es la única realidad que yo conozco, la única realidad que yo respeto, la única realidad por la que lucho. Aquí, o jugamos todos limpio o rompemos la baraja otra vez. ¿Siempre habrá aquí un dos de mayo, en el que el pueblo tenga que defenderse de quienes paga para que lo defiendan?

EL CORAZÓN HUMANO

El enamoramiento no es más que la concreción de un estado de ánimo. Los seres que son objeto posible del amor se encuentran alineados ante nosotros, y uno de ellos da un paso al frente, se destaca, llama nuestra atención: en él se posan, como en un árbol florido, los vagos pájaros de nuestras aspiraciones, de nuestras carencias, de nuestras abundancias. El dolor, que habita en un lugar tan próximo al lugar del amor, suele proceder de la misma manera. Del cúmulo incalculable de sus posibilidades elige, sin saber bien por qué, una determinada, se afirma en ella, la abraza, derrama sobre ella su llanto. El origen de tales elecciones, de tales reducciones a la unidad, no siempre está al alcance de nuestra comprensión. Parece como si el ser humano no fuese capaz de sostener su propio sentimiento a través de una extensión demasiado grande, ni a través de una intensidad demasiado punzante. En el espacio y en el tiempo el corazón humano necesita de límites. Busca su *aquí* y su *ahora.* Es evidente que el corazón se cansa. Se cansa de amar; se cansa de sufrir; se cansa de mantener los ojos fijos; se cansa del esfuerzo prolongado y continuo que supone alimentar cualquier fuego sagrado. El corazón no es un atleta. Lo que caracteriza al atleta es su preparación de cada día, el duradero impulso, el entrenamiento sin desmayos. La proeza es sólo una anécdota; la meta es lo que sobreviene. Al atleta le importa el viaje más que la llegada, la musculación más que el récord, el transcurso del plazo más que su vencimiento. El corazón del hombre no se puede decir que sea un atleta.

Por eso, de vez en cuando, una ciudad, una nación, la humanidad entera se plantea breves puntos de mira voluntarios de amor o compasión. Son *el día del hambre, el día de la caridad, el del amor fraterno, el del niño, el del padre, el de la madre, el de los enamorados.* Son cómodos y espaciados recordatorios que llaman sin urgencia a las puertas del corazón, que anda quizá embebido en sus cosas, o que quizá no anda. Sin embargo, hay instantes en que a una ciudad, a una nación, a la humanidad entera las sacude un acontecimiento no previsto. Y las sacude sin un proyecto previo, de repente, tomando desguarnecidas a las altas barreras de egoísmo que las cercaban. Se levanta entonces la latente tentación de solidaridad que en todos yace, el deseo de hacer una causa común, la exigencia de saberse compañeros. Es frecuente que eso suceda —porque el egoísmo no se abate del todo— alrededor de un dolor ajeno que pudo golpearnos a nosotros: un terremoto, un incendio, una inundación, un insoportable asesinato, una injusticia extraordinaria. Es como un modo de pagar nuestra inmunidad; un pretexto para derramar las lágrimas que, por desinteresadas, creemos las más limpias.

Por ejemplo: en medio de la incesante hemorragia del mundo, de los atentados nacionales e internacionales, de los genocidios, de la estremecedora crueldad del hombre con el hombre, Italia se ha conmovido en torno a un niño de seis años. Esta vez a la confraternidad la promovió un caso de extrema indefensión. Desvalimiento sobre desvalimiento: no sólo se trataba de un niño, sino que su pequeño corazón estaba enfermo, y además agonizaba a muchos metros de profundidad, hundiéndose en un pozo irremediable. Durante setenta y tres cortas e interminables horas millones de seres humanos se han mirado en el fugaz espejo de Alfredino Rampi. Durante setenta y tres horas se ha acometido toda clase de proezas físicas y morales; se ha pretendido conseguir lo más difícil; ha estado un país pendiente del frágil aleteo de una vida minúscula, aterida, amenazada doble, triple, infinitamente. Durante setenta y tres horas anduvo sigilosa y de puntillas una nación, con su primer hombre a la cabeza, convertida sólo en una casa donde un enfermo grave se hubiera adormecido. Qué claro está que la humanidad padece hambre de símbolos, de reconocerse y purificarse en los símbolos que ella misma se propone.

Ante esos gestos súbitos yo siempre siento una inmensa ternura y una inmensa desconfianza. Ternura, porque en ellos la humanidad demuestra su infancia imperturbable, su eterna indefensión, la última vulnerabilidad que tiembla bajo tanta coraza, su anhelo de emocionarse, su insaciable deseo de ser acariciada y compartir la paz y la caricia, la fe en su fuerza y en su generosidad. Desconfianza, por esa curiosidad de acechar la herida abierta, de tocarle los labios a la herida, de retratar la angustia de los otros, de invadir la intimidad sangrante de los otros; por esa precisión de enjugar las sangrías con nuestras propias manos, acaso para complacernos en nuestro mayor vigor, acaso para comprobar que somos nosotros los protectores, y que no es a nosotros a quien abruma la tragedia. Desconfianza, porque a la humanidad la estimula lo insólito, no lo frecuente y más próximo, no la cotidiana aflicción, no la atroz estadística, no la desolación que se hizo ya costumbre y fue, por eso, asimilada. A la humanidad —como cualidad y como especie— la impulsa, igual que a un jumento, el zurriagazo. Para que Alfredino Rampi pudiese ser operado de su cardiopatía en Estados Unidos, Radio Vaticano abrió una suscripción; pero fue necesaria la caída en el pozo. Y con la muerte de la esperanza, murió la solidaridad: surgió la furia por la desorganización, por la incompetencia de las autoridades, por la pobreza de los medios, por las tardanzas, por los descuidos, por lo grotesco de ciertas actitudes. Médicos, periodistas, policías, magistrados, bomberos, sacerdotes, políticos, geólogos, espeleólogos, técnicos en televisión y en perforaciones y en radio, voluntarios, curiosos han extraviado al parecer la razón que los mantuvo tensos y unidos. ¿Habrá sido también inútil la muerte de Alfredino? ¿Continuaremos desatendiendo los aldabonazos a la puerta de nuestro corazón? ¿Tendremos que mandarlo, con el dinero recogido por Radio Vaticano, a operarse a Estados Unidos para que no se haga el sordo, el ciego, el tonto, el distraído? ¿No servirá de examen de conciencia este golpe entrañable? ¿No haremos nadie nunca un verdadero propósito de enmienda?

Cuando un amigo se suicida sin éxito —y la expresión ya tiene guasa—, le llevamos flores y libros y revistas como si fuese una recién parida (de alguna forma lo es, pues significa el triunfo de la vida); pero ¿acaso lo vimos, antes, consumirse, enfriarse, irse acercando a la muerte poco a poco, echando una ojeada alrededor? Cuando un amor nos abandona, le daríamos todo, todo, todo para que no se fuera; pero ¿acaso cuando era huésped nuestro le sonreímos; cuando era imprescindible le dijimos palabras cariñosas, le rozamos la mejilla o el pecho o la cintura, le cedimos el sitio más soleado dc nuestro corazón? Qué confuso y reacio el corazón humano, que sólo reacciona bruscamente cuando la última pena se aproxima. Cuánta contradicción entre su mentira y su verdad, su sinceridad y su fingimiento, su atracción y su repulsa; entre la moral congénita y la moral hipócrita. Qué agria fruta, qué dulce fruta el corazón humano.

LA VIDA LITERARIA

Me acaba de pedir una periodista mi opinión sobre la vida literaria madrileña. Me ha cogido tan de sorpresa que temo haberle respondido con desabrimiento. Porque yo, lo que acostumbra llamarse vida literaria, no lo he hecho nunca —creo—, ni en Madrid, ni en ningún otro sitio. Para mí, el escritor es un hombre que no tiene de especial sino que escribe. Los caminos que le conduzcan a ello son tan personales que poco o nada tendrán que ver con la vida que viva. Supongo que, por ejemplo, los viajes le enriquecen. Pero también le enriquece el sufrimiento, si lo digiere bien, y la observación de su entorno habitual y la comprensión y la lectura; y para conseguir cualquiera de estas cosas no necesita moverse demasiado, afortunada o desgraciadamente. Además, estas cosas enriquecen tanto a un escritor como a cualquier otra persona: un ingeniero, un trapecista, un médico, un herrero. Por eso, como autor de teatro, nunca he sentido la tentación de escribir una comedia en que apareciera un escritor. Porque ¿cómo es un escritor?, ¿en qué se distingue de nadie, a no ser que *esté escribiendo* y, por tanto, ensimismado y mudo? Ser escritor siempre me ha parecido un oficio modesto y molesto a la vez. Yo habría preferido otro, pero no se me ha dado la menor opción. Una muchacha me envidiaba, hace poco, la proximidad del mundo literario, tan apasionante, en el que se conocen seres fuera de lo corriente. Yo la desengañé. El escritor es testigo de la vida; ha de contar la vida. Y vivir no es eso —no es, al menos, sobre todo, eso—, sino meterse en la vida hasta los dientes; dejarse alborotar, trastornar, invadir por la vida. Por la vida verdadera. De ahí que comience a erizarme cuando oigo hablar de la vida literaria, porque me suena a algo artificial, falso, sobrepuesto:

una vida pequeña de iniciados en no se sabe qué, o de rebeldes no se sabe contra qué.

Yo, por no creer, no creo ni en las generaciones literarias. Entiendo que son una manera de simplificar o de catalogar, para que los estudiantes aprendan con más comodidad literatura. Por supuesto, existen coincidencias cronológicas, y las grandes parábolas de la Historia influyen en aquellos que las viven. Pero hay que distinguir entre las coincidencias éticas y las estéticas. Pienso que un escritor, apenas sabe y puede volar solo, se transforma en un francotirador que hace la guerra por su cuenta: la guerra literaria y, a menudo, la guerra real también. Supongo que el hecho de cultivar yo diversos géneros literarios ha subrayado mi rechazo instintivo a afiliarme a algún grupo. En mi adolescencia sevillana trataba con poetas —nunca mucho— alrededor de una o dos revistas recién nacidas. Y quizá eran las revistas nuestro nexo de unión, más aún que las afinidades electivas en ellas concretadas y mostradas. Por eso no considero que aquella vida —universitaria más que nada— pueda calificarse de vida literaria. Como tampoco lo fue la que hice, ya instalado en Madrid, a caballo de los cincuenta y los sesenta, junto a un reducido número de buenos escritores. Aquéllos eran afectos que continúan imperturbables, inquietudes claramente juveniles, impulsos a la dignidad de la palabra artística y a la justicia colectiva, que no tenían mucho de literatura, aunque la literatura fuese —es lógico— mi forma de expresión y el arma que empleaba.

En las últimas semanas he sido solicitado por diversas personas —mejor sería decir entidades— para cofundar tres o cuatro tertulias diferentes. Acaso mi confesado gusto por la conversación y la importancia que doy a la dialéctica hayan tenido que ver con esas pretensiones. No obstante, apenas he comparecido jamás en ninguna tertulia. Hasta qué extremo llegará la escasez de mi afición a ellas que, estando el primer piso que puse en Madrid a veinte metros del Café Gijón, no recuerdo haberlo pisado más de cuatro veces, y dos de ellas para desayunarme. La sensación más inmediata que me produce la palabra tertulia es la de pérdida de tiempo; la de charla inorgánica e inválida; la de diálogo truncado y lleno de extorsiones, en que uno termina, para ser oído, por tener que alzar la voz, de lo cual no me siento capaz. Es bonito rememorar las viejas tertulias de café a las que uno nunca concurrió; rememorar tal o cual frase brillante de un escritor famoso. Pero es menos bonito comprobar que tales tertulias eran diarias y, probablemente, aburridísimas, ya que sólo se nos han transmitido muy contados momentos de esplendor.

A esto hay que añadir, en mi caso, una inexistente vocación pedagógica. Si alguien ha aprendido algo de mí, aseguro que ha sido casi a mi pesar y sin que yo tuviera la menor intención de enseñarle: durante el transcurso de cualquier charla sin petulancias, en la que todos nos hayamos encontrando en el mismo nivel. Hablar a un auditorio no es, para mí, una tertulia, sino una clase o una conferencia. Esa es la causa de que los medios de comunicación, al manifestar *urbi et orbe* cómo es un escritor en su vida, en su obra, en sus movimientos e ideas extraliterarios, hayan desplazado a las tertulias —y redimídonos de su servidumbre—, en que se ejercían, se quiera o no, un más o menos descarado magisterio y un más o menos solapado deseo de trepar.

No sé, pues, si en Madrid hay —o alguien hace— vida literaria. Sospecho que algún descontento solitario acudirá a los cocteles de presentación de libros, a los mínimos recitales de poemas y a las conferencias, que cumplen la alta misión de paliar el abandono interior que acentúan las horas del anochecer. Sin embargo, no tengo la certeza de que a eso se deba llamar vida literaria, ni de que sean literatos la mayoría de quienes acuden. El literato es el autor de la conferencia o del libro o de los poemas. Y a tales horas, o está escribiendo, o sentirá, por haber escrito ya ese día, un natural empacho hacia la escritura. Querrá —eso me ocurre a mí— ver la vida: la ajena, la interminable, la inasible vida, con la que su obra se trenza y se confunde. Porque quizá el escritor lo es más cuando se halla *preocupado* —el ojo avizor y el alma espongiaria— que cuando se halla *ocupado,* exprimiendo su esponja sobre el papel. Y si un literato hace vida literaria, concluirá por no hacer vida alguna: la redundancia es mala enemiga, y llover sobre mojado, inútil.

Cuando se me pregunta por qué vivo en Madrid, contesto que no porque exista aquí —lo ignoro— vida literaria, sino, al contrario, porque me parece una ciudad suministradora de más independencia, mayores posibilidades de apartamiento, más oportunidad de excitaciones y multiplicaciones. (Dejada aparte la triste circunstancia de que el teatro padezca, en España y en todas partes, una peligrosa congestión cerebral.) A veces he estudiado un proyecto de retirarme de aquí, de refugiarme en un pueblo doméstico junto al mar, al pie de las montañas. Sobre el papel es un proyecto hermoso. La realidad suele contradecirlo. El refugio se convierte en un candelero donde, al rato de llegar, se te obliga a tomar partido en cualquier campo: desde el político hasta el parroquial; se te obliga a manifestarte hasta sobre las peleas del alcalde con su propia mujer. Y eso no sé si será o no vida literaria: lo que sé es que no es vida.

LA LEY DEL EMBUDO

Un obispo de Madrid, de actitud muy diferente a la que la jerarquía nos tiene acostumbrados, me dijo la semana pasada que de mis escritos se desprenden unas exigencias profundamente religiosas. «Más», agregó: «profundamente cristianas». Yo le advertí qué difícil es ser profundamentee cristiano en un país como España, sobre el que pesan siglos y siglos de catolicismo oficial. Por eso me extraña más el fraternal acercamiento de ese joven obispo que el distanciamiento del cardenal primado. Éste, al clausurar una semana teológica en Toledo, ha afirmado: «España está enferma de agnosticismo ateo. Está rebrotando un anticlericalismo viejo, feo y pobre, que daña mucho a nuestro pueblo.» Prescindiendo de lo redundante de la expresión *agnosticismo ateo* (puesto que el agnosticismo niega que el entendimiento alcance la noción de lo absoluto), no sé si lo que el primado llama anticlericalismo (tampoco estoy seguro de que lo sea) causará más daño a nuestro pueblo que el que causó el clericalismo. Y, por otra parte, dudo que la mejor manera de combatir tal *enfermedad* sea, verbigracia, desahogar la rabieta antidivorcista impidiendo al ministro de Justicia la asistencia reverencial a la procesión del Corpus de su diócesis. Como dudo que, para atraernos al clericalismo, sea procedente la reacción del arzobispo de Pamplona al negarle la paz a su alcalde, durante la misa en honor de san Fermín, por el hecho de tener relaciones amorosas con una compañera de ayuntamiento (en principio, de ayuntamiento municipal, no corporal). Otro obispo —el de Vich esta vez— se queja de que «el uso incivilizado del derecho de ofender a personas y ministerios sagrados parece que se ha hecho costumbre, que ha tomado carta de ciudadanía dentro de nuestro humanismo, y de ello parece que no hay nada que decir».

A primera vista se observa que nuestros obispos padecen de manía persecutoria, que les dificulta percibir sus propias ofensas a personas y ministerios que no sean sagrados (sagrados al entender de ellos, claro está).

Estoy conforme con el joven obispo madrileño: yo me considero profundamente religioso. Y si hay algo que me saque de quicio de cualquier religión es el delirio por subrayar las diferencias accesorias —y accesorias son casi todas— que la distinguen de otras. En eso el catolicismo se ha llevado la palma. De ahí que corra el continuo riesgo de confundir antifanatismo con anticlericalismo. (El fanático es el defensor exaltado e intolerante de una doctrina o una idea.) Yo estoy de parte del primero; por eso el anticlericalismo fanático me molesta también. Cuando una religión se apoya y medra sobre misterios, carismas, arrodillamientos y dogmas, hay que tener cuidado: de eso al oscurantismo hay sólo un paso; de eso a condenar la razón, la luz, la discusión, la subjetividad, hay medio paso. A mí me complace que filósofos y teólogos españoles se hayan debatido estos dos últimos años en concordia y en paz. Pero creo que la mayor parte del episcopado español habría destruido, de intervenir, tal paz y tal concordia.

La razón y la religión no tienen por qué ser incompatibles, pero tampoco tienen por qué ser hermanas siamesas. Un teólogo que todo lo sabe es que todo lo acepta. Un teólogo que no duda es lo contrario de un filósofo. Cuando se pierde la fe ciega es cuando empieza a verse un poco —sombras quizá, como en la caverna de Platón— y uno se esfuerza en ver más y en cuestionar cuanto vislumbra. La flor de la filosofía se abre cuando se agota el mito. Cualquier concepto que se tenga de Dios será la cosecha de una siembra de búsquedas. Porque nada que afecte a la esencia del hombre —ni Dios siquiera— podrá ser contrario a su razón. Podrá ser, sí, superior a ella, pero no contrario. Que nadie ose hacer comulgar a nadie con ruedas de molino. Cuando san Juan asegura que Dios es más grande que nuestro corazón, sabe bien lo que asegura y a qué se compromete. Por eso desconsuela comprobar cómo la Iglesia pone en cuarentena —y a veces algo más: *in carcere et vinculis*— los esfuerzos razonadores de sus mejores hijos. El otro día ha insistido en el entredicho del libro *Jesús, historia de un viviente,* del teólogo holandés Schillebeeckx, al que se acaba de conceder el Premio Erasmo porque sus trabajos confirman los valores clásicos de la cultura europea y contribuyen al examen crítico de ella. La Congregación de la Doctrina de la Fe —órgano históricamente terrible con el nombre de Santo Oficio— cree detectar en aquel libro nueve posibles herejías, que afectan a temas tan discutibles —tan indiscutibles, ay, para la Congregación— como el de la infalibilidad pontificia, la divinidad de Jesús y su concepción virginal.

La ley del embudo (lo ancho para lo propio, lo estricto para lo ajeno) se ve con excesiva frecuencia aplicada por la Iglesia Católica. Cuando se tienen, entre otras cosas, unas finanzas como las vaticanas (que no me extrañaría que hubiesen sido las asesinas de Juan Pablo I) hay que andarse con pies de plomo para no levantar acusaciones. Cuando se poseen acciones en varias empresas suecas de productos químicos destinados a la fabricación de anticonceptivos; cuando la primera farmacia que venderá en Italia un preparado que permite abortar sin intervención médica es la del Vaticano; cuando se hacen mangas y capirotes con los supuestos vínculos de indisolubilidad matrimonial, según las conveniencias; cuando secularmente pretende uno erigirse en defensor de la cultura, y secularmente se queman libros y autores de libros, hay que andarse —repito— con pies de plomo antes de arrojar ninguna piedra.

Un caso, sucedido estos días, huele a chamusquina, a sacristía y a ejemplos *in excelis*. Me refiero a la quema de la edición íntegra de un libro, premiado y destruido a continuación por el Ayuntamiento de Bilbao. Las declaraciones de los implicados son tan confusas como estúpidas. El alcalde, por ejemplo, aclara que la decisión se adoptó «con el apoyo de todos los concejales del PNV», para «responder así mejor al sentir de su electorado». Un concejal insiste en que el acuerdo de la comisión de cultura fue «editar el libro, y ese acuerdo se cumplió. Otra cosa es que posteriormente haya sido retirado de la circulación». Y Xabier Arzallus, presidente del Euskadi Buru Batzar, del Partido Nacionalista Vasco, pone la guinda a esta horrible tarta (no en vano se dice que el que tuvo, retuvo: él fue jesuita muchos años) de este modo: «No se han quemado ideas; sólo se ha quemado literatura no apta para ser leída por los niños.» Uno se pregunta qué harán cuando quieran quemar ideas. Uno se pregunta qué pintan aquí, de repente, los niños, en un premio no convocado para ellos. Uno se pregunta si los pirómanos consideran infantil todo cuento, toda literatura. Uno se pregunta si estos buenos hijos de la iglesia continuarán su ininterrumpido mandato de hacerse igual que niños, su afán de considerarnos niños a todos menos a ella misma, la *mater et magistra*. Uno se pregunta si será buena fórmula de cambio esa advertencia de *no dejar la cultura al alcance de los niños,* como si fuese una medicina peligrosa. Porque después los niños crecen y llegan a alcaldes de Bilbao, a primados de Toledo o a presidentes del Euskadi Buru Batzar.

EL ÉXITO

Hace poco vi un anuncio callejero, en que una extraña asociación, especialmente dedicada a los jóvenes, convocaba a unas conferencias sobre lo peligroso y lo temible del éxito. Me habría gustado asistir, pero mi propio éxito me impidió encontrar tiempo. El sentimiento más generalizado hoy en día es el miedo: no un miedo sano, sino un miedo insensato. Yo, para mi desgracia, no lo tengo. Y digo para mi desgracia porque entiendo que el miedo es algo que la naturaleza humana emplea para su protección: como las pestañas existen a fin de evitar que nos entren mosquitos en los ojos; o las uñas, a fin de fortificar la punta de los dedos; o la fiebre o la tiritona, a modo de timbres de alarma que llamen la atención sobre una lucha interna, en que se debe intervenir auxiliando a los buenos. Por no sentir ese normal miedo físico me he visto en malísimos trances. Sin embargo, estoy orgulloso de no ser carne de ese otro miedo previo, inconsecuente, injustificado y azorante, que incapacita al hombre para cualquier movimiento que lo haga crecer, ensancharse, transformarse en alguien superior a sí mismo. A mí se me ha hecho —o yo me he hecho, o acaso tenía que ser así— inseparable de mi propia obra: como si los últimos hilos de ella, las últimas y más auténticas interpretaciones, me los hubiese reservado. O quizá es porque se espera, como de toda obra en marcha, que lo posterior clarifique y enriquezca lo publicado ya. Eso no estaría mal, y no sería una razón suficiente para temerle al éxito. En la sociedad y en el país en que vivimos, lo terrible del éxito no es nunca que envanezca, sino que inutilice y que invalide. Por eso a quien no lo haya alcanzado todavía no hay que desanimarlo; no hay que incitarlo a renunciar a él. Me dan risa quienes renuncian de antemano al Premio Nobel. Si se tienen motivos para renunciar, hay que esgrimirlos después de conseguido, no antes: la actitud, así, sirve más de modelo.

No creo que el éxito, en sí mismo, sea más peligroso que el fracaso, siempre que no lo consideremos como algo esencial que esencialmente nos afecta. Ni el fracaso ni el éxito son más que resultados de cara al exterior. Nosotros hemos de trabajar, a solas, de acuerdo con nosotros. De lo que venga después, Dios dirá, y a quien Dios se la dé, san Pedro se la bendiga. De cuantas fidelidades el ser humano debe responsabilizarse, la primera es la fidelidad a sí mismo: sin ella, todas las restantes estarán falseadas. La búsqueda del éxito es tan estúpida como la del fracaso: uno y otro son meras consecuencias accesorias, que no tienen por qué intervenir en el proceso de la creación (si de un creador hablamos, ya que es un creador quien habla). Un trabajo realizado con entrega, con amor, con esfuerzo, sólo en último término exige verse ratificado por el éxito. Y jamás por un éxito bullanguero, revisteril, ensordecedor y aparatoso. El único éxito fértil es el de ser aceptado y entendido. El único éxito estimulante consiste en que ese trabajo, que nos ayuda a cumplirnos, ayude a cumplirse también a alguien más.

La monstruosa sociedad que hemos tolerado y en la que —mal que bien— nos desenvolvemos, reacciona de dos maneras contradictorias frente al éxito. Y ambas maneras son desconsoladoras. Si usted es el mejor zapatero de España y, en vista de que domina a la perfección la zapatería, se le antoja hacer una botella, tome sus precauciones: si la botella no le sale intachable, usted dejará de ser además el mejor zapatero. Esto nos lleva a una conclusión lógica: *zapatero, a tus zapatos.* Pues no, señor. Si usted es el mejor zapatero de España, se verá constreñido, a través de todos los medios de comunicación imaginables, a salirse de sus zapatos y opinar de lo divino y de lo humano; a someterse a riesgos lejanísimos de los de su propia ocupación; a reñir batallas en campos no elegidos por usted; a malgastar su tiempo en entrevistas, encuestas telefónicas, respuestas a *tests* innecesarios, inauguraciones, clausuras, banquetes asesinos y otras barbaridades; a mantener combates para los que usted no está entrenado y para los que, desde luego, no ha nacido. Es decir, al exitoso se le obliga a actuar de criada para todo, muy posiblemente para gritarle, al primer patinazo sobre esa cuerda floja tan ajena, aquello de *zapatero, a tus zapatos.*

Por lo que va dicho es por lo que me deslumbra tropezar con seres que han digerido tranquilamente el éxito, sin consentir que el éxito los digiera a ellos. Seres que saben ponerle guardas a su intimidad; llegar, en su profesión, hasta donde nadie, y mantenerse, no obstante, apartados de las demás guerrillas. Yo conozco —no demasiado, pero algo— el mundo del teatro: su proclividad a los evaporamientos, las vanidades, la exageración. Un mundo al que pertenece toda una larga serie de clasificaciones tentadoras: *divos, vedettes, supervedettes,* cabezas de cartel, invitados, figuras, estrellas o *starlettes* (para mí estas *estrellitas* son lo que los maletillas al toreo: gente desarraigada que busca una oportunidad, en numerosas ocasiones fuera del terreno al que aspiran). Esa terminología está ya inventada en función del éxito y apuntando hacia afuera, es decir, a los auditorios, a los espectadodres; pero no como espectadores, sino como destinatarios de descubrimientos o estudios de mercado: como compradores, en definitiva. Tanto es así que una estrella no tiene por qué ser —más aún, es difícil que sea— una actriz eminente. La actriz, para hacerse eminente, requiere tiempo, estudio, desvelo, tenacidad, dedicación apasionada, orden: cosas que la estrella, que suele ser fugaz, ni entendería. La actriz supongo que nace, pero tiene que perfeccionarse por el uso; por el uso propio, no como la estrella, que acostumbra a ser usada por los otros.

Durante este verano, porque he gastado en lo que va de año demasiado tiempo en calderilla, me quedaré en Madrid. Sólo saldré, de cuando en cuando, un par de días. Y estoy muy satisfecho. Porque Madrid, medio vacío y con calor, me encanta, y porque los días que salga, al Norte, será para encontrarme con mi vieja señorita del Paraíso y con mi Petra Regalada, o sea, con Irene y con Julia Gutiérrez Caba. Ellas son dos de las escasísimas personas que me producen el resplandeciente asombro al que me refería, y me dan, simplemente con verlas, una admirable lección. Ellas habitan en el mismísimo ojo del huracán del éxito, donde nada se mueve; se acomodaron, y siguen, en el eje de la rueda, que no gira, pero que hace girar. Recogieron sus casas, enfundaron sus muebles, embolsaron las ropas del invierno, y van, con sencillez, a realizar gestos maravillosos. Eligieron no hablar de otro tema que el suyo y, cuando es posible, eligen no hablar. A ellas nadie se atreve a preguntarles cuánto pagan a Hacienda, ni quién las viste, ni cómo les va con sus maridos. Por eso me parecen ejemplares. Porque una vida consagrada a un oficio no puede diluirse en superficialidades, que la apartan de él y le arrebatan lo que a él le pertenece. Y porque, con menos *personajes* y más *personas,* sería hacedero salvar algo en este país: no del teatro sólo, también de lo demás.

MIS AMIGOS TAXISTAS

Hay un gremio al que trato con especial frecuencia, y que con especial frecuencia me ilustra y me alecciona. Es el gremio de taxistas de Madrid. Como todo el mundo que me conoce sabe, yo no tengo coche, pero tampoco tengo carné de conducir. Y no porque me hayan suspendido en los exámenes, qué más quisiera yo, mucho peor: porque he sido expulsado —o invitado a dejarlas— de tres autoescuelas, por el hecho evidente de que no sólo yo no aprendía nada de desembragues, bielas, cigüeñales, delcos, etcétera, sino porque conseguí que se les olvidara a los profesores gran parte de lo que ellos sí sabían. De esa ignorancia viene mi habitual y amable roce con los taxistas. Ellos suelen hablarme nada más subir a su coche, contentos de llevarme. Y me suelen hablar de política —política económica más que nada—, de teatro o de televisión, para concluir —todos— refiriéndose a su familia, su mujer y sus hijos: de dónde son, qué estudian, cómo se llaman, qué proyectos tienen. Debo decir que, en general, siento predilección por los taxistas. Envidio su trabajo, que yo ya he desesperado de emular; admiro su sabiduría de la ciudad en que viven, su aire protector y desenvuelto, el tono de anfitriones de la calle que adoptan; me complace su simpática e inmediata entrada en materia: durante un trayecto no muy largo, la conversación ha de ser intensa y sin ambages; respeto su independencia de opiniones y su libertad expresiva, resultado indudable de observar mucho y reflexionar a solas mucho tiempo.

El otro día me dijo uno: «Don Antonio, hijo, hay cuatro cosas que en este país, ahora, no sabe uno por dónde van a salir: el tiempo, las mujeres, el Gobierno y la circulación.» En pocas ocasiones he oído resumir con más acierto el desamparo en que se encuentra el español de hoy. Por la tarde del mismo día, concretando la afirmación del taxista anterior, me advirtió otro: «Mire usted, si la democracia consiste en pagar más y recibir menos, poquitos partidarios tendrá la democracia.» No es que yo opine que la democracia se reduzca a ese temible mal negocio, pero sí que se nos deben aclarar a todos muchas cosas para que —sin vacilaciones, sin reservas, confiada y entusiásticamente— colaboremos a hacer la democracia. Y que no se replique que la mayoría del pueblo es siempre demagoga, porque esa afirmación es natural en quienes no son, o no se consideran, pueblo. Yo estoy con Antonio Machado cuando aseguraba que «en España lo mejor es el pueblo (...). Siempre ha sido lo mismo. En los trances duros, los señoritos invocan la Patria y la venden; el pueblo no la nombra siquiera, pero la compra con su sangre». Y Ortega, mucho menos sospechoso de populismo, también estaba convencido de que aquí lo que no haga el pueblo se queda sencillamente sin hacer.

«Cuando yo cogí el taxi, hace ya varios años», me contaba ayer otro, «me concedieron un préstamo a cinco años con el nueve por ciento de interés; pero como el Ministerio de Trabajo, en ayuda a pequeños empresarios, se hacía cargo del seis, yo pagué el tres por ciento sólo. Hoy, esas bonificaciones a fondo perdido no las hay. Hoy, si uno tiene que renovar su herramienta de trabajo, le cobran el dieciséis y medio por ciento del préstamo, que además ha de ser muchísimo mayor». Yo sé que también son muchísimo mayores las tarifas, y que el taxi comienza a resultar ruinoso para todos, y que lo que no se vaya haciendo colectivo es un lujo. Pero comprendo a la perfección la queja del taxista. Es la misma queja que lanzaría un escritor de la Baja Edad Media, en un país románico, cuando se diera cuenta de que el idioma por el que se había tomado tantas fatigas, sobre el que edificó su vida, en el que expresó sus emociones de amor y de tristeza —es decir, el latín—, iba a sustituirse por otro, más moderno y más fácil: el español, el francés, el italiano o el que quiera que fuese. Para un escritor no hay mayor cataclismo que un cambio de diccionario, porque nuestro don, nuestra riqueza, nuestro hijo es, sobre todo, la palabra. De ahí que comprenda las airadas o amortiguadas elegías de mis amigos los taxistas, cuyo cataclismo es el cambio de los medios de transporte.

Bien sé yo que todo lo que innova, innova a costa de algo. Hasta el amanecer destruye, para brotar, la noche. Por eso las mudanzas han de hacerse a la vista de todos, comprensivas a todos, nítidas para cualquier mirada, salvo para aquella legañosa que se niegue con cerrazón a ver. Ese incesante baile de miles de millones que los titulares de los periódicos nos muestran es una ofensa, muchas veces, a nuestro desvalimiento, a nuestra falta de protección, a aquella fe recién nacida que nos hizo avanzar ilusionados. Ese continuo y frívolo valorar hasta los peores remiendos en miles de millones hace que la gente —mis taxistas y yo—, después de mirar a nuestro pobrecito alrededor, sienta la tentación no ya de desesperanzarse o desencantarse, sino de desengancharse, que es peor. «La neumonía típica costará al Insalud mil quinientos millones de pesetas.» Y nosotros no estamos enterados de qué sea el Insalud, de qué sea esa neumonía —ni nosotros ni nadie, por lo visto—, de quiénes sean los responsables —los bajos y los altos—, que son los que tendrían que pagar, de haber justicia, las consecuencias, no nosotros. Las consecuencias económicas, por lo menos (porque el dolor y la orfandad y la muerte ¿qué precio tienen?), de una tragedia que han desencadenado unos por ambición, por ineptitud otros, por indiferencia la mayoría, y por pésima política —sanitaria, comercial o agrícola— unos cuantos gobernantes. ¿Es que la democracia se construye llamando Insalud a lo que antes se llamaba de otro modo? Para ese viaje, ni mis taxistas ni yo necesitábamos alforjas.

Mil millones va a costar —otro ejemplo— una cárcel nueva en Valladolid; dos mil quinientos veinte millones, instructores aparte, el curso de seis meses de la primera promoción de Policía Vasca. Así todo: no hay más que abrir un diario. (Coño, qué poquísimo se gasta en alegrías.) ¿No es como para hacer un viaje de aquí a Lima hablando con el taxista de este tema? A Hacienda yo le entrego algo más del cuarenta por ciento de lo que gano, y he de proclamar que los servicios que me ofrece a cambio son rematadamente malos (líbreme Dios de creer que Hacienda somos todos: yo me procuro administrar mejor), como caros y malos son los servicios de los monopolios, que se pagan aparte, por supuesto: aviones, ferrocarriles, teléfonos, etcétera. Yo pago mis impuestos municipales, e incluso he sido pregonero *gratis et amore* de las Fiestas de San Isidro de este año: a cambio, al trocito de calle donde vivo no entran los barrenderos, ni los limpiadores, ni el camión de basuras, ni una reconfortante vigilancia: nada. Yo acepto salir en T. V. E., sin remuneraciones ni atenciones, cuando el asunto es digno: a cambio, a los dos años y ocho meses de firmar el contrato, sólo se han rodado ocho episodios de la segunda tanda de mi serie *Paisaje con figuras.* (La primera, de trece, la rodó una empresa privada en siete meses, y quedó extraordinaria.) Por Dios, con una Administración tan asquerosa, ¿cómo no vamos a conspirar a mares mis taxistas y yo?

GALICIA ARDIENTE

Galicia está tan bella que parece mentira. El verano va, respirando a pleno pulmón, por los caminos. Levantan en las tapias los saúcos sus esmeradas flores. El tojo y el helecho alfombran las laderas. La ría de Arosa es una mar mediterránea y chica. Desde el monte Barbanza se ve jugar al corro, con las manos tendidas, a los pueblos que llegan, alegres como niños, a la orilla a beber: Santa Eugenia de Ribeira, Palmeira, Coroso, La Puebla de Caramiñal, Barraña de Boiro, Villa San Juan, y allá, las islas, y más allá, Villagarcía. Yo ando embalsamado en amistad. Miro el inagotable atardecer, la resistencia del sol a dejar una estampa tan hermosa, la soñolienta paz, el reflejo cobrizo del poniente en el agua, el agua rizándose igual que un terciopelo acariciado a contra mano... Yo me estoy escondiendo en la amistad, con la cabeza apoyada en su hombro. Navego por la ría en un barco pesquero. Las mejilloneras puntúan el delicado azul. Mi barco tiene matrícula de Villagarcía y un nombre inverosímil. («Lo escribiré y todo el mundo creerá que lo invento. Pero ¿quién es capaz de inventar un nombre como éste?») Mi barco se llama *Quéreme algo.* Y se mueve tan bien y es tan gracioso que uno le responde en seguida que sí. Es como si, entre la espuma y la estela, esa súplica, exigente y pequeña, la voz de Galicia entera la elevase.

Porque hay quien no quiere a Galicia. No hablo de dejadeces seculares, de abandonos, de olvidos: ese es otro cantar. Hablo de gente agazapada y traicionera, que vive en esta tierra y se prefiere a ella. En el Barbanza —por la Curota, por la Curotiña— pastan los caballos y las vacas salvajes, seguidos por sus potros y terneros. Qué radiante es el día y, sin embargo, hay una bruma que lo vela todo. No es la calina del verano, sino el humo de los incendios. Cinco, diez, quince, veinte.

Igual que un cáncer, devorando el verdor, devorando la esbeltez de los pinos, emborronando la libre placidez de la tarde, manchando el aire de ceniza. Cuando se apagan unos, otros se prenden: una larga hilera destructora, un frente de egoísmos. En pocas ocasiones llega a ser tan odiosa la sinrazón humana. «¿Por qué? ¿Por qué? ¿Por qué?» ¿Quién puede comprender lo incomprensible? Las vacas *louras*, las *bestas* marcadas e inocentes ven acercarse el fuego, se reflejan en sus ojos la injusta llama, y retroceden. Una súbita yedra roja se enrosca y trepa por los troncos, que la sigilosa tarea de años fortificó y alimentó y sostuvo. Contra los asesinos de bosques se rebela cuanto de natural hay en el corazón. Éste y otros como éste son los verdaderos pecados contra la naturaleza. Ante ellos uno opina, como Nietzsche, que la piel de la tierra padece una enfermedad denominada hombre.

A quien me ha querido escuchar le he preguntado cuál es la causa de estos locos suicidios. Porque no se trata de muerte accidental, sino de muerte violenta: nadie achaca las catástrofes al año de sequía, ni a las grandes calores con que se abrió el verano, ni a la fraga tan combustible, ni a la falta de vigilancia y prevención, ni siquiera al descuido de los viajeros o de los campistas. «Las fábricas de celulosa y los madereros», dicen unos: «los árboles ardidos han de ser derribados, y se venden baratos, y además no requiere su madera un tratamiento previo». «Los contrabandistas», dicen otros: «así distraen a la Guardia Civil y la obligan a mirar a otro sitio». «Los mismos propietarios», contestan otros: «cobran el seguro y venden luego el terreno, ya no rústico, ya parcelado para urbanizaciones». «Mi cabeza es lenta, pero no me engaña», me asegura el dueño de un bar de carretera: «ahí hay razones de política. Chico o grande, algún partido está detrás de eso. Antes se vendía un monte pequeño como si fuese tierra de labor; ahora nadie lo quiere. Será para ir contra los minifundios o yo qué sé, pero es algo político». Y en todas las respuestas late una concentrada irritación.

Pienso en la suave habla cantarina, en la conversación anegada de diminutivos, en el idioma tierno y terso como de adolescencia. Pienso en la mesurada arquitectura, tan opuesta a la petulancia y a la exageración. Picnso en la puerta abierta, y en la cauta acogida, y en la hospitalidad observadora. Pienso en la historia, que nos conduce a lo que somos: el aislamiento, la desconfianza, la humilde supervivencia, el empecinamiento en el pasado, la inercia desastrosa. Pienso en las infinitas emigraciones, en los claros ojos llenos de lágrimas que he visto despedirse de su tierra. Pienso en los claros ojos llenos de esperanza a los que he firmado mis libros en Vigo o La Coruña. (Tan semejantes a los de Gaiferos: «Ollos de doce mirar, / ollos gazos, leonados, / verdes com'auga do mar».) Pienso en Galicia: amada y desamada, desentendida y luchadora, individualista y arracimada, lejana y entrañable. Pienso en el *Quéreme algo* del barco por la ría... Y pienso en el nombre que la casa donde vivo hubiera tenido, de tener alguno: *Ojalá,* una palabra árabe que significa *Dios lo quiera.*

Porque entiendo que este atentado de los incendios es un símbolo de lo que le sucede a Galicia y a España toda. Tenemos el enemigo dentro de casa. Se nos engaña. No acabamos de solidarizarnos, de luchar juntos contra el mal verdadero. No acabamos de convencernos de que hay cosas que son de todos, aunque estén en nuestras manos, y de que a todos corresponde su última utilidad y su última defensa. Hemos de denunciar, de perseguir, de aniquilar a quienes buscan nuestro aniquilamiento en su provecho. No cabe ya ser indiferentes, porque lo que está en juego es nuestra propia vida, nuestra patria de todos. No se puede delegar en nadie la salvación —ni personal, ni colectiva—, y hay que lograrla al precio que sea para nosotros y para nuestros hijos. De ninguna manera ha de permitirse que nadie se beneficie en exclusiva de los bienes comunes, trastoque la jerarquía del bien público y el bien particular. Han de concluir, de una vez para siempre, las extorsiones y depredaciones que los poderosos imponen a quienes no lo son; y eso depende de quienes, no siendo poderosos de uno en otro, se aprieten y se sumen y se planten.

Por la ría donde nació, en un lugar sin nombre como él, recordaba los versos de Mendiño, el incomparable poeta medieval. Los recordaba, y leía en su queja la queja de Galicia y de España. «Cercáronmi as ondas, que grandes son; / non hei barqueiro nen remador; / ¡eu atendendo o meu amigo, / eu atendendo o meu amigo! / Cercáronmi as ondas do alto mar; / non hei barqueiro nen sei remar, / ¡eu atendendo o meu amigo, / eu atendendo o meu amigo!.» Y leía, escrito en rojo, el increíble nombre del barco que me llevaba: *Quéreme algo*. Ojalá.

LOS PODEROSOS

Si ya aceptar todas las premisas y conclusiones de un partido político resulta muy difícil, como han demostrado los sucesivos congresos de cuantos bizantinean por nuestro país, aceptar en bloque las consecuencias de pertenecer a uno de los bloques internacionales es de una insensatez suicida. La plenitud con que cada uno de ellos asegura poseer la verdad y la solución a los problemas humanos, espanta. En una carta, el presidente Truman le pone las peras a cuarto a Pío XII. A favor de su autenticidad hay bastantes datos. Comienza diciendo: «Como bautista y Presidente de la nación más poderosa del mundo, en la que soy llamado Mr. Truman, sólo puedo dirigirme a Vd. llamándole Mr. Pacelli, porque el tratamiento de *Santidad* lo reservamos para Dios, y consideramos a todos los hombres iguales.» Y continúa: «Soy el presidente de una nación democrática amante de la paz. Mi deber es cooperar con los que la desean, no con los que fomentan la guerra simulando la paz. Ni Vd. ni su Iglesia se encuentran entre los primeros. Los Padres fundadores de mi Nación, conocedores de la naturaleza histórica de vuestra Iglesia, sentaron el principio de que nuestros gobiernos no permitieran vuestra intromisión en nuestros *asuntos internos*. Sabían, a través de la triste historia europea, que nuestra democracia no duraría si no nos manteníamos aislados de vuestras doctrinas e intrigas políticas. Las palabras de Jefferson son muy claras: "La historia no ofrece ni un sólo ejemplo de un pueblo manejado por sacerdotes que mantenga un gobierno laico libre".» Y después de afirmar que Pío XI alentó la agresión fascista con los Pactos Lateranenses del 29, y recordar que «los cardenales y obispos de Roma bendijeron las armas de guerra contra los indefensos etíopes», personaliza el tono: «Vd. fue especialmente preparado, como joven sacerdote y diplomático eclesiástico, para ayudar a Alemania en la preparación de las dos guerras mundiales. Vd. y el Kaiser, desde Suiza, intrigaron contra los aliados en la primera. Vd. estuvo doce años en Alemania y presenció la ascensión de Hitler al poder. Vd. negoció con él, en colaboración con el execrable Von Papen, y firmó, como Cardenal y Nuncio, el Concordato con el Reich en 1933. Nadie creerá que Vd. no supiera lo que Hitler y los nazis tramaban desde entonces: a Vd. se le designó, en una biografía católica, como *el hombre mejor informado sobre el Reich.»*

No sé cómo irá el negocio de la beatificación de Pío XII. Lo que sí sé es que Mr. Truman fue el Presidente de Estados Unidos que dio la orden de arrojar la bomba atómica sobre Hiroshima y Nagasaki. Es decir, la correspondencia epistolar citada andaba en buenas manos y pasó a mejores. (Esta es una expresión que yo oía de estudiante, en el *Bar Recreo* del puerto de Sevilla. A las mujeres con quienes jugueteaban, los marineros les liaban cigarrillos de picadura gordos y prietos. En el momento de humedecer la goma, por delicadeza, los ofrecían a sus compañeras de un rato. Y ellas, corteses y confiadas, sin miedo a los contagios, les decían: *está en buenas manos.* Pasaba el marinero la lengua por el borde del papel y, una vez concluida la operación, le alargaba el canuto a la coima, versallesco y ritual, diciendo: *pasa a mejores.* Debo reconocer que tengo más simpatía por estos personajes —humildes, compañeros gozosos de unas horas, tan olvidados como inolvidables— que S. S. Pío XII y Mr. Truman.)

Pero con ninguno de los dos ha concluido la historia de lo que representan. La Compañía de Jesús acaba de nombrar, a su gusto, un vicario general provisional, que apoye al *papa negro* y evite otro vicario con ingerencias vaticanas. (Los últimos *papas blancos* consideran que la Compañía se ha abierto demasiado en el campo de la investigación teológica y moral, y colaborado en exceso con los movimientos de liberación en los países del Tercer Mundo.) El Padre Arrupe ha sufrido una trombosis cerebral unas horas después de conmemorar el 36 aniversario de aquella bomba con que Truman quiso poner las cosas en su sitio (no en el de ellas, sino en el de él), de una vez para siempre. Sin embargo, ¿existe el siempre en la torpe carrera de los hombres? Un sucesor de Truman, también en ese día, ha decidido la fabricación en serie de la bomba de neutrones. Con lo cual se trastornan los proyectos pacíficos —dudo que sinceros— del 26 Congreso del Partido Comunista de la URSS, dirigido en los diez próximos años —por lo visto— a la industria ligera y a mejorar la calidad de vida con mantequilla en lugar de cañones. Si la acusación de poseer «instintos antropófagos» y «amenazar la paz mundial» no viniera firmada, su ambivalencia la haría aplicable a uno y otro bando de compinches.

¿Quién puede extrañarse que un asunto como ése haya sido calificado de *interno* por USA? ¿No va dirigido contra la vida de las personas, sin afectar esencialmente a los objetos? ¿Es que lo que caracteriza a la civilización americana es acaso *ser* y no *tener* tales objetos? ¿Es que lo que se propone el gobierno USA no es trasladar el campo de una futura batalla a la infeliz Europa, lavándose las manos y exclamando *ahí me las den todas?* En esta ocasión los americanos han estado a la altura de nuestras esperanzas: yo empezaba a temer su corrección. Hace un par de meses, siendo jurado del Concurso de Rosas Nuevas de Madrid, sucedió algo insólito. Como las rosas han de ser *inventadas,* se valora la forma y el color originales, despreciando el aroma, que es como el alma de la rosa. («¿Quién podría decirle que bien huele / a la rosa en su tallo ensimismada?») Existe, no obstante, un premio al perfume, que suele corresponder a una flor de aspecto muy corriente. Pues bien, en contra de lo que cabría imaginar, el primer premio de la rosa de olor, o sea, el premio al espíritu más que a la pura apariencia, se le otorgó a una rosa americana. Ahora está claro que fue un lapsus: ellos retornan, con esta bomba maravillosa, a sus maravillosas tradiciones.

¿Qué hará la envejecida, la prostituida, la culta, la azacaneada, la insuficiente, la dividida Europa?: ¿convertirse en el rehén ideal de los USA?; ¿bailar de nuevo al son que le toque uno u otro —o los dos— contrincantes?; ¿poner su escarmentada y dolorosa piel a disposición de tan generosos aliados? ¿Quién puede dudar ya de que el ingreso de España en la OTAN es un punto sobre el que los españoles, de uno en uno, debemos reflexionar (digan lo que digan nuestros poderosos: nuestros modestísimos poderosos), para luego negarnos? ¿Hay algo de civilización, de bienestar, de cultura, de encuentro con nosotros mismos, de cumplimiento histórico, de independencia, de paz, que el ingreso en la OTAN nos vaya a producir? Que no se engañe nadie: sólo los poderosos son apoyados por los poderosos.

Menos mal que la Naturaleza defiende aún, con desesperación, sus equilibrios ecológicos. Cerca del rancho de Santa Bárbara, donde veranean los Reagan, se han encontrado ratas muertas con indicios de peste bubónica. El Presidente de los Estados Unidos ha tomado «serias precauciones» contra ella. Entre otras, meterse los bordes de sus ridículos pantalones vaqueros dentro de las botas, para evitar el contacto con animales muertos dentro de la zona. A lo mejor los pequeños cadáveres de Santa Bárbara le contagian lo que debieran contagiarle nuestros pequeños cadáveres de Europa. Al fin y al cabo, Dios —digo yo— será más poderoso que los poderosos.

SALIR DE MÍ

No hay que confundir la timidez con la indecisión, con el tartamudeo, ni con la ignorancia de lo que se desea. Yo soy tan tímido —quien me conoce bien lo sabe— que procuro hasta esconder mi timidez, para que no se alarme, tras pantallas de distancia, de aparente seguridad, o de literatura en estricto sentido. Está probado que los tímidos suelen pasar del encogimiento al desenfreno: basta proporcionarles la oportunidad. En contra de lo que algunas revistas superficiales aseguran, lo que a mí me gusta es quedarme en mi casa con mis amigos íntimos, mis perros, mis libros y mis plantas. Y, si estoy fuera de ella, lo que prefiero es pasear sin prisa, mirar escaparates, comer almendras o altramuces o bígaros andando por las calles y, sobre todo, pasar inadvertido, lo que es casi imposible. (Una vez, en Ceuta, me ocurrió lo siguiente. Había ido hasta allí con un amigo que, unas cuantas horas después de llegar, me espetó en el vestíbulo del hotel: «Mira, hijo, yo he venido a empaparme del color local, a comprar transistores y chilabas. Yendo contigo no se puede. Quédate aquí, y déjame en paz siquiera un rato.» Me sentó como un tiro, porque yo también quería empaparme del color local y comprarme babuchas. Se me debió poner una cara de niño desolado, que le hizo cambiar el tono. «Bueno, espérame. Tardo sólo un minuto.» Y regresó en seguida, y me colocó un bigote postizo que me ocupaba la mitad de la cara, y me caló unas enormes gafas de sol, y salimos ufanísimos. En la misma puerta del hotel, una niña de unos doce años —parece que la estoy viendo— le tiró del bolso a su madre y le gritó: «Mamá, mamá, qué gracioso, mira: Antonio Gala con bigote.» Yo me volví al hotel solito y a punto de llorar.) Lo que antes del paréntesis he escrito está comprobado: si me gustase lo contrario, supongo que no sería escritor —a quien, por lo general, no le toca esa fama, un poco de torero o de cantante—, sería actor o político.

Si a estas preferencias mías, de apartamiento y de penumbra, se añaden la incomodidad de los viajes breves, el desamparo de los hoteles, mi insomnio, mi drástico régimen de comidas (yo no tengo un médico de cabecera: tengo un cirujano de cabecera, que es más grave) y mi remordimiento por el tiempo perdido (si es que en mi oficio se gana o se pierde alguno por propia voluntad), el lector adivinará con facilidad cuánto trabajo y desazón me cuesta eso que se acostumbra llamar *apariciones en público* para asistir a estrenos o despedidas de comedias mías, o para firmar libros, o para conceder ruedas de Prensa. Sin embargo, en dos ciudades del Norte, dos personas que, después de estar en cola, me alargaban un libro para que se lo firmara, han dicho más o menos lo mismo: «No comprendo a qué viene este negocio.» Yo he respondido también lo mismo: «Para mí no es un negocio.» «Pues a eso suena», han rematado, llevándose su ejemplar con mi rúbrica. Que se me interprete mal me produce una honda pena; no por mí, sino por quien me malinterpreta. De ahí que ahora intente dejar bien claro por qué razón me sacrifico haciendo tales *apariciones.*

Para mí hay pocas cosas evidentes. Una de ellas es que no soy ambicioso, y que tengo bastante con lo que tengo. Si ser multimillonario me produjera la menor ilusión, es también evidente que no me habría dedicado a escribir, sino a negociar, o a politiquear, o a vender alimentos adulterados, que es un delito bastante impune por lo que se ve. Y hay una tercera evidencia: que yo, escribiendo, gano más dinero que pegando saltos como las monas de teatro en teatro, o de hotel en hotel, o de librería en librería. Sentado esto, ¿por qué acudo, de vez en cuando, a alguna representación de mis comedias, o por qué firmo libros? Desconozco los motivos de los demás autores, pero sé a la perfección los míos propios.

Yo recibo en mi casa cada día no menos de un centenar de cartas, y las llamadas de teléfono no les van a la zaga. Son cartas y llamadas cuajadas de cariño, de generosa cordialidad, de confidencias humanísimas. Sólo como escritor puedo haber suscitado en esos corazones —sólo como escritor, y con palabras mías— un anhelo tan auténtico de comunicación. (Cuando algún periodista me pregunta si creo en la posibilidad de comunicación entre los hombres, siento la tentación de invitarle a sustituir a mi secretario un día cualquiera. Si no creyese, no me habría dedicado a escribir, que no es más que una forma de comunicar: me habría dedicado a hacer negocios, o a hacer política o a no hacer nada, que viene a ser lo mismo.) Por supuesto que no puedo dedicarme a atender a todos mis comunicantes como sería mi deseo, y en la mayor parte de las ocasiones he de conformarme con ofrecerles mi amistad y agradecer la suya. Y así lo hago de veras, constituyendo una especie de comunidad de gente sincera y entregada y leal —contenta o descontenta— que pensamos lo mismo. Sería un malnacido y un ingrato si no reconociese que tengo un público de lectores y espectadores, a quienes debo lo que soy, para quienes escribo, y respecto de quienes me considero *unum inter pares,* consanguíneo y satisfecho. (Aunque, más que lo que mi auditorio espera de mí, me importe lo que yo espero lograr de mi auditorio.)

Es para devolver esas cotidianas visitas con una colectiva y compartida; es para compensar tantas delicadezas personales, para acusar recibo de tan limpios estímulos, para corresponder a la firme confianza depositada en mí sin merecerla; es para pagar insuficientemente tantas deudas de solidaridad, por lo que dejo mi casa, mi sosiego, mis perros, mis plantas, mi régimen, mi trabajo, mi intimidad, mi orden y voy pegando saltos de avión a avión, y de hotel en hotel.

A una librería, donde la semana pasada tenía que firmar ejemplares de varias obras mías, llegué con un breve retraso, que justificaban un gran agotamiento y mi horrible salud. Sobre la mesa había ya apilados dos enormes montones de libros puntuales, con los nombres de sus dueños en unos papelitos, para escribirles las dedicatorias. Pedí perdón a los que me aguardaban y al organizador. Pero yo no puedo dedicar un libro anónimo. Y para mí es anónimo si no veo unos ojos, una cara, una forma de sonreír o de no sonreír; si no lo acompaña un apretón de manos. Yo necesito, para escribir otro nombre sobre el mío, escuchar un acento del Sur o del Norte; saber si se es o no del sitio donde se está; saber quién es la persona a quien va a ir el libro, regalado por la que me lo tiende; acentuar la carga que el libro lleve de amor o de esperanza. No tengo otra manera mejor de ser yo mismo; no tengo otra manera mejor de responder. Aunque luego, como en Sevilla o en Córdoba o en Santander o en Vigo, tengan que darme masaje en la mano derecha y en el codo. Porque el cansancio del antebrazo es lo mínimo que se puede ofrecer cuando es el corazón el que anda en juego. Y el corazón, tal como están las cosas, no creo que sea un negocio. Por lo menos, en mi caso, no lo es.

LOS PREMIOS

Yo soy un maniático de la responsabilidad. Tanto, que rechazo de plano la definición que la Academia de la Lengua da de ella: «Deuda, obligación de reparar y satisfacer a consecuencia de delito o de culpa; cargo u obligación moral que resulta para uno del posible yerro en cosa o asunto determinado.» Hay muchas responsabilidades —cotidianas, vitales, inmediatas— de más limpios orígenes. ¿Cómo puede pensar la Academia que la responsabilidad paterna, por ejemplo, deriva de una culpa, un delito o un yerro? Aviados estamos si la Academia no es sólo proabortista, sino anticoncepcionista, que es el colmo. La responsabilidad tiene, antes que cualquier otra acepción, un sentido positivo de consciencia activa de las propias obligaciones. Y ahí es donde aparece mi manía. Yo no le exijo a nadie más que aquello a lo que está obligado, pero aquello a lo que está obligado se lo exijo a rajatabla. Por eso me llevo los berrinches que me llevo; esa es la causa de mis ataques de ira, el verdadero pecado mío capital. Porque si no nos mueve —y me parece que no— el amor a lo que hacemos, muévanos por lo menos el deber. Desde un botones al presidente del Gobierno. (A mí me escalofría que haya políticos pendientes sólo de su deseo de poder —de acceder a él y de permanecer, que no sé qué es peor—, sin sentirse casi anonadados por su responsabilidad. De mi desconfianza ante ellos procede mi seguridad de que los pueblos no deben delegar en nadie del todo su presente, y desentenderse —también irresponsables— de sí mismos. La democracia elige y apodera, pero a la vez vigila y denuncia y reclama. Si los triunviratos siempre terminan a farolazos, no creo que sea porque los triunviratos se disputen las cargas.)

Por mi trabajo sé hasta dónde llega mi indiscutible incumbencia y desde dónde puedo compartirla. El *suum cuique,* aplicado a la responsabilidad, equivale a que cada palo aguante su vela. En el reparto de competencias, la del autor de teatro acaba cuando empiezan las del director y sus colaboradores: inmiscuirse en ellas sería pecar por exceso, que también es pecar. Quizá en la base del triunfo esté una sabia distribución de obligaciones, sin que ninguno se descargue de su peso en los hombros de otro. Pero, en el caso mío, ¿dónde aliviarme? Si escribo siempre a mano y en papeles impresos por una cara, acaso sea para amortiguar esa rabiosa e insoslayable responsabilidad solitaria del escritor. Porque, en el acto de escribir, no hay *tío, páseme usté el río.* Y, como lo sé, no me tolero yo paños calientes. Si —cosa no de desear— me hubiera llamado de apellido *Álvarez Quintero,* de nombre me habría tenido que llamar *Serafín* y *Joaquín.* La cooperación aquí no la encuentro posible; no hay arbotantes que valgan en la creación. Quizá este sea el motivo de que, con los demás exagere también mis pretensiones: no tanto sobre los resultados como sobre el hecho de poner toda la carne en el asador. De ahí que tiemble ante las responsabilidades sobreañadidas y buscadas; bastante tengo, dado mi carácter, con las impuestas ya de nacimiento.

En mi actividad esa actitud acarrea tres claras consecuencias: no ejerzo la crítica literaria, salvo conmigo mismo; contesto, a quien me envía sus escritos para que juzgue, con una meticulosa ambigüedad en el caso de que no me gusten; y rehuyo ser jurado de premios. Es a este último punto donde quería llegar con tan moroso introito. Cuando el premio no toca —como en la lotería—, sino que se discierne, hay que tentarse bien la ropa y administrarlo con tal delicadeza que es muy difícil acertar. La responsabilidad colegiada, para el que es, en lo suyo, Juan Palomo, se hace muy cuesta arriba. Porque, prescindiendo del porcentaje de arbitrariedad que en cada premio cabe, la opinión —lo mismo que la creación— no se rige por criterios objetivos e inmóviles. Y yo tengo formada mi opinión al respecto.

A mi entender el premio —ni el literario, ni ningún otro que no imparta la suerte— no es un fin. *Finis coronat opus,* se dice, y es verdad. Pero es el propio fin de la obra quien la corona, no un premio, siempre ajeno, accesorio, sobrevenido y no esencial a ella. La obra es algo que *está ahí;* no se ha construido para aspirar a un premio; ella aspira a sí misma; el premio es posterior y contingente: su oficio no debe referirse tanto a la obra premiada cuanto a la que vendrá. Se trata de un voto de confianza dirigido al futuro, no al pasado. Se trata de un estímulo para proseguir, no de un remate. En términos taurinos, y *a contrario sensu,* el premio obra como las banderillas, no como el descabello. Premiar no puede confundirse con cerrar, ni con consagrar; premiar es, sobre todo, abrir. Un premio —ni el Nobel— no consagra. La consagración llega por otras vías. Un premio, por muy alto que sea, lo que hace es acatar una consagración. Y además yo prefiero los premios que incitan a la vida, a la persistencia, a la lucha, a la marcha. Tal es la razón de mi incomodidad como jurado. Yo sé que es más seguro conceder premios a los indiscutibles; también más triste. De infalibilidad no alardea sino el papa, y cuando habla *ex catedra.* Lo humano es arriesgarse, recompensar con la fe la esperanza, mirar el *todavía* más que el *ya.*

No estoy yo por los premios asesinos, los semipóstumos, los dedicados a obras concluidas. Detesto los certificados de defunción anticipados, los diplomas que coinciden con últimos suspiros. Desde hace un tiempo tendemos a premiar aquí a partir de la cabeza de los escalafones. Yo no soy partidario. Aparte de los premios, hay muchas formas de reconocimiento a los decanos: homenajes —que no tienen por qué reducirse a banquetes asimismo asesinos—, condecoraciones, bandas, medallas, títulos nobiliarios. Mi idea de los premios es distinta: precisamente por eso no concurro, ni he concurrido más que una sola vez hace veinte años. Hay premios de concurso, a los que no es permisible que se presente nadie que pase de una edad. (No se puede hacer sombra a los más jóvenes por nada de este mundo ni del otro. Ha sonado su turno: si hemos perdido el nuestro, alabado sea Dios.) Hay otros premios de libre adjudicación que han de asignarse a los impetuosos, a los ligeros, a los menos mayores de los válidos. (No siempre, para disfavor mío, pensé así. Hace unos diez años se me otorgaron los dos más importantes premios de teatro —uno de iniciativa privada y otro, pública, como se dice ahora—, y a mí me remordía la conciencia: estimaba que aún era demasiado pronto, que había gente mayor y con más mérito. Las dos cosas eran ciertas, pero ahora sé que esos premios fueron un amable acicate y cumplieron su misión de empujar. Compensaron las reiteradas negativas de la Fundación March a darme beca alguna cuando la precisé —porque andaba en el aire como un funambulista—, mientras las daba a gente ya instalada y gastada y muy oída. Luego la Fundación me llamó —ay, siempre luego— para distribuir las mismas becas, y acepté sólo por evitar, cuanto pudiera, la injusticia.) Cada cosa a su tiempo. Y el tiempo de los premios es el camino hacia la plenitud. La plenitud no necesita premios. Y quien desciende de ella, mucho menos.

EN TORNO A UNAS AGENDAS

Una de las enfermedades que padecemos en España hoy es la de las *memorias.* Cualquiera que haya gozado —o sufrido— una mediana popularidad —desde un político saliente a un pelagallos, desde un cantante a la ex mujer de un cantante— nos relatan su vida con pelos y señales. Y si se tratase, en efecto, de una enfermedad, no sería tan peligroso: bastaría con no leer los libros. Pero puede que se trate del síntoma de otra enfermedad mucho más grave: la de haber caído el país en la tentación de mirar hacia atrás (postura que tradicional y bíblicamente nos convierte en estatuas), o en la tentación colectiva de justificarse (como si no existiese algo mejor que hacer de cara al porvenir). Yo, en general, descreo de las autobiografías. Primero, porque hay escasas vidas que merezcan la pena de contarse, y quienes las viven no tienen tiempo más que de vivirlas. Segundo, porque la verdadera verdad depende pocas veces de nosotros: la decimos casi a nuestro pesar, entre dientes, sin darnos cuenta apenas. (Quizá lo escrito para no ser publicado sería más sincero, pero dudo que alguien escriba para guardar secretos: la intimidad puede ser muda, no tartamuda.) Tercero, porque es frecuente que las autobiografías estén muy mal escritas: un escritor mecha de alma sus libros, los salpica de vida, pero es raro que nos la cuente de un tirón de pe a pa: la vida es más desorganizada que una novela, menos intencionada y más indefinida.

No quiero decir con esto que la literatura y la vida sean opuestas: nada más lejos de mi opinión y de mi propio ejemplo. Para el escritor, la literatura se confunde con la vida: una es la otra sin aparentes límites: ese es su beneficio y también su condena. Pero una y otra han de ser auténticas. De nuestra vida auténtica podemos hacer literatura auténtica, y viceversa. Sin embargo, de nuestra vida externa y social, de nuestros chismes o de nuestros almuerzos, de nuestras menudas megalomanías, no saldrá sino una literatura también periférica, también convencional, también hipertrofiada. Para que sucediese lo contrario habría que ser Proust. Y aun así, aun así. Proust, a esos vagos ingredientes cotidianos, les añadió un dolor infinito, una distancia infinita, una marginación desoladora, un travestimiento capital: es decir, arte. Y el arte transfigura en su Monte Tabor lo que, sin él, es sórdida trivialidad y ganga despreciable.

La literatura para mí, lo mismo que la vida, es sacar consecuencias, trascender en su estricta acepción, mirar desde más alto. Si no, será que no hemos ascendido, que estamos donde estábamos: sin perspectiva, embarullados, entre facturas, asuntos, despedidas, prisas, teléfonos. O sea, entre esas cosas con que el escritor, por descontado, ha de vivir; pero que, también por descontado, ha de aprender a contar cada día mejor. Ese carné de baile, esa gacetilla en que alguien enumera las llamadas o las invitaciones que recibe, o sus cenas, o sus piropos, no me parece a mí literatura: me parece una agenda. Y una agenda no es nunca, hasta después, apasionante. Hasta después que el tiempo depure sus apuntaciones, o hasta después que el tiempo depure a quien las hizo. (En el fondo es igual. Nosotros no somos quienes damos su último sentido a nuestra vida: ella lo adquiere, sin nuestra asistencia, por extraños caminos misteriosos.) Esta misma mañana he tenido ocasión de comprobarlo.

Yo no escribo mi diario: ni el personal, ni el de mis circunstancias. Sólo como ejercicio, cuando vivir me parecía mucho más fascinante que escribir, pretendí llevar uno. Abarca tres meses de hace más de veinte años. Y es terrible. Resulta desconcertante a fuerza de estar desconcertado. Resulta exultante a fuerza de sentirse tan próximo a la muerte. (Acaso ninguna vida lo es de veras sin esa sensación y sin esa inminencia. Acaso hay una edad que exige la intemperie y la intemperanza. La vida no es prudente, ni imprudente. Es una posibilidad y una fruición.) Sólo dos datos se repiten entre la selva atroz de cada día: el dolor de cabeza y el insomnio... Después de esos tres meses, que comienzan un primero de abril con un olor a lilas retrasadas, escribí de otros temas.

Pero esta mañana, buscando unos papeles, por sorpresa, he tropezado con agendas mías de diez o quince años. Desde el 65. No sé cómo, ni quién las conservó. He pasado, al tuntún, sus hojas. Unas cuantas, no muchas, las suficientes para ratificar cuánta sangre cabe en un estadillo, y cómo el tiempo resbala su fría esponja sobre el mundo, y qué lejos estamos de los que fuimos. Ni una nota clandestina hay en esas agendas. Ni una reflexión, ni un boceto, ni una clave. Todo es contable, helado, taxativo. Citas, horas, números, recordatorios: lo que se dice una agenda corriente. Y a través de ese cúmulo de quehaceres, de encuentros, de encargos, de teléfonos; a través de ese batiburrillo de carpinteros, tapiceros, directores de escena, traductores, electricistas, actrices, pintores de pincel o de brocha; a través de tanta entrega de premios, periodistas, inauguraciones, fotógrafos, presentaciones de libros, estrenos, condesas, embajadas; a través de tal mezcolanza de juzgados de orden público, nombres de medicinas, pésames, entrevistas con censores del ministerio o la televisión, lecturas de comedias, palabras inconexas que debieron tener alguna conexión que no recuerdo; a través de esas redes, transcurre la vida a borbotones, torrencial y magnífica, sanada y malherida. Hasta los días en blanco traen su prueba: aburridos viajes a universidades norteamericanas, operaciones *in articulo mortis,* la invencible desgana de la depresión...

Y hay luces repentinas. Y sombras. Y penumbras. El 27 de julio de 1967, precedido y seguido de fechas anodinas, está escrita, inexplicable y sola, tres veces con mayúsculas la palabra AMOR. El *Pagar sin falta la luz* y el *Cobrar colaboración X* del 15 de febrero del 66, se redondean con el *Comprar velas, leche y huevos* de tres días después. Qué disciplina de humildad y fortalecimiento. Cuánta gente cruza por una simple vida y cuánta sale de ella. Cuántos nombres amados se deslizan a una escueta mención sin saber cómo. Hay apellidos que aumentan de tamaño, y otros, gloriosos, que nadie ya recuerda. Y cómo se concentra, igual que un vino, el corazón: queda para muy pocos, para pocas visitas, para pocos oídos. Y cómo la profesión nos acapara y nos deforma y nos reduce: en los cinco años últimos no son ya míos ni la letra, ni el orden, ni la mano que gastan las agendas. Ante esa agua sin vuelta, ante ese expolio, me he preguntado esta mañana si, por lo menos, mi vida es mía todavía. No sé qué contestarme.

LA VERDAD EN OTOÑO

Va a llegar el otoño otra vez. El otoño, con sus fronteras movedizas, nos suele coger desprevenidos, a medios pelos y sin ropas que ponernos. Nuestro deseo de prolongar el verano es demasiado grande. Sin embargo, el otoño no aguarda. Llega siempre a su hora. Con sus gasas doradas y sus rasos grises; vestido de la manera más cómoda para hacer su brillante *striptease*. Nosotros no tenemos ropa que ponernos, pero él sí tiene ropa que quitarse. Es tiempo de empezar a recogerse: a recogerse, sobre todo, cada uno en sí mismo. Es tiempo de empezar a pensar en el frío que viene, en la lluvia que viene, en la incierta sonrisa del otoño, equidistante del recuerdo y la esperanza. Es tiempo de ordenar los papeles que el calor derramó, de revisar los archivos, de amansar la memoria, de ponerse uno mismo —catalogado— en las estanterías. Hay que quitar de nuevo las fundas de los muebles, inventariar los daños de la polilla, cerciorarse de que lo que tenemos es con lo que contamos nada más. Los grandes premios, las grandes loterías vendrán con el invierno. El otoño está ahí inmóvil, brindándonos sus decadentes arboledas, sus inéditas calles asfaltadas. Aún nos quedan los últimos jazmines, que cada mañana recogemos como un mohín cariñoso cuyo perfume dura todo el día. Pero las rosas de otoño, en España, este año, son muy pálidas. Y no sé si olerán como debieran. No obstante, ¿quién, a la puerta de octubre, no ha creído por un momento que iba a ser muy feliz?

El otoño es, por excelencia, la estación teatral. *La vieja señorita del Paraíso* y la *Petra Regalada* están cumpliendo otoños. Una, por el territorio del Estado español, como ahora se le llama; otra, en Madrid, al que ahora no quiere llamar nadie. Las dos comedias son historias de otoño, y sus protagonistas son como contrafiguras la una de la otra. El mundo inventado es el que rodea a Petra y el que rodea a la Señorita. El de ellas es el mundo verdadero, su otoño verdadero. Entre la realidad auténtica y la realidad autoritaria y convenida hay mucha diferencia. Tal es su punto de partida común. Sus desdichados caminos son distintos: el de la presa a viva fuerza, y el de la del encierro voluntario; el de la que quiere huir, y el de la que quiere quedarse; el de la que sale por fin pisando el umbral de una muerte que no quiso pisar, y el de la que persiste clausurada en su muerte, dentro de los confines de un paraíso de flores de papel. Sin embargo, su destino es el mismo también: es la esperanza. La vida empieza ahora; la muerte empieza ahora. La vida y la muerte, como el otoño, tienen confusas las fronteras. Para mí la esperanza, cuando existe, es a pesar de todo. A pesar de la muerte también. («Para esperar es preciso carecer de muchas cosas: de todas las cosas que se esperan.» «Hasta el agua que nada espera, / brota esperando alguna sed.»)

Alguien, fraternal en muchos sentidos y por muchas razones —fraternal no es idéntico—, ha escrito que *Petra Regalada* trae un mensaje ambiguo. Me llama a mí «un autor escéptico» y a ella «una obra ambigua». No sé hasta qué punto son adjetivos compatibles esos. Pero, aunque nadie debe atreverse a explicar lo que ha escrito, yo puedo sentar dos premisas. Primera, que mi firme seguridad en el ser humano me redime del escepticismo más pernicioso. (No creer en un modo, no creer en un procedimiento, no creer en una actitud concreta, no es ser escéptico: es, simplemente, opinar.) Segunda, que la historia de Petra no es ambigua: es clarísima, nos desanime o no. La esperanza de veras padece, como el reino de los cielos, violencia. Hay otras esperanzas mediatas, más asequibles, pero también efímeras: lo estamos viendo ya. Los falsos sueños son los que nos traicionan y asesinan, no la verdad. La verdad duele acaso, pero salva, porque nos hace libres. Puede que a solas, de uno en uno, pero libres. Ya nos agruparemos. Bien entendida, la libertad une más que las promesas y los ilusos sueños.

Cuando estrené, hace dos temporadas, la *Petra,* yo insistí en que su final no estaba planteado como una profecía, sino como una invitación a reflexionar y como una advertencia. El fraternal escritor a quien aludo entiende que yo, *en mi ambigüedad decía una cierta verdad, y que la Historia —ay— ha estado a punto de darme la razón.* La historia de Petra sí ha acabado; no se puede decir lo mismo ni muchísimo menos, de la Historia. Machado escribió que «la vida es larga y el arte es un juguete», para escribir unos versos más abajo que «el arte es largo, y además no importa». Me gustaría estar convencido de que las dos afirmaciones contienen algo consolador. No lo estoy. Y tampoco creo que sea por motivos de escepticismo. Basta mirar en torno. Basta mirar hacia mañana. Se nos presenta, según dicen los vacuos traductores, *un otoño caliente.* Un otoño bochornoso más bien, pienso yo. Los personajes que asedian a Petra Regalada —o sea, los que inventaron un mundo que siguen sosteniendo para su beneficio— habrán de levantarse para hablar, desde sus manidos escaños, en los «grandes debates parlamentarios» que se aproximan. (Que se aproximan como las grandes lluvias de Ranchipur, para llevarse por delante tantos alegres sueños de verano.) Tendrán que hablar de su aceite de colza hirviendo; de los dimisionarios —aquí sólo dimiten los que no deberían— y de los que de ninguna forma están dispuestos a dimitir; de las crisis de sus Gabinetes, que no les importan más que a los ministros que salen y a los que entran; de su ingreso en la OTAN («Este es un problema de élite política, no de españoles a pie. El pueblo tiene otros más importantes, como son el paro y el aceite tóxico. Esto no es una cuestión de referéndum. ¿Ustedes creen que cualquier español está capacitado para analizar en profundidad los pros y los contras de un asunto tan serio?»: así lo declaró el presidente del Senado.) Ellos, entre ellos, hablarán de sus cosas. «Los líderes siempre acabamos entendiéndonos», se le escapa a un personaje de *Petra Regalada,* esa obra tan ambigua.

Va a caer el otoño sobre nuestros tejados. De tejas para arriba todo va a ser otoño. Cómo desearía saber qué va a ser, para nosotros, los de a pie, de tejas para abajo. Ellos se levantarán o se sentarán en sus poltronas. Ellos se levantarán o se sentarán en sus escaños. Mientras, el aceite envenenado, gota a gota, nos seguirá matando. Y la carne envenenada, y las conservas envenenadas, y las frutas envenenadas, y el aire envenenado. Y la ambición envenenada, de poder o de dinero, también nos matará. Pero los que queden vivos no deben preocuparse. Para eso está la OTAN: ella se encargará, tarde o temprano, de darles la puntilla. Como a la Vieja Señorita, que se opuso, la ingenua —¿y la ambigua también?—, a la instalación de una fábrica de armas. Porque el ingreso en la OTAN no es asunto de españoles a pie: es asunto de un Gobierno que, porque no consigue ingresar en el Mercado de Europa, quiere ingresar en algún sitio para hacer como que tiene política exterior. En las Arrepentidas es donde debía ingresar este Gobierno, a ver si Dios lo perdonaba. Y si alguien no lo mete a empujones, será que *Petra Regalada* no es una historia ambigua, ni escéptica siquiera. Lo que pasa es que, para aquellos que carecemos de poder, nuestro único instrumento poderoso es decir la verdad. En San Marcos de León no estuvo preso Quevedo por rebelde, sino —como san Marcos— por evangelista.

SUPERSTICIONES

No sé si habrá sido la carcoma, una desencoladura o, más probablemente, el malísimo fario del personaje a que perteneció. El caso es que, por tercera vez en algo más de un año, se me ha descuajaringado una mesa de alas que fue de Eugenia de Montijo. Con cierto miedo pongo aquí ese nombre, que todavía arrastra tras de sí, como siniestra cauda, oscuras influencias. Yo soy supersticioso. ¿Quién que piense un momento no será? El hombre es débil; anda despacio, por caminos desconocidos, llenos de riesgos que también desconoce; su vida depende de muy frágiles hilos que no están en su mano; sus acciones se reglan —si se reglan— por azares incógnitos; ni sus sentimientos los gobierna él mismo: vienen y van, crecen o menguan sin su conformidad. ¿Cómo opinar que las normas del mundo y de la vida y las del corazón las dispone un ser tan naufragado? ¿Puede alguien, sin temor a equivocarse, asegurar que la ley de la gravedad es más científica que el pánico, entre las gentes del teatro, al color amarillo? ¿Qué entendemos por ciencia? ¿No será una manera, más o menos doméstica, de clasificar o denominar a las repeticiones? ¿No existirán unos principios más altos que ella —tan altos que ni los olfateamos—, que en ocasiones llevan el nombre de milagro y en ocasiones el de superstición? ¿Qué *espíritus fuertes* lo son tanto y tan sin fisura como para no dar entrada a ese rayo de duda que es el comienzo de cualquier conquista, o acaso *reconquista?* ¿No tendremos más secretas facultades de percepción que las que usamos: voces silenciosas, inexplicables antipatías, premoniciones, aversiones largo tiempo mantenidas —hacia personas, hacia lugares, hacia cosas— que acaban por encontrar su justificación? ¿El infinito orbe es tan sencillo como dos y dos son cuatro? O, al contrario, ¿no será tan infinita su sencillez que se nos escapa a causa de una absurda y congénita herencia de prejuicios? ¿Qué se hubiese hecho con los usuarios del teléfono o de la televisión cuatrocientos años atrás, o doscientos, o cien, si hasta los que *hacen* la televisión española hoy en día estamos todos a punto de quemarlos?

Recientemente dije yo que soy tan supersticioso que el día menos pensado terminaría por hacerme católico. No pretendí lucirme con una frasecita. Pretendí llamar la atención sobre nuestra tendencia a tildar de supersticiosos a quienes tienen unas supersticiones distintas de las nuestras. A las nuestras las designamos de diferentes modos: ideales, devociones, precauciones, prudencias, dogmas, hábitos. Hay que ser más valientes. Hemos de usar su nombre verdadero: *superstición,* aunque con la definición oficial —por lo mismo que el concepto no lo es— yo esté poco de acuerdo. «Creencia extraña a la religión y contraria a la razón.» ¿A qué religión y a qué razón? ¿O es que la religión —cualquiera— no nace para precaver nuestro desvalimiento, como asidero, como pasarela por la que cruzar el amenazador abismo, el foso lleno de cocodrilos que es la vida (o así la vemos, o así nos la enseñan a ver)? ¿O es que la razón tiene unos límites taxativos, inflexibles, tercos? ¿Una madre virgen qué es entonces; una concepción sin concurso de varón qué es entonces; un muerto que resucita qué es entonces? ¿No habrá, pues, algunos artículos de fe opuestos, como se afirma de la superstición, a la razón? Superstición viene de *superstare,* que significa sobrevivir, y es igual que supervivencia: ese fin comprensible y humanísimo al que aspiran, en la otra vida, las religiones y, en ésta, la razón y la ciencia.

No soy proselitista, ni participo de cuantas supersticiones —incontables— conozco. Pero prefiero que nadie me cuente las suyas por si las moscas: ya tengo bastante con las mías. Por ejemplo, la Telefónica, esa horrible depredadora y enemiga pública, se empeña en llenarnos las aceras con sus postes en ángulo, que equivalen a una escalera apoyada en la pared. Si te descuidas —y más si vas acompañado de dos perrillos como Zegrí y Zahira, la quintaesencia de la marcha arbitraria— te has colado: quebrantaste el triángulo, que tantas religiones —¿son ellas el origen de esta superstición, o viceversa?— consideran sagrado e intangible. Por ejemplo, la sal derramada, condenable signo de prodigalidad. Por ejemplo, los trece a la mesa, recuerdo de la *última cena* cristiana, tras de la que no murió uno sólo, sino dos: Jesús y Judas. Por ejemplo, el espejo roto, anticipo de nuestro propio rompimiento. Por ejemplo, el nombre de reptil odioso, que ya estaba en el Génesis, cuyo antídoto es la madera sin patas, figurativa del Árbol de la Vida. (Quizá es esa una de las razones por las que uso bastón, mi incesante defensa. Recuerdo que, en Hong-Kong, un diplomático francés me convidó a almorzar en un restaurante típico, muy alejado de nuestras costumbres. Al entrar, me indicó un recipiente que yo, sin gafas, tomé por un acuario con anguilas. No me gusta individualizar de antemano al animal que me voy a comer: me parece que, una vez presentado, es ya como un amigo. Pero, por educación, me acerqué para elegir mi anguila. No hubo ocasión: se trataba no de un acuario, sino de un terrario. Y yo salí, despavorido, sin dar explicaciones, del restaurante aquel. La educación debe tener límites tolerables: cuando se corre un peligro inminente es mejor aplazarla.)

El año pasado, al mudarme de casa, he zanjado la superstición del amarillo. Por las bravas. He colgado un cuadro de casi tres metros por uno, que es la consagración de ese color. Y reconozco que mi suerte no ha empeorado de manera visible. Quizá porque ya había empeorado antes cuanto podía. Sin embargo, mi modo de zanjar tal superstición constituye otra nueva: una espectante cautela, un reto comedido, una observadora parsimonia. Precisamente, junto al cuadro amarillo estaba la mesa de Eugenia de Montijo. La emperatriz francesa —por haberse negado tanto en aras de su ambición, o por haber aspirado con tanta frialdad al lujo y al poder—, pasó más de la mitad de su vida como un alma en pena, arrebatada por su soledad. A los noventa y cuatro años, casi ciega, un mes de julio, en el Palacio de Liria, de Madrid, pidió papel y lápiz y dejó escrita su frase célebre: la que tendría que resumir su extensísima experiencia de hombres, pueblos, desdichas, memorias, lealtades, defecciones y sueños contradichos. Con mano temblorosa y letra informe escribió: «Hace mucho calor.» Eso fue todo. Acaso tal retorno a la humildad, a la evidencia, a la desnudez significó que había sido liberada por fin; que sus cincuenta años de sombría penitencia la habían redimido de una vida vivida como táctica, cálculo y pasión egoísta.

La primera vez que se le salió una pata a su mesa, escachifolló la única colección que yo he querido: una de figuras femeninas de distintas culturas, que comenzó con tres, a las que di nombre de conjunto musical: *las éxoticas*. Estaba almorzando con un grupo de amigos y se oyó un golpe atroz. Me levanté y descubrí el destrozo. Debía afectarme mucho, pero no me afectó: era una decisión superior que yo acataba sin oponerme. «¿Qué ha sido?», me preguntaron. «Nada.» Y seguimos comiendo. La segunda vez, con el mismo estrépito, sólo deshizo el pie de cristal de una pantalla: yo ya no me fiaba. Pero a la tercera va la vencida. Ahora se ha destrozado ella misma; se le han partido las alas y el tablero. Cuando la vi estuve a punto de rezar un réquiem. Parecía un suicidio. «Verdaderamente hace mucho calor», dije bajito. Y, por extrañas vías —ni racionales, ni religiosas—, comprendí.

EL DETERIORO

El verbo *echar* tiene en castellano, tan duro de por sí, una fonética y un sentido durísimos. *Echar de un sitio* a alguien no equivale a invitarle a salir. *Echar de comer* no es igual que acercar la comida. *Echarse a llorar*, o *a reír*, o *a correr* lleva consigo un brusco rompimiento. *Echar un cerrojo* o *una llave* a una puerta es bastante más que cerrarla. *Echar un bando* no es sólo pronunciarlo. *Echar a perder* delata un abandono, una cierta desidia. Y eso es el deterioro de que hoy tanto —y a veces sin ton ni son— se habla. El deterioro no es lo mismo que el decaimiento o la decadencia. Estos son naturales; constituyen un proceso de menoscabo lógico; la ruina o la debilidad, en ellos, obedecen al tiempo y a sus desgastadoras limas invisibles. Los hombres nos afeitamos, nos peinamos delante del espejo. Pero se trata de un espejo utilitario, rápido y mudo. Se nos pasan —a mí, por lo menos, me sucede— semanas sin mirarnos. Nos vemos, pero no nos miramos. Y un día, sin saber por qué, al darnos una loción o al secarnos el pelo, fijamos de hito en hito nuestros ojos en aquellos otros que, desde el cristal, nos observan, y percibimos nuevos estragos, la insinuada vejez cada vez más explícita. Y acaso el mismo día viene en la prensa una foto nuestra ya atrasada, o sobre una mesa, en nuestra casa —infortunadamente no es mi caso— alguien conserva enmarcado un gesto anterior nuestro. Y entonces comprobamos la devastación, el daño irreparable, la triste escabechina que el tiempo —sería mejor decir la vida— ha ido haciendo en nosotros. Se perdió la tersura; se secaron los jugos de la piel. Desde el «todo verdor perecerá» hasta el «¿qué fueron, si no verduras / de las eras?», nuestro descubrimiento ya había sido cantado. Estaba dicho. No hay de qué extrañarse. No existe ningún motivo para muecas. Esto era así. Previsto, calculado. El único factor añadido quizá sea la sorpresa.

Pero a eso no le llamo deterioro. El deterioro agrega un dato nuevo a lo irrecuperable: a cambio de nada, algo se está *echando a perder* definitivamente. El ser humano, salvo que sea idiota, cuando envejece no sólo pierde. (Y no es tal afirmación la autodefensa de uno que empieza a envejecer.) El ser humano gana la ternura, la comprensión, la serenidad (ese misterioso contar hasta cien antes de arrebatarse), la sabia indiferencia (no la insensata), la verdadera buena educación («no dejarse llevar por sugerencias momentáneas», según Kierkegaard). La vejez es una decadencia física nada más. El alma no decae: se perfecciona. (Por supuesto que todos conocemos viejos imbéciles, cuya imbecilidad es más decantada que la de los jóvenes imbéciles porque se ha perfeccionado por el uso. Pero eso es diferente: a tales viejos se les veía venir. Tales viejos sí están echados a perder; se deterioró su único patrimonio: la juventud. En su envejecimiento, por otras vías que las naturales, sí hay negligencia, incuria y dejadez.)

Durante el último verano visité varias ciudades. Me hospedé en distintos hoteles. Algunos de ellos han sido —yo mismo los recuerdo— prestigiosos. Ahora los encontré gastados, descuidados, sin gana de vivir: como el enfermo que se desahucia él solo, y vuelve la cara contra la pared ante el ofrecimiento de una medicina. Abdicaron. Renunciaron. Alguien, en nombre suyo, renunció y abdicó. Bajo su rótulo, todas las estrellas de la Osa Mayor no remediarían nada. El deterioro avanzó mucho su labor cancerosa, el fiero run run de su carcoma que, por habitual, ha dejado de oírse. Hay un enchufe que no funciona y que nadie se toma la pena de arreglar; una puerta no encaja; un breve desconchón, o una humedad, van ensanchándose; hay un desgarrón en la moqueta, y ni él se zurce, ni a ella la sustituyen... los testigos menudos, pero crecientes, de cualquier deterioro. La ensordecedora vivacidad de los vestíbulos ha desaparecido. Ahora se pueden grabar entrevistas de radio sin que el ajetreo de los clientes, ni las llamadas de los botones las disturben. Y vuelven al recuerdo las coplas que Jorge Manrique le dedicó a la muerte —al lento y firme paso de la muerte— con el pretexto de la de su padre.

Miro por una ventana del estudio donde estoy escribiendo, y veo un sauce casi del todo seco. El año pasado, cuando me mudé aquí, era una bendición: el árbol más bonito del barrrio entero. Descendían sus ramas, como verdes cortinas que apartábamos, hasta la acera. Era un lujo común. Yo, con frecuencia, me asomaba a ver su majestad y su alegría. Esta primavera, sin embargo, no consiguió revestirlo de nuevo. Lo cuajó de extraños nudos que no se desataron. Forma parte del jardín de un colegio. Yo le envié al director una tarjeta rogándole que hiciera por el sauce —supongo que entrado en años— lo imposible. Nunca me contestó. Tampoco se hizo nada por salvarlo. Eso es el deterioro. En él hay siempre una voluntad que deserta, un desgobierno y una vejación. No comprendo cómo en ese colegio se intentará enseñar a los niños el amor a la naturaleza: ella queda tan lejos. La naturaleza más próxima que había era el hermoso sauce que se dejó secar. Un mal ejemplo. Hay muchos a nuestro alrededor. Cada día más. En este preciso instante el ruido de dos motos, montadas por señoritos —sospecho que horteras e inseguros— desgarran la mañana. En agosto, el silencio soleado nos envolvía como un precioso don. Ya se ha deteriorado ese envoltorio. Retornan las estúpidas manadas de motoristas que, para autoafirmarse, emplean el estrépito. De muchos deterioros somos todos un poco responsables. Porque a todos nos compete una acción de denuncia y de exigencia. Y no por egoísmo; al contrario: por solidaridad. Lo egoísta es consentir el deterioro, soportable al principio, y dejarle la ruina al que mañana llegue.

Me cambio de ventana, y veo el desfallecimiento de mi propio jardín. Tan escaso, dio de sí cuanto pudo: el colorido de las petunias, la infatigable nevada del jazminero, el trepar incesante de la parra virgen, el esfuerzo de la dama de noche. Ahora está a punto de ensimismarse, desconcertado por los días de otoño. Brotarán otras flores en abril, pero las que me acompañaron, las que madrugaron por recibirme, brillantes, primorosas, atareadas a la vez que inmóviles, esas —como las golondrinas de Bécquer— no volverán. No obstante, tampoco hay deterioro aquí: es el beneficioso y fructífero turno de las estaciones. A cada cual, lo suyo...

Me interrumpe el correo. Abro un sobre con remite de Valladolid. Dentro viene otro sobre matasellado, con el mismo remite. La dirección a máquina: *Televisión Española (Para entregar a Antonio Gala) Prado del Rey. Madrid.* Y luego, al sesgo, a mano: *No está en Prado del Rey.* «Naturalmente», pienso: «¿qué pintaría yo en semejante sitio?». Un tampón entusiasta, con tinta violeta, ha golpeado tres veces: *A su procedencia. A su procedencia. A su procedencia.* La carta ha repetido el viaje, con mayor acierto, desde Valladolid. También éste viene a ser un ejemplo de relaciones que se deterioran.

ANDALUCÍA OTRA VEZ

Cuando me han preguntado qué repercusiones tendrá la autonomía sobre la cultura andaluza, he respondido que sólo muy a la larga influiría. En el fondo. la cultura —entendida como modo de ser, y como modo de estar ante la vida— es el origen, no una consecuencia de la autonomía: ésta tiene que fundarse y actuar, sobre todo, en el campo de la Administración y de la economía y la política. Pero ahora hemos transcurrido desde el deseo proclamado, a las vías de su realización del *sí,* al *como;* de la sibilina pregunta que nos planteó el referéndum del 79, al texto del Estatuto que habremos de votar el día 20 de octubre. Estamos, pues, ante un momento decisivo. Porque descreo que la nacionalidad o la regionalidad andaluza —no me ando yo por las ramas de las denominaciones— pueda basarse y crecer sin la voluntad del pueblo, sin la aquiescencia de los más desprovistos, sin posibilidades realizables de una independencia económica. ¿O no es lógico que los andaluces aspiren a plantearse y resolver, en autonomía, los intereses y problemas de sus clases trabajadoras, y que la autonomía les permita autogestionar los oportunos procedimientos para lograr tal fin?

Hay aquí demasiados hombres, demasiadas familias que han sufrido lo que Madariaga llamó «tiranía secular en nombre de la ley y el orden». Una tiranía que convirtió la vieja raza andaluza en desentendida, escéptica, individualista y desdeñosa. La Reconquista (?) supuso para ella el más grave cataclismo: la pérdida de sus características diferenciales y la pérdida de la propiedad de sus tierras, distribuidas desde entonces tan injusta como empobrecedoramente. La revolución burguesa del siglo XIX no hizo más que transformar en proletarios a los que ya eran siervos: una simple mercancía, un instrumento de trabajo que, muchas veces, ni siquiera se demandaba. («... Estos labriegos caminan lentos, entristecidos, hoscos, por las calles; se sientan en la plaza anonadados, tornan a levantarse; entran en su casa; oyen los lamentos de sus mujeres y de sus hijos; vuelven a salir; tornan a recorrer, exasperados, enardecidos, por centésima vez, las calles...» Es el paro. Así lo vio, en 1905, Azorín. ¿Y qué ha cambiado?) Hasta el subsuelo andaluz y su riqueza se enajenaron al extranjero —Almería, Córdoba, Jaén, Huelva—, y se acogotó hasta el menor atisbo de industrialización, y se descapitalizó cualquier intento por remoto que fuera.

«En Andalucía —dice Blas Infante, al que cito como confirmación y símbolo— la clase predominante es la agrícola. Es decir, que tal es la vocación del pueblo andaluz. Esto lo comprueba la Historia. El progreso de Andalucía ha coincidido siempre, en todas las épocas, con el de la agricultura. Su decadencia, con la de ésta también.» De ahí que concluya: «La tierra andaluza, para el jornalero andaluz. Repitámoslo: este ideal es el centro; sin él de nada serviría trabajar por el cumplimiento de los demás ideales. No tendremos espíritu regional, ni pueblo, ni agricultura sin la base de la tierra.» Pero (y la frase siguiente es de un observador cercano y amante: Gerald Brenan) «la incurable estupidez de las clases dirigentes, así como de sus gobiernos, junto con la ignorancia habitual de los partidos tradicionalistas —que no tienen la más ligera idea de las condiciones en que vivían realmente los españoles en la época que ellos se esfuerzan por imitar—, han impedido desde hace mucho tiempo llevar a cabo esa reforma agraria». Fue la cerrazón de la clase adinerada española, que no cedió ni un ápice en tal tema, una de las primeras causas —no las ideológicas— de la guerra civil. Mucho ha tardado el Vaticano, a través de su reciente encíclica *Laborem exercens* de Juan Pablo II, en comprender que «es inaceptable la postura del rígido capitalismo, que defiende el derecho exclusivo a la propiedad privada de los medios de producción como un dogma intocable en la vida económica», y en admitir, «la socialización de ciertos medios de producción», de los que la tierra sería el último en excluirse.

Está claro que, hoy y hace siglos, Andalucía viene necesitando no reformas, sino reestructuraciones esenciales de la economía que pongan la segur a la raíz. Los paños calientes, las hermosas frases, el goteo de limosnas y las vanas promesas no arreglan nada. Hartos de ellos; desvanecida la ilusión de la ansiada, preterida, escamoteada reforma agraria; cansados de exigir su justísima participación en los bienes de su propio país; desangrados en su hambriento y atroz calvario; conscientes de su derrota en las luchas reivindicativas que desembocaron en la guerra civil, los jornaleros andaluces —reyes desterrados— dejaron sus «ligeros paisajes dormidos en el aire», abandonaron su mundo soleado. («La lluvia allí no es más que una rosa entreabierta. / Su niebla misma ríe, risa blanca en el viento. / Su oscuridad, su luz son bellezas iguales.») Y se humillaron solicitando fuera, en un incomprensible y sombrío extranjero, lo que dentro, a las puertas de sus casas, se les había negado. El agobio infinito, la desmoralización, la opresión, el aniquilamiento histórico y la incredulidad política fueron la causa de esa emigración. Se machacaron largamente la conciencia común, el sentir colectivo, el aliento andaluz. Y se abrieron las fronteras a la huida.

Pero el retorno de los emigrantes —aunque 40.000 andaluces vayan todavía a la vendimia de La Mancha, aunque 50.000 vayan a la de Francia— pone otra vez sobre la mesa, ardiente y deslumbradora, la compartida conciencia de región o nación. Aquí están otra vez los andaluces. Aquí están con su paro a cuestas, con sus familias a cuestas, con su dignidad a cuestas. La conversión de los latifundistas en grandes empresarios agrícolas parece arrebatar la justificación de la antigua amenaza: «la tierra para el que la trabaja». Ya no hay dilatadas extensiones sin cultivar, y el propietario se cuida de obtener rendimientos. Pero los criterios de rentabilidad no coinciden con los de sociabilidad. ¿Y qué dice, respecto de este tema, el Estatuto que hemos de votar —todos— el día 20 de octubre? Me temo que mucho menos que la I Constitución de Andalucía, que en 1833 recogió la Asamblea de Antequera. Me temo que mucho menos que el Anteproyecto de Bases para el Estatuto, que en 1933 aprobó la Asamblea de Córdoba. Entiende la reforma agraria como «la transformación, modernización y desarrollo de las estructuras agrarias, y como instrumento esencial de una política de crecimiento, pleno empleo y corrección de los desequilibrios territoriales en el ámbito de la Comunidad Autónoma». Y afirma que le corresponden a esa Comunidad la competencia exclusiva sobre agricultura y ganadería, y sobre la reforma y desarrollo del sector agrario. Pero «de acuerdo con las bases y la ordenación de la actuación económica general y la política monetaria del Estado». O sea, la jodimos.

Porque es la mecanización generalizada de las tareas agrícolas la revolución de las técnicas productivas lo que hace más esencial la propiedad de la tierra y menos esencial la mano de obra. Y la mano de obra es lo único que tienen nuestros jornaleros. Con los preceptos del Estatuto, ¿se repoblarán los dos millones de hectáreas de monte susceptibles de repoblación? ¿Se jubilarán los 32.000 jornaleros que pasan de 60 años? ¿Se devolverán a las escuelas —obligatorias— los niños que se deshacen en la rebusca de alcaparras, de espárragos, de caracoles; en la cogida de aceitunas; en la resaca del girasol, del algodón o de la remolacha; en la vendimia de la uva? ¿Se podrá obligar a los terratenientes a tener un número de jornaleros fijos mayor que el que tienen? ¿Se acrecentará el regadío para aprovechar el agua que hoy se bebe la mar? ¿Se conseguirá que los productos del campo andaluz permanezcan en Andalucía, y se levanten fábricas allí que los elaboren y transformen? ¿Se redistribuirá como Dios manda —porque lo manda Dios— la tierra? Que cada uno, antes de votar *sí* o *no* al Estatuto, examine esos puntos en conciencia. A ver si entre todos, como tiene que ser, desmentimos el doloroso verso de Cernuda: «El Sur es un desierto que llora mientras canta.»

JURAR BANDERA

Tenía que ir yo a Córdoba por razones entrañables. Comprendo que, a quienes no las sientan, puedan parecerles triviales. A mí, no. Era el día de san Francisco de Asís. Uno de los personajes de toda la historia de la humanidad que a mí más me apasionan. No hace mucho me preguntaron con quién me gustaría cenar, imaginando que nombraría a un político de hoy o a una vertiginosa luminaria de ayer. Yo contesté que con san Francisco de Asís. (Aunque reconozco que acaso hubiéramos cenado, como mucho, un mendrugo de pan.) Ese mismo día, en Córdoba, un periodista de los que tienen preguntas —no sé ya si respuestas— para todo, me pidió que le dijera qué admiraba más de san Francisco y qué me disgustaba más de él. A mí me entusiasma su confesión de que para vivir necesitaba muy poquitas cosas y, las pocas que necesitaba, las necesitaba muy poco. Y lo que más detesto de san Francisco es fray Elías: ese administrador de lo inefable, ese ruin tesorero de la gracia, ese contable de lo prodigioso: es decir, el reverso del Pobrecito. Porque, no sé si las señoras, pero los santos sí que tienen espalda.

Yo iba a Córdoba a recibir dos títulos: el de veterinario de honor que el antiguo Colegio cordobés me otorgó en junio, y el de presidente de honor perpetuo de la Sociedad Protectora de Animales y Plantas. Los dos se me brindaban por haber escrito el libro *Charlas con Troylo,* huésped semanal que fuera de estas páginas. Nada podía estar más de acuerdo con mi corazón: el hecho de estimular mi trabajo, que es la literatura; la referencia a Troylo, que es el ejemplo más largo de cariño elegido que he gozado en mi vida; la celebración de san Francisco, para quien Dios crecía en todas partes como una savia de fraternidad cósmica. Se trataba —no lo ignoro— de cosas menudas para muchos: sentimientos, cultura, delicadeza, comprensión, honor... Para mí se trataba de recompensas inmerecidas que, por lo mismo, agradecía doblemente. De ahí que a Córdoba llegara agotado y contento.

Esa mañana juraban la bandera en Cerro Muriano, a unos kilómetros de la capital, cerca de cuatro mil reclutas. San Francisco de Asís fue la antítesis de la beligerancia: la coincidencia me animó, y había decidido redondear mi visita renovando mi juramento a la bandera. Era, en parte, un proyecto divulgable, e íntimo en parte. Primero, quería formular una protesta visible contra la apropiación excluyente de la bandera por grupos de derecha y ultraderecha. La bandera española no es de nadie porque es de todos. Está más arriba aún que la Corona. Es una obligación y es un derecho de cada uno de los españoles. A ningún español puede golpeársele con ella, como a ningún ser humano puede convertírsele a cristazos. Segundo, en un momento en que se materializa la tendencia española al aldeanismo de campanario, y en que se atisba un resquebrajamiento de la unión conseguida —de la unidad impuesta no hablo: ni existe para mí—, consideré oportuno *mostrar sin demostrar* mi posición. Y hacerlo en Córdoba, donde el Ejército y yo tuvimos unas palabritas hace tiempo. En Córdoba, una de las madres universales andaluzas, tan opuestas tradicionalmente al numantismo, al separatismo y al encastillamiento.

Todo vino rodado. El sábado anterior me encontraba en Oviedo, donde la Fundación del Principado otorgaba sus premios iniciales. Asturias es, según muchos, la cuna de la Reconquista, que para los andaluces no fue ningún regalo, lo diga quien lo diga. Descender, por tanto, de Oviedo a Córdoba, con ideas de amor, no era un mal paso. Y los premios los entregaba el príncipe Felipe, personificando —por primera vez en público— la esperanza común. La ceremonia fue mesurada, doméstica, gozosa. Algo nuevo, alguien nuevo —sin el menor asomo de anteriores tinieblas— empezaba. Alguien amanecía. Mi jura de bandera —pensaba yo— era muy puntual. Una benevolente indiscreción la hizo llegar a oídos de los reyes. La reina comprendió el gesto tan inmediatamente que me impresionó. Se dieron órdenes de que la televisión lo recogiera. Yo me resigné, una vez más, a ser expuesto a tambores batientes. Para evitar cualquier posible obstáculo, rogué a un general que hablase con el CIR cordobés, por si no conocían mi intención. Me lo prometió así. Y a la siguiente madrugada —sin dormir, hecho cisco— me presenté en el aeropuerto de Barajas.

El billete tenía mal puesta —con una de adelanto— la hora de salida. Las mesas del restaurante estaban sucias de la noche anterior. El avión a Córdoba, al que llaman *la burra de la leche,* era un frigorífico que soltaba tornillos por La Mancha adelante. La naranjada que me ofrecieron no habría pasado ni un somero control alimentario. El viaje fue espantoso y larguísimo. En Córdoba, gracias a Dios, llovía. Me acerqué al Campamento. Allí nadie sabía nada. Nadie quería saber nada de nada. Algunas agencias habían enviado reporteros, pero se les impidió desempeñar su oficio. Un comandante me sugería aplazar mi propósito hasta otra jura, a que asistieran autoridades superiores a la del coronel que presidía aquélla. Me invitaron a lo que menos deseaba yo: subir a una tribuna. Los reclutas besaban su bandera. El presidente del acto, en su arenga, no dejó muy clara la diferencia entre cultura y pornografía, entre educación y represión. Insistió en que «la Patria se ve hoy amenazada por los enemigos de la civilización», que «pretenden atraparnos en el materialismo que atenta contra la moral individual y de la familia», e intentan que la mujer «descienda de su pedestal y adopte posturas contrarias a las históricamente mantenidas por la mujer española», etcétera. Yo dejé de escuchar. Al finalizar los ritos, un par de oficiales y un capitán castrense me hicieron la franciscana caridad de unos minutos de conversación.

Por la noche, hablando de perros, de caballos, de plantas, con amigos, se me cumplió casi el deseo aquel mío de cenar con Francisco de Asís. Tras los ventanales, en la tibia noche de la Arruzafa —la noche del *jardín*—, Córdoba, abajo, se emperezaba, brillante y bella como un ceñidor de sultana, a la vera del río. Del sabio río, del paciente río, del eterno río Guadalquivir, que jamás fue frontera defensiva, sino jubilosa vía de comunicaciones. Y yo supe que todo estaba bien, y que el tiempo es una confusa manera de entendernos.

Al volver a mi casa de Madrid he besado —a solas, en silencio— mis banderas: la roja y amarilla, la verde y blanca. Invito a todos los españoles a hacer lo mismo. Uno no es más vasco, ni más andaluz, ni más catalán, ni más gallego que español: de la misma manera que uno no es más hijo de su madre que de su padre. Y hemos de estar tranquilos, porque igual que los curas no son los dueños ni los administradores de Dios, los militares no son los administradores ni los dueños de nuestra bandera. San Francisco tuvo su fray Elías, pero la bandera, sin nosotros, no es nada: nosotros —todos— somos la bandera. Esa que yo quise besar en público y que besé en privado. Porque todo está bien, todo, menos esa pena de que en España nos estemos quedando reducidos a jurar en privado la bandera, y a abjurar en público de casi todo lo demás.

LA CRIADA RESPONDONA

Siempre he pensado que hay un enemigo público número uno, coronación y resumen de los demás, o del que los demás son hijos más o menos predilectos. Se trata de un burladero tras el que se protegen los más perniciosos y antisociales defectos. Se trata de una pesadilla en que, ante el toro o la puñalada, se corre angustiosamente sin moverse de sitio. Se trata de una ciénaga o unas arenas movedizas en las que, cuanto más procuras salvarte, con más irremisible lentitud te hundes. Se trata de una piscina llena de goma arábiga. Se trata de una ducha de tinta. Se trata de un coche sin piso que, además de no llevarte, te exige cargar con él. Cuánto estremece la eficacia transformada en obstáculo, la ayuda transformada en estorbo. Ver a un cisne andar es un espectáculo horroroso. Como lo sería un ángel caminando, con sus hermosas alas a rastras: descomunales, inapropiadas, sucias, frenadoras. El cisne ha de estar en el agua, y el ángel por el aire: cada cosa en su sitio. Pero ¿cuál es el sitio de la burocracia? Me temo que, hoy en día, cualquiera. Más inteligente sería preguntar cuál es el nuestro ante ella.

Este es un tema que ha teñido de mediocridad, tristeza y marchitez toda la literatura rusa; un tema que puede teñir de desvalimiento y sobrecogimiento cualquier literatura. (Desde nuestra Picaresca —que nace de las largas colas ante las ventanillas del Descubrimiento, y de las insensatas y paralizantes telarañas de Felipe II: araña para los demás y gusano de seda para sí— hasta Kafka y sus consternados epígonos.) Pero también es un tema que puede acabar, sin proponérselo siquiera, con la literatura. Y con las demás artes, por supuesto. Nadie como la burocracia tan enemigo de la creación. La creación es la espontaneidad, la libertad sin trabas, la largueza con los horarios, el lujo del esfuerzo, el apasionamiento, la obra personal, el gratuito regocijo ante lo natural. La burocracia es la indiferencia, el encongimiento de hombros, el anonimato destructivo, la falta de corresponsabilidad. Cuando un nombre se convierte en un número mala cosa. Lo que uniforma y despersonaliza, empeora. El insatisfecho al que se le entrega un poder lo usa mal, sobre todo si no ha de dar la cara.

Yo recuerdo que, hace un par de años, se nos convocó a siete u ocho personas de distinto pelaje —las siete u ocho conocidas y respetadas en el suyo— para fundar, con otros cuarenta miembros que habíamos de designar, una especie de Instituto Superior de la Cultura. Pero se nos convocó por el ministerio del ramo. Y las dos o tres sesiones que tuvimos las dedicamos a poner inconvenientes. En el fondo, ninguno sabíamos cuál podía ser la misión de ese organismo, dado que nos negábamos a administrar fondos públicos, a proyectar el sentido de la cultura, a marcar direcciones y a amparar decisiones oficiales. Éramos francotiradores que hacíamos la guerra por nuestra cuenta en campos de batalla individuales, trabajadores abnegados y por libre, gentes entregadas a labores de ciencia y arte, probablemente consideradas inútiles por quienes nos convocaban: en una palabra, locos de atar. Un instituto no es capaz de constituirse por personas así. Y, en efecto, no se constituyó. Porque el espíritu sopla donde quiera, no donde el Boletín Oficial del Estado le señala. La cultura puede nacer del caos, lo cual no quiere decir que haya de fomentarse el caos: ni eso. Dios anda entre los pucheros, pero supongo que no está todo el día metido en la cocina.

Cuando se inventó —por decir algo— el Ministerio de Cultura, se llamaba también de Bienestar. La denominación me pareció tan tremenda que no tuve más remedio que decirlo. Y es que la burocracia que acarrea un ministerio es capaz de cargarse a Dios bendito. O, por lo menos, al concepto que tengamos de Dios: basta echarle un ojo a las oficinas vaticanas. Un Ministerio de Cultura lleva consigo la *contradictio in terminis.* Porque la cultura no se reproduce en cautividad, y se descorazona por los pasillos, en los ascensores, entre legajos. No hablo ya de la burocracia censora y malintencionada, sino de la mejor burocracia, si es que hay alguna buena. Los cerebros, ante ella, se fugan o se mueren. La cultura es una de las manifestaciones más altas de la vida, y la burocracia, tan artificial, es justamente lo contrario. Como si, para resolver el problema más atroz que hoy tenemos, se creara un Ministerio del Desempleo, y se colocaran en él a los casi dos millones de parados. Se les colocara y nada más, sin otra *función* de *funcionarios* que cobrar el subsidio.

Anoche me llamó alguien de televisión para ofrecerme un trabajo que me apresuré a rechazar. El comunicante me entendió. Era un creador que se me quejaba de las condiciones negativas: infinitas demoras, infinitos papeles, imaginarios presupuestos —inservibles cuando llega la hora de la verdad, tan retardada—, infinitos despachos, infinita desgana. ¿Qué creación puede ahí mantener su frescura? Yo lo animé a que renunciara él también. «No puedo. Soy fijo de la casa», me repelicó con pena. Es decir, la burocracia lo ha asimilado, ha hecho la digestión de él como de los demás. Le ha dado un sueldo, una seguridad, una mesa como mucho y un tiempo vacío. A cambio, le ha quitado cuanto tenía: la intemperie, el riesgo, los impulsos, la iniciativa: aquello precisamente en que la creación consiste. Y ahí está el mal: el de la televisión y el del resto. Los mismos burócratas lo saben. Saben el horror que han ido acumulando y la prisa con que —igual que una mancha de aceite de colza desnaturalizado— se extiende y se contagia. El hombre que se resigna a la burocracia es Sísifo bajo el martirio de una piedra que cae siempre de nuevo al alcanzar la cima. El hombre que se defiende contra ella es Laocoonte luchando con las serpientes. Y ay de él si no lucha: eso querrá decir que ya está muerto.

Este país, al salir hace unos años de la oscuridad, debió liberarse, aligerarse, esponjarse, mudar los odres viejos. Pues no, señor. Yo ignoro si esta burocracia será más decente que la de antes, pero está igual de maleducada: de arriba abajo y viceversa. Y tiene la misma irredenta afición a jugar al escondite, a corromperse, a escudarse tras prohibiciones, a no resolver nada en definitiva, a remitirse a otra burocracia distinta o superior, a aprovecharse de la estúpida amenaza de palabras hueras: presupuestos, trámites, orden, bien común, Estado, qué sé yo: hueras, si nosotros no consentimos en darles un sentido. Continúa, pues, sólo en apariencia vivo, un dinosaurio al que su pesadez es lo que lo sostiene en pie.

Me llega esta mañana la noticia de que el *Teatro Principal* de Burgos, un edificio del siglo XVIII declarado en ruina, ha sido adoptado, en un gesto, por el Ayuntamiento. Lo va a reconstruir. Va a salvar la fachada de la época. Pero, *hélas,* nadie es perfecto: el interior lo va a habilitar para oficinas municipales. He ahí el mejor ejemplo de cuanto llevo dicho: conservar destruyendo, tergiversando, contradiciendo los objetivos para los que algo nació. Ése es el fin de cualquier burocracia: traicionarse hasta a sí misma: que pateen los cisnes, que se arrastren los ángeles, que se sostengan los dinosaurios muertos. Como si la burocracia no fuese una criada nuestra, a la que pagamos muy bien para como está el mundo, con la obligación única —y la única razón de ser— de servirnos. Una criada que, es evidente, nos ha salido respondona.

LO INCREÍBLE

Es difícil —en unas ocasiones más que en otras— apreciar qué sea lo fundamental y qué lo accesorio. Acaso nuestro mundo se caracterice por la confusión de esos conceptos. Un día cualquiera nos proporciona infinidad de ejemplos... Voy a un espectáculo de variedades. Un caricato —espantosa palabra—, un maquietista —no sé qué es peor— me imita en el escenario. No lo hace mal. Reproduce de modo aceptable mi voz, las inflexiones de mi voz; lleva un bastón en la mano; fuma igual que yo, etc. En lo externo es, pues, verosímil. Sin embargo, lo que dice para imitarme es, punto por punto, lo contrario de lo que yo diría. Descuida lo esencial y se recrea en lo secundario. A pesar de eso, los espectadores me reconocen en el actor. Lo aplauden. Me aplauden a mí. No me molesta que me imiten: me molesta que lo capital pase a último término. Ya dijo Benavente: *bienaventurados nuestros imitadores, porque de ellos serán nuestros defectos.* Pero ¿sólo se nos puede adivinar por nuestros defectos? Qué pena. El imitador defendía apasionadamente el amor —igual que yo—, para lo cual atacaba apasionadamente al divorcio —lo contrario que yo.

Anoche asistí a un acto en que se otorgaban unos premios parlamentarios a unos cuantos diputados de nuestro Congreso. Era evidente que primero se habían elegido los nombres de los premiados, y luego la excusa para premiarlos. No me parece mal. Pero el orden de factores sí que altera el producto. Con ese procedimiento se subraya la primacía de lo que debía ser subsiguiente. Porque el *rigor expositivo,* o *el valor cívico,* o *la agresividad dialéctica,* verbigracia, son valores superiores al de los nombres que ratifican. El perchero no es prudente colgarlo de una percha, salvo que se pretendan serias complicaciones. Inventar el producto una vez hecha su publicidad puede resultar cómodo, pero a muy corto plazo.

Una de las vías del error que comento es perderse —o apartarse— lo principal en lo anecdótico. Abro un diario de hoy —éste en que escribo— y leo que, en Irán, el que fue asesor jurídido del odiado último ex presidente es acusado de «participación en un intento de golpe de Estado, colaboración con grupúsculos revolucionarios, extorsión y adulterios repetidos». Este texto marea: mezcla lo público y lo privado; iguala el fuero externo y el interno; confunde, en una palabra, el culo con las témporas... Paso unas pocas páginas y me entero de que un juez de Sevilla, que debe estar tarumba, empieza a cumplir su amenaza de abrir sumario a las 26.249 personas que, como ademán de solidaridad, firmaron —firmamos, creo— haber abortado o colaborado en algún aborto. El origen de todo fue el descubrimiento (si es que es suceptible de *descubrirse* lo que todo el mundo sabe) de un centro municipal de planificación de natalidad donde se realizaban prácticas abortivas. El suelto aclara que el local estaba situado «en pleno centro de Sevilla, a pocos metros de la catedral y del palacio arzobispal». ¿Por qué se brinda al lector ese dato superfluo: como contraste, como ironía, como sugerencia de colaboración, como reto? En cualquier caso, no parece imprescindible que un centro de planificación familiar funcione a ojos vistas del cardenal de Sevilla, ni de ningún otro... Más ejemplos: hace un par de semanas se me concedió el título de doctor *honoris causa* por la Universidad de Córdoba. La noticia, en casi todos los medios de comunicación no insistía tanto en la concesión como en la disconformidad de un decano. ¿Qué era lo primordial: el doctorado o el disentimiento, el homenaje de muchos —excesivo, lo sé— o el regateo de tres? ¿Qué es lo básico: el color o la bicicleta? ¿Comprará alguien un diario sólo para hacer el crucigrama? ¿O es que tiene más chicha periodística la peca que la cara?

Hablando de caras: en el acto de los parlamentarios a que arriba aludo, me dan una revista no toda de desnudos. La actriz exhibida tiene una bellísima cara de dolorosa andaluza. No sé si sabe sonreír. Creo que no, porque en ninguna de las fotos sonríe. Su destino es no sonreír jamás: así estará más bella. Hermosos pechos, hermosas caderas, hermosos muslos, espantosas manos. Unas manos enrojecidas, ensabañonadas, de fregona triste. El fotógrafo olvidó disimularlas. Por estar siempre a la vista, han dejado de ser importantes cuando salta a la vista lo que no suele estarlo. Una injusticia, porque yo me atrevo a asegurar que a esa actriz, por poco actriz que sea, le serán más útiles las manos que los pechos, aunque éstos lo sean mucho. O sea: cuando lo principal se subvierte en complementario, no por ello puede descuidarse, sino al revés. Yo conozco a una vieja condesa que se niega a aceptar regalos de accesorios, porque piensa de esa forma. Bolsos, guantes, zapatos, *sautoirs,* cinturones, pañuelos, pitilleras, polveras, todo eso para ella es esencial: es donde está más ella: igual que en su perfume. Recuerdo que yo llevaba siempre, cuando llevaba corbata, una negra. Y no era, como acostumbraba decir, que estaba de luto por mí, ni tampoco por nadie: era porque, con ello, eliminaba el riesgo de tener que ponerme corbatas regaladas, no siempre de mi gusto. No hay nada que tranquilice tanto como el negro, ni que resuelva más.

En este mismo instante cierro el periódico y me entero, por su última página, de que un conductor, que regresaba de Fátima con su autocar lleno de devotos, condujo 35 kilómetros con los ojos cerrados, sin tocar el volante y sumido en un éxtasis. Sea o no milagro además, se trata de una idiotez sumamente peligrosa. No me opongo —líbreme Dios— a los éxtasis, pero a su hora: mientras se responde de cincuenta viajeros, desde luego no. El éxtasis, por muy auténtico que sea, es aquí lo accesorio; lo esencial es poner las manos al volante y mirar bien la carretera. Si no, apañados estaríamos. Ni «nuestro hermano Miguel Arcángel» —como al parecer dijo una voz, ya superado el trago—, ni berenjenas en vinagre. De tales jerarquías la Iglesia católica especialmente sabe mucho. Ha estado siglos bizantineando alrededor de ellas. Es conocida la discusión de un dominico y un jesuita, muy aficionados a fumar, durante unos ejercicios espirituales. El superior del primero le denegó el permiso por haber preguntado si podía *fumar mientras rezaba.* El superior del segundo le otorgó licencia para *rezar mientras fumaba.* En efecto, *forma dat esse rey.*

Y así estamos. Y así nos luce el pelo. En los billones de nuestros presupuestos hay un miserable apartadijo para esa tontería de la cultura, del arte y de la ciencia: de cuanto de verdad mejora la vida de los hombres. Y es inútil intentar convencer a los poderosos de que es una dirección equivocada. En los millones de billones de todos los presupuestos del mundo prevalece, de manera ominosa, el gasto en armamentos. Dinero para matar, para poder matar. Y para matar o para poder matar se hacen las alianzas internacionales, los pactos de mutua defensa, los guiños recíprocos y las prostituciones. Entre tanto, millones y millones de seres humanos mueren de hambre, sin tener siquiera la delicadeza de esperar a que se les mate con bombas de neutrones. Así estamos. Así nos luce el pelo. Por eso me emociona hoy conocer la muerte de Albert Cohen, que (refiriéndose a ella, esencial lo mismo que la vida) escribió: «El hecho de que esta atroz aventura de los hombres, que llegan, se rien, se mueven y de repente no se mueven más; el hecho de que esta catástrofe que los espera no los haga más tiernos y comprensivos los unos con los otros: eso es lo increíble.»

MI HOMENAJE

Me he resentido a participar en las conmemoraciones públicas que la Prensa, la televisión, la radio, los ministerios, los municipios y las más diversas asociaciones han organizado en honor de Picasso. Todos esos sahumerios me producen una incomodidad que he intentado explicarme. Porque no se trata de que mi admiración por la obra de Picasso sea insuficiente, sino de algo más sutil. No se trata de que la coincidencia de la fecha del centenario con la de la exhibición del *Guernica* me haya parecido por lo menos sorprendente —lo que es verdad—, sino de algo más personal. No se trata de que no me produzca natural alegría la llegada de ese cuadro a nuestra tierra. (Me la hubiera producido acaso mayor el retorno de la *Venus del espejo,* o el *retrato de Pedro Romero,* o la *Virgen niña* de Zurbarán —que, va para un año, me saludó con su manita disimuladamente en el Hermitage—, o incluso de otro cuadro de Picasso. Pero tal hecho estético no disminuye mi alegría.) La explicación de mi negativa a colaborar en la minuciosa verbena debe tener otros motivos.

El primero es, sin duda, el espanto que me provoca cualquier amago de manipulación. He defendido mi independencia interior y exterior hasta más allá de mis propias fuerzas. Rechazo homenajear —y todavía más despreciar, por supuesto— a quien se me manda y cuando se me manda, o a quien se me sugiere, o a quien la oficialidad decide, basada en una momentánea conveniencia. Me estremece observar cómo los medios de comunicación social lanzan sus consignas al aire, y trazan fríamente sus planes, calculan sus interesados proyectos, sin importarles en el fondo el arte, ni el artista, ni su obra, ni su alma. Ahora desconocen, ahora exaltan: en cualquiera de los dos casos arrimando el ascua a la sardina de quienes los utilizan. Y qué difícil zafarse de sus mandatos solapados, de sus melifluas invitaciones, de sus súbditos apasionamientos, de sus bellas palabras en pro de la cultura, de sus arrebatadas y repentinas convocatorias. Cómo van tendiendo —con qué silenciosa habilidad— sus redes, en las que tan fácil es caer, en las que caemos con un dócil orgullo, creyendo que nuestra libertad y nuestra independencia continúan intactas todavía.

Sé que en España somos aficionados a las colas. Constituyen un fenómeno sociológico lleno de consecuencias. Colas de la burocracia, de la escasez, de los racionamientos, de las devociones. Por eso el otro día me acerqué al Casón del Buen Retiro para presenciar las colas del respeto, del homenaje y de la admiración a Picasso. Creo que muy pocas de las personas que allí había compartían ese respeto, ese homenaje y esa admiración. La inmensa mayoría fue conducida hasta allí a invisibles empellones: los largos trámites de la entrega del *Guernica,* sus avances y retrocesos, sus tiranteces, sus pregonadas condiciones, las negativas transformadas en patrioterismo por sagaces tejemanejes y por aprovechados trujimanes. Creo que la inmensa mayoría iba a ver, en los ocho metros por tres y medio del lienzo, lo que de antemano le habían enseñado que tenía que ver: algo entre el examen de conciencia, el propósito de enmienda, el dolor de corazón, los horrores de la guerra y —¡por fin, por fin!— el estrecho abrazo de todos los españoles. Durante demasiado tiempo se ha hecho del *Guernica* una metáfora y un símbolo. Para unos y para otros ha sido un concepto traslativo. Y tan peligroso como jugar con fuego es mechar de símbolos confusos una obra de arte, sobre todo cuando quien mecha no es su autor. Porque Picasso bien claro había dejado que, en el *Guernica,* el caballo es un caballo, y el toro, un toro. Tal pintura no deseaba demostrar *nada:* mostraba y muestra simplemente. Hasta su nombre le vino dado de una forma casual. De ahí que yo no pudiera evitar que las colas del Casón me recordaran las fúnebres colas del Palacio de Oriente a fines del noviembre de seis años atrás.

He leído que el *Guernica* es «el último exiliado que vuelve». No opino así. Primero, porque nada que no haya estado aquí puede volver; segundo, porque quedan muchos exiliados fuera: por política, pero también por economía o por temor o por tristeza. Por lo visto, en la inauguración oficial de la exposición, afirmó emocionado un general que el *traslado* (hasta la palabra tiene un aroma procesional y relicario) era «una de las más importantes operaciones en que había intervenido». No dudo que él lo pensará así, e ignoro si intervino en otras operaciones durante la guerra civil. De lo que estoy convencido es de que, por desgracia, el *Guernica* no va a alargar, ni va a garantizar nuestra democracia. El *Guernica* no es un certificado de buena conducta, como parecen haber entendido muchísimos políticos; no es un quitamanchas; no es un aval de que hemos avanzado en un sentido u otro. El *Guernica* no da más seguridades que las de su fuerza y su hermosura. El sitio a que nos dirigimos, la España que queremos, o la edificamos todos y cada uno de nosotros, o se quedará sin edificar. Por mucho que los descendientes de Picasso, apoyados en su vago *derecho moral,* se opongan o ratifiquen la presencia del *Guernica* en España; por interminables que sean las colas de quienes lo visiten. El *Guernica,* en esa urna que lo aleja —aún— de nuestras manos, es como una papeleta de voto; pero de un solo voto: quedan muchos millones además.

Recuerdo que, hace diez años, un grupo de amigos nos reunimos en un *tablao* flamenco para grabar en una cinta los bailes y los cantes que Picasso amaba y unas pocas frases de felicitación de cumpleaños. Los coches de la policía custodiaban la puerta del local; no se cesó de obstaculizar el doméstico acto; se nos impidió hasta palmear y olear a quienes actuaban; hasta que se llevaron a dos de nosotros —Moreno Galván y Sempere— y los demás nos fuimos tras ellos a la Dirección General de Seguridad. Venía conmigo Aurora Bautista que, valerosamente, amenazaba a un guardia con decírselo al día siguiente *¡a don Garicano!* (Tomás Garicano era ministro de Gobernación entonces), y a mí me dio la risa, y estuvimos a punto de ser enchironados por falta de respeto. Cristóbal Halffter tuvo la idea de telefonear a Federico Sopeña (eran ya las cuatro de la mañana) para que intercediera por los detenidos... Cómo se cierran los círculos de la historia. Aquel *tablao* era *Zambra,* tan próximo al Casón del Buen Retiro. Picasso fue nombrado por la República director del Museo del Prado. Y dos días antes de esta epifanía del *Guernica,* Sopeña ha sustituido en esa dirección a Pita, que dimitió, entre otras razones, por no haberse contado con el Museo para la traída del *Guernica* a Madrid. El *Guernica* es, pues, un objeto político, no artístico.

¿Han cambiado sustancialmente las circunstancias? ¿Han cambiado sustancialmente las personas? Picasso tuvo, como única coherencia, el trabajo y la falta de respeto a sus etapas. La obra, cuanto más válida, refleja más la vida. Y la libertad, en la vida de Picasso, planea sobre todo lo demás. (La libertad: lo contrario de las manipulaciones, la ocasión afilada de elegir, el continuo riesgo de error.) *Centenario* y *Picasso* son, para mí, palabras contradictorias. El creador, renaciente, no muere: *Nuestra Señora de la Vida* se llamaba la finca donde Picasso dejó definitivamente de pintar. Por eso, por encima del efecto megafónico y los trinconeos y los cambios de postura y los neoconversos, se ha demostrado —ahora otra vez— que el arte es más duradero, más significativo y más limpio que todas las políticas. La prueba es que todas han querido hacer de él su bandera. He ahí los motivos por los que yo he callado.

EL ÚLTIMO BASTÓN

En el prólogo a la edición agotada de tres comedias mías, José María Rodríguez Méndez —hirsuto y ensimismado crítico, hirsuto y ensimismado amigo— escribió: «Antonio Gala, en nuestro teatro realista de hoy, es como aquel Diógenes que para contestar a Platón, cuando éste afirmaba que el hombre es un *bípedo implume,* peló una gallina y la tiró en medio de la Academia, gritando: *¡Ahí tenéis al hombre de Platón!»* La verdad: para mí es imprescindible el acuerdo con Diógenes, aunque sólo sea para poder estar tranquilo y convencido de que soy humano. *Bípedo* no lo soy, porque usando bastón, soy más bien trípode; y ¿cómo alguien, que no tiene más patrimonio, más voz, ni más oficio que el de escribir, podría ser *implume?* A quienes me preguntan, suelo advertirles que yo no llevo el bastón por estética sino por estática. La costumbre se transforma en una segunda naturaleza, más exigente que la necesidad misma. Por determinadas debilidades precisé usar bastón hace ocho años; ahora me sería más difícil abandonar el bastón que el cigarrillo. Sin embargo, creo que debo hacer dos aclaraciones. Primera: yo no colecciono bastones; colecciono amigos que regalan bastones. De esa bastonera, tan retratada, con doscientos y pico, lo único que yo he puesto ha sido la bastonera y un par de ellos, que me enviaron de casa de mis padres. Segunda aclaración: en realidad no me apoyo al andar en los bastones; me apoyo en los amigos. A veces miro el mueble, escalonado como la candelería de un paso de Virgen de mi tierra, y veo levantarse los recuerdos. Amigos ya muertos, que me regalaron bastones de otros muertos. Amigos vivos aún, que la vida se llevó de mi vida. Amigos con quienes todavía tomo el vino y el sol...

Pienso en las manos que acariciaron estas empuñaduras. Pienso en las manos que acariciaron esas manos. Qué extraño todo: nos conocemos de repente; nos amamos de tal manera un año, dos, no sé, y, de repente también, no nos volvemos a ver más. Esa quietud que sigue al dolor del amor, ese temblar convaleciente, esa falta de sed... Ya no somos sagrados. La belleza y la juventud son capitales que no devengan intereses; no tienen porvenir; son, como dicen los farmacéuticos, asativas: se cuecen en su propio jugo, se consumen a sí mismas sin dejar otro rédito que un vago olor, que una vaga pena, que una vaga memoria... Ya no somos sagrados. A veces miro la bastonera; recuento mis poderes; paso revista a las ajenas generosidades. En cada caña, un nombre, una sonrisa. Elijo el apoyo de cada noche —el bastón de una noche— y me voy poco a poco. Como todo, poco a poco me voy, sin hacer ruido.

En algunas circunstancias, las cañas hay que decir que se tornaron lanzas. En la primavera del 76, con un bastón de campo, inexplicablemente muy pesado, me fui a la Sierra de Madrid. Un grupo de ultraderecha me brindó la ocasión de enterarme por qué aquella liviana caña con puño de asta pesaba tanto. Tenía un ánima de hierro de un centímetro de diámetro, que se dobló a costa de mis costillas. Estuve cinco horas sin conocimiento, y un mes en cama. El amigo que me había regalado aquel bastón —lo conservo destrozado como recordatorio— nunca imaginó que se volvería contra mí.

Están mis preferidos. Son bastones con buena suerte. Hay que tocar su madera con la copa antes de brindar. Otros tienen dudosas consecuencias: deben utilizarse con cautela y en favorables coyunturas. Alguno, por un respetuoso temor, no lo he sacado nunca. (Uno, por ejemplo, muy bello: de marfil, plata, cuero, carey y asta; me fue remitido de muy lejos y, antes de recibirlo, murió el amigo que me lo remitía.) Otros son una joya por sí, o por los personajes remotos y famosos que los poseyeron. Y hay aquéllos que guardan un secreto: el resorte que abre un receptáculo para una dosis de no se sabe qué; el estoque; el gatillo y la bala; la whiskera; el papel, la pluma y el tintero; la imagen levemente erótica. Y hay aquéllos —sus conteras se hunden en mi propio corazón— cuyo secreto es de otro tipo: unos ojos que se miraron en los míos, una boca que se buscó en mi boca...

Recientemente se han incorporado al confuso rebaño un bastón de Marruecos, otro de Zaragoza y otro, que se hizo para mí, de Córdoba. Pero el último de todos, que también me vino desde Córdoba, contiene un especial significado: lo ganó, toreando, *Manolete*. Llegó acompañado de su *certificado de origen:* una fotografía fechada el 17 de febrero de 1946 en Méjico. En ella, da *Manolete* una vuelta al ruedo. Sereno, pero no sonriente. La mano izquierda lleva la montera, el bastón —con la elegancia del que tiene costumbre de la espada— y el capote, plegado y dibujado por Zurbarán. La mano derecha, con desmayo lleva un ramo de flores. El torero acaba de matar un toro llamado *Platino,* como el vino admirable de los plateros cordobeses. Ha logrado su más hermosa faena mejicana. En la primera vuelta, de las cuatro que dio, un admirador le arrojó ese bastón de caña de Malaca, cuyo puño es un afilado león de marfil indio y ojos de ámbar. No sé quién era tal espectador, pero estoy satisfecho de encontrar hoy su bastón entre los míos.

La noche que la familia de *Manolete* me lo ofreció, lo acepté con responsabilidad y con recogimiento. Lo besé al aceptarlo. Besaba en el mi infancia y mi adolescencia, que iban a ver los toros con mi padre y Machaco. Lo besé porque siempre he admirado a esa raza de hombres que viven, como funambulistas, sobre el filo de la navaja; que arrojan al aire una sigilosa moneda, cuya cara y cruz son la vida y la muerte.

Siempre he admirado a quienes comprenden que no hay que vivir la vida a cualquier precio; que hay precios que no deben pagarse; que la vida, en todo caso, es corta y hay que hacerla, si no más larga, más ancha por lo menos. Siempre he admirado a quienes hacen del riesgo su pan de cada día; a quienes, enaltecidos y plenos y envidiados, con grandeza y consciencia saben vivir su muerte, acaso lo más arduo de la vida. Siempre he admirado a los hombres de tal raza, a la que *Manolete* perteneció, y a la que supongo que, de otro modo, también yo pertenezco.

En un país maniqueo, donde gritar *¡viva Joselito!* equivale a gritar *¡muera Belmonte! Manolete* recogió los vivas y los mueras. Su fruición por la vida pareció a muchos desdén por ella, y su desdén, distancia, y su distancia, sosería: qué cordobés es eso. Se dice que los amados de los dioses mueren jóvenes. No es cierto: los amados de los dioses no mueren: se van al mediodía; se van en flor. Para inmortalizarla hay que cortar la rosa... En un momento de política estrecha y de estrechas fronteras; en un momento en que aquí se elevó un especialmente estúpido *¡Santiago y cierra España!, Manolete* saltó por encima con la agilidad con que saltaba una barrera. Cualquier arte es superior a cualquier política cuando ésta no es un arte. Hay que saber estar en la plaza: fijar, templar, mandar. En el toro por cuya lidia le ofrendaron el bastón, el público le pidió a *Manolete* que banderillease. Él señaló, sin inmutarse, a su banderillero. Y luego comentó: «Se están poniendo las cosas de una forma que el mejor día van a querer que actúe también de mulillero.» No dio lugar la vida. Sin embargo, hoy, en la *fiesta* y en muchos otros campos, sería bueno colocar a cada cual en el sitio que le correspondiese. Muchos *maestros* harían así de mulilleros. Y aun de mulas, algunos.

EL ALBAYZÍN

Hay pueblos, hay ruinas, hay lugares en que la humanidad se consagró, y hoy se recrea viéndolos y aprendiendo sobre ellos la lección de su historia: gozada o padecida, pero suya. Ahí están, por ejemplo, las villas desparramadas por El Castañar, o por La Adrada, o por La Vera: cuajadas, emocionantes, silenciosas. Pero ¿habitables? ¿Cómo exigir a Valverde, o a Pedro Bernardo, o a Miranda, que mantengan sin desmayo su bellísima cruz —cruz al cabo— para que vengan a visitarnos los turistas de paso? Y, sin embargo —decimos—, son caudal de todos, herencia de todos que ha de ser respetada como está: una concreción de vida real, natural e imitable. Pero ninguno la imitamos. ¿Será prudente pedir a los demás que se resignen a un áspero tipismo, si nosotros no estamos dispuestos a compartirlo más que el tiempo que dura una excursión? Eso sucede en Granada, sin ir más lejos, con el Albayzín.

Yo me enamoré del Albayzín, apasionada e irremediablemente, en el verano de 1968. ¿Qué enamorado podría no enamorarse de él? Entre sus casas —como nidos de golondrinas, según escribió Münzer a finales del XV— me dejé el corazón. Me dejé tántas cosas. «Si me pierdo alguna vez», decía, «que me busquen en el Albayzín: allí estaré seguro de que no me encontrarán.» Él es, en la ciudad, lo que Las Alpujarras en la sierra: la intimidad, la generosidad, la individualidad, la rebeldía. Por la calle del Agua y por la Plaza Larga, por San Nicolás y Santa Isabel y San Miguel el Bajo y El Salvador, yo me desorientaba cogido de la única mano que me era necesaria en este mundo. Por Alhacaba, por María la Miel, por tantos, tantos pasillos hechos para ir de dos en dos, muy juntos, por sus cuestas, me extraviaba yo: me extraviaba y me recuperaba. («Abatíme tanto, tanto / que fui tan alto, tan alto / que le di a la caza alcance.») Venía de las aguas del Generalife. Venía de las aguas de los Aljibes. Venía de las aguas del Avellano. En el Albayzín yo sólo tenía sed. Me daba sed su modesta armonía. Me daba sed cada *hortus conclusus.* Me daban sed sus caracoles y su frito de choto. Me daban sed los besos a escondidas (¿a escondidas de qué?). Me daba sed la sed. En los patios terrizos, bombardeada mi alegría por los higos candongos, comprendí que podía morirme en ese instante, y que lo que viniera luego sólo sería descender del Tabor. Descender del Tabor hacia Getsemaní: eso lo supe luego. («Mi sangre se derramó / por la caza que cazó.»)

En una tabernilla olvidé los autógrafos de los cien *Sonetos de La Zubia,* un libro recién acabado de poemas de amor. Cuando volvimos, no estaban. Los habían barrido, o qué sé yo. Nos reíamos. ¿Qué importaba? Estábamos nosotros. Y el amor. Y el Albayzín. Estaba con nosotros la vida: de nuestra parte estaba. Después logré reconstruir unas decenas de ellos. Dejo aquí uno, como señal: *Hoy vuelvo a la ciudad enamorada / donde un día los dioses me envidiaron. / Sus altas torres, que por mí brillaron, / ceniza sólo son desmantelada. / De cuanto yo recuerdo, ya no hay nada: / plazas, calles, esquinas se borraron. / El mirto y el acanto me engañaron, / me engañó el corazón de la granada. / Cómo pudo callarse tan deprisa / su rumor de agua oculta y fácil nido, / su canción de árbol alto y verde brisa. / Dónde pudo perderse tanto ruido, / tanto amor, tanto encanto, tanta risa, / tanta campana como se ha perdido.*

En el Albayzín yo he palpado siempre —la última vez hace poco, viviendo en una vertical casa amiga— que todo merece la pena; que todo continúa; que el eterno retorno nos enlaza en su fértil anillo, nos arrastra, nos contagia su júbilo. Porque en el Albayzín he visto —acaso como en ningún otro lugar— la vida. Me he bebido la vida: ese secreto carmen, no muy grande, no demasiado cómodo, que es la vida; esas «ruïnas y despojos, / que enriquece Genil y Dauro baña», en que posiblemente consiste nuestra vida. Sé que las comunicaciones con Granada son malas, que no hay consultorios, que las basuras se demoran, que quizá en la noche no sea muy grande la seguridad, y que escasea el agua y que escasean los teléfonos y que escasean los baños. (Y sé además que son cosas que alguien debe arreglar.) A pesar de los pesares, mi deseo es perderme de verdad un día dentro de el Albayzín. Si es que no me he perdido ya del todo. Porque ¿quién no decae como el Albayzín, peor que el Albayzín?

Él fue, con su Alcazaba, la ciudad completa, la capital: Granada antes que Granada. Barrio de baezanos, o de halconeros, o de sederos, ¿qué más da? Barrio de la hermosura ensimismada y ruidosa a la vez, serena y restellante, dramática y festiva. Ha pasado por manos aristócratas: la nobleza y la banca. Ha pasado por manos moriscas, por depredadoras manos castellanas, por las manos atroces de los años 60. (Cuando yo me enamoré: la amada es más amada descalza y mal vestida.) Hoy está en manos de su pueblo. Hay algún escritor, algún pintor, algún contemplador de la luna sobre la Alhambra. Y están quienes suben allí para mirarse —sin descansar jamás, sin parpadear siquiera, enajenados y levitados— en los ojos. No es mal fin de una historia: para mí lo quisiera. El Albayzín, de carne y hueso que es, no está intacto, ni ileso; pero ha sobrevivido. Porque en su corazón late —atropellada, verde, gentil, imperturbable, menesterosa, coronada— la vida.

La Asociación de Vecinos del Albayzín, sin saber cuánta plenitud siembra su nombre en mí, me pidió que les pregonara sus fiestas este año. No pudo ser. Ni acaso mi voz, tan baja, es la idónea voz de un pregonero: yo no sé más que hablar al oído. Pero les habría dicho que, en su solidario apiñamiento, es donde está su fuerza; en ese apretarse las casas con las casas, hasta tocarse los tejados; en ese no saber dónde acaba una y empieza la siguiente en el desvarío de los callejones; en la aparente arbitrariedad de las placetas; en el mimo de las fachadas, de los balcones, de las perspectivas; en el, también ellos, los vecinos, estar enamorados —qué difícil— de lo que es su costumbre, y una costumbre a veces tan inhóspita. Les habría recordado que ellos tuvieron ya su *estatuto de autonomía* en las Capitulaciones de Santa Fe, que los colmó de trabas, de zancadillas, de ergotismos, y que *tampoco* fue cumplido. Porque ellos eran los vencidos entonces. Ahora, no. Ahora, no, si se unen. Les quedan quince monumentos nacionales, cuarenta y un edificios de interés de arquitectura no doméstica y ciento sesenta y cinco de arquitectura doméstica. Les queda su aire, su ternura compartida, su limpia luz, su agua que corre, su vino atardecido, su esperanza. Se quedan ellos, en definitiva.

Es posible —y así debería ser— que la UNESCO incluya el Albayzín en el Patrimonio Mundial de monumentos de alto valor histórico y artístico. Pero ninguna UNESCO, ningún ayuntamiento podrán lograr lo que puede la fuerza de unos seres humanos que defienden, con uñas y con dientes, con ilusión y con tenacidad, hombro con hombro y a compás, el sitio en el que viven y trabajan y se aman y paren a sus hijos y acarician ensueños y se mueren. De alguna misteriosa y contradicha forma, en el Albayzín yo he sido feliz siempre. En él, por decir las cosas indecibles, se me quedaron sin decir las otras. Quiero volver a él, imaginarme en él. Él fue, y así seguirá siendo. Por San Gregorio baja mi memoria; pero, Chapiz arriba, sube mi profecía.

LO HISPANO-ÁRABE

He viajado la última semana desde Andalucía a Asturias. Las dos me han dado ocasión de reflexionar sobre lo que dije a los postres de una cena en que se presentó *coram populos,* a primeros de este mes, la recién nacida Asociación de Amistad Hispano-Árabe. Nada tengo —nada podría tener— contra las tierras del Norte. Hay en ellas gente que me exaspera como hay gente que me exaspera en las del Sur. No creo, como creía el encargado de una estación de gasolina, que «de Despeñaperros p'arriba tó é Alemania». Me producen horror las generalizaciones, pero no las definiciones, y sé que —por clima, por cultura, por actitud y por historia— los españoles de arriba no son igual que los de abajo. (No me planteo si son mejores o peores, porque estoy seguro de que España es la media aritmética de todos: peor sería si no.) No soy historiador. No soy arabista. Acepto la evidente política de hechos consumados que la historia nos obliga a aceptar. No sólo no elucubro sobre lo que hubiera podido suceder de no haber sucedido ciertos hechos, sino que ni siquiera me atrevo a escuchar el responso y la cantilena de mi viejo de *Las cítaras colgadas de los árboles:* «Nunca debió conquistarse Granada.» Creo que la historia puede ser pendular, pero no retroceder. Es decir, soy un español de hoy que procura plantearse las cuestiones con independencia y objetividad.

Por eso me irrita que no se comprenda, por algunos, cuánto significó la presencia del Islam en España; cómo su repentina aparición dio un vuelco trascendente y ya inmodificable a nuestra contextura y a nuestra Historia; hasta qué punto esa Historia no es susceptible de interpretarse como algo dirigido, durante ocho siglos, a expulsar al Islam. Eso es una mentira. Primero, como afirma Ortega, porque no se puede llamar Reconquista a una cosa que dura tanto tiempo. (En cinco años, a partir de 1808, pusimos nosotros de patitas en la calle a los franceses; en diez, nos pusieron los hispanoamericanos a nosotros.) Segundo, porque, ni los árboles tuvieron una voluntad conquistadora de toda la Península, ni los visigodos tomaron la recuperación de ella por su razón de ser. (Un pueblo con frecuencia guerrero es muy dado a los mitos. Casi todos se edifican según los deseos del vencedor, y luego, por inercia, perduran. Don Pelayo, Santiago, Clavijo y otros por el estilo son simplemente armas arrojadizas de las que, una vez desaparecido el enemigo, debiera prescindirse. Las guerras se emprenden muy a menudo para ocultar, con su humo, la ilegitimidad o la injusticia de quienes las emprenden: son una forma de desviar la atención. Los Reyes Católicos, sin ir más lejos, no me parecen una excepción en esto. Enrique IV, por el contrario, estaba tan seguro de su derecho que, venteando ya el Renacimiento, prefería que Castilla, sentada de una puñetera vez, se pusiese a cantar. No la dejaron: primero la llevaron al Sur —ese soñado Paraíso al que bajaban los del Norte, según el cronista, «como a bodas de rey»— y después a descubrir América. De eso le viene tanto desasosiego: sin arreglar la casa, la echaron fuera de ella.) Y tercero y más importante: es inútil luchar contra lo que está dentro de nosotros, contra lo que *es* nosotros: lo español, sin el Islam resulta inexplicable. (Un pueblo, como una historia, no se construye a fuerza de carrerillas, de puñetazos, de mordiscos. La historia no son sólo las guerras, sino —sobre todo— las paces: lo que florece en la mesa familiar de la paz. No es el matrimonio de unos reyes; no es el bautizo de unos herederos; no es la ambición de unos cuantos y el sufrimiento de los otros; no es un protocolo, ni un ceremonial, ni una tortura: es la vida. Y la vida, por encima de los demás, acaso consista en dos cosas: amistad y cultura. Dos cosas que son precisamente lo contrario de la destrucción.)

La amistad como sentimiento de última concordia, que salva las fronteras, las razas y los tiempos. Como sentimiento en que se fundan las más altas edificaciones humanas, los más sutiles intercambios, las fusiones imperecederas. Una amistad, esta hispanoárabe, heredera y consanguínea, imperturbable y lenta, que se ha desarrollado a la vez que nosotros, y fabricó sus nidos en las inolvidables ramas de la sangre. Una amistad honda como los siglos, hecha de peleas y abrazos, sobre una difícil y depurada convivencia. Una amistad violenta que se quedó en esta tierra para siempre: en su idioma casi bilingüe, en sus maneras, en sus ideales y en sus emociones. Una amistad que, al ser posible, constituye la mejor prueba de que España —esta España que llegó a nuestras manos— es posible también.

Y la cultura. El milagro andaluz (que se produjo mucho antes que el milagro alemán, al que tanto colaboraron los brazos desterrados andaluces) es la consecuencia de un enamoramiento, como cualquier milagro debe serlo. Los árabes habían estado circundados secularmente por pueblos helenizados y romanizados. No es sólo Siria quien los configura, sino la India, la Bactriana o Persia. Y, al adentrarse en Andalucía, redescubren a Roma: sus monumentos, su orden, su *alma mater.* (La Bética, con Roma, fue tan industriosa, tan sosegada. Tan ciudadana, que dependió de la administración ordinaria del Senado, no de la jurisdicción militar imperial como el resto de España.) Y, al revés, Andalucía recobra con los árabes su perfume oriental: lo que ella había tenido con Tartessos, con Fenicia y con Cartago. Es ese encuentro de segundo grado lo que fructifica, redondea e insemina. Y lo que hace posible que en el Extremo Occidente se dé, sin la menor sorpresa, la bienvenida a Hipócrates, a Euclides, a Tolomeo, a Galeno; que santo Tomás conozca a Aristóteles a través de Averroes; que se abra aquí el camino de la ciencia europea, que brota del contacto permanente entre el cristianismo y nuestro islam; que tiemblen aquí las primeras luces del Renacimiento cuyo mediodía no se alcanza hasta dos siglos después...

España es el lecho en que lo germánico y lo arábigo habían de procrear con mayor naturalidad y mayor beneficio. Se trataba de culturas distintas, pero una y otra se olvidaron un poco de sí mismas ante un anhelo idéntico: irse afirmando sobre unas tierras que habían recibido una cultura superior y previa. Por eso, en el momento de su ápice, el Islam da en España su ejemplo de amistad y tolerancia: sobre las razas, sobre las lenguas, sobre las religiones, derrochando encendidos raudales que —esperémoslo— aún no hemos extinguido. Es en ese tiempo de oro —no el Siglo de Oro que luego nos inventamos cuando el poder había para siempre pasado y también la tolerancia— en el que me descansa pensar. Por él acostumbro decir que en Andalucía no es moro todo lo que reluce. Por él sé que los árabes que entraron no tenían demasiado que ver con los que salieron. Y recordándolo comprendo que, cuando el Islam se fue de Andalucía, se la llevó en gran parte: las invasiones siempre destrozan esas páginas suaves, iluminadas, amables en que está escrita la verdadera vida, en que está escrita la verdadera Historia. La Reconquista, en realidad, fue una invasión también.

Por eso me alegra que la Asociación de Amistad Hispano-Árabe empiece a cumplir una larga ilusión, a saldar una mutua y larga deuda, a realizar una larga esperanza. Y, como suele sucederle al ser humano cuando se pone en trance de solidaridad, esa ilusión nos prolonga, esa deuda nos enriquece, esa esperanza nos multiplica.

FETICHISMOS

La Academia de la Lengua (a la que le cuesta menos trabajo aparcar en el diccionario una palabra de tráfico frecuente que modificar el sentido de otra ya aparcada) tiene un poquito abandonadas las definiciones. Por *fetiche* entiende «un ídolo u objeto de culto en tierra de salvajes». Y por *fetichismo,* bien ese culto, bien la idolatría o veneración excesiva. No estoy yo muy de acuerdo, pero, en fin, tendremos que conformarnos con lo puesto: si no hay más leña que la que arde, no seré yo quien eche leña al fuego.

Anoche estuve cenando con un amigo apasionadamente aficionado a la literatura. Tanto, que da la impresión de que es más aficionado —en el buen sentido— a los autores que a sus obras. Conoce al dedillo la vida de sus favoritos: eso que a mí no ha llegado de veras a importarme jamás. Visita con devoción las horrendas y carcomidas casas-museos donde se ven indiferentes —y aun asquerosos— recuerdos familiares, camas de teatro, póstumas cajetillas de tabaco, sombreros polvorientos y otras mugres. Se emociona ante papeles que han podido ser tocados por sus escritores predilectos, ante su letra autentificada, ante sus gafas o cepillos de dientes. Se pirra, en definitiva, por los harapos de la literatura, por sus zurrapas, por sus inevitables materializaciones. Quizá yo soy un neoplatónico; quizá yo estoy más cerca de Plotino; pero a mí no me enardecen las bellas ediciones, ni las primeras agotadas, ni la encuadernación maravillosa. Yo quiero un libro por las buenas: manejable, anotable, destructible. Me interesa sólo un contenido y, en último término, poder trabajar sobre él sin arruinar una obra ancilar de arte. Beso el santo, pero no la peana.

Sin embargo, es natural que como escritor vea con condescendencia tal fetichismo literario. Anoche mismo, la anfitriona que nos dio de cenar al fetichista y a mí, nos enseñó cómo había enmarcado unas páginas autógrafas mías que yo le regalé. Verdaderamente parecen pintura de vanguardia: una extraña y minúscula grafía —ilegible, pero clara; arbitraria, pero ordenada— sobre un folio impreso por su otra cara, en tinta negra y con menudas y salpicadas correcciones en rojo o verde. Es decir, como son todos mis manuscritos —éste incluido—, puesto que de otra forma no sabría escribir... Y ahora me doy cuenta de que también yo estoy haciendo profesión de fetichismo. Igual que la mayor parte de la gente, por lo demás. Al menos, de la que yo conozco. Recuerdo que, en la penúltima primavera, me encontré con un ánimo tan bajo —mejor, con tal desánimo— que me era imposible trabajar y muy difícil seguir vivo. Es en esos momentos cuando uno acepta como asidero un clavo ardiendo. Y tres amigos, cada uno preclaro en la actividad creadora que cultiva, me ofrecieron, por separado, un amuleto: un ocultista y famoso vidente me dio una pequeña mano de escayola con las uñas pintadas en un rojo muy vivo; una escritora me cedió un pájaro de cristal azul para llevarlo siempre conmigo; un modista me entregó, con respeto, una uña de jaguar, o sea, un fetiche en el estricto y trasnochado sentido académico. No sé si sirvió o no para algo esta amistosa trinidad. Sé que hoy consigo trabajar —no mucho, es cierto—, aunque mi espíritu continúe en las montañas... «Mi corazón me pregunta / si puede cambiar de sitio.»

Claro que todo el mundo que los usa sabe que los fetiches tienen una actuación limitada en el tiempo. Yo, durante años, llevé colgada al cuello, bajo la camisa, una cadena de plata —es el metal que me inspira más fe— con no menos de treinta o treinta y cinco amuletos, procedentes de distintas culturas. Pienso si mi costumbre de llevar pañuelo al cuello no nacería del intento de disimular el bulto que tanta abundancia me levantaba en la mitad del pecho. Dejé de llevarlos cuando descubrí que mis males de vértebra cervical era posible que se debiesen al exceso de trabajo que suponía sostener tal santuario.

Y, hablando de santuarios, la pasada semana estuve en uno que custodiaba otros fetiches de parecido carácter, aunque tal semejanza, o no se reconozca, o se tache de sacrílega. Una sandalia de san Pedro, un trozo de cinturón de san Andrés, cinco espinas de la santa corona, un fragmento del *lignum crucis,* una inidentificable reliquia de san Juan Bautista y muchísimos más fragmentos, residuos y trozos de otros santos de menor trascendencia. En el fondo, me irrita el desdén de los fetiches por el fetichismo de los otros cuando no coincide con el suyo. Y, sobre todo, me irrita la falsedad en los fetiches. La corona de espinas sería, de reunirse todas las que andan por ahí, muchísimo mayor que una mesa camilla. Y el tamaño de la cruz, el de una torre alta. El fetiche y el amuleto tienen que ser auténticos, como el juego tiene que hacerse en serio. Porque si no, no hay juego: el juego se edifica esencialmente sobre una convención de seriedad: lo contrario es la más pura idiotez. Si el cuerno, para portar suerte, ha de ser de coral, y la figa, dc lapislázuli, y el dije, de venturina, sustituirlos por el plástico es una travesura contraproducente e infantil. Mucho más infantil de lo que, a un espíritu fuerte, le puede parecer el fetichismo en sí.

Escribo lo anterior porque me ha producido admiración y escalofrío el robo de los restos de santa Lucía, que se hallaban —¿en precario?— en San Jeremías de Venecia. Yo los contemplé en uno de los momentos más desastrosos de mi alma, a la que, por lo visto, no le van nada los escenarios favorables. Yo respeto el respeto —más, la idolatría— que susciten objetos secularmente venerados. Muy distinto es lo que me provocan, por ejemplo, los muñecos de cera acostados en celdas amañadas que tienen los carmelitas de Úbeda —un san Juan de la Cruz, con una rambalesca luminotecnia—, los carmelitas de Alba de Tormes —una santa Teresa que, sólo con verla, se escucha la risa de la de carne, a la que además no trataron sus últimas prioras con la caridad que le debían—. Y es curioso que ninguno de los tres santos citados han tenido suerte con sus huesos. En estas mismas páginas recordé los vaivenes del *padrecito* y *la madraza,* como los llamó Unamuno, troceados de convento en convento. A santa Lucía el atraco no le coge de nuevas. En el siglo XI la roban de Siracusa los bizantinos; en el XIII los venecianos, de Constantinopla, y en el XV un grupo de monjas agustinas se propusieron rescatarla. (Lo que para unos es robar, para otros es rescatar: así es la vida.) En Siracusa, *su* ciudad, no tienen más que un dedo. Y eso porque un siracusano se lo quitó, al besar la momia, de un mordisco. Si cualquier santo resto va a tener que pagar el precio de un secuestro, no será chica fuente de ingresos, porque cuidado que hay reliquias y cuerpos incorruptos por el mundo.

Lo que más gracia tiene son tres declaraciones hechas a raíz de este asunto, que demuestran cómo el ser humano ignora cuanto se propone no entender. Una, de la curia veneciana, que, en lugar de brindar dinero a los ladrones, les pide que «se conviertan» y devuelvan el botín. Otra, de la prensa, que teme que «el sacrilegio haya podido ser sólo la obra desvergonzada de un fanático», como si no fuera fanatismo el de quienes conservaban en exclusiva los benditos despojos. La tercera, del Papa: «Es una señal de degeneración el que se empiece a robar hasta los huesos de los santos.» Olvida que, desde que hubo santos, hubo robos de huesos. El ser humano de hoy es muy similar al de ayer, y no creo que esa *degeneración* sea una innovación nuestra. Culpable, en todo caso, será aquel que consiente, por interés de cualquier tipo, turbias adoraciones.

ROSAS DE PLÁSTICO

Un día conté yo por televisión, de pasada, una anécdota lejana ya en mi vida. Tuve en cierta ocasión una especie de novia. Era una muchacha perteneciente a una familia muy rica. Vivía en una casa grande, con extenso jardín, puesta a la manera un poco impersonal y recargada de algunos decoradores: con aparatosos cuadros, alguna talla, muebles monumentales y alfombras redundantes. Habíamos elegido el día de su santo para comunicar oficialmente nuestro compromiso. Todo era tan convencional como honorable. Y supongo que también mi sentimiento por ella era honorable y convencional. Aquella tarde de abril yo llegué antes que los demás invitados. Me condujeron a un gabinete íntimo, a través de los salones especialmente adornados para el caso. Sobre una mesa había un centro de rosas amarillas. El amarillo me entusiasma y, en aquel momento, aún no escribía yo teatro y, por tanto, no tenía ninguna prevención contra ese color. Las rosas eran grandes, erguidas y lozanas. Me incliné por si olían. La dureza de sus pétalos me convenció de una desastrosa realidad: eran rosas de plástico. De repente comprendí que yo no tenía nada que ver con aquella casa y su dudoso exceso, con aquellas flores, con aquella muchacha. Di una excusa improvisada, y salí. Hace unos veinte años. No he vuelto nunca más.

La noche de ese día en que conté mi anécdota se concedía un premio literario. A la entrada del hotel donde, a lo largo de una cena, el jurado iba a elegir ganador, me encontré con una amiga. «Lo de esta tarde no me ha hecho maldita la gracia, hijo mío. Lo de las rosas, digo. No hay derecho. Te has olvidado de que la televisión la ven aquí millones de personas, que tienen flores de plástico en su casa porque no pueden tener otras. Sin ir más lejos, mi doncella me ha dicho: "Ay, señora, ¿es que es malo tener rosas de plástico?" Es preciso tener un poco de cuidado con lo que se suelta por televisión.» Yo sonreí y le deseé suerte, puesto que concurría. En efecto, la tuvo: fue ella precisamente *el ganador.* Cuando, al final del acto, me acerqué a despedirme y darle la enhorabuena, insistió en rechazar mi actitud pública ante las flores de plástico con tono maternal y protector. Yo sonreí de nuevo.

Los ceramistas, durante siglos, fabricaron, por una parte, objetos más caros que la plata. Pero, por otra, la cerámica sirvió al pueblo en cada uno de sus gestos: el pueblo guisaba, comía, bebía, se lavaba, descomía y desbebía en recipientes de cerámica. Hoy la ha sustituido por el plástico y el duralex: son más limpios; son más duraderos. La cerámica ha pasado a ser casi una pompa de coleccionistas. Y lo mismo ha sucedido con otras muchas cosas. Vivimos otros tiempos. Por eso hay dos posturas que me sacan de quicio y cuya digestión no he podido hacer nunca. Una, la del pueblo llano cuando se vuelve *snob (sine nobilitate)* —qué idiotez—, cuando remeda con cursilería los gustos burgueses. El lujo no es nunca, cuando ofensivo, bello. Pero el lujo de pacotilla, el boato fingido, el oropel son repugnantes. Lo superfluo, o es auténtico o es una porquería. De ahí la segunda postura que detesto: la de quienes, en general por su propia conveniencia, maleducan al pueblo llano dándole siempre la razón, alaban sus deformaciones contagiadas, le invitan paternalmente a disfrutar sucedáneos espantosos: *El Escorial de plástico* de que hablaba en *Los buenos días perdidos.* No, señor. Quien no tenga dinero para flores naturales —u oportunidad, lo que es distinto: ni son todos los que están, ni están todos los que son— no las debe jamás sustituir por las contrahechas, que son —las tenga quien las tenga: del rey abajo— horribles. Es preciso correr el riesgo de afirmar la verdad: no *hablarle al vulgo en necio para darle gusto.* Hay plantas baratísimas, ramas secas, espigas, qué sé yo. Todo menos aplaudir la fealdad sustitutiva. Es mucho mejor y más honesta y más hermosa la desnudez que cualquier *quiero y no puedo.*

Esto pensaba el último domingo al visitar la Feria Nacional del Anticuario en Madrid. Había gentes de todas las clases sociales, como suele decirse. Aunque yo creo que no hay en esencia más que dos: la de los que sienten dentro de sí la vocación de la altura, de la delicadeza, del perfeccionamiento (que no es patrimonio exclusivo de nadie), y la de los demás. Podría pensarse que estas exposiciones, atestadas de objetos admirables, donde tanto se ha demorado lo más amable y doméstico de la historia del hombre, son sólo para quienes gozan del poder de adquirir. No es verdad: según ese razonamiento, nadie —o sólo tres o cuatro— debería visitar los museos, las catedrales, los palacios donde están —recogidos, silenciosos, enfriados— los momentos de gloria. Yo he visto en Leningrado —bastante poco sospechoso de capitalismo, entiendo— cómo se reconstruyen los palacios de Catalina, de Isabel o de Pablo, destruidos por el cerco alemán de la segunda guerra. Los reconstruyen manos populares, centímetro a centímetro —sedas, maderas, escayolas, espcjos, piedras—, con el mismo amor minucioso con que fueron construidos. Con más amor aún, porque ahora son de todos: para que los ojos de todos descansen sobre el esplendor —puede que innecesario, pero emocionante— al que puede elevarse el ser humano.

Yo me dirijo, y me dirigiré, a la calidad minoritaria de la mayoría. Nunca haré demagogia. Yo le hablo a lo que cada hombre y cada mujer tienen de irrepetible, de sensitivo, de espontáneo. Siempre perseguiré transformarme y transformar en élite a todos; no aniquilar las élites. Igualar —o, por más exactitud, posibilitar la igualdad— por arriba, no por abajo. Encontrarme unido a los otros en las estrellas, no en los charcos. Sólo así podremos salvar esta época difícil para el arte, difícil para la belleza, difícil para las rosas de verdad, difícil para la subsistencia de cuanto amamos ahora y desde el principio hemos amado. Porque es difícil para lo que significa la vida. Y no hay época auténticamente humana que intente oponerse a lo que de más humano hay en el corazón del hombre: lo creciente, lo noble, lo digno, lo divino.

Acaso a la belleza se le deba encomendar en nuestro tiempo una función más alta que la que nunca tuvo: una función liberadora de lo social. Porque la belleza, como el amor, es por esencia antigregaria; no es capaz de alimentarse de estimulantes comerciales, ni de organizarse hacia la productividad y el rendimiento. ¿Qué sucede con la difusión masiva y manipulada del arte, de la música, de la literatura, de la atroz filosofía de *reader's digest?* No son ya evasiones del rígido orden establecido; no son ya un consuelo: son una obligación, un arma social, un instrumento de trabajo. No son ya un reducto privado del yo: se pasan al enemigo y abdican de su tarea individualizadora. No puedo evitarlo: desconfío de las revoluciones culturales, desconfío de cualquier revolución que me sea impuesta. Porque, en definitiva, lo que nos acerca o nos separa no es la riqueza o la escasez, sino la existencia de un deseo común, de una admiración simultánea, de un regusto en los labios de belleza. Y eso son sentimientos que no cuestan dinero; que el hombre, aún no deformado, siempre trae al nacer.

¿FELIZ NAVIDAD?

De cuanto tenemos, o podríamos tener, nada hay tan esencial como la vida. Nacer, en sí, siempre es hermoso y bueno. Es aparecer —¿desde dónde?—, salir de la inexistencia, sumergirse en las inmensas mares de la vida, y ser a la vez un minúsculo recipiente de ella. Nacer es ingresar en la incontable hermandad de los hombres, en la impaciente y larga búsqueda del amor, en el fervoroso deseo de la verdad, a la que vemos tan turbia y tan lejana como el pez ve a la estrella. Un nacimiento habría de ser siempre una ocasión de gozo; una renovación de la eterna esperanza, esa hermana siamesa de la vida. Quizá no sea otro el simbolismo de la Navidad: alguien infinito que nace para compartir. Por eso aterra pensar en lo que la humanidad se ha convertido, y en lo injusto y atroz de sus repartos. No es ya nacer un paso —el primero— hacia la confusa majestad de ser hombre, hacia la improbable felicidad, hacia la verde y agridulce danza de la naturaleza. El hombre es una vida consciente de sí misma: eso es lo que lo erige en superior a todo lo demás. Y eso es también lo que lo hace responsable. El tigre es inocente; el terremoto y el volcán y el ciclón son inocentes. El hombre no lo es. Tan sólo con diez justos se habría salvado la Pentápolis; no se encontraron tantos. No; no en cualquier caso es nacer bueno y hermoso. Y quizá nos beneficie reflexionar en ello cuando conmemoramos un nacimiento que debió transformarnos, pero que no lo consiguió porque no nos dejamos transformar.

Cuarenta millones de personas mueren al año de hambre. Diecisiete millones de ellas son niños. No han cometido más falta que estar vivos. ¿No aterra? ¿No estremece? ¿Qué mundo, sordo y ciego, es éste, que se dispone cada año, volviendo la cabeza, a celebrar su Navidad? ¿Qué Navidad es la que celebra este mundo ensangrentado, egoísta, insolidario, devorador, materialista, estúpido? ¿En qué sinceridad podrá creerse? ¿Qué sinceridad cabe entre los mazapanes, Papa Noel, los espumillones, el abeto, el belén, los Reyes Magos? ¿Qué monstruosa comedia, autocomplacida y gestera, es la de las campañas navideñas de sentar un pobre a su mesa, o recordar a los negritos, o mandar un par de botellas y un jamón a la parroquia? Dos tercios de los hombres sufren tan sólo por haber nacido. No penas finas, no penas imaginarias, no desazones por llegar más alto, o por ambiciones fracasadas, o por intentos contradichos: sufren por hambre: por hambre de justicia, por hambre de esperanza y por hambre de pan. Ven morir a sus hijos; se ven morir los unos a los otros irremediablemente. Mientras nosotros, en hogares tibios, sin la menor intención de darnos cuenta de esa roja marea de dolor, cantamos villancicos, lanzamos a Dios filiales guiños de complicidad, comemos hasta hartarnos, bebemos hasta hartanos y celebramos nuestras Navidades.

Nacer no es compartir. El sufrimiento de las dos terceras partes de la humanidadd no lo comparte la otra. El Dios de amor, que nace para unos, no lo comparten todos. No sé si habrá otra vida, en que el Dios remunerador ponga las cosas en su sitio; ni siquiera es preciso que la haya para saber, en ésta, que la vida es lo esencial; que la humanidad que deja morir cada año, por hambre, a cuarenta millones de hijos suyos, es una inhumana humanidad. Y debe concluir. Quizá por eso, para concluir, se esfuerza tanto en armarse; se esfuerza tanto en preparar su insensato suicidio. «Con el costo de un misil intercontinental se podrían plantar doscientos millones de árboles, regar un millón de hectáreas, dar de comer a cincuenta millones de niños.» Para cubrir las necesidades de alimentos, vivienda, salud y escuela del *tercer mundo* (¿qué tercer mundo es ése?, ¿quién señala el primero y el segundo?, ¿quién discrimina aquí?) se precisan diecisiete mil quinientos millones de dólares: la misma cifra que el *primer mundo* se gasta en armamento cada dos semanas. En armamento, es decir, en exactamente lo contrario. Porque aquélla es la lista de la vida y ésta, la de la muerte. La humanidad no sabe, pues, dónde está el Norte: cree avanzar y regresa; cree progresar y vuelve a la caverna. Como si nada estuviese sucediendo, nos sentamos a cenar en Navidad, religiosos y alegres y seguros. Qué torpe farsa.

Somos culpables todos. Culpables «esas modas y esos gestos de asistencia, que proporcionan una buena conciencia barata y que no salvan a aquellos a quienes están destinados». Culpables «esas crueles e infecundas utopías, que sacrifican a los hombres actuales en nombre de un futuro proyecto de sociedad». Culpables los que entienden que, por ser antiabortistas, por ejemplo, han cumplido y defienden la vida de modo suficiente. Culpables quienes no damos valor de ley fundamental —sobre todas las otras: sobre todas— a la obligación de salvar a los vivos, de no matarlos y de no exterminarlos. Culpables los que olvidamos —al día siguiente de ver reportajes, fotografías, textos, atrocidades, razas atormentadas— lo que, para nuestra comodidad, nos conviene olvidar. Culpables porque hablamos de otras cosas, y no gritamos, ni exigimos, ni denunciamos, ni acusamos incesantemente. Culpables porque, como Caín, satisfechos y erguidos, poseemos la tierra sin sentir que nos llega hasta el pecho la sangre.

Pero ni en esta Navidad, ni en ninguna otra, las naciones poderosas van a mirar a las que no lo son. Para no verlas, tienen las serpentinas, los confetis, los globos, las comilonas, los amargos dulces de la Navidad. Para no verlas, tienen los problemas artificiales, los problemas secundarios, los problemas de ataque y de defensa que les plantea la política. La política gélida, que separa y se entroniza, sin saber cómo, en el caliente corazón de los hombres. La política desentendida y asesina, que actúa como si ser blanco o negro, pobre o rico, capitalista o comunista, musulmán o cristiano, significase algo ante el hecho de ser sencillamente hombres. Todos iguales en el fondo, todos de la misma estatura, todos con idénticas necesidades, todos llamados —cada cual a su hora— a la vida y a la muerte. ¿Es que en el destino de la humanidad está escrito algo más que la vida y la muerte?

No consintamos celebrar, con tal hipocresía, la natividad de un niño que sólo habló de amor: de renuncia, de entrega, de compasión, de comunión, de amor. Comamos y emborrachémonos hasta caer al suelo, pero sin poner como pretexto al niño de Belén. Porque la inmensa mayoría de los niños que nazcan esta noche tampoco encontrarán, para nacer, un sitio en la posada. Y nacerán también en un pesebre, o en un lugar peor, y no tendrán una mula y un buey que les vahee los pies, ni paja que los abrigue, ni les darán un cuenco de leche los pastores. Mientras ocurra esto, sospecho que no habrá coros de ángeles cantando la gloria de Dios en los cielos y anunciando la paz para los hombres. Lo diga quien lo diga, por muy alto que esté. Me temo que los ángeles no quieran arriesgarse en un mundo, donde diecisiete millones de niños se mueren cada año de hambre, al tiempo que se almacenan armas y armas para seguir matando a los que el hambre tenga a bien dejar vivos.

UN AÑO VERDADERAMENTE NUEVO

Me pregunta un periodista, en un meticuloso cuestionario, si somos los seres humanos los que, con nuestra abulia y nuestro fatalismo, haremos que el nuevo año no sea mejor. No siempre las preguntas están bien hechas: cosa que no me extraña, porque es mucho más difícil preguntar que responder. La contestación, en el presente caso, se me daba implícita. Salvo los años bisiestos —sobre todo los terminados en 0, como el terrible 1980—, o aquéllos en que ciertos fenómenos naturales —por muy atroces que nos parezcan son naturales— desencadenan sus fuerzas destructivas, son los seres humanos los que estropean todo. Un año nuevo es para mí —y supongo que para mucha gente— como un folio en blanco: me siento responsable de él, de su blancura sin contaminar. (No es otra la causa de que, para escribir, use folios impresos por una cara; eso me quita la impresión de macular lo intacto con mis tonterías.) Lo que ya no sé es si son la abulia y el fatalismo quienes echan a perder los años nuevos, o será más bien la actividad insensata y desenfrenada de los hombres, que alardean de que el mundo depende de sus manos, cuando es sólo quizá la destrucción del mundo lo que de ellas depende.

Del año 82 —año al que, en lo personal, recibo con prudente ecuanimidad— lo que más me atribula es que llegue cortejado de miedos. Yo he dicho —y mientras pueda lo repetiré— que odio el miedo. La gente cobarde es embustera siempre (o se miente a sí misma para escapar de la realidad, o miente a los demás para no dar la cara), y yo odio la mentira también. El miedo y la mentira caminan de la mano. Son los más graves enemigos del hombre, precisamente porque no se enfrentan. Son enemigos furtivos, solapados, que roen los cimientos de cuanto va a crecer. ¿Cómo luchar contra ellos? La victoria —cualquier victoria— se edifica sobre la verdad y el valor. Y el miedo y la mentira, cuando se instauran, lo primero que destruyen es el valor y la verdad. Con lo cual nunca conoceremos la potencia contraria: o porque la mentira nos la disminuirá, o porque el miedo nos la acrecentará. Y así ni el año 82, ni ningún otro, podrá comenzar bien.

A los problemas, mientras nos sea dado, hay que cogerlos por los cuernos. Estudiarlos con frialdad, averiguar su peso y su tamaño, y luego ya oponérseles con buen espíritu y sana confianza. Si tras de eso nos aplastan, ¿qué le vamosa hacer?, pero darse por aplastados de antemano es despreciable y ruin. En España, el año 82, se abre con dos miedos: general, uno, y otro particular; uno, al peligro de una confrontación nuclear en la que Europa sería el campo de batalla; otro, al peligro de un golpe militar que pisotee con sus botas el vivero de nuestra democracia. Por descontado, existen otros miedos: la economía en crisis, la sociedad en crisis, la familia en crisis, la religión en crisis. Y el paro. Pero aquellos dos asumen a los otros, porque son miedos previos.

¿Para qué sirven las guerras? Para nada. Con las guerras no se consigue nada positivo. Cuanto se afirme en otro sentido es mentira. Los Estados Mayores hacen su sucio juego basándose en insensatas falsedades; utilizando ideales fingidos, paradigmas de honor, grandes palabras desprovistas de médula. Las grandes palabras —patria, amor, Dios, heroísmo— somos nosotros, y sin nosotros se vacían. Las guerras, como dice *la vieja señorita del Paraíso* (cuando en la Isleta del pueblo van a poner una fábrica de armas —traslación teatral de la OTAN—), sólo sirven «para conseguir cientos de miles de cabezas machacadas, de lenguas arrancadas, de cuerpos abiertos en canal como terneras. Cientos de miles de niños sin brazos, sin piernas, sin ojos, sin luz en los ojos, sin ternura. Cientos de miles de personas achicharradas. Y los que sobreviven, todos, sobreviven ya heridos, desangrados por dentro, sin luz también y sin ternura. El humo de las guerras tarda en quitarse más aún que las guerras». Y si Míster Stone asegura: «Los pueblos, cuando tienen que progresar, no importa que corran algún riesgo: ¿no es humano correrlo, para que los que nos hereden sean mejores y se encuentren en un mundo mejor?», ella responde: «Palabrerías. ¿Progreso?, qué guasa. No conozco ninguno que no deba hacerse en la paz.»

En efecto, es horrible la guerra. Pero, para evitarla, lo único que a nuestro sagaz Gobierno se le ocurre es solicitar nuestro ingreso en la OTAN. O sea, alinearnos en una formación, tomar partido, apuntarnos a un bloque, elegir quien nos mande, ofrecer nuestro suelo. El aforismo *«si vis pacem, para bellum»,* es una inconsecuencia. Lo inventaron aquellos de quienes se dijo *«solitudinen faciunt, pacem appellant»*. La voluntad de la juventud entera de Europa está muy clara: *«si vis pacem, para pacem»*. Y la de la mayoría de nuestros conciudadanos, también.

El otro miedo —español con aires de bananero— mezcla asimismo el temor y la cobardía. De manera insistente una pequeña parte del Ejército está faltando a sus deberes profesionales. La nación que paga los altos presupuestos militares lo hace no para ser provocada, sino para ser obedecida. España ha aprobado mayoritariamente una Constitución. A ésta y al Ejecutivo debe el Ejército total acatamiento; a sus Jefes y, en la cúspide, al Rey, total disciplina. Todo lo demás son garambainas: ni posturas vocacionales, ni remisiones al honor, ni nostalgias, ni arengas. En definitiva, los militares son unos funcionarios públicos a los que se ha encargado la defensa de la Constitución y de España: para eso se les paga. Si tienen alguna queja que hacer, existen cauces legales para ello. Entretanto, no tienen porqué jugar a los sacamantecas y asustar a la gente.

Aquí quien decide es el Gobierno y las Cortes Generales. En cualquier caso, sobre cualquier problema: civil o militar. Los militares no forman parte de una casta especial. Aquí no hay castas. Todos somos iguales ante la ley, aunque afortunadamente no somos iguales los unos a los otros. Por tanto, quien se salga de la ley, quien deje de cumplir su obligación oficial debe ser puesto en su sitio de manera taxativa e inmediata. En su sitio que es, de momento, fuera del Ejército. Y debería establecerse que ni secuestrar al Gobierno —por muy débil que sea, que lo es—, ni retener a los parlamentarios por la fuerza, ni llamar *«cerdo inútil»* al Jefe del Estado, ni opinar de política militar en público oralmente o por escrito, ni malmeter la policía militar en una manifestación organizada, ni pegar tiros sin ton ni son —de paisano o con uniforme—, constituyen objeto de consejos de guerra, sino de juicio ante la jurisdicción ordinaria. Bastante hemos sufrido los civiles con el exceso de atribuciones de la jurisdicción militar, como para que no terminen de encajarse las cosas. Y quien no esté de acuerdo, que se retire antes de que lo echen. Pero quien quede, que cumpla lo que la Constitución manda.

En la más próxima historia de España ha habido tres ocasiones de reemprender reunidos la marcha: el final de la Guerra de la Independencia, que desaprovechó el bellaco de Fernando VII; el final de la Guerra de los Tres Años, que malogró el vengativo Franco Bahamonde, y el final de su dictadura. ¿A quién, si se nos destroza esta última ocasión, habrá que echar la culpa sino al miedo? Sacudámonos con firmeza los *enemigos* íntimos, y entonemos, para recibir el año 82, la bella estrofa del *Sacris Solemniis:* «Que se retire lo antiguo; / que todo sea nuevo: / los corazones, las palabras y las obras.» Así sea.

DEL TIEMPO

Del tiempo acostumbramos a hablar cuando no hay otro tema de conversación: cuando no hay afinidades, ni fricciones, ni deseos comunes. Hablar del tiempo supone, por una parte, un lujo (si no hay otra cosa de qué hablar es que todo va bien: la falta de noticias es la mejor noticia); por otra, supone una ausencia de puntos de contacto, una distancia que se disimula tratando de ese enorme e indominable envoltorio, de esa última instancia colectiva que es la meteorología. En España hablar del tiempo hoy parece una evasión: hay tantos temas importantes —y aun peligrosos— a los que referirse, sobre los que reflexionar juntos, y que a todos nos afectan. Sin embargo, en España hoy uno de esos temas es justamente el tiempo. Porque en España hoy el tiempo nos engaña. Y no sólo a nosotros, los españoles, tan hechos a que se nos engañe desde arriba (lo cual no sería una gran novedad), sino a sus propios hijos. A los hijos del tiempo, que son la lluvia, el frío, los árboles, las flores. Acabo de subir de mi arriate (nadie se atrevería a llamar jardín a eso) para escribir esta página. Todavía da flores el jazmín: pequeñas, sonrosadas, sorprendidas, pero flores al cabo. Veo los pensamientos: morados, azules, amarillos. Veo los ciclámenes: blancos, violetas, púrpuras. Al pasar a su lado, la dama de noche me tiende sus manos enguantadas de flor sobreviviente, casi póstuma ya. El cielo es, por fin, gris, pero el aire es templado. Se podría dudar si los álamos acaban de deshojarse, o van a echar nueva hoja. El tiempo nos está engañando a todos.

Ayer, mientras atravesaba la Casa de Campo en coche, cayeron algunas gotas. Sin el menor furor. Era como cuando alguien nos salpica, sin querer, al estornudar. Yo me apeé no sabiendo exactamente si para que se me humedeciera la cara, para sentir la ilusión de la tierra, o para escuchar cómo el acatarrado nos pedía perdón y se limpiaba. El tiempo nos engaña. Ante los limpiaparabrisas demasiado entusiastas, que barrían las leves cuatro gotas, yo añoraba las corridas cortinas de la lluvia, sus largos flecos refrescantes, el chapoteo del agua en los charcos, el runrún apacible y exterior que acompaña a la lectura de poemas antiguos, bajo una luz caliente, en la casa ya en sombras y silencio. Recordaba tardes encapotadas, vaivenes por las calles pavimentadas de charol, prisas por las aceras, los reflejos de los rojos pilotos automóviles, cintas maravillosas que la lluvia hizo más difíciles y a la vez más intensas. (La hermosa frente sobre la que el hermoso pelo goteaba... La sonrisa bajo las pestañas cargadas de agua... Las invencibles manos débiles estrujando los guantes empapados... El beso que rescata de la mejilla una imitada lágrima...)

Mis perrillos van a cumplir diez meses, y no han visto la lluvia. Sólo la limosna de humedad con la que el tiempo prolonga nuestro engaño. Ayer salieron a la parte del arriate en que juegan al sol. Se asombraron ante el suelo mojado. Retrocedían mirándome. «Tenéis que hacer pipí.» Y me miraban inquietos, como preguntando: «¿Más todavía? Si ya está todo lleno.» No se acordaban de haber salido y haber hecho tal proeza. Estaban trastornados y confusos. Me eché a reír, y ellos, tranquilizados, menearon la cola y se fueron adentro de la casa. No saben qué es llover. Y yo apenas tampoco. Entre nosotros se decía que nunca llueve a gusto de todos; ahora sólo se dice «nunca llueve». Me cuentan que, durante una representación en Córdoba de *La vieja señorita del Paraíso,* cuando en el escenario se desencadena la tormenta y cae el agua a trombas, el público, extasiado, rompió en una ovación. Y cuando el otro día pasé por Málaga, tan soleado era el ambiente y tan cálido que, junto a la playa, me descubrí abanicándome con la carta del restaurante. Iba a decir «qué buen tiempo tenéis», pero me callé en el último segundo. No se puede llamar *buen tiempo* a esto que hace. Qué curioso: cómo todo —todo en la vida— depende de su oportunidad.

«¿Cualquier tiempo pasado / fue mejor?» Parece que en Sevilla un caudillo ultra, durante su mitin exasperado, aseguró que «con Franco, hasta llovía». Quizá conviniera averiguar si no fue en aquella época cuando se acuñó el tópico de *pertinaz sequía*. Resulta consolador saber que hubo tiempos peores: climatológicos, y también de los otros. Cuando el vicario general de la archidiócesis de Burgos, don Vicente Proaño, ha insinuado que la falta de lluvia viene a ser una especie de castigo divino, «de prueba y de purificación, porque nuestra actitud deja mucho que desear», me he tenido que reír aun sin ganas. Yo confío en que Dios sea un poquito mejor de lo que se imagina el vicario general. Casi todo el mundo suele ser mejor que sus vicarios. Opino que transformar a Dios en un triste contable no fomenta la esperanza. «Se ofende a Dios de forma tal que asusta a cualquiera», añade el vicario. Y yo: «Menos a Dios.» Al creador no le asusta lo que la criatura hace. ¿Me asusto acaso de las maldades de mis perros yo, que no soy ni siquiera su padre (lo que no es casi nada, porque, si existe, Dios es infinitamente más)?

Y en efecto, se organizaron rogativas. A mí me inspiran los gestos desolados de los hombres indecible ternura. Ni el más mínimo inconveniente tendría para participar en cualquier rogativa en caso extremo. No creo en ellas, ni dejo de creer. Pero creo en la previsión de los Gobiernos, en el estudio, en las investigaciones, en la sustitución de fuentes energéticas, en la puesta en regadío de tierras que lo permitan. Vivir a expensas de la meteorología es igual que vivir a expensas de las rogativas: la versión del golpismo al clima, de lo imprevisto, del subdesarrollo. Los marroquíes han hecho también rogativas, que se han visto, según tengo entendido, escuchadas. Un reciente director de canal de TVE —el antepenúltimo, lo que no es nada para el tole que lleva esta *tele*— me sugirió que cambiase en un guión de *Paisaje con figuras* —*Almanzor* o *Averroes*, no lo sé— Alá por Dios. Le contesté: «Pero, si traducimos el nombre de Alá, que quiere decir Dios, ¿qué excusa quedaría para una guerra santa?» Parece que el nombre de Alá, con respecto a la lluvia, goza hoy de más favorables consecuencias. Está visto, como yo suponía, que a Dios nada lo asusta.

Así las cosas, no es tan de temer que el clima de España se esté desertizando, de lo que no estoy convencido. Las sequías aquí han sido tan caseras como el hambre en la India, o los terremotos en Turquía. Para un pueblo tan ajeno a la naturaleza, el único modo de hacerse ésta visible es escatimar algo. Quizá si nuestras relaciones con ella fuesen un poquito mejores, no serían imprescindibles los recordatorios de la sequía, el pedrisco o las inundaciones. O quizá tales advertencias serían menos terribles si nuestros políticos y nuestros economistas fuesen menos imbéciles. El caso es que a perro flaco todo son pulgas. El caso es que éramos pocos y parió la abuela. El caso, cada vez más difícil, es que a mal tiempo buena cara. El caso es que pasará esta sequía (del todo, como Dios manda, según los americanos entendidos, no pasará hasta el mes de septiembre), y no sacaremos de ella la menor experiencia, y no escarmentaremos. Porque todo lo oímos como quien oye llover, que ojalá oigamos pronto.

ANIMALES NUESTROS

El otro día, en una emisión de radio abierta a las intervenciones de los oyentes, una malagueña me preguntó si yo creía que no hay cosas más importantes en el mundo que un perro. Y —por atún y a ver al duque— si Troylo fue lo que más había querido yo en mi vida o si, por el contrario, me reservaba algún amor secreto. Las preguntas, y su formulación ceceante y salada, me obligaron a reír. Si se lee bien mi libro *Charlas con Troylo,* en que la malagueña se apoyaba, se ve enseguida que el verdadero protagonista de él no somos ni yo ni mi resignado interlocutor, sino el hombre en general: su esperanza, su tesón, sus cobardías, sus vacilaciones y su contradictoria vocación de grandeza. Si interesa al lector la menuda peripecia de Troylo es, más quenada, porque acaba en la muerte. Pero la lección que, a través de él, se recibe es la de que el auténtico amigo del hombre es el hombre, o que, al menos, así debiera ser. Claro que hay cosas en este mundo más importantes que un perro. Y que un hombre. Y que cada uno de los seres considerados separadamente. La naturaleza entera es sobrenatural también: está como empinándose, de puntillas, sobre sí misma. El viejo Tales lo escribió: «Todo está lleno de dioses.» De pequeños, de furtivos, de magníficos, de generosos, de vengadores dioses.

En cuanto a si Troylo fue la criatura que más he querido, el libro deja claro, en muchas charlas, que Troylo fue el testigo y la prueba fehaciente de otro amor, incluso de otros amores, cuya desaparición acrecentó el poder representativo y recordatorio y póstumo del perro. No; ni hubo, ni hay ningún amor secreto. Primero, porque, con el sistema de ventanas abiertas de los medios de comunicación actuales, es muy difícil mantener cerrada la intimidad penúltima de nadie. Segundo, porque, como dice un proverbio árabe, tres cosas hay que no pueden ocultarse: el amor, el humo y un hombre montado en un camello. (Si es que las tres no son, en el fondo, una sola.) Tercero, porque para el amante, después de su amor, nada hay tan maravilloso como proclamar que ama: *ex abundatia cordis os loquitur.*

No sé si es por todos bien interpretado el afecto a los animales. (Hablo tanto de los espectadores de ese afecto, cuanto de quienes lo sienten.) Para mí es una forma de coherencia, de fusión natural, de comprensión de una escala que, a nosotros —acaso con demasiada evidencia— nos parece que asciende hasta llegar al hombre. ¿Cómo menospreciar los peldaños inferiores, las apuestas ajenas de la vida, de cuya extraña paciencia y acatamiento tanto podemos aprender? Yo estimo que, en estadios anteriores de la humanidad, los animales fueron aliados —infortunadamente quiero decir esclavos— o enemigos, según que su fuerza estuviese al servicio del hombre o en su contra. La situación es muy distinta hoy. El hombre ha ido facilitándose la vida y dificultándose la expresión de sus propios sentimientos. En general, la civilización ha hecho más sencilla la supervivencia y más complicados a los supervivientes. La sociedad, que entre todos formamos, nos ha endurecido con el pretexto de fortalecernos. Nos vemos, en ella, obligados a enmascarar nuestra ternura, a avergonzarnos de nuestras efusiones, a dudar del valor de nuestros contenidos. El hombre, en el que creo, tiene una enorme capacidad de entrega, una incalculable tendencia a proteger. Y ninguna de esas dos cualidades se suele ver realizada, porque las ocasiones límites no abundan en una sociedad despersonalizadora y enrasante. Qué arduo comunicar hoy, a un oyente desinteresado, un estado de ánimo.

De ahí que nuestros vecinos de abajo en la escala zoológica despierten, en el hombre aún salvable, no la soberbia, no el deseo de exhibir su prepotencia, sino el de mostrar su sensibilidad. Frente al desvalimiento y la desarmada dependencia, ¿podrá reaccionar de otro modo el hombre en el que creo? Pocos espectáculos suscitan más clara la sonrisa de la *compasión* —en un estricto sentido de *simpatía*— que la relación entre un niño y un perro. Hay algo común y fraternal entre los dos: un intercambio de posibilidades, una complicidad enternecedora, una recíproca corresponsabilidad: acaso la mejor herencia que podamos dejar a nuestros hijos. Los perros —por concretar en ellos toda la animalidad favorable y doméstica— levantan la caliente oleada de sentirse necesario para alguien: alguien que tiene una mínima consciencia de ello, y lo agradece con su ser entero. Un ilustre y conocidísimo sacerdote me contaba, la semana pasada, su experiencia con una perrilla muerta ya. «Yo quiero a mis sobrinos. Los quiero mucho, y sé que se alegran cuando me ven. Pero aquella explosión de gozo, repetida a cada aparición, a lo mejor sólo después de un cuarto de hora de no verme, como si Dios viniera, aquello no es posible que lo sienta nadie. Absolutamente para nadie he significado yo tanto y tan sin cesar.» Es verdad. El hombre, ante el animal, expresa sin disimulo su ternura. (Yo he visto una fotografía mía, observando la gracia de un cachorro, y tengo en ella un extraño aire infantil de éxtaxis.) Y el animal, ante su amo, expresa irreprimible su júbilo: un júbilo sin ambages ni sombras, que ni el amante se permite dejar traslucir —por una secular contención— en la presencia de quien ama.

Si yo monologué —para las mentes menos abiertas— ante Troylo, o dialogué —para las otras— con él, fue por dos razones principales. Primera, porque podía manifestar con desnudez mi tristeza, mi debilidad, mi abandono, mi confianza, mi soledad dolorosa en ocasiones. Segunda, para protestar de que los seres humanos, enclaustrados en una convencional ortopedia, no seamos capaces de actuar así los unos con los otros.

Y para acusarnos de ello —yo, el primero— por medio de la elección de un interlocutor insólito. O sea, utilicé en mis charlas con Troylo, al perro como síntoma. Si «quien habla solo espera / hablar con Dios un día», es lógico que quien habla con su perro es porque tiene reflexiones que hacerse y sentimientos que le gustaría no verse forzado a reprimir. Y, en el otro polo, ¿carecerá de significación que los hombres maltraten a los perros, los ahorquen, los tiroteen? ¿Qué insatisfacciones, qué rencilla interior, qué descontento esencial, qué injustificada revancha representa tal comportamiento?

Por muchos motivos estoy agradecido al dulce Troylo. No tengo tiempo —ni sería capaz— de enumerarlos. Pero existe uno vivo: dos, podría decir. Dos motivos, cuyos nombres son Zegrí —el fronterizo— y Zahira —la floreciente—. Porque, como por un instinto de rehuir la pena, a la muerte de Troylo destrencé la exclusiva de amor que él ostentó. O quizá fue por el respeto a su memoria. O quizá porque Troylo, al ensancharme el corazón abrió un cauce mayor a mi cariño. El caso es que estos dos perrillos, de los que no tardaré en escribir y contar algo, nacieron el 23 de febrero para mí: buena fecha para *nacer* y para *renacer*. El caso es que ella —la floreciente— ya está dispuesta a florecer. Hoy mismo Zahira ha pasado, como cantaría alguien, «de niña a mujer». Y me ha parecido que, a lo largo de la mañana, en la fotografía que tengo frente a mí, a Troylo le sonreían los ojos.

LA VEJEZ DESEABLE

Cenando una noche reciente con el más viejo de los periodistas que conozco —su vejez es cruda y verde como la de Caronte— me sorprendió con una cita de Azaña contra la esperanza, entendida como la minadora del presente, como el aplazamiento que, por mirar al futuro, deja escapar la flor del hoy. Ese sentido de remisión *sine die* es el de la expresión de Anouilh «la cochina esperanza». No sé yo si el viejo y lúcido periodista está en lo cierto o no. Acaso a su edad el presente se valora con improrrogable urgencia. Aunque a mí me parece que apenas existiría sin su proyección hacia el futuro, en que a cada instante comienza a convertirse. En cualquier caso, ni la esperanza se relaciona sólo con el tiempo, ni yo —tan partidario— soy la persona más adecuada para opinar sobre ella. (Uno de los dos raíles sin los que mi obra entera descarrilaría es la esperanza; *Invitación a la esperanza* se llamó la primera entrega *en propia mano* de estos artículos, hace ya ahora un año; y considero la esperanza igual que un aderezo sin el que resultarían incomestibles muchas cosas. Quizá exagere yo, pero ¿no es ella el sabor de la vida?) Si hay algo que distinga tajantemente al hombre es su capacidad de esperanza, esa certeza de que las horas más oscuras de la noche son las que preceden a los amaneceres. No en vano, cuando el contenido copioso y dorado de la caja de Pandora se desvanecía, quedó en su fondo, como rehén último, el verde brillo de la esperanza: un patrimonio que el hombre usa —y del que abusa— en exclusiva mientras su vida dura. (Último rehén he escrito, y quizá conviniera escribir penúltimo: nunca debe invitarse a nadie a la última, sino a la penúltima copa.) Porque cuando concluye la esperanza sobreviene la muerte verdadera. Alguna vez he observado que lo que empuja a la muerte no es la desesperación —cuyo negro ímpetu es todavía cosa de la vida—, sino la desesperanza, cotidiana vanguardia de la muerte.

Por eso entiendo que, al pensar como Azaña, mi viejo periodista se engañaba. Quería hacer, sin duda, ostentación de vigencia; él, que siempre me promete redactar un libro apasionante de memorias y gentes. No es excepcional semejante postura. Recuerdo que la última vez que charlé con Pemán fue durante la proyección de una película, sobre la que los dos habíamos de opinar. Se titulaba *Autopsia*. Y él, hasta que nos mandaron callar (de paso diré que me interesaban más los comentarios de Pemán que la película), me confesaba que había llegado al convencimiento de que la resurrección de la carne era poco más que un invento de san Pablo. Pemán, que estaba al borde de ser resurrecto o no ser nada, había decidido plantarse. Como, por su parte, se plantaron los griegos del Areópago el primer día que se les predicó tal doctrina. Doctrina que el Papa actual ha puesto de moda al asegurar que la resurrección vendrá completada y redondeada con la existencia de órganos sexuales. Si bien —agrega— su funcionamiento no será exactamente igual que en esta vida, cosa que imaginábamos. Porque, aunque los cuerpos resuciten en su momento de mayor esplendor, no se sabe qué tenga que ver la visión beatífica con el placer orgásmico, ni considerado éste siquiera como entretenimiento supletorio. Encuentro que es llevar demasiado lejos la esperanza. Hasta yo sé distinguir entre esperanzas fundadas e infundadas. De la misma manera que el idioma corriente no identifica ilusión con «esperanza acariciada sin fundamento», según quiere la Academia, y distingue entre las ilusiones *reales* —qué hermosa contradicción humana— y las vanas o falsas.

Aparte de ese —también penúltimo— Pemán de que hablo y de mi brillante y vivaz periodista, he conocido viejos prodigiosos. Viejos que han conseguido la vejez con la que todos soñamos: ilusionada, limpia, activa, seminal. Escribía Azorín —no en su vejez, es cierto— que «hay en el mundo personas destinadas a vivir la mitad, la tercera, la cuarta parte de la vida; hay otras, en cambio, destinadas a vivir dos, cuatro, ocho vidas... Estas personas claro es que el exceso de vida que viven, o sea, lo que pasa de una vida, que es la tasa *legal,* lo toman de lo que no viven los que viven menos de una». Sospecho que la afirmación de Azorín tampoco tiene que ver sólo con el tiempo («Napoleón —aclara— debió vivir cuarenta, cincuenta, cien vidas»), y estoy seguro de que hay viejos que no son, por viejos, prodigiosos: en realidad, apenas si han vivido. El Departamento de Estado de USA me invitó, para remediar mi mal concepto de su cultura, a dar una vuelta por su territorio para propiciar una rectificación. Prácticamente lo único que se me enseñó fueron los aeropuertos. Hubo, sin embargo, dos momentos en que la juventud, tan prevaleciente y cantada allí, cedió el paso a una vejez gloriosa. En Nueva York conocí a Helen Hayes, y en Nuevo Méjico a la pintora nonagenaria Georgia O'Keeffe. Fue lo mejor del viaje.

El canciller Adenauer, la última vez que visitó España, dio una nota a protocolo con dos indicaciones: una, que quería, como de costumbre, pasar por el Museo del Prado; otra, que su programa no fuese excesivamente apretado, «porque uno —se justificaba— no tiene ya ochenta años». Y es que así como existe una inercia de la inactividad, existe otra de la tensión, de la vitalidad, de la belleza. Sucede lo que con esos rostros sobre los que el tiempo resbala, y continúan hermosos porque, bajo la efímera tersura de la carne, tienen un armónico esqueleto, agazapado y fiel. Es esa inercia de la acción la que mantiene a pie firme a numerosas actrices, a ciertos creadores, a políticos singulares... Conozco a una mujer de ochenta y siete años, que cuando el otro día, en una cena, supo que su hijo iba a pasar una temporada al Senegal, frunció el ceño bajo los negrísimos ojos relampagueantes porque a ella se la dejaba aquí. Y en el Museo de Julio Romero de Torres, en Córdoba, yo he estado, cincuenta años después de ser pintada, con la mujer que sirvió de modelo para la *Chiquita Piconera*. Y he visto en su mirar sesgado, en su modo de atusarse el pelo o de cruzar los pies, un atractivo más cauto, más sereno, menos inmediato, pero no menos grande, que el del cuadro. Cuando le ofrecí un ramo de claveles, me miraron sobre las flores sus ojos de tal forma que comprendí, por fin, las brasas de los ojos de la *chiquita* sobre las del brasero.

Yo sé que esta vida nuestra, que esta sociedad nuestra, no da facilidades para envejecer bien. Sé que esta sociedad nuestra suele ser cruel con sus ancianos. Los diarios nos traen con frecuencia noticias de muertes espantosas, descubiertas días, meses, años después de producidas. Pero ¿no estarían tales viejos, en cierto modo, muertos de antemano? Recuerdo los versos, tan amados, de Woordsworth: «Aunque ya nada pueda devolver la hora / del esplendor en la yerba, de la gloria en las flores, / no os apenéis, porque siempre / perdurará la belleza en el recuerdo.» La vida del hombre, como un cometa ardiente, transcurre del recuerdo a la esperanza. Y vuelve de ella a él.

LOS CULTUREROS

Lo que más me sorprendió de la URSS fue la continua referencia a la cultura. En recepciones, en conversaciones, en discursos, en brindis saltaba incesantemente esa palabra. Muchas veces en boca de gentes de las que no se hubiera sospechado —por sus ideas, por su cargo, por sus maneras, por su aspecto— tan ávido interés. Pensaba yo que, acaso por suponerme interesado a mí, era por lo que todos se referían en mi presencia a la cultura. O acaso porque, como el tiempo, suele entenderse que se trata de un tema convencional y no crispante. El resultado es que, en la URSS, ni hablé ni se me habló de otra cosa.

Algo semejante es lo que sucede en la flamante —por reciente, no por lucida— democracia española. La cultura es aquí la gran ubicua. Todo el mundo proclama su eterno fervor por ella, su magnitud, su enraizamiento en el alma colectiva, su esencialidad de imprescindible oxígeno. Hay ministros, delegados, consejeros, divulgadores, ediles, concejales, animadores, asesores dedicados *full time* a la cultura. Hay desayunos, días, actos, semanas, mesas más o menos redondas, simposios, conferencias, congresos, encuentros, espacios de televisión, de radio, de prensa, de parroquias consagrados a la cultura (a sí misma, en abstracto, y no a sus expresiones). A mí tan desmedido afán me provoca recelos y pavores. Y así lo digo. Porque no temo que cuatro imbéciles —o mucho más de cuatro— me tachen de inculto o de fascista. No estoy encima, ni debajo de ellos: estoy en otro sitio, y tengo la seguridad de haber vivido la razón de mis opiniones.

A mi entender hay dos clases de cultura: una consanguínea, congénita, que no se tiene, sino de la que se forma parte; otra, consecuencia de un cultivo y de un afinamiento. Las dos son respetables. La primera es más visceral: una actitud de nacimiento, una presencia más que un raciocinio. La segunda corre riesgo de equivocarse; de equivocarse tanto que vaya, por refitolera, contra la anterior. Ese error es fatal. Si yo, con las licenciaturas universitarias que tenga, no tengo en el fondo la misma cultura que un campesino andaluz, estoy perdido. Puedo disponer de mayor información, de más datos, de más estudios; pero la mesa sobrc la que se distribuyan esos objetos agregados deberá ser la previa, la heredada. Cambiar de mesa equivale a un suicidio. (Por eso, de manera instintiva, cuando se trata de cultura andaluza, por ejemplo, siempre se acaba en el flamenco, porque en ese burladero se encuentra más protección. Aunque se admita en él cada herejía que tiembla el misterio, y aunque uno piense que ya es hora de ir atreviéndose a asomar el capote. Dar un pase en la puerta del toril es una osadía, pero no dar ni uno en todo el primer tercio es una marranada.)

A estos dos tipos de cultura corresponden cuatro tipos de usuarios: los que tienen sólo una u otra, los que tienen las dos, y los que no tienen ninguna. Mi infortunio me ha llevado estos últimos años a tratar con muchísimos pertenecientes al cuarto grupo. Por una razón muy sencilla: son los que más puestos culturales ocupan en nuestra democracia. Gentes que no saben hacer la o con un canuto; que tienen brevísimas lagunas en su incultura; que están en donde están porque hace el pie pequeño y porque es un terreno menos comprometido (!) que la industria o la economía, o la política *in puribus.* Gentes que se juzgan llamadas a esa tarea por el desamor de lo que antes hacían, o por sus tertulias de amiguetes, o simplemente por su propia mujer; y que andan ahí, en el río revuelto de la cultura oficial, por si cuelan. Y se van entrenando con ese becerrete —así creen ellos— hasta considerarse capacitados para labores de más envergadura.

Estos ganapanes, estos pinchaúvas, estos robaperas, estos pelafustanes han llegado a utilizar la cultura como arma arrojadiza, como chantaje moral y material, como patente de corso para cualquier piratería, como vistosa cortina de humo con que ocultar su ineptitud y lo inverosímil de sus puestos. Estos comeollas, estos arrebatacapas, estos andarríos quieren hacer la revolución cultural, como *capitanes Arañas,* a costa de los verdaderamente cultos: ignoran que nadie que lo sea alardea de ello, ni milita en su ejército mercenario, ni se deja manipular, ni participa en una revolución —cualquiera— que le haya sido impuesta. Estos remiendavirgos, estos rompesquinas, estos sacamuelas, estos cantamañanas han sustituido las coronaciones de las reinas de belleza, los concursos de misses o los juegos florales, por extrañas convocatorias de cultura, reducidas a un horrible amasijo de torpeza, mediocridad y chapuza.

Porque sé en lo que ha venido a parar aquí, a fuerza de sobarlo, el firme y bello rostro de la cultura, tengo que acusar de arriba abajo. Entre ser libre y tener libertades hay mucha diferencia. Igual sucede entre ser culto y tener cultura. Pero lo mismo que siempre habrá gente, en cualquier régimen, que jamás será libre, y cuyo disfrute de las libertades estará mancillado, hay ciudadanos —éstos de que hablo— que, negados para ello, ni *son* cultos, ni avanzarán en el mundo de la cultura susceptible de ser adquirida. Que tal situación se propicia desde lo alto es claro. El ministerio del ramo estuvo hasta ayer lleno de cesantes y rebotados, y, desde ayer, lleno de mujeres. Porque se considera que todas las materias atinentes a la cultura son como esas inútiles clases de adorno que daban en los colegios de monjas: pintura, bordado, música o francés. Como si la cultura —su observación, su mantenimiento, su difusión, su creación— no exigiera, a parte de una sensibilidad y una delicadeza extremas, más valor que el del *Guerra* y tenerlos más grandes que el caballo de Espartero. (No dudo que hay mujeres que cumplen con tales requisitos. Me refiero al sobrentendido de *«¿qué más querrán?»* que supone surtir —como consolación— con mujeres toreras el más difícil de los ministerios. Difícil hasta porque es el que menos justificada tiene su existencia.) Y por el estilo actúa la oposición, o los arrabales del Gobierno y de la oposición, si es que de veras hay oposición, Gobierno y arrabales.

Aquí, a la cultura, surtida con tres perras gordas, se le exige que tape todo, exculpe todo, coloree todo, y nos distraiga de la verdad a todos. Ya no hay derechos de propiedad intelectual; ya no hay ocasión de negarse a colaborar en charlotadas; ya no hay libre disposición de intimidad ni tiempo. Son los nuevos cuarteles: *Todo por la Cultura.* Cualquier mindundi querrá tener de su parte al culto independiente: inaugurando o clausurando sus sandeces, dignificando sus vulgaridades, pregonando las fiestas de sus santos, o exaltando sus conmemoraciones seudopopulares. Y si no, a los leones.

Mi triste y necesario trabajo es cantar las verdades del barquero. No todo lo que se llama así es cultura, como no todo lo que se llama así es amor. En mi caso, soy yo el que elige dónde —y dónde no— debo comparecer. Amo a mi pueblo porque soy mi pueblo. Pero lo que no soy es demagogo. Ni demagogo ni, por supuesto, cómodo para todos. Tampoco, a veces, para mí. Qué le vamos a hacer.

SOBREVIVIR

Estoy ante un mar Mediterráneo no andaluz. Me vine casi enloquecido por el correo, el teléfono, los *mass media* y la biblia en pastas. Me vine a trabajar, si puedo, a esta concreta geografía desconocida para mí: a estos naranjales y limonares, a estas pinedas densas, a este gris cielo de enero que enguata las sierras y nos deja huérfanos de horizontes. He venido y me encuentro un poco triste aquí. Acaso por el hecho de verme impelido, para trabajar, a huir de la casa que construí para trabajar precisamente. O acaso por esta impresión, un tanto amarga, de supervivencia que me produce todo mar en invierno. Porque, en invierno, no se está seguro de si el mar es el siempre renaciente o el siempre agonizante. Desde este ventanal contemplo sus precarios gestos, inertes y abatidos. Antes —y después— este mar marca con su tam-tam el compás de la vida. Pero ese compás se nos antoja hoy innecesario y marginal. Con gusto le concederíamos al mar vacaciones invernales para que no tuviese que esforzarse, cansina y desalentadamente, en restregar su encaje por la ruidosa playa de guijarros, desgarrándolo sin espectadores y sin causa.

Todo lo que se resigna a sobrevivir, y todo lo que sólo a sobrevivir nace destinado, me entristece. Es vivir lo que importa. Y vivir no es continuar viviendo nada más: es participar del misterio generoso de la vida, de sus enigmáticos vaivenes, de sus desalmadas siembras y sus recolecciones. Es crear vida, y no sólo engendrarla. No hace mucho presencié la proyección de una película sobre animales salvajes. Había sido rodada en África, y, cuando concluyó, apenas si pude levantarme del sillón en que estaba sentado. Tanta ardua lucha por vivir, o mejor, por sobrevivir, me había dejado exhausto. Cuando la vida se transforma en un terrible e irresistible impulso dirigido a prolongarse con exclusión de todo lo demás, sin otra mira que la inmediata de no morir, es cuando se vuelve más dura. Porque es ya una obligación sordomuda, desindividualizada, carente de cualquier compensación particular. En la incesante noria, los canjilones se llenan y vacían —al girar— del agua indiferente: suben y bajan, ajenos a su propia voluntad, recipientes utilizados o inutilizados sin su consentimiento. Igual que Sísifo, en su ciega tarea, sin descanso y sin término, asciende con la piedra a cuestas y la deja rodar desde la cima para volver por ella. ¿Es vida esto? ¿Es la vida esto? Este azacaneo, este perseguir el cebo y la bebida, esta desjerarquización de vivir para trabajar y no a la inversa, este perpetuo abdicar en los hijos... El ser humano tiene una parte que pertenece a la naturaleza, pero tiene otra en que la vida se hace consciente de sí misma y es capaz de contradecir a la naturaleza. Por esta parte el hombre es más grande que el mar que veo desde aquí. Ese mar puede ahogarlo y, sin embargo, el náufrago es mayor: él sabe que se muere, y el mar no sabe que lo mata.

Viendo la película de animales feroces (cuya ferocidad es el único arma de su supervivencia; cuya ferocidad es tan inocente y tan inconsciente como el gesto de lamer a sus crías), reflexionaba sobre la tranquilidad que el morir significa. La muerte como la primera noche de veras silenciosa; como la vieja hamaca donde el cuerpo, con un hondo suspiro, se evade y adormece. Morir, ante el teledirigido desasosiego, es la meta de la extraña aventura: concluir de una vez con el no solicitado encargo, reposar la cabeza, cerrar los ojos y que cese el miedo. El miedo a un mañana nuevo con su ataque secreto, su aire cuajado de enemigos, su hambre y su sed y su derrota y su envejecimiento, que desmorona la ferocidad y deja desamparado frente a la agresiva dentellada del que empieza. Se terminó. Una compasiva mano gira el interruptor de la luz, y la materna oscuridad nos arropa con su olvido pacífico.

A pesar de eso, los animales de la película, en medio de su espinado ámbito, jugaban placenteros. Habían cumplido sus órdenes genéticas mientras aguardaban la primavera, la lluvia, el alimento; mientras acechaban —sin esperanza ni desesperación— la primavera, el alimento, la lluvia o la pareja. Quizá la más peligrosa de las tentaciones humanas sea la de adoptar actitud semejante: un exceso de actividad irracional no prevista, no exigida por los designios naturales (que nos gobiernan, como la luna, desde su enlutado trono, gobierna las mareas). Trato estos días con una amiga, joven aún, que hace un denodado esfuerzo por sentirse viva: como si el solo hecho de *sentirse* no fuera ya vivir. Su personal manera de tomarse el pulso es gustar, atraer. (Gustar sin más, sin rematar la faena, en una morosa expectativa no sé de qué, lejos de un propósito transmisor de la vida o enriquecedor de ella.) Para Helena de Troya, según Giraudoux, los hombres eran grandes pastillas de jabón de cuyo contacto salía más limpia. Para mi aún joven amiga, los hombres son espejos en los que necesita mirarse de continuo para comprobar que existe todavía. (Existir, para ella, es tener pechos firmes, cintura grácil, dóciles caderas.) De ahí que, por un lado —el lado de la aparentemente insensata tensión, de la ininterrumpida búsqueda de espejos—, mi amiga, cuyo ejemplo no es de ningún modo infrecuente, me recuerde a las hermosas fieras de la película africana. Y que, por otro lado, me parezca lo opuesto a ellas: es decir, la exacerbación de lo que de menos animal —o de animal rebelde— hay en el ser humano, ese lujo costoso y suicida de la naturaleza: la libertad para inventar o desviar los ciclos naturales, la posibilidad de consumir el tiempo o de multiplicarlo, de quebrantar las reglas madres que los animales, desconociéndolas, acatan de antemano. Y, sobre todo, la capacidad de interrumpir a discreción la vida. Porque el instinto de conservación —el protagonista de la película— está por encima de cualquier cosa de este mundo: el de conservación individual, primero, y el de conservación de la especie, después. Y, no obstante, el ser humano puede no sólo no reproducirse, sino, con un sencillo gesto, alzar la mano y levantarse la tapa de los sesos. Yo, ante mi joven amiga, pienso qué magnífica vieja habrá de ser cuando la vida la haya llevado a comprender su propia muerte, momento clave en que uno comienza a estar maduro. Pero me temo que quizá no llegue. Hay que sufrir demasiado para llegar ahí, y hoy día —según hemos visto— hasta los delfines eligen la muerte voluntaria.

Estoy frente a un Mediterráneo no andaluz, donde he venido para trabajar. Noche y día escucho su grave e insaciable lección de natural supervivencia. La escucho, la recibo y la agradezco.

VÁZQUEZ DÍAZ

Generalizar es arriesgado si no se cuenta de antemano con el antídoto de las excepciones. Como cuento con él, puedo decir que, de todos los creadores, los pintores han sido, hasta hace poco, mis mejores amigos. Cuando yo llegué al arte, los pintores que encontré no eran, en estricto sentido, intelectuales. Su contacto emanaba una permanente desintoxicación. No sé si es que apenas sabían leer, o si no leían. Reflexionaban sobre la vida teniéndola —vibrante y tensa y desaseada— entre los brazos. Inventaban la vida. Como no aprendían en los libros, obtenían sus recursos improvisando. No se dejaban engañar por la experiencia ajena, y eso les daba —en sus aciertos y en sus equivocaciones— una estimulante frescura. Disfrutaban una vida y una pintura de primera mano. Y, como llevaban consigo la máquina de vivir y pintar, eran muy generosos con sus resultados. Luego, se han hecho metafísicos y, por tanto, trincones. Quizá todos nos hemos hecho así. Pero no creo que por cuestión de edad —entonces y ahora conozco pintores viejos a los que no afectó la contaminación—, sino por un cambio de actitud, producto de las malas digestiones. Uno se refina —piensa que se refina—, y empeora: se amanera, se repite, se amadama. Extravía aquel primer impulso —no racional, sino emocional, visceral casi— con que creaba.

Alfonso de Cossío, poco antes de morir, me decía que la potencia verdaderamente creadora dura hasta los cuarenta años; luego, no hacemos más que reiterarnos; nuestra segunda parte es una redundancia. Y hay quien afirma que todos pertenecemos al tiempo en que fuimos jóvenes: del resto somos espectadores. Acaso entonces es la vida entera —a nuestro alrededor— lo que cambia. Porque los pintores jóvenes de hoy no me recuerdan mucho a los de ayer. No hablo de su arte. (En eso no intervenimos los de hoy, ni los de ayer: será el mañana de unos y otros el que, con su dedo de humo, señale la obra que no perecerá.) Yo hablo de seres, no de obras. Por eso el otro día un —ahora— famoso pintor se extrañaba de no ver en mi casa pintura de aquella portentosa gente con la que compartí mi pasión de vivir. «En tu colección faltan tantos nombres de nuestra época; tantos nombres que hicieron contigo nuestra época.» Yo la pintura no la colecciono, como no colecciono infartos de miocardio, ni puestas de sol, ni momentos felices. Son cosas de las que se vive y de las que se muere. No están para llevar a los museos.

A fines de los años cincuenta —a través de un grupo nocturno y heteróclito, amasado con la ginebra y el coñá de garrafa de otro viejo pintor— conocí a Vázquez Díaz. El centenario de su nacimiento se ha celebrado —no se ha celebrado— hace unos cuantos días. Todo el mundo le llamaba don Daniel. Yo, como los Borbones, tengo la opinable costumbre del tuteo, y desde el principio le apeé el tratamiento. Él —con un acento andaluz martirizado, pero nunca extinguido— me llamó, desde el principio, niño. A pocas personas he visto que se le pudiera llamar, con menos razón, viejo. Tenía una ternura sonrosada, una gitanería de ojo claro bajo su gran chapela, un alma irónica, gachona, soberbia y aprendiza. Me quería —como tantos otros, entre otras cosas— porque yo no pintaba. (Yo no formaba parte de la competencia; pero tampoco de la *incompetencia:* siempre he entendido lo que es pintar, y además siempre he escrito, cosa que a los pintores les llamaba mucho la atención.) Entre nosotros se produjo una comprensión súbita y una extraña admiración recíproca: gratuita —y por eso doblemente de agradecer— la que él sintió por mí. A mí me divertía ir con él a ver exposiciones: sus exagerados elogios descendentes, sus socarronerías, sus cachondeos. Al hablar con quien no apreciaba, como mentía, se le disparaba el acento andaluz. Yo le decía: «El andaluz es tu lengua diplomática.» Y a él se le reía todo el cuerpo, y se le llenaba la cara, que conservaba seria, de pequeñas arrugas.

En su casa me mostraba —con la misma rumbosa minuciosidad que a un jefe de Estado, posible comprador— su obra ingente: los retratos que no había vendido y trataba de vender, los retratos que componían el estricto retablo de su vida. Había uno de su mujer, muy bello, en la escalera. Los jóvenes, reverentes y maliciosos, aseguraban que Vázquez Díaz era tan roñoso que su mujer, una noruega, se murió de frío en aquella casa donde la calefacción no se encendía. Yo, para comprobar la acusación, solía presentarme a mediodía con la esperanza de que cayera una croqueta. La verdad es que nunca cayó. A veces me iba, ya casi desmayado, a media tarde. El ama, Magdalena, se inquietaba, golpeaba los cacharros, hacía señas a mi espalda, ponía la escoba tras la puerta. Pero nadie me daba la croqueta. Y, en el fondo, ¿para qué la quería? Aquel pintor magnífico gastaba en mí —un pipiolo— su tiempo, la increíble riqueza de sus cuadros, lo que de más gozoso e inmortal y frutal hubo en su vida... Cuánta gracia me hacía, una vez estrenada mi primera comedia, su forma de pedirme invitaciones. Empezaba por una «butaquita»; seguía por otra, para su acompañante —«Yo solo ya ¿dónde voy, niño, hijo?»— y terminaba aceptando encantado el palco que yo le ofrecía. Sin embargo, cuando se inauguró una sala de arte que yo dirigí, me prestó sin dudarlo, para cubrir paredes y dar tono, cuatro o cinco de sus cuadros más grandes y valiosos.

La última vez que lo vi vivo fue una mañana azul y tibia. Había esa luz de Madrid, que está y no está: una luz plateada, neutral, distante e inmediata. «La luz de tus cuadros, Daniel. Tanto irte al norte, y tu luz, como la de Velázquez, está aquí.» Él me miraba, fruncidas las cejas, sin hablar. Estábamos enterrando al pintor aquel, en cuya casa nos conocimos. El aire era espeso de olor a flores, de sol, de vida. Para distraer a Vázquez Díaz de lo que ambos pensábamos, yo le provocaba. «Es la luz de Cézanne, tu padre putativo.» Él me miraba sin responder. Al bajar de las Sacramentales, íbamos juntos en un coche amigo. Yo me apeé en la Puerta del Sol. El amor me esperaba en la acera del café de Levante. Se lo dije, y él me dio un codazo cómplice. Me despedí. Al cerrar de golpe la puerta, vi que se le descomponía la cara. Abrí otra vez deprisa. Le había cogido la mano derecha, su mano de pintar. Me horroricé. La mano amoratada, se hinchaba; trozos de piel bordeaban un surco lívido. «No es nada», decía. «No ha pasado nada. No te preocupes, niño, vete. ¿No te espera el amor? Pues vete, niño.» Y me daba con la mano tumefacta en la mejilla, para despabilarme, sonriendo. No olvidaré aquel gesto. A eso le llamo generosidad yo, no a dar croquetas.

Por eso, cuando tuve posibilidad de comprar un cuadro suyo, lo hice. Había dos en Londres, hermosísimos. Uno, su retrato de Modigliani; otro, el que tengo. El primero era como para una colección, y yo ya he dicho que no colecciono arte. El segundo es una barca blanca, posada apenas sobre un agua. Todos son azules, rosas, platas, verdes, grises insinuados: una paleta fría e íntima a un tiempo. Daniel me había hablado de ese cuadro. Un escritor andalucista exclamó, ante él, meses atrás: «Cómo huele a marisma, a su marisma de Huelva, a sus bancos de peces y a barro y flor podrida.» No es de Huelva esa agua, ni de Fuenterrabía, ni de ninguna parte. La barca blanca es el alma serena —y ya varada— de Daniel Vázquez Díaz en su reino.

SER Y NO SER

Cualquier división que se haga de los seres humanos en dos grupos es muy probablemente falsa. Pero aceptado esto, la que considero capital no es la que los distingue en blancos y negros, altos y bajos, guapos y feos, torpes e inteligentes, malos y buenos, varones y hembras, sino la que los clasifica en creadores y no creadores. Vaya por delante que se trata de una apreciación personal: los directores de cine o de empresa, los sastres o los historiadores encontrarán más prácticas otras divisiones. Yo opino así por instinto y por costumbre y por la llamada de mi corazón. Sin hacer con ello el más mínimo juicio de valor. Porque sé que, al fin y al cabo, crear no es más que la consecuencia de un proceso de búsqueda, y que el creador avanza a tientas por una vía especial de conocimiento: una ambigua vía, ni del todo racional ni emocional del todo. Y porque he comprobado que no siempre me hallo más cómodo junto a quien crea que junto a quien no, y que resultan más enriquecedores, en algunas circunstancias, los segundos que los primeros.

Pocas cosas despiertan tanto mi curiosidad como observar los procesos creativos. A veces coinciden el de un científico y el de un artista (la Ciencia y el Arte son, sin duda, las dos únicas cimas de la humanidad), o los de artistas que cultivan artes tan distintas, por ejemplo, como la arquitectura y la música. Y, no obstante, pueden ser contrapuestas las formas de crear de dos escritores, incluso muy afines. Yo hablo —claro está— por lo que sé de mí. Y sé que nada hay tan contraproducente como querer forzar la creación. Es cierto que el espíritu sopla donde quiere, pero también que sopla cuando quiere. Y el mejor modo de no espantarlo es el de abandonarse. El íntimo desasosiego y la preocupación por la esterilidd constituyen la actitud más idónea para prolongar esa esterilidad. En tal tema ocurre un poco como en la mística: toda precipitación es perniciosa; porque, en el fondo, querer ir es estar yendo ya. Qué verdad aquí la de que no por mucho madrugar amanece más temprano. Y con cuánta ligereza se acepta el consejo de que, cuando venga la inspiración, debe encontrarnos sentados trabajando. Eso dependerá de lo que se entienda por sentarse, y de lo que se entienda por trabajar. Porque, en último término, si la inspiración no viene, todo el desvelo previo servirá sólo para ser arrojado a la basura.

Lo que ocurre es que uno tiene derecho a esperar que la inspiración venga. Primero, porque ha comprobado que pertenece al grupo de los seres humanos creadores (fatigoso, arbitrario, desamparado grupo). Segundo, porque uno conoce más o menos las líneas generales de su comportamiento (del suyo personal y del de la inspiración), y ha aprendido ciertos recursos para ponerse en trance: recursos inseguros, vagos, supersticiosos, que tienen que ver con los tabúes, las rúbricas religiosas, los ritos iniciáticos y las jaculatorias. Mi caso es bastante característico. (Para mí, por lo pronto.) Yo no soy otra cosa que escritor: ni sé hacer, por desgracia, más que eso; ni en mi vida he ganado una gorda con algo que no sea eso; ni he intentado jamás aventurarme por otro camino ajeno a ése. Por otra parte, soy buen trabajador. Quiero decir que amo mi oficio; que, al final del día, me encuentro satisfecho si he trabajado, y desdichado si no; que justifico los temblores de quienes, sin ser creadores, han de relacionarse con la gente que crea. O sea, soy un profesional que cumple (hasta hoy he cumplido: toco madera), en contenido y fecha, sus contratos.

Pero, ay, no soy ninguna máquina. El espíritu a mí me sopla con vientos racheados. No puedo impedir —literalmente *no puedo*— ser anárquico e indisciplinado. Las ráfagas (las anchas avenidas, diría yo) de acedia (diría santa Teresa) y de desgana son cada vez más largas y frecuentes. Cuando un creador se pregunta ¿para qué?, mala cosa. Me admira esa recomendación vana de *nullum die sine linea.* (En un cumpleaños me regalaron un tibor de Talavera con esa leyenda, y lo rompí.) Envidio a quienes aseguran que escriben tres horas cada día: de tal una a tal otra. Primero, porque en mi casa, entre los suplicantes, el teléfono y la correspondencia, no hay quien consiga sacar tres horas limpias seguiditas. Segundo, que, aunque las sacara, no serviría de nada. Porque, ay, yo no soy ninguna máquina; yo no soy capaz de decir «de lo pintado para acá, mundo, demonio y carne; de lo pintado para allá, soledad interior y creación». Yo sólo soy un campo de batalla.

Y —lo sé— cada día irá a más. Recuerdo que, hace años, cuando oía que un autor admirado se retiraba a El Escorial para escribir, pensaba yo que era una postura. «Se escribe en cualquier parte», me decía a mí mismo: «donde te coge». Ahora compruebo que los dos teníamos razón. Se escribe, en efecto, donde el toro le coge a uno; pero uno debe ponerse donde más fácilmente le coja el toro, y no en el burladero. Por eso me he tenido que venir a este lugar secreto. En él he pasado una semana y media de toma pan y moja: no se la deseo ni al más enemigo de mis enemigos, que casi sé quién es. Qué *pasión de ánimo,* qué leer sin sentido, cuánto remordimiento, cuánto atender al fuerte viento y la lejana ola, qué desocupación tan tensa, qué devorar pastillas insaciable. Cómo se mascaría la tragedia en el aire, que las escasas notas que había tomado sobre la obra que me vine a escribir, se las comieron una noche Zegrí y Zahira, mis perrillos. El hecho de que no se envenenasen me dio alguna confianza.

Pero hace tres días, de repente, supe que iba a escribir. Lo supe cuando estaba ya escribiendo. Bendito sea, me había cogido el toro. Y volví a comprender por qué divido a los seres humanos en aquellos dos grupos del principio. El acto de la creación con nada es comparable: ni con los más sabrosos gestos del amor. Recuperar esa fruición, esa anhelante fiebre, esa euforia, es lo único que puede compensar el haber padecido sus ausencias. Quien se enamore de un creador, va listo si no sabe de antemano que hay una alcoba recóndita donde sólo entra él. El acto de creación no tiene ayer (se diferencia tanto de sus preparativos), ni mañana (¿qué importa el resultado, bueno o malo?). Es el puro presente. Acaso por eso se identifica con el parto, que es también un dolor/gozo desentendido y solitario. Crear es tan desnuda y descaradamente vivir, que ya pueden después cantar misa los críticos. Ninguno de ellos, ni el más listo, podrá quitarnos lo bailado.

VAIVÉN

Estaba en el silencio suntuoso. En el silencio exterior y el interior (que son como un eco recíproco: como un eco insonoro), no sabemos cuál más imprescindible. Pues qué difícil situarse en el ojo mismo del huracán, dentro del eje de la rueda, alrededor de los que todo gira, se abate, se levanta, mientras ellos permanecen en la quietud y en el desasimiento. Qué difícil alzar los puentes levadizos y quedarse con uno mismo a solas. Porque uno no está solo ni dentro de uno mismo. Ni dentro de ese cuarto oscuro, donde apenas si nuestra propia consciencia se atreve a pisar. Cuando a él llegamos nos están esperando, sentados, los recuerdos, las largas hemorragias mal restañadas, voces que un día amamos, manos cuyas caricias se perdieron, temblores abolidos en el resto visible de la casa.

Estaba en el silencio. En el hondo silencio «donde habita el olvido». En la serenidad pausadamente activa. Alargaba los dedos y rozaba la naturaleza. O la naturaleza venía hasta mis dedos. O era yo parte consentidora de la naturaleza. No ya su santo y seña, sino una sola sílaba, una letra de su palabra interminable. Escuchaba el moroso percutir de la lluvia, el cálido rumor del medio día. Veía aproximarse a mis cristales —decidida y corpórea, igual que el sigiloso ejército de un sueño— la niebla. El mar, cercano, levantaba su pecho y respiraba... ¿Quién era yo? ¿Tenía nombre yo, futuro, obligaciones, dudas? Me abandonaba...

Llamamos actualidad a nuestro nerviosismo, a nuestra negativa a quedarnos tranquilos entre cuatro paredes, a nuestra irreflexión. Llamamos actualidad a lo que no somos y nos distrae de lo que somos; a la prisa por salir de nosotros y oír otras noticias —vertiginosas, contradictorias, anegantes— que van superponiéndose o borrándose, igual que operaciones matemáticas en un torpe encerado. Y hay tan pocas noticias que sirvan de alimento a la vida o la muerte. La actualidad —quitándose la palabra de la boca, desmintiéndose, atropellándose— galopa por delante de nuestros ojos. Nos marea. Nos gasta. Nos muerde y nos contagia su rabioso presente. Hoy es ayer. Leemos el periódico. Las noticias de hoy saldrán mañana, marchitas por las noticias de mañana. La actualidad engañosa. («No corras, ve despacio, / que a donde tienes que ir es a ti mismo, / y el niño de tu yo, recién nacido / eterno, no te puede seguir.») Yo estaba en atento silencio. Me daba igual enterarme pasado mañana que no enterarme nunca. La evolución de una mentira —de algo que, al final, es siempre una mentira— no interesa. En donde estaba yo lo importante es el viento. Si hace viento; si se quebró un pacífico; si un gato derribó una maceta; si volvió un perro de perseguir los pájaros sin su collar verde; si la noche está clara y fría y cuajada de estrellas; si vamos apretando cada vez menos y menos las mandíbulas. O sea, si nos vamos descuidando de nosotros por el camino de nosotros mismos, no por el de la guardia de la circulación.

En donde yo estaba qué pueril parecía la política. La desasosegada ambición, la envidia, el desastroso bienestar, el incansable estrago de entender mal la vida: de entender mal la verdadera solidaridad que es la vida. Estaba mudo allí: sin reuniones, sin teléfonos, sin suplicantes, sin la enajenadora algarabía del correo. Estaba sordo y mudo. No hay hombre grande para su ayuda de cámara. Pero uno, para sí mismo, es aún menos grande, porque conoce mejor y en mayor número sus desfallecimientos. Uno, donde yo estaba, es poca cosa. Sin embargo, es algo más que esa boba *criada para todo* en que nos convierten si no nos defendemos, esa cotorra latiniparla, ese opinante omnívoro, ese despreciable ornitorrinco. Allí donde yo estaba uno recupera el sitio para el que tiene la relativa certeza de haber nacido, y ve qué grato es. Como quien vuelve a ponerse un abrigo mucho tiempo desusado, y va al espejo, y se da cuenta de que continúan las mismas sus medidas, y se reconcilia con el abrigo y con su época y con el buen paño resistente y con todo lo que ello significa. Y ante el espejo, mirándose, de hito en hito, se sonríe.

¿A qué volver, entonces? ¿A leer que «el treinta por ciento de la población de determinadas zonas del Área Metropolitana de Madrid sufre trastornos psiquiátricos, según unas declaraciones efectuadas ayer por el director técnico del Instituto Provincial de la Salud Mental»? ¿A sentir que aquel sauce enfermo del colegio de enfrente ha sido, por fin, talado, y la ausencia de su enramada lo hace más presente que nunca? ¿A oír los remotos rugidos incesantes de aviones, de coches, de motos, de sirenas? ¿A presenciar el naufragio del silencio interior entre los timbres del interfono, del teléfono, de la entrada, de la alarma total? ¿A que la actualidad nos pisotee y salte sobre nosotros imparable? ¿A contestar diez encuestas diarias, treinta llamadas diarias, cien cartas diarias? ¿A qué volver, entonces?

Repaso con cariño los estantes de libros, los cuadros, las plantas, las vigas de mi estudio. «Es otra prenda la que voy a probarme», me digo. «Quizá una camisa de fuerza, sí, pero mía también. Que tiene el olor mío y mi sudor y mi cansancio y mi parpadeante desánimo. Que tiene mis medidas. Acaso como un lecho de Procustes, que se estira y se encoge, que me estira y me encoge. Sí, pero mis medidas.» En este desconsuelo de pensar que ya he vuelto, bajo a mi trozo de jardín: también pequeño, también a mi medida. En él aletea el misterioso y próximo pregón de un chatarrero o de un afilador: de alguien antiguo que canta alegre a voz en cuello su oficio. Han crecido el acebo de las bienvenidas, los escuetos laureles. Se hacen los desentendidos aún la dama de noche y el jazmín. Una breve emoción amarillea en las ramas de las mimosas. El sol dora, con una delicada ternura, el césped; piropea al magnolio; trepa por el ciprés; se enreda en el olivo. Y casi escucho pasos. Y casi escucho pasos de paloma...

Mi corazón también se hace el desentendido: la primavera no es lo suyo. No obstante, en presencia de la yerbabuena rebrotada, de las espadas de los jacintos, del poleo, ¿cómo no percibir que algo —otra vez, la misma— se despierta, que algo —otra vez, la misma— lo despierta? Mi corazón siente un pavor inefable. Porque hay una secreta canción en la mañana repitiendo el mensaje que, desde la adolescencia, me viene repitiendo. «La vida y el amor transcurren juntos, / o son quizá una sola / enfermedad mortal.» Una enfermedad mortal de la que no se acaba de morir... De nuevo la esperanza: abrir las puertas, tender las manos, disponer la sonrisa. Un pavor inefable y un inefable júbilo. ¿Para qué me asaltará este enemigo íntimo, este prenuncio del amor, esta sospecha de que todo puede —sin saber cómo, ni cuándo aún, ni con quién— recomenzar: para esto he regresado? El sol está tomando fuerza. Brilla una leve transpiración sobre el labio de la mañana. Los olmos saben que —pronto, cualquier día— volverán a ponerles su botonadura... Para esto he regresado. Así es el hombre.

LA SOCIEDAD ANÓNIMA

Para quedar mal a un tiempo con tirias y troyanas hay un tema infalible: el del feminismo. No recuerdo si me he arriesgado a escribir sobre él alguna vez. Pero, en cualquier caso, no está en mi intención reincidir. La mujer *liberada* suele leer con disgusto un nombre de varón al pie de un texto que trate de tal tema. No sé muy bien por qué. Como no sé a qué viene esa calificación de *liberada*, tan poco aclaratoria, y que también misteriosamente se aplicó a las ciudades que, *manu militari,* se conquistaban en la Guerra de los Tres Años por las tropas franquistas. Yo creo que es inútil que se tengan libertades si no se es libre. Y lo que, en último término, importa no es ser libre *de* alguien o *de* algo, sino libre *para* algo. O sea, que sin un proyecto de acción o de vida la libertad sirve para muy poco.

En mi teatro, de manera constante, aparecen protagonistas femeninos. Son incontables las ocasiones en que los estudiosos o los periodistas me han preguntado por qué. Tantas, que he llegado a preguntármelo yo mismo y a intentar responderme. Opino que hay unas razones puramente técnicas, y otras, menos superficiales. Por ejemplo, en teatro, sobre un escenario, los comparecientes se llevan el gato al agua por el siguiente orden: un animal, un niño, un loco, un borracho, una mujer y un hombre. La mujer, en igualdad de condiciones, siempre queda mejor: es en el estricto sentido de la palabra, más teatral que el hombre. El hombre, en la vida —y por tanto en la escena—, actúa, pero apenas se explica. Es más taciturno y más ensimismado. La mujer acostumbra exponer los motivos de su actuación y es más extrovertida, por lo que llega antes y con más verosimilitud a los espectadores. Además, a lo largo de la historia de la humanidad, la mujer ha personificado más ideas, ha encarnado más símbolos, ha incorporado más alegorías que el hombre. La humanidad, de una forma casi filial, instintiva —y muy justificada—, confía más en la mujer; descansa más en ella. Por si fuera poco, parece que los sentimientos que caracterizan al ser humano logran, en el alma femenina, una floración y una cosecha especialmente luminosas y visibles. (Y, por fin, la verdad es que, en el elenco teatral español de hoy, el número de primeras actrices es superior al de primeros actores, Dios sabrá por qué.)

Escribo lo anterior como descargo: para probar mi continua afición observadora a la mujer, y para explicar mi rechazo de cuanto aluda a la *secreta guerra de los sexos,* más o menos a cencerros tapados. Descreo de esa guerra: ni caliente, ni fría. Y, como consecuencia, me subleva que se suavice rematándola con lo de *el hombre y la mujer están condenados a entenderse.* (Una vulgaridad que se decía del pueblo español y el mexicano cuando no se hablablan; o del francés y el español ahora: que estarán —puede— condenados, pero que ninguno de los dos tiene ni la menor idea de cuándo empezará a cumplirse la condena.) Ante el hecho esencial de pertenecer a la especie humana, es preciso admitir que ser macho o hembra no es más que una cuestión de matiz: de un matiz, no obstante, irreversible, por muchas transexualizaciones que nos empeñemos en provocar. O sea que, *ex ovo,* no tiene por qué haber guerra. Que luego las cosas hayan ido y venido, por los tránsitos de la historia, a favor de uno u otra, es cosa diferente. Lo que intento decir es que si alguien piensa que la mujer y el hombre no son titulares de los mismos derechos —de los inalienables y de los demás—, debe inmediatamente ser desprovisto de ellos, porque ése sí que no es hombre ni mujer: es un imbécil sólo.

Yo comprendo la dosis de agresividad de ciertas feministas. Están hasta el moño de aguantar que no se respete esa absoluta igualdad; o que se la respete en teoría y se la regatee en la práctica, lo que es mucho peor. El paternalismo de los varones que defienden las tesis feministas es capaz de sacar de quicio a María Santísima. Como la condescendencia con que se reconoce —y ya el verbo reconocer tiene tela marinera—, o se acepta —el verbo aceptar, también— la existencia de idénticas necesidades, hasta placenteras, a ambos sexos. (En este último caso, yo creo que la píldora ha hecho más por la causa de la mujer que todos los movimientos feministas juntos: porque está ahí; no es cuestión opinable, sino evidente.) Incluso los movimientos feministas corren el riesgo de ser identificados, dentro de la misma *curiosa y atractiva marginación,* con los de los objetores de conciencia, los ecologistas, los minusválidos, los homosexuales o los niños difíciles. Esta es la realidad.

Hace unos años yo escribí que «el enemigo verdadero de la mujer no ha sido nunca el hombre. Son: primero —y más ahora—, la sociedad desindividualizadora y asexuada, que persigue asegurarse la victoria descafeinando el júbilo plenario y la entrega y la alegre belleza del amor y sus luchas. Y, después, la mujer misma. Esa mujer que concurre a los vacunos concursos de belleza; que actúa de *mayorette* —una infrahumana estupidez andante—; que muda su sexo en profesión —me refiero a la prostituta bendecida, no a las oficiales—, o que considera su problema más trascendente llegar a adelgazar sin comer menos». Hoy desearía agregar dos puntualizaciones a ese párrafo. Acaso no sea sólo esa mujer —caricatura de lo femenino— la enemiga de las mujeres, sino aquella otra —caricatura de lo masculino— que, con mayor o menor reflexión, pretende uniformarse con el hombre. Eso es dar palos de ciego, o pan a perro ajeno. Yo no estoy convencido de que vayan por ahí los tiros (perdón por la imagen bélica) del desarrollo y la emancipación social de la mujer. Entre otras cosas, porque el desarrollo y la emancipación de *una* mujer no tiene por qué ser el calco de los de otra. La ley básica de la democracia es que todos somos iguales ante la ley; pero no tenemos por qué ser iguales unos a otros: si todos fuésemos iguales, quizá todos seríamos peores. Entiendo que eso sucede con las mujeres y sus personales destinos y sus intransferibles albedríos. No sé si es justo que haya cocineras y duquesas (como, por otra parte, hay duques y cocineros), pero sí me parece justo que no sea la duquesa, por serlo, mejor ejemplar humano que la cocinera. Y también me parece justo que una directora generala —por serlo— no sea más admirable que un ama de casa. En el momento en que la mujer, para cumplirse, *tenga* que hacerlo en una oficina o en un taller, y no en su casa, estamos arreglados. Ser libre a la fuerza, o con arreglo a una pauta invariable, me produce un escalofrío semejante al que me produce que me hagan católico a cristazos.

La segunda puntualización que quería hacer es que el amor no consiste —en los sexos como en la pareja— en mirarse uno a otro, sino en mirar algo juntos. Hay que luchar contra el auténtico enemigo. Puede que la sociedad, que hoy consentimos o toleramos, esté más configurada por el hombre que por la mujer. Pero es contra la sociedad —ni masculina ni femenina: anónima— contra la que hay que batallar. Si la mujer lo que pretende es gobernar, o pisar fuerte, o introducirse en una sociedad dominada por la competitividad, la agresividad, el éxito, el dinero, la destrucción y la violencia, apaga y vámonos. Porque el hombre está siendo aquí tan víctima como ella. A lo que la mujer ha de aspirar —y esa sí que es una hermosa empresa histórica— es a convertir el mundo de hoy en otro, donde la solidaridad, la generosidad, la ciencia, el arte, la fusión con la naturaleza, la *humanización* en definitiva, sean los valores consagrados. Y para tal empresa sí encontrará la alianza del hombre. Porque no sé si la sociedad en que vivimos es machista, pero de lo que no me cabe duda es de que a los machos *también* les está dando por detrás.

UN SUCESO

En mi comedia *La vieja señorita del Paraíso* hay tres historias satélites de amor: tres amores que no cuentan con la aquiescencia social; tres amores inconvenientes, de los que nacen y crecen sin el aplauso de los ruiseñores habituales, y a espaldas de las más frecuentes rosas. Una de las historias es la de una tímida muchacha blanca y un tímido muchacho negro. Ellos son, cuando todo lo demás se arruina y desmorona, los que quedan de pie. A ellos se encomienda la misión de encontrar, o de inventar, un verdadero paraíso, «donde el amor sea el único rey y la esperanza la única reina». A ellos se encarga corregir el mundo, para que sus hijos —«que serán tan morenos»— lo encuentren más caliente y más acogedor. El actor que ha interpretado durante año y medio, desde que la comedia se estrenó, el personaje de Ismael, era un joven argentino de color. Nunca más volverá a interpretarlo. Acaba de matarse, a cinco kilómetros de Cáceres, cuando apenas quedaban un par de horas para levantar allí el telón. Su coche se ha estrellado, en una recta, contra un árbol. Es todo lo que sé. Y es demasiado.

Su nombre era Juan Carlos Nassel. Lo conocí, de pasada, hace unos años. En Ibiza. Yo había aceptado la tarea de presentar la *moda adlib,* a la vez rebelde y domesticada. Entre otros actos, hubo un deslumbrante desfile de modelos. Sobre las verdísimas ondulaciones de un campo de golf, avanzaban, retrocedían, se combaban las maniquíes. Entre el aire aromado. Bajo un cielo impoluto y perfecto. Alguien, un joven negro, con una sorprendente euritmia, traía de la mano a una u otra muchacha; la abandonaba; la reclamaba; la entrelazaba; la iba despidiendo. Su papel, en otras manos, hubiese sido desangelado y —lo peor para un papel— innecesario. No obstante, él, sin que se percibiese el menor propósito, se erigía en maestro de ceremonias, en pontífice, en mágico. Pregunté quién era. Nadie lo sabía. Luego me enteré de su nombre. Ahora no logro evitar recordarlo como entonces lo vi: impartiendo alrededor la vida, la alegría, la gracia; improvisando su extraña danza generosa, ágil, armónica, sonriente.

Cuando se hizo el reparto de *La vieja señorita* se tropezó, más aún que en otros, con dificultades. No fue la menor la de encontrar un joven de color con la necesaria calidad de intérprete. Un caluroso día de verano, la compañía, ya completa, me iba a ser presentada por su director. Previamente éste me había dicho por teléfono que el asunto del actor negro e hispanohablante estaba ya resuelto, y que desconocía su nombre. Al subir al escenario me encontré con el muchacho de cinco años atrás. Correcto, silencioso, más bien frío: como si, al dejar de danzar, se despojase de un manto invisible de seguridad y belleza, y orgullo. Según me dijo, no le habían ido bien las cosas durante ese tiempo, y recibía con gratitud esta oportunidad de volver —ni siquiera estoy seguro de si lo que hacía era volver— a un escenario.

En algún ensayo le hablé. No era muy expansivo: alguna breve referencia a su familia, algún problema de pasaporte que le resolví. Supe que vivía solo, pero no dónde. Siempre supuse que el nombre, que sabíamos por fin, era el de nacimiento, no un seudónimo; hoy lo supongo aún. Se acercó al estreno de la comedia con los brazos abiertos, y comenzó, poco a poco, a dar por concluidos los malos días pasados. (No sabemos nada. No intuimos nada. No presentimos nada.) En la Nochebuena del 80 me pareció obligado invitarlo a mi casa, con mis *perros perdidos sin collar,* es decir, con mis más próximos amigos. Él no tenía ningún otro lugar donde pasarla: aceptó agradecido. Después de la cena no estuvo mucho rato. Alegó una conferencia que su familia, desde Buenos Aires, le había prometido. Yo sugerí la posibilidad de que él llamase desde casa: la rechazó.

No consideré prudente insistir, y lo dejé marchar. Meses después comprobé que estaba yo en lo cierto al entender como un pretexto aquella conferencia. Él tenía una cita inaplazable. Pero, contra cualquier sospecha, la cita era con un cachorro de pastor alemán que, con el primer dinero claro conseguido, se había comprado. (No sabemos nada. No intuimos nada. No presentimos nada.)

Yo no asisto jamás a las representaciones de una comedia mía. Mi relación, pues, con los actores es casi inexistente a partir del estreno. Sólo cuando el director me solicita, comparezco y procuro ser lo más útil posible, que no es mucho. Al organizarse la gira de *La vieja señorita* surgió un grave problema, planteado por Juan Carlos Nassel. Necesitaba —necesitaba absolutamente— comprarse un coche para hacer la gira: no estaba dispuesto a viajar en el autobús de la compañía. Había que avalar no sé qué créditos, facilitarle la compra de un coche amplio, en buen estado y capaz de resistir los larguísimos —y a veces insensatos— itinerarios de una gira. La explicación me la dio con voz apresurada y decidida. Tenía, al fin, trabajo y sueldo fijos. Pero su única compañía era su perro *Simba*. Se negaba a dejarlo en Madrid: o viajaban los dos, o los dos se quedarían. En los hoteles, los perros tienen prohibida la entrada. *Simba* debía dormir en algún sitio: para eso necesitaba el coche. Y lo compró. (No sabemos nada. No intuimos nada. No presentimos nada.)

El pasado verano coincidí con Juan Carlos Nassel en el estreno de *La vieja señorita* en alguna ciudad. Sólo una vez vi a *Simba*, por quien le preguntaba y él me informaba con imperturbable afecto. *Simba* no era un perro cariñoso. Acostumbrado a la estrechez del coche muchas horas, había reducido su amor a una persona. Quizá a su dueño le sucedía igual. Aquel coche era la casa de los dos. En él han convivido, peregrinado, dialogado. En él acaba de morir el joven actor negro. Al preguntar: «¿Y el perro?», «Escapó», me han dicho.

Los que han sacado el cuerpo del muchacho han visto cómo saltaba el pastor alemán y cómo les huía. El ser humano no intuye nada; no sabe nada; no presiente nada. El destino, con su menuda arma de puntillero, tiende sus redes y se sienta. Somos nosotros los que vamos en su búsqueda... En apariencia habían desaparecido los malos días para el muchacho negro. Con su trabajo, con su perro, con su coche, recuperó el misterioso júbilo en que consiste el hecho de vivir. Y han sido su trabajo, y su perro, y su coche los que le han conducido, paso a paso, a la muerte. Acaso a una muerte exacta y satisfecha.

«Véngase con nosotros», son las últimas palabras que pronuncia el personaje Ismael en la comedia. Y la vieja señorita lo despide diciendo: «Tu guitarra, Ismael; no te la olvides. Que tus hijos aprendan nuestra canción. Recordadme... Afortunados los que pueden borrar recuerdos con recuerdos.» El joven negro ha muerto en un país ajeno, en un paisaje ajeno. Su perro, desolado, andará esta interminable primera noche a solas por el campo. La noche interminable: todo conduce a ella. Incesante es la vida, e incesante la muerte.

LOS PERIODISMOS

En pocos campos hay hoy tanta confusión —que ya es decir— como en el de la literatura. Y no hablo en cuanto a contenidos (lo que sería un simple reflejo de la general confusión), sino en cuanto a continentes (lo que, en una época tan dada a la especialización, es más chocante). Andan los géneros literarios hoy —y menos mal si andan— dando tumbos como si hubiesen bebido más de la cuenta. Mi documento nacional de identidad, junto a otros datos de escasa importancia, dice que soy de profesión escritor. Para una presentación tan somera como esa, parece ser bastante. De alguien se dice que es médico, no médico y urólogo, o médico y otorrinolaringólogo. Porque, tras tales puntualizciones, la medicina —como el valor al soldado— se le da por supuesta. Sin embargo, con el escritor no ocurre así. Cuando, con un inciso, se desea aclarar quién soy, suele poner escritor y dramaturgo, o escritor y poeta; como si el dramaturgo —denominación espantosa— y el poeta se dedicasen a las *varietés*, o a las labores propias de su sexo, en lugar de escribir. (Por el contrario, la palabra *autor,* a secas, suele aplicarse, con evidente injusticia, a quienes escriben obras de teatro.)

Cuando algún periodista me pregunta qué *vertiente de la literatura* cultivo con más gusto, o en cuál me encuentro más cómodo, comienzo a incomodarme y disgustarme: esa expresión me trae ecos de aguas, mayores o menores. Pero lo peor es cuando enumeran las vertientes —«teatro, poesía, ensayo o periodismo»—, porque eso supone que el interrogador ha decidido poner sobre la mesa su empanada mental. Yo no soy periodista, salvo acaso en el cutre, desvaído y temeroso concepto de la Academia de la Lengua. Y no lo soy no porque carezca de carné (en esa polémica ni entro ni salgo, y, por añadidura, todo lo que he hecho en mi vida lo he hecho sin ningún carné), sino porque nada de lo que escribo entra dentro de lo que —mi opinión, en mi caso, cuenta mucho— considero periodismo. Para mí hay dos géneros literarios gozosamente inconfundibles: el periodismo y el teatro. Los otros navegan en procelosos mares personales: ¿quién pondrá la mano en el fuego para apostar que cierto texto no es un poema en prosa, o si aquel otro es una novela o un ensayo sobre la intimidad? Pero ni el periodismo viene definido por el carácter externo de su periodicidad, ni el teatro, por el interno de sus buenas intenciones. Son géneros estrictos y rotundos. Como un soneto, o como el matrimonio católico. El soneto es *así,* y el matrimonio sacramental, *así.* Usted no puede hacer como le dé la gana un soneto ni casarse al cincuenta por ciento. Porque lo que hará será otra cosa; mejor o peor, pero otra.

Es vertiginoso observar *la oleada de periodismo que nos invade.* Hay quien lee la prensa del día en sentido oblicuo, con lo que gana tiempo. Yo, a la vista de su tonelaje, me reduzco a un periódico y a imaginar las mismas noticias contadas por los demás. Pero es que no se trata sólo del periodismo de prensa diaria, ni siquiera de toda la prensa, sino de radio, de televisión y otros medios, cada vez más extraños, de comunicación. Hace un mes que me niego a conceder ninguna entrevista, y mis horas se han multiplicado como los panes y los peces del sermón de la montaña. Encuentro tiempo para casi todo. El que antes dedicaba a contestar por teléfono preguntas de tres minutos para emisoras individuales, o acaso familiares; a encuestas inverosímiles; a interrogatorios grabados en magnetofón, que luego se transcribían en revistas o se emitían en directo. Todo ese tiempo atomizado es ahora mío. Y el que perdía en contestar, ante cámaras, a una señorita pendiente de su próxima pregunta e infinitamente ajena a mi respuesta, con lo que me proporcionaba la ominosa sensación de estar hablando solo, como un tonto que orina —aguas menores otra vez— frente a una pared blanca de azulejos. Y es mío el tiempo extraviado contestando por enésima vez a idénticas cuestiones, atribulado por la duda de si es que esas entrevistas no se publican nunca (sólo dos periodistas, entre quizá 5.000, me han remitido su trabajo) o es que no hay quien las lea.

Los medios de comunicación —que colaboran con eficacia al fomento de la incomunicación que nos corroe— son como una anaconda. Requieren incontables alimentos, interesándoles más la cantidad que la calidad. Su condición de efímeros les excusa de ofrecer buenos productos: el mediocre de hoy podrá, con suerte, mejorarse mañana. Y, en todo caso, da lo mismo; lo que se busca es ofrecer, como sea, lo que sea: imágenes, páginas —a ser posible satinadas y con fotos— u horas de retransmisión. La prisa del destinatario se ha contagiado al creador. Ya no estoy convencido de que sea la función lo que cree al órgano; ni siquiera la necesidad. Aquí, escritor, órgano, auditorio, lector y espectador están hechos un cacao imponente. Y, desde luego, todos salen perdiendo. Aunque el que más, el periodismo. Por una sencilla razón: hay más periodistas, y, por tanto, más *enemigos íntimos.*

«A cama chica, si queréis remedio, echaos en medio.» Dos peligros agravan la situación: los intrusos y lo que se ha dado en llamar —sin justificación visible— el nuevo periodismo. Intruso no me considero yo, que sólo escribo esta columna, cuyo contenido es incalificable, pero no periodístico; ni los *escritores periódicos* de nervio que no posean carné, ni los colegiales que ciclostilan sus pinitos. Intrusos considero a los aficionados que cobran; a quienes no tienen mejor cosa que hacer que ir con una cámara y una grabadora por saraos, discotecas, estrenillos y mentideros; a las niñas y niños, más o menos bien, a quienes les ha dado por escribir; a los tontos de todo el cuerpo, que se imaginan poderosos porque disponen de un entrefilete en una revista que tira 37 ejemplares. Y, desde ya, a los que aceptamos *hacer de* entrevistadores entre nosotros, o sea, entre los que somos habitualmente entrevistados: experiencia frecuente que estoy a punto de calificar, por el paro, inmoral, y que es *muy divertida* en el peor sentido.

En cuanto al nuevo periodismo, se me antoja un exceso de celo: hay demasiada poca gente que haga aún bien el viejo. O quizá es que el nuevo consiste en escribir como le sale a uno de ahí; o en puntuar con tacos; o en transcribir el cheli y el caliente; o en que, en vez de la información o la entrevista, se vea de cuerpo entero a quien la da: o en malcontar inventos. (No hablo del Pulitzer de Janet Cooke, en el *The Washington Post,* ni del reciente reportaje de los *kmers rojos,* en el *The New York Times:* eso, estafe o no estafe, es buena literatura de ficción.) Si el nuevo periodismo está en manos, por ejemplo, de la impertinente ignorancia de dos *alevinas* de la Asociación de la Prensa en Zaragoza, o de la redicha e improvisada y autosuficiente entrevistadora *en profundidad* de Alicante, que no me dejó decir ni pío; si el nuevo periodismo consiste, por ejemplo, en participarme —un diario que sólo miro en los aviones— que he vendido la exclusiva por tres años de una comedia, y toda clase de pormenores minuciosos y rigurosamente falsos, sospecho que el nuevo periodismo va a acabar no sólo con el antiguo, sino con cualquiera. Porque *ese* nuevo periodismo, como él mismo diría, es una mierda.

JAMÓN ANDALUZ

Recuerdo Trebujena. Recuerdo el bar de la carretera y su bulla y la sonrisa de su gente, con aire campesino humedecido por la proximidad del mar: tan morena de una forma distinta. Recuerdo ese pueblo que trabaja, cantando, sus viñas, y es comunista, y es alegre. Un pueblo impetuoso, caliente, desprendido. Un pueblo libre, a quien no doblegó la tenaz revancha de la posguerra; que siguió mirándose en sus vides y en sus abiertos cielos y en su esperanza. Un pueblo de Cádiz, no lejano del mar, ni de Sevilla: o sea que, tire por donde tire, tropieza con la sal. Durante algún atardecer he bebido su vino sabroso y transparente, como una amistad líquida. He tenido en mi mano la caña de su vino y la he alzado, y siempre otra caña se ha alzado con la mía. Recuerdo su hondo júbilo por vivir, a pesar de todo... En Trebujena, un guardia civil ha matado a un lebrijano de dieciocho años, y ha herido a otro que aún no ha cumplido diecisiete. Delante de ese bar, del gozo de ese bar.

Recuerdo Granada. En Granada mi corazón, igual que un alambique, ha destilado su mejor cosecha; se ha emborrachado de sí mismo: ha salido de sí y ha vuelto ebrio. De belleza, de amor, de gloria pura. Recuerdo Granada bajo la nieve, bajo la incandescente colcha del sol, bajo las envidiosas estrellas y la luna. Recuerdo Granada como condensación de la humana hermosura: un lugar en el que el hombre puede sentirse orgulloso de ser hombre. Un día, en ella, supe que, desde entonces, todo sería descenso para mí. «Ahora», me dije: «ahora. Qué buen momento para morir»... En Granada un policía ha matado a un hombre de treinta y cuatro años, que salía de tomar una copa en otro bar.

Recuerdo Osuna. Los feraces campos de Osuna, desde los que, sobre su peana de chumberas, se levanta a la luz la Colegiata. Recuerdo la generosidad y la gracia de Osuna resbalando despacio por sus aceras casi musicales, bordeadas por la procesión de rejas más elegantes de este mundo. De este mundo andaluz: contradictorio, oscuro, irradiador, esbelto, prodigioso... A Osuna iban a quejarse los obreros del campo. A quejarse del paro. Y la Guardia Civil detuvo a mi amigo Paco Casero, que era quien los guiaba. Hoy está preso: ausente del impulso y de la pena, y del verdor adolescente de su campo, y del hambre antiquísima.

Cuando en 1969 la Guardia Civil encarceló, en Trebujena, al diputado que hoy representa al pueblo en el Congreso, los vecinos se amontonaron en silencio —yo conozco ese silencio de mis andaluces— a la puerta del cuartelillo. Para probar que nada le había sucedido, el comandante del puesto sacó al preso *ecce homo.* Y Francisco Cabral, extendiendo las manos, pidió serenidad: «Compañeros, que no pase ná, y si pasa, que pase.»

El gobernador civil de Sevilla se opuso al luto de Lebrija («Me han quitao mi peacito de pan», dijo la madre), al luto por su muchacho muerto. Recuerdo bien Lebrija y su imposible forma de pronunciar las consonantes, y sus risas repentinas, y ese gris y ese azul casi blancos con que visten sus hombres, y ese lento atezado de la piel... (Había salido en una moto chica a rebuscar espárragos bajo el admirable sol de la mañana. No tenía derecho al salario del paro. No tenía cartilla de obrero todavía.) Una multa de medio millón de pesetas al alcalde por ponerle un crespón negro a la bandera. Un cuarto de millón a quien cerrara un establecimiento. Todos fueron cerrados. Por los altavoces de la plaza habló el alcalde, Antonio Tores: «El gobernador no nos deja expresar el dolor por nuestro compañero. Desde aquí yo le digo que se calle y nos respete.»

Cuando el Duque de Osuna llegó en 1870 al pueblo de Arahal, era el mes de septiembre. Y ante el recibimiento que le hizo preguntó si podía beneficiarlo en algo. Todas las voces, sin dudar, se levantaron: «¡Tierras! ¡Tierras! ¡Tierras!» Porque, de las 20.000 hectáreas del término, 7.000 eran bienes de propios municipales y 13.000 de la casa ducal. Ese grito firme, seguro y aguerrido, se sigue hoy escuchando. Por algo la Guardia Civil se creó como cuerpo de represión y orden —según se mire— rural, frente a las exigentes demandas de los campesinos. Y por eso, cuando se alzan en Sevilla Manuel Caro y sus huestes imberbes, asaltan en Utrera la casa-cuartel, y queman en Arahal escribanías y archivos: porque intentan, desde las mismas raíces, improvisar una reforma agraria. Los campesinos andaluces saben muy bien que lo que crece, crece de abajo arriba. (Hasta la lluvia, que parece que cae, ha de subir primero.) Nadie se llame a engaño: cuando tengan perdida del todo la esperanza, será ya tarde para cualquier cosa. El abuso es una guerra que lleva siglos declarada.

No sé si es el mejor momento para hablar así. No me han dejado otro. Hablo de lo que pasa sin pasar. Son dos muertes producidas por pistolas reglamentarias y —en principio, se dijo— por disparos intimidatorios. Al muchacho, porque se había tomado un vaso de leche de una cabra ajena; al hombre, porque sus palabras desembocaron en un altercado. De los muchachos se dijo que habían cometido un atraco en una finca; del hombre se dijo que murió por un golpe en la cabeza «contra un coche Citroën 2CV, y concretamente contra el soporte existente entre las dos puertes en su parte baja». El guardia civil procede del País Vasco; el policía pertenece a la plantilla de Bilbao: estaba de vacaciones en Granada. En el lugar de origen parece que son ellos las víctimas; en Andalucía, no. Quizá por eso estuvieran nerviosos. En tal caso, más vale tomar tila que sacar las pistolas. Aunque sean reglamentarias.

¿No se da nadie cuenta de que se están empezando a repetir las cosas? ¿De que, en España, la desigualdad de trato nos puede conducir a otra hecatombe? ¿Cómo se proyecta, en un «plan especial y extraordinario», la reparación de las mejores carreteras de España —las catalanas— con un presupuesto de 100.000 millones de pesetas, habiendo en Andalucía lo que hay y no habiendo lo que no hay? ¿Es que existen *zonas* en España donde un eczema preocupa más que un cáncer en otras? ¿Cómo puede la Administración despepitarse contra la picaresca en el cobro del subsidio de paro, mientras legisla una bochornosa normativa de incompatibilidades que deja a las sanguijuelas donde estaban? ¿No sabe que el paro tiene siempre razón, y que el hambre, para actuar, ni siquiera precisa de razones? Yo ya lo he dicho: no es la extrema izquierda, sino la extrema necesidad la que va a hacer saltar a Andalucía. Andalucía, por elegancia, no grita, no se queja mucho —ha inventado el flamenco para poder quejarse con decoro—, pero se dispara cuando la ponen en el disparadero, aunque no sean reglamentarias sus pistolas.

«Mi cuñaíto está mú malo. Mú malito que está. Terminándose.» «¿El melonero? Pero si hace un par de meses lo vi más tieso que un garrote.» «Pos ya usté ve si estará malo, que el médico le ha dicho a mi hermana que le dé jamón.» «Hombre, no creo que el jamón sea igual que el viático; a un agonizante no le caerá tan bien. Qué exagerados sois.» «Mire usté, Antonio: cuando aquí se le da jamón a un pobre, o el pobre o el jamón están malísimos.» Que lo medite quien tenga tiempo y ganas, y quien se presente a unas elecciones en Andalucía, y las fuerzas que manden para protegernos —no para protejodernos—, y los gobernadores, y el *sursum corda*. Medítenlo bien: qué tendrá que pasar para que amargue el jamón, donde se curan —Trevélez y Jabugo— los mejores de España. Yo quisiera saber, por mi madre, quién se lleva el jamón. Aunque sólo sea para advertirle que puede atragantársele. Y que, cuando acabe el jamón, va a tener que comerse las chorreras.

DÍA MUNDIAL DEL TEATRO

Qué poquito partidario soy yo de celebrar el *Día* de esto o de aquello. Cuando algo necesita ser recordado, malo: es que el corazón se nos ha ido a otro sitio. A las cosas que de verdad forman parte de nosotros, ni las recordamos, ni maldita la falta que hace. ¿Quién se acuerda de respirar hasta que viene el asma o la disnea? ¿Quién se acuerda de la salud hasta que nos la engrandece su quebranto? A lo que más queremos, la ausencia se encarga de que lo queramos más todavía. «Se canta lo que se pierde», y se recuerda lo que se ha comenzado ya a olvidar. Por eso, para mí, quizá profesionalmente deformado, pocos temas menos idóneos que el del Teatro para dedicarles un *Día*.

Primero: porque si la conmemoración se reduce a una fecha, reviste un aire de homenaje, y el homenaje es casi siempre póstumo: sobre todo en España. El homenaje tiene un matiz sombrío de epitafio. (Cuando se dice que todas las pompas son fúnebres, se acierta más de lo que, a primera vista, nos parece: no hay nada menos pomposo que un desnudo, y no hay nada más vivo.) Y así venimos a no estar ya seguros de si, cuando hablamos del *Día del Teatro,* estamos celebrándolo —con lo que de apoteosis tiene toda celebración—, o estamos emitiendo una angustiosa llamada de socorro.

Segundo: porque ¿cómo resolver con un día de somero agradecimiento la deuda contraída —por todos— con el Teatro? El Teatro, a lo largo de la historia de la humanidad, nos ha ayudado tanto... Ha sido nuestra arma de ataque y nuestro escudo de defensa. Ha mantenido al ser humano, desde su nada tierna infancia, fascinado con su magia y su desdoblamiento. Ha consistido —y consiste— en un carnaval que desenmascara, y un disfraz que revela; en la mano exigente que planta ante un rostro, que se desconoce, su reproducción más o menos amable. Ha reconfortado al hombre, desembrollándolo de sus contradicciones; lanzando una descomedida carcajada frente a quienes lo oprimían; reduciendo los dioses terribles a su tamaño normal de criaturas, que el hombre había inventado para temer o amar. Ha multiplicado nuestro conocimiento de nosotros mismos, acaso la más difícil y la más larga y la más fructífera tarea. Ha consolado las desolaciones; despertado las fantasías; alquitarado los excesos; fustigado a los poderosos; esperanzado a los humildes. A través de los siglos, en el Teatro, cada pueblo fue concretando su manera de ver la vida y de aguardar la muerte. Con el Teatro, cada pueblo se ha expedido su propio documento de identidad. Porque la identidad de un pueblo no la marca ni siquiera su historia, sino el partido y las consecuencias que él saque de ella. Y sería casi imposible encontrar un arte (el arte es la vía más alta que conozco de digerir la historia) más colectivo, más participativo que el Teatro y sus vívidos arrabales.

Porque si el Teatro no es un hecho de cultura consanguínea, de cultura magmática, no es nada. Más nos valiera entonces —si ha dejado de serlo— no celebrar en su honor ni un día sólo. Eso querría decir que el ser humano ha empezado a dejar de ser humano. Pues la cultura, entera, es una fraternal herencia que entre todos ha de ser acrecentada: el enriquecimiento individual apenas se produce, y muy de cuando en cuando. Lo que no hagamos entre todos, se quedará, a pesar de todos, sin hacer. Y yo me temo que, por lo que se refiere a la cultura (a pesar de las incesantes referencias a ella y de lo empachosamente que se la utiliza —verbo atroz— para melificar aspectos muy ajenos), en pocos momentos nos hemos visto más desamparados. Todo anda manga por hombro en este campo comunal. Pero, dentro de él, es precisamente el Teatro a quien más se desatiende. El Teatro, hoy, se halla en trance de agonía... Veo al mal de la piedra aniquilar el esplendor de nuestras catedrales; veo a la sucia ambición depredar el patrimonio de todos; veo a la avidez destruir la exquisita majestad de un paisaje; veo a la indiferencia ultrajar la minuciosa sencillez de nuestras ciudades; veo al olvido enmohecer nuestros museos y nuestras bibliotecas; veo a la criminal inconsciencia desmantelar o vaciar escuelas. Pero ¿es que el Teatro, en nuestros años de oro, no fue catedral y paisaje y patrimonio y biblioteca y escuela y ciudad para todos? ¿No convergieron y se identificaron en él historia y pueblo? ¿Puede el español definirse, contarse, cantarse sin su Teatro? ¿Qué ha sucedido entonces? ¿Qué nos ha sucedido para que haya que recordársenos —un *Día*— lo que durante siglos fue nuestro retrato y nuestra asignatura?

No se me repita la palabra crisis. Un humor no está en crisis: está en crisis el cuerpo que lo emana. La sangre no está en crisis, sino el corazón que no la purifica y la bombea. Nosotros estamos en crisis, no el Teatro. Y si digo *nosotros,* no digo quienes lo escribimos o quienes —mejor o peor— lo hacemos. Digo *nosotros* por cuantos en el Teatro nos reflejamos; por la sociedad íntegra, sea espectadora o no, desee o no mirarse en el espejo —empañado, puede, pero espejo al fin— que el Teatro le tiende todavía. Porque nadie escribe, ni interpreta, ni dirige, ni ilumina, ni diseña, sino para los otros. El Teatro es exactamente lo opuesto a un placer solitario. Ahí, que es donde está su debilidad, es donde está su fuerza. Podrá contemplarse el cine o la televisión a solas: el producto frío y enlatado que llega a ser el cine o la televisión, en frío y a solas. Pero jamás el Teatro. Esta es mi esperanza: el ser humano volverá su mirada hacia el eterno modo: a la carne y la sangre, al inmediato riesgo, a la improvisación, a la equivocación que acecha, al pequeño milagro cotidiano, al palpitante misterio de ver cumplirse ante sí la ceremonia: ante sí —en la penumbra, acompañado de los otros, bajo la luz—, el rito. Otra vez. La misma. Como siempre.

En pocas ocasiones como en ésta, la palabra *compañero* adquiere su verdadero y más noble sentido. Y la palabra *compañía* no se aplica ya sólo al conjunto de los representantes, sino al conjunto de los espectadores, que son los auténticos autores del espectáculo que van a presenciar: y más, cuanto mejor. Porque el buen Teatro es la concreción del ambiente en el que nace, y sin oídos, ¿para qué la voz?, y, sin ojos, ¿para qué los colores? En ese vaivén, en esa ósmosis, en esa reciprocidad residen el triunfo y la gloria del Teatro. Y su realidad. ¿O no son realidad la prestidigitación y el inseguro anhelo y el ensueño y la dudosa ilusión que nos permiten sobrevivir un día más; y la risa y el gemido y la acusación que nos permiten perfeccionarnos paulatinamente?

Me siento, sí, satisfecho de que este *Día del Teatro* sea *Mundial.* El Centro Español del Instituto Internacional del Teatro (del que acepté la presidencia, que tanto excede mis personales condiciones, pero que está enrasada con los niveles de mi corazón) es quien lo organiza. Y el Instituto depende de la Unesco, es decir, del último y cimero reducto conservador de la cultura universal. Solicita el Opus Dei ahora *jurisdicciones personales:* el Teatro ha sido siempre una; hoy, más que nunca, lo es. Es una patria; es una religión; es un fervor. Por un lado, distingue y cualifica *(cujus regio, eius religio);* por otro, unifica y asume y totaliza. Si cada pueblo consiguió *su* Teatro, la urgencia del común amor al Teatro —como expresión humana— une a todos los pueblos. Embellezcamos juntos, defendiéndolo, nuestro mañana hoy.

MI 23 DE FEBRERO DE 1981

Ahora se habla mucho de ese día. Quizá si se hubiese hablado antes más, mejor y más alto, se hablaría ahora menos. Me saca de quicio presenciar este triste cachucheo de casa con enfermo; este andar sin ruido; este pedir perdón por cualquier cosa; este bajar la voz; esta hipocresía en la expresión de quien querría decir *apañados estamos,* mientras dice *toda va bien;* este encomendarse a la divina providencia y remitirse a una esperanza que nadie, durante un año, se ocupó de regar para que floreciera. Me sacan de quicio los componedores, los pusilánimes, los resignados, los que ponen cara de viudos cuando están por dentro frotándose las manos. Siempre he sido más derecho que un tiro, y muy poco aficionado al tiroteo. Siempre he sido partidario de tirar de la manta, caiga quien caiga, porque considero vivir entre la cobardía y la falsedad mucho peor que la muerte. Por eso, a manera de ejercicio nemotécnico, voy a contar cómo fue mi 23 de febrero de 1981, un día en que a los españoles estuvo a punto de salirnos el tiro por la culata; un día en que se materializó la pregunta que ya estaba en el aire: ¿Quién guarda a los guardianes?

Sé que fue un lunes claro. En mi estudio hacía casi calor. Mandé apagar la calefacción. Entre los álamos veía desmoronarse la tarde. La primavera, como una jovencísima *écuyère* vestida de blanco, hacía sus ejercicios por las calles, dispuesta ya al estreno. Me asomé a la ventana de la torre. Miré el olivo, a cuyo pie fue enterrado *Troylo.* (Qué curiosa es la vida y qué ignorantes de ella los que vivimos. A esa hora exacta, en El Escarambrujo, en Lorca, estaban naciendo *Zegrí* y *Zahira,* mis perrillos de ahora. Entre un fragor de sables y fogueos nacían ellos, que iban a ser mi pacificación. Hoy significan una mirada atrás y la resurrección de un tiempo ido. Acaso, para los hombres del golpe, el mismo día significó lo mismo. Con la diferencia de que el pasado que los perrillos me traían era fraternal y claro, y el que esos hombres querían imponernos, no. Por no serlo, la inmensa mayoría de nosotros lo había rechazado, y estábamos a punto de olvidarlo. De ahí que su golpe fuera contra todos nosotros: contra nuestra voluntad y nuestra libertad y nuestro futuro. De ahí que su golpe tuviera que ser juzgado por quienes fueron sus ofendidos: el Estado contra quien se dio, o sea, nosotros.)

Por las escaleras de madera del estudio alguien subía con prisa. Me extrañó, porque nadie lo suele hacer sin previo aviso. Entró un amigo extraordinariamente aficionado a gastar bromas. Traía la cara verdosa y sus ojos —muy claros— no se le distinguían del resto. Antes de que rompiera a hablar, supe que yo lo iba a creer. Habló: regresaba a su casa en taxi; la radio retransmitía el acontecimiento del Congreso; frente a mi casa, en la seguridad de que yo, trabajando, lo ignoraba, dejó el taxi para entrar a decírmelo... Sobre su hombro, a la izquierda, vi cómo el cielo tomaba un color entre azul y morado: lento, denso, bellísimo. Y vi a mi secretario, no menos demudado que el amigo, y a otro señor que, imaginé que era el taxista, y acerté. Tres, cuatro, cinco disparos desgarraron la tarde, muy próximos a casa. Por la ventana de la escalera vimos dos coches de policía, en la esquina de Macarena y Pío XII, cercando a un turismo. Nos informamos. Se trataba de un asunto común, un delito común, un atraco: algo doméstico, cotidiano y casi respetable. Pusimos la radio y encendimos el televisor. Eran, en apariencia, suavizantes: sin horribles marchas militares, las emisoras, dando por supuesto el hecho, lo comentaban aún a tientas. En seguida comenzó el teléfono. Una llamada, de Valencia, alarmante. Otras, de Madrid, llenas de la hermosa generosidad de amigos diluidos, de embajadores apenas entrevistos, de gente metida en nuestras entretelas que no precisa más comprobaciones. Me ofrecían alojarme en sus casas. No acepté. En broma, dije la frase que luego repitieron los periódicos: «Veníos vosotros. Y traed armas, que yo pongo la cena.»

Las noticias empeoraban la situación, o la estancaban, o la hacían avanzar. Una amiga, joven aún, muy vinculada —por afición y sangre— al tema, me tenía al corriente de los penúltimos bastidores. Mis hermanos telefoneaban cada cual desde su ciudad. Poco a poco, la casa se llenó de compañeros. Yo buscaba, sin éxito, a uno de los más afectos a mi corazón: una amiga que telefoneó, despistadísima, a las nueve para convidarme a cenar. Le espeté la novedad. Tras un silencio, escuché los sollozos más amargos del mundo. Sentí, también yo, un nudo en la garganta. Hasta entonces había tenido el alibí de que era un alpargatazo, sin clase y sin peligro. «Coge a tus perras —me refiero a esa que tienes y a *Pía* (una *basset hoynd*)—, y vente ya.» Llegó inmediatamente. Tomábamos copas, opinábamos, acertábamos. Yo calmaba, y hablaba sobre todo por teléfono. Un acreditadísimo vidente me garantizó que España estaba llena de luz, que no corríamos riesgo ninguno. Eso nos preocupó. Decidimos cenar. En mitar de la cena, recordé que esa noche, en una discoteca de moda, le daban un premio a mi comedia *Petra Regalada,* y había prometido recogerlo en persona. Animé al grupo a acompañarme. El secretario preguntó la hora de la entrega. Le contestaron que posiblemente se aplazaría, que era un trofeo que otorgaban los periodistas de todos los medios, y que los periodistas de todos los medios tenían cosas muy urgentes que hacer. En todo caso, yo resolví ir. Algún amigo no estaba vestido a propósito, y era imprescindible, en tales circunstancias (no en otras: yo soy muy poco formalista), respetar las conveniencias y las buenas maneras, tan zarandeadas por los provocadores. Presté unos pantalones, una chaqueta, no sé qué. Y salimos.

Las calles estaban desiertas. No quería pensar que

presenciábamos un momento ni histórico ni histérico. Acostumbro a fiarme de mis corazonadas. (Mi corazón no me suele engañar, sino en los negocios del corazón.) A la altura de la Cibeles nos detuvieron los coches oficiales. Dimos la vuelta. La mujer del guardarropa de la discoteca miraba su radio tan atenta como si se tratase de un espejo. En el interior, tres o cuatro personas. Los premios se habían suspendido. Un travestido, de nombre improbable, actuó, sobreactuó para un público mínimo, agradecido y desinteresado. Oí junto a mí un ruido. Miré. El amigo de mi derecha tenía la cara descompuesta: «El pantalón que me has prestado se me acaba de abrir, de arriba abajo, por detrás.» En el guardarropa, mientras el Rey se dirigía a la nación, le dieron un discreto sobrehilado. No hay historia que resista ser vivida junto a un amigo en calzoncillos, una desconocida cosiendo sin saber y una televisión mal contrastada.

Ya en casa nos concentramos en mi dormitorio para beber y comentar y atender. A las tres y media llamaron de TVE rogando que fuese a Prado del Rey a grabar un programa tranquilizador, con Tarancón, Ruiz-Giménez y Sainz de Robles: vendría a buscarme un coche media hora después. Alguien dijo que era necesario confirmar la realidad de la petición: si no, el paseo por la Casa de Campo podría ser mortal en estricto sentido. Se nos comunicó que desistían del programa. La noche transcurrió en tensión: morosa y grave. Al tercer desayuno que tomamos, en España volvía a amanecer. Sin embargo, yo ignoraba dos cosas: que *Zegrí* y *Zahira* estaban ya en el mundo, y que el 23 de febrero de 1981 no iba a zanjarse —golpe por golpe— de un solo tajo riguroso.

QUERIDOS AMIGOS

Acabo de leer, una por una, vuestras cartas. Son emocionantes todas. Por emocionadas. Tengo ahora mismo llenas de luz las manos. Me dice uno de vosotros —reprochándome un instante de desfallecimiento— que existe, como la Iglesia afirma de los santos, una comunidad de los vivos, de los solidarios, de los intensos. Estoy seguro de que así es. A mí me llega —lo mismo que vosotros afirmáis de la mía— vuestra influencia benefactora y positiva. Viene entre los renglones estimulantes y animosos, serenos o angustiados, de estos pliegos. García Lorca dijo: «Yo escribo para que me quieran.» Yo, no. Yo escribo porque la razón de ser de mi vida es expresarme; reflexionar, y escribir el resultado. Yo escribo porque *tengo* que escribir. Si no, supongo que ya me habrían recluido en un manicomio. O en una cárcel, sabe Dios. Por eso agradezco triplemente vuestro cariño: primero, porque siempre ha de hacerse; segundo, porque se me otorga sin buscarlo; tercero porque me lo regaláis sin que yo lo merezca. Sé de cierto que, tratado, os defraudaría. De ahí que casi prefiera que no se conceda lo que uno de vosotros pide: «que la casualidad —divina casualidad— nos ponga frenta a frente». De ahí que, por una parte, desee encontrarme con cada uno «detrás de una taza de té», pero sienta, por otra, el temor de no estar a la altura en que, por vuestra cuenta y riesgo (porque sois unos amigos imprudentes e intrépidos), habéis decidido situarme.

¿Quién no perdería el sueño, una noche como ésta, ante vuestras cálidas, hermosas, sencillas palabras de amistad? Ante vuestros episodios de amor o de ternura, vuestros propósitos, vuestras afirmaciones, ¿qué hacer, sino ofreceros cuanto escribo, confirmaros que por vosotros lo hago? De todas partes me vienen vuestras cartas (quizá de Andalucía, menos: el andaluz, contra lo que se piensa, es menos expresivo), y a todas partes me las dirigís: a mis señas, a TVE, a la Sociedad General de Autores, al Instituto Internacional del Teatro, a este diario, a la Asociación de Amistad Hispano-Árabe, a la Delegación de Cultura del Ayuntamiento, a la ciudad de Córdoba, a los teatros —se estén dando o no obras mías— y, por fin, al aire, sólo con mi nombre. (He llegado a la conclusión de que los carteros españoles son más propicios a la proeza que a la monotonía. Un paquete, desde Alcalá de Henares, puede llegar hecho puré; desde Rusia, llega siempre impecable; una carta, dirigida a una dirección antigua, se extravía; con sólo el nombre del destinatario, a poco conocido que sea, le es entregada. Acaso aquí todos seamos un poco como los carteros: propensos a dar un espléndido do de pecho y canturrear la romanza; a desatar un *Dos de mayo* y a aburrirnos en lo que resta de año.)

Nunca imaginé que iba a tener amigos tan diversos, y eso me produce una particular satisfacción. Me tranquiliza saber que, vaya a donde vaya, no me perderé; que habrá una casa o un teléfono donde pueda llamar; que alguien, entusiasta y activo, me resolverá cualquier problema de esos que yo, como buen inútil perfeccionado por el uso, jamás sé resolver. Sois el totilimundi más variado y complaciente que darse pueda. Y yo, que percibo simultáneamente todos vuestros pulsos, sé, a través de ellos, por qué he conservado esa ciega esperanza en mi pueblo; por qué, en tanto haya gente como vosotros, estará el mundo iluminado y fervoroso, y el mañana, asegurado, y los que nos sucedan encontrarán un panorama una pizca más bello que el que nosotros, al venir, encontramos. Amigos míos de todos los oficios: amas de casa, militares, taxistas, estudiantes, pasotas (también puede ser un oficio, si es que se sabe llevar como es debido), profesores de instituto o universidad, poetas, niños (¿no es un precioso oficio, aunque eventual?), camareros, cantantes, directores de hotel, prostitutas, decoradores, marquesas, músicos, locos (¿o es que ese tampoco es buen oficio?), campesinos, médicos, alcaldes, asociaciones de vecinos —como la de Triana—, padres de alumnos, un pueblo entero —como Nerva—, qué sé yo... Amigos míos de todas las edades... Estoy convencido de que me entendéis: os adopto, como amigos, de uno en uno; no confundo vuestro mensaje; no mezclo vuestros nombres, que no dejo aquí escritos porque evidentemente no cabrían.

No sé por qué ha arreciado mi correspondencia en las últimas semanas. Me descuidé en despacharla, y hoy se me ha acercado el secretario con la alarma en los ojos, y una enorme y rebosante canasta de la plancha en las manos. Miles de cartas. Así como suena: tres mil seiscientas quince. Me es imposible contestar, como sería obligado, una por una. No haría otra cosa de ahora en adelante. Y ya os he dicho que lo mío, para mi desgracia, es escribir: y no cartas por añadidura, sino otros géneros. Yo soñé, quizá como cada uno de vosotros, con hablar para un oído solo, en voz baja, en silencio casi. He tenido que conformarme con hablar a miles de oídos, a todos los oídos. Y mi forma de hablar es ya escribir. Tal es la causa de que emplee un procedimiento incorrecto para responderos. Aunque sólo relativamente incorrecto: esta sección se llama *en propia mano*, porque va dirigida a cada uno de los lectores como si fuera a él solo. Así debe ser comprendida y recibida esta carta de hoy: un pedido de perdón por no tener, como la divinidad india, muchas más manos, y una rendida acción de gracias. Gracias individuales, y gracias a mi destino que me depara tantas pruebas de que todo, en el fondo, está bien; de que acaso queremos saber demasiado, o demasiado pronto, o demasiado aprisa: pero que, quien ordena las constelaciones, también ordena nuestros aparentes desórdenes.

Cuánto siento no dar ese «paseo por un parque,

lleno de árboles mudos y pájaros alegres». Qué gracia que alguien me haya elegido como comensal para su «última cena». Cómo descifro las flores de almendro, las margaritas, las hojas de roble o de eucalipto, los pétalos que me enviáis. Qué pena no dominar el tiempo, para estar «como dos amigos, sin nadie que nos lo robara»; pero el tiempo —nuestro único aliado, que acaba por matarnos además— no es dominable. Qué bien creer en «ese sentimiento general, que en algunas ocasiones históricas se pierde, de colaboración, de ayuda mutua, llevada siempre por los que más pueden». Cómo me obliga el excesivo homenaje de vuestros dibujos y versos y libros y bastones, de vuestra palpitación y vuestra entrega: una entrega simétrica a la mía...

Gracias por escribirme quien se considera «un cadáver que no encuentra colocación»; o quien tiene un perro ciego; o quien «ha perdido el tiempo sin leer nada mío»; o para piropearme con la mayor hondura que es posible («Soy una madre de familia. Tengo siete hijos. Ojalá, hasta con sus defectos, se parezcan a usted»); o después de haber estado «muy cerca de la barca blanca de Vázquez Díaz»; o «cansado de no tener más lector que uno mismo». Gracias por darme las gracias porque hace unos años una palabra mía «fortaleció una vocación», «reforzó una voluntad», «materializó una duda». O porque, un recién salido de clausura, ha recuperado, leyéndome, «la serenidad y placidez que había olvidado». También yo, como aseguráis de mí, escucho vuestras cartas «como si escuchase vuestra alma». Os quiero. Os necesito. Estoy orgulloso de ser amigo vuestro. Agradezco a la vida que hayáis nacido y que me haya permitido coincidir con vosotros. Y a vosotros os agradezco que seáis como sois. Hasta en seguida. Un abrazo muy fuerte.

HERMANOS MAYORES

Muchos habrán pasado, llevados por sus hijos, en un hospital de la Seguridad Social el último puente de San José. A otros los habrán dejado durante la Semana Santa, con medias palabras y deprisa, en el servicio de urgencia de una residencia sanitaria. No es que su salud atravesase un momento especialmente malo: es que los jóvenes necesitan disfrutar, sin lastre, sus días de vacación. La primavera para ellos ha empezado muy mal. La primavera es cosa de la vida, y ellos no, al parecer. A pesar de que éste es el Año Internacional del Anciano. Porque de ancianos hablo. De lo que todos, si nos da tiempo, seremos. Por eso me parece demencial que no escarmentemos en cabeza ajena; que no reflexionemos sobre el «como te ves yo me vi, / como me ves te verás»; que en la mano moteada, menuda y sarmentosa del viejo no veamos el más cierto porvenir de la nuestra.

Yo he escrito: «No fue sólo para su familia para quien nuestros viejos trabajaron, sino para todos nosotros, que nos encontramos, al llegar, hecho por ellos el mundo al que llegamos. Y quizá este mundo heredado no nos guste mucho, pero quizá a nuestros hijos les guste menos el que van a heredar.» Nuestros hijos, a los que estamos enseñando un feo camino, que ellos recorrerán mañana. Un camino en el que los viejos han pasado de ser los sabios —*más sabe el diablo por viejo que por diablo*— a ser los impertinentes; de ser el sustento de la familia, a ser su estorbo; desde el eje, al rincón. Para mí, define mejor a un ser humano —y a un pueblo entero— la forma de tratar a sus ancianos que la forma de tratar a sus niños. Porque es más fácil gozar con la esperanza, con el proyecto, con el camino de ida, con nuestra consecuencia, que con nuestro antecedente, con el ayer, con el descenso, con la monotonía.

De ahí que me inspire tanta veneración la irrompible cadena que supone la sangre en los gitanos; su infinita remisión a la sangre, que es, a lo largo de los siglos, su verdadera patria.

No sé si se ha observado bastante que, en la raíz de la crisis de la familia, está la actitud desdeñosa o descuidada con los viejos. Más daño le hace a la idea —patriarcal o matriarcal— de la familia, que todas las corrientes abortistas o divorcistas juntas. Porque en la médula del problema se halla la transmisión de los poderes y las sabidurías, que no admite solución de continuidad alguna, porque equivaldría a un suicidio. ¿Cómo no van a irse los muchachos de una casa de la que vieron salir, a la fuerza, a los viejos? Mucho más que la droga y el pasotismo y el yerto mar mediterráneo de las generaciones, destroza a la familia ese terremoto, que es previo a ellos y que asesta su golpe en la base de todo, en el tronco de que procede todo, es decir, en los viejos. El comportamiento de nuestra sociedad con ellos es exactamente lo opuesto a edificante: destructivo.

Yo confieso que, desde niño, me sentí atraído por la gente mayor. Me gustaba escucharlos, verlos sosegados, tranquilos, reflexivos. Estaba deseando cumplir años para que mis compañeros dejaran de pegarme empujones, de hablarme a gritos, de darme patadas en los libros. Admiraba el modo de vivir de los mayores, su modo de razonar y de entenderse, sus largas sobremesas, su horario imprevisible. Y nadie debe sacar la conclusión de que fui un niño repelente: lo cierto es que jamás he sentido una indiscriminada pasión por la juventud. Con los muy jóvenes, de uno en uno, he logrado entenderme; pero en manada, no. Precisamente porque utilizan la neblina de la manada para acorazarse, para disfrazarse, y yo, desde pequeño, he sido como soy: aficionado a dar la cara y a no ampararme con el *mal de muchos.* Por eso hoy, cuando salgo alguna vez con mis perrillos —tan jóvenes— a un parque y veo, sentados bajo el sol, a los viejos, me siento agradecido y solidario. Y me gustaría quedarme un rato junto a ellos, que me hablaran, que me contaran —bajo ese sol de su soledad— cómo han llegado allí. Me estremece mirarlos y adivinar en sus ojos lo que fueron, lo que desearon ser, cómo les hubiera complacido ser aún más generosos y más imprescindibles. Y adivinar también en lo que se han quedado: un deshecho que se pone donde está lo que sobra, una materia de desvanes, un agujero en las conversaciones, un secreto deseo de desaparición.

Dentro de menos de veinte años, casi la mitad de la población de Europa serán de jubilados. Y se nos advierte que las mujeres aparecen como más afectadas por los problemas de la ancianidad, porque suelen vivir más que los hombres. Ay de la sociedad en la que *vivir más* es un problema. Ay de la sociedad en que a los viejos no les asusta la muerte: les asusta la vida, y es el miedo al futuro —un miedo atroz a su breve futuro— lo que los asesina. Ellos saben que «la vida está vivida, y la canción, cantada». Ellos querrían desaparecer, pero han ido adquiriendo la férrea y cariñosa costumbre de la vida. Ellos aguardan que, de un momento a otro, el regidor dé la señal de ejecución para que el telón caiga: porque la comedia ha terminado, y ellos se han convencido —ya— de que además no estuvo bien escrita. (Un día, fui, con un delegado de no sé qué ministro, a inaugurar una Casa de Ancianos en un lugar de La Mancha. El delegado, con dudosas metáforas, pidió al mayor de todos que dijera lo que veía —«el paisaje y la otra vida que veía»— desde *la cima* —la edad— a la que había llegado. El aludido —con su rayado blusón, su temblor y sus gafas espesas— contestaba en voz baja: «No veo ná. Yo no veo ná.» Y cuando los demás le recriminaron su torpeza y le explicaron lo que el delegado quiso preguntarle, y le hablaron de Dios y de la Virgen, él lloraba agobiado igual que un niño chico al que se riñe, y repetía: «Si es que no veo ná; no veo ná.»)

Un comunicante de muchísimos años —que, por dulce azar, vive en la calle Otoño, de Sevilla— me escribe, en una carta cálida, que la Seguridad Social «no pasa ya las gafas, las dentaduras, los aparatos auditivos, que nos remedian lo que hemos extraviado». Y después de pedirme que diga cuánto podían hacer por ellos, aunque fuese sólo este Año Internacional, «los Ayuntamientos y el Gobierno y el Comercio y la Industria y los Espectáculos Deportivos y Teatrales y Cines y Toros y Transportes y la Alimentación y, sobre todo, el Ministerio de Hacienda» (todo con dóciles mayúsculas) me concede el inapreciable título de *Jubilado de Honor,* que —en el mejor de los casos— alcanzaré, de hecho, por mí mismo. Con motivo de la conmemoración, la comisión parlamentaria europea ha propuesto una jubilación más flexible, la mejora del régimen de pensiones, la posibilidad de una readaptación profesional y el establecimiento de específicos servicios para ancianos. Bienvenido cuanto se haga en su favor. Yo estoy convencido de que nadie está autorizado a retirar a nadie de la vida antes de que ella se retire, y de que morir viviendo es la mejor manera de morir. Porque también estoy convencido de que vivimos muriendo: un viejo no se improvisa, se hace *desde siempre,* dice Carrel. «Como una nación, como un viejo país, como las ciudades, las fábricas, las granjas, los cultivos, las catedrales góticas, los castillos feudales, los monumentos romanos de Europa, somos el resultado de una historia.» La historia personal, la historia familiar, la historia humana. Respetémoslas todas.

EL VINO CONSAGRADO

Hubo un tiempo en que hasta la Naturaleza era sobrenatural. El viejo Tales veía a su alrededor, por donde quiera que miraba, dioses. Uno de los más imperiosos era el vino. En la apasionada cosmogonía —donde lo material y lo espiritual no andaban disociados, sino como unos hermanos siameses cuyo nombre era *todo*— los dioses representaban la quintaesencia de cada actitud, de cada deseo, de cada porción de ese *todo*. Dyonisos, alias Baco, no fue dios *del* vino: fue la personificación del vino mismo, como Eros fue *el* amor. El vino fue divino. Y luchó, con no poco éxito, frente a otra divinidad, que personificaba el sosiego, la serenidad, la meditación: Febo, alias Apolo. Tanto es así que, desde entonces, entre lo apolíneo y lo dionisiaco se han dividido los hombres, los pueblos, las edades, las razas. Ellas son las dos posturas más antagónicas que existen: una, la línea recta, la compostura, la reflexión, la demostración, el distanciamiento, la interrogación; otra, la curva, el frenesí, la inconsciencia, la intuición, la magia, el rito. Yo, que pertenezco a la primera, siempre he tenido —naturalmente— la tentación de la segunda. Por eso escribo estas palabras. Y porque no estoy absolutamente seguro de que *estar sereno* sea más gratificante, como se dice ahora, que estar *embriagado;* ni de que la serenidad sea más recto o más rápido camino que la embriaguez hacia el conocimiento. Al fin y al cabo entre los términos *ebrio* y *sobrio* no hay tanta diferencia.

Precisamente lo que veo más cordial e inteligible de la religión católica es su incorporación eucarística del vino. Entronca así con la infinita tradición de los hombres que buscan en el vino la postrera verdad: *in vino veritas.* Y consagra una realidad que cada día comprobamos: el vino eleva la materia orgánica de un racimo a una potencia psicológica y mental. El hombre —se asegura— es pura química: una indefinida cadena de reacciones. (Alguien ha dicho que la gallina no es más que el medio de que se vale un huevo para hacer otros huevos. No es muy alentador, pero es bastante exacto.) Y acaso el vino —del que, cuando es muy malo, se afirma también que es pura química— añada una reacción beneficiosa a la monótona continuidad de reacciones del cuerpo humano. Acaso añada esa partícula de divinidad a que el hombre ha aspirado desde que vio el Árbol del Bien y el Mal. Quizá no sea otra la razón de que la droga del alcohol se considere menos dañina, menos perniciosa, más familiar y casera y consuetudinaria que las otras, probablemente tan antiguas como ella, pero menos divinas.

Salvo la excepción —significativa como excepción— del Islam, así se considera universalmente. El Antiguo Testamento —del que es posible que proceda el Nuevo, pero imposible que proceda el cristianismo, tan repleto de dogmas en que el alma se asfixia— rinde su culto al vino. Cuando Noé sale del Arca, su primer sacrificio —en estricto sentido: *hacer sagrado*— es el de la vid. Su encuentro con la tierra materna es celebrado con una alegre y profusa libación. Y el patriarca se emborracha, dejando al aire sus vergüenzas. Son sus hijos —abstemios— los únicos que, o se ríen, o se oponen a tal flaqueza de su padre. Y por ello serán castigados. El comprensible gesto de Noé —que la Naturaleza, festiva y reordenada, aprueba— es equivalente al que, en mi Andalucía, se hace cuando se descorcha una botella: un repentino y brusco giro de la mano vierte sobre el suelo el primer sorbo, como homenaje de gratitud a la tierra dadivosa. Hay quien entiende que, lo que con eso se procura, es limpiar el contenido de la botella de las partículas que el sacacorchos pueda haber dejado. Los que así opinan se asemejan a la prole de Noé: deberían ser sancionados con la prohibición de participar en el reparto fraternal y vinculante.

Siempre me ha llamado la atención la afectuosa domesticidad del primer milagro de Jesús de Nazareth. Son las bodas de Canaán. Falta vino. Su madre, habitual atareada, se siente solidaria de los anfitriones. Y suplica, sin saber cómo, que aquel problema se resuelva. El taumaturgo pone una condición —en el fondo, el requisito que todo milagro exige—: que se llenen de agua las hidrias *usque ad summum.* De no haber obedecido los servidores, la conversión en vino no se habría realizado. El *hasta arriba,* la plenitud, el rechazo de las medias tintas, la negación de la tibieza son no sólo la esencia del milagro de Canaán, sino la ratificación de la divinidad del vino. Divinidad trastornadora del vino, en que el agua acaba de convertirse durante un almuerzo, y que, a su vez, se convertirá en sangre durante una cena —la Última— tres años después.

En efecto, el vino ha transcurrido como una sangre de sabiduría por todas las culturas. En el siglo VIII, Li Po escribió: «Si la vida en este mundo es un sueño / ¿por qué malograrla angustiándose? / Ese es el motivo de que me pase el día bebiendo / y me acueste después, ante mi puerta, a solas.» «Que vayan deprisa a buscar vino / para ahogar esta tristeza de diez mil generaciones.» «Mientras velemos, alegrémonos juntos, / y, cuando venga la ebriedad, que cada uno, por separado, duerma.» Omar Kheyyan, el sorprendente persa del siglo XI, escribió: «Vale más, cuando amanece, el eructo de un beodo que el rezo de un hipócrita.» «Goza del hoy y bebe a la luz de la luna; / de esa luna que, en vano, milenio tras milenio, / nos buscará fielmente para darnos su brillo.» «Nuestros fieles amigos se han marchado. / Se los llevó la muerte. Solíamos reunirnos / a cantar y beber en la taberna. Ebrios, / una o dos rondas antes que nosotros cayeron.»

Nada puede extrañar, ante esto, que los bebedores se apelliden con frecuencia cofrades. Forman parte de una fraternidad; participan en una iniciación ceremonial; gozan de una complicidad; practican una religión común con un común fervor. Y dejan, por fin, su puesto vacío entre los comensales, que consumen en su memoria una copa penúltima, igual que quien comulga.

Cuando los soldados de los tercios regresaban de la apolínea Europa Central, se tropezaban de manos a boca con su España: dionisiaca, católica, embriagadora y recurrente. Y su primera providencia era echarse al coleto —nunca mejor dicho— el *vaso de buen vino,* de Berceo. La sacralización del acto no queda aminorada, sino exacerbada, por el humor: «Sangre de Cristo, / cuánto tiempo ha que no te he visto. / Ahora que te veo, / *gloria in excelsis Deo.*» Quien huela a blasfemia aquí es un idiota. O mejor, uno que se ha empequeñecido conforme a nuestra propia época. Una época trivial: sin héroes ni dioses, sin cuaresmas ni carnestolendas. Una época en que la decadencia y el decreimiento han hecho del vino —que es un *problema cósmico,* como precisó Ortega— una cuestión de derecho administrativo y un asunto de ingeniería agronómica. Dan ganas de llorar.

MIS DOS ANILLOS

El creador siempre cuenta su vida. De alguna forma es eso sólo lo que cuenta: su vida personal, real o deseada: la vida de la colectividad en la que participa: las opiniones u observaciones en que la vida se prolonga. Si, pasado el tiempo, comete la insensatez de intentar explicarnos su obra, lo que explica es su vida y nada más: se explica él mismo, su momento, la comezón que le movió a escribir. Es decir, se explica mal, porque todo ha cambiado y, en el mejor de los casos, es la obra la que —autónoma y distante— permanece. Y lo que permanece no necesita explicación ninguna.

Yo escribí *Anillos para una dama* en una época en que me creía feliz, y acaso lo era: quizá no haya nada menos consciente que la felicidad. Su breve anécdota me la proporcionó la noticia de la boda de la viuda de Kennedy y Onassis. Unos periodistas me telefonearon para saber mi opinión; yo pregunté: «Onassis, ¿padre o hijo?» (Los seres felices no leen muchos periódicos y no están muy al tanto de las vidas ajenas. Les basta con la suya.) Los encuestados contestaron con ira: le reprochaban a la viuda el olvido de lo que, como viuda, significaba. Sólo yo (los seres felices deben serlo muy contagiosamente) le deseaba la felicidad. Aquella página de diario, en que hombres y mujeres se negaban a comprender —no sé si sólo el caso de Jacqueline Bouvier— despertó en mí una tensión dramática: ¿no podrá alguien consorte salirse de la Historia y emprender otra historia: la propia? Mi gusto por los personajes universales me encaminó hacia Andrómaca, la esposa fidelísima de Héctor, el héroe muerto de la *Ilíada*. ¿Qué sucedería si Andrómaca se empeñara en volver a casarse?: ¿se opondrían los héroes restantes? Pero el español es tan particular que, de repente, cualquier espectador gritaría: «Le está bien empleado por llamarse

Andrómaca, que es un nombre feísimo.» ¿Y como hacer español al persomaje? Pilar Primo de Rivera, por ejemplo, no era la viuda, sino la hermana de José Antonio: no parecía posible plantear el tema así.

Yendo un día a Valencia, lo vi claro. Había que imbricar la lírica y la épica, una historia de amor y la Historia de España. La Valencia del Cid. La Jimena del Cid y su amor por Minaya, el compañero. Y había que trascender ese asunto de amor. En España, el instante era clave: existía un Caudillo que, verosímilmente, no tardaría en morir. Estaban sin nombre por el aire los conceptos que luego se nombraron: ruptura y continuismo. Había un Príncipe de España y un Almirante Carrero Blanco. La partida póstuma empezaba a jugarse. En las librerías de viejo que rodean la bellísima Lonja valenciana puse a prueba al destino. «Busca en sólo tres tiendas», dije a quien entonces me daba de vivir, «el número mil de la Colección Austral. Es *El Cid Campeador,* de Menéndez Pidal, que prácticamente acaba de morirse de un infarto de Mío Cid. Si lo encuentras, está de Dios que escriba esta comedia». Yo me quedé esperándolo, entre los altos nervios de La Lonja y los míos. En la primera librería encontró el tomo mil. La suerte estaba echada.

Si alguien se tomase el trabajo de estudiar la labor de la censura burocrática —no hablo de otras, más hondas y sutiles— descubriría que *Anillos para una dama* fue una pieza tratada de una forma especial. No llegó a prohibirse: sencillamente, desapareció. Carrero Blanco había inventado de hecho —creo que ni siquiera a través del *Boletín Oficial*— una especie de Junta Interministerial de Medios de Comunicación de Masas. Supongo que la inventó, sobre todo, para decidir si se retransmitía un partido de fútbol Rusia-España, o algo por el estilo. Porque, por desdicha, nadie puede imaginar, ni en el colmo del optimismo, que el Teatro en España sea un *mass media.* Sin embargo, a esa extraña Junta, por cesión de la censura habitual, llegó *Anillos.*

(El hecho de hablarse de anillos-collares-damas-bodas de Oviedo-caudillos-muertes-cambios habìa producido un verdadero escalofrío en la Dirección General de Teatro, y Antolín de Santiago se lavaba las manos.) O sea, ya no se trataba de resolver si se estrenaba o no —eso era claro—, sino de si se fusilaba o no a su autor. En una de las sesiones, el director de Televisión, con quien yo terminaba de firmar el contrato de mi serie *Si las piedras hablaran,* oyó mencionar una comedia mía *intolerable.* Y ese director general, que era muy listo, pidió el texto para que lo informara la Censura de la Televisión, aún más estricta que la de Teatro. El informe fue, con increíbles cortes, favorable al estreno. Por tanto, la comedia volvía a la censura ordinaria, rescatada del infierno por un señor que entonces se llamaba —y se siguió llamando, aunque llegara a duque— Adolfo Suárez. Con él no me une lazo alguno, y desde aquí, por primera vez, le doy las gracias.

Entretanto, no se detuvo el tiempo ni para España, ni para mí. Cuando se estrenó *Anillos,* yo salía de una muerte clínica producida por una impresionante perforación de duodeno, y me hundía en una muerte sentimental: cuando el amor se rompe, nos acribillan sus filos y desangran. Cuando se estrenó *Anillos,* la muerte del caudillo vivo era más inminente, y las posturas a adoptar urgían. Dos meses después ascendió Carrero Blanco al cielo. *De Madrid, al cielo:* qué verdad. Yo escribí en el programa alguna pista para su entendimiento: «¿Qué sucede en un pueblo cuando la muerte le arrebata a quién lo guía? ¿Qué será de Jimena sin el Cid? (...) Jimena, aquí sabe bien lo que quiere: ser ella misma. Minaya también lo sabe, pero es demasiado fiel a lo que ha muerto y eso le impide transformar el futuro. La hija del Cid sostiene aún una fe que además le es rentable. Constanza —todos los desprovistos— será devota o venal, según los casos... En estas circunstancias, como suele, el triunfo del poder político y el religioso es inevitable; a ambos los mueve sólo el deseo de seguir siendo poderes. Ellos *hacen* la Historia: Jimena se resigna a su papel de *personaje* con la dudosa esperanza de que, en un posible porvenir, alguien alcance la libertad que a ella le fue negada.» No obstante, los críticos analizaron sólo el *gracioso anacronismo,* las *desventuras de un amor prohibido* y el *fino estudio de un alma menopáusica.* En general, los críticos son mediocres y antipáticos: son culones mentales. Hasta para dejar de elogiar —sobre todo, para dejar de elogiar— hay que tener garbo y majeza. Para ser crítico hay que saber entender y atreverse a decir.

Cuando el otro día se repuso *Anillos* —cuyas representaciones duraron cuatro años, y ha tenido éxito en mayor número de países que cualquier otra comedia mía— los críticos ya sí han hablado de caudillos muertos y de anticipaciones. Jimena sí es ya España. Por fin han comprendido. Qué gratitud les guardo. Un dato hay alarmante, a pesar de ello: el éxito, tan ruidosamente similar al de hace nueve años. Los jóvenes de hoy acogen *Anillos* con el mismo fervor que los de ayer. ¿Es que nada se ha mudado, o es que el arte es susceptible de distintas lecturas, u ocurren las dos cosas? En el terreno íntimo, yo, ahora, digo como Lope de Vega: «Tuve amor y tengo honor: / esto es cuanto sé de mí.» Conservo un anillo —¿quién no tuvo uno un día?— con dos palabras grabadas: *Auferat hora;* otro que no sé dónde está, pero cuyo dedo está bajo la tierra, decía: *Duos eadem.* Era la súplica de Filemón y Baucis —«que muramos los dos al mismo tiempo»—, en mi caso, desechada. ¿Y la situación de España? El programa de mano lleva esta vez un párrafo añadido: «Desde el estreno de *Anillos para una dama* han pasado nueve años. ¿Nueve años decisivos? Quizá para unas cosas sí, y para otras, no. En el Teatro, son los espectadores quienes deben decidirlo; en la Historia quienes nos sucedan. A unos y a otros me remito hoy con vacilante esperanza.» Y es que no tengo, como tuve ayer, un destinatario más próximo en el que descansar.

«MADRID, TUYO»

Madrid es una ciudad inhabitable. Sus niveles de contaminación, de ruidos, de vulgaridad, de empujones, de malhumor son casi mortales. Hay un accidente de circulación cada setenta y ocho minutos, un herido cada setenta y nueve y un muerto cada setenta horas. El año pasado se contabilizaron 654.729 infracciones al código de circulación, 28.910 a las ordenanzas municipales y 13.254 a otras normas. El Servicio de Extinción de Incendios tramitó 11.400 expedientes. La policía municipal intervino —y no interviene apenas— en 738 casos de delitos contra la propiedad, 20.851 de auxilio y 19.845 de averías y roturas en la vía pública. El Ayuntamiento gasta más de 80.000.000 de pesetas anuales en arreglar destrozos cometidos por gamberros, entre los que no se incluyen los del metro o las cabinas telefónicas, pongo por caso. (Se trata de daños estremecedores por lo que tienen de desnudo atentado contra la comunidad, sin otro beneficio que mancharnos con el oscuro pus de la agresividad y el estúpido egoísmo.) Alrededor de un 11 % de la población madrileña precisa de asistencia técnica especializada. Cualquier ciudadano aquí puede llegar a pagar al año hasta diez impuestos, arbitrios y tasas municipales diferentes. Madrid está salpicado de horribles y contradictorias arquitecturas, de adefesios urbanísticos que dejan con las patas colgando, de noches tristes y de noches violentas. Madrid es, en efecto, una ciudad inhabitable en la que yo habito, según el censo, desde hace veinte años.

Recuerdo, de niño, cuando me llevaban por el verano al Norte, ese suave prestigio que tenía para mí cruzar Madrid; adivinarlo desde el tren; ver, a través de la ventanilla, la roja torre de Santa Cruz o la irisada cúpula —deslumbradora en la clara mañana— del

Paseo del Príncipe Pío. Luego, no vine aquí como conquistador, ni era mi meta ésta. Vine a estudiar por libre lo que no se podía en otra parte: Ciencias Políticas, la especialidad de Letras, o Abogado del Estado. Y ya me fui quedando. Qué largas, qué interminables caminatas solitarias cuando aún yo podía andar por las calles, entrar en las tabernas, comer indigestos bocadillos de calamares sin que nadie me reconociera. Horas y horas siguiendo itinerarios increíbles, viendo pasar a mi alcance la vida, aprendiéndome el nomenclátor de Madrid mejor que los taxistas, contemplando el levísimo cambio de la luz y el imperceptible viraje de las tardes. Bajo la luz piadosa, inmaculada y tersa de aquel Madrid nunca me sentí extraño. Venía de Córdoba y Sevilla: de sus luces doradas, invasoras, redondas, y me encontraba ésta neutral, aguda y plata. No me sentía extraño. Y, sin embargo, en ningún momento me he sentido tampoco madrileño. Ahí reside probablemente el quid de la cuestión.

Si algo tiene Madrid, si algo ha hecho de Madrid lo que es, son sus puertas abiertas y sus brazos abiertos y ese no pedir documentación a quienes llegan. Porque muy tranquilo podría vivir él sin tanto aluvión y tanto arrastre como le hemos traído los de fuera. De bien nacidos es no hablar mal de un anfitrión que se sacrificó y se estrechó y puso a nuestra disposición su trabajo y su mesa y su cama: lo que tenía. Madrid no está en los ministerios ni en la chirriante rueda de la política: está en los sainetes de don Ramón de la Cruz y de Arniches, en las comedias de Lope y Tirso y Calderón y Montalbán, en las sátiras notariales de Quevedo, en el idioma limpio de Cervantes, en el pueblo que armó la tremolina un Dos de Mayo, en las crónicas de Mesonero Romanos y de Larra, en los sobrecogedores cartones de Goya, en las páginas lúcidas y boca abajo de Ramón Gómez de la Serna...

Yo he vivido en los barrios del norte, entre el Viso y Chamartín, pero he andado cuanto había que andar. Y he verificado que Madrid está en el campo; que al asfalto lo sostiene la tierra; que entre los adoquines pueden crecer las flores. El sube y baja de sus calles es la tierna ondulación de las lomas manchegas, el trazo primitivo de las vaguadas, los oteros, los cerros, los cabezos. A Madrid nos lo han puesto perdido de accesorios, pero los tuétanos que lo mantienen son campesinos y su subsuelo es tierra labrantía. No está mal: que de la tierra venimos, y a la tierra vamos, y un puñado de tierra prestada somos.

Cuando llegó la hora de su autonomía la Diputación de Madrid nos convocó a unos cuantos para que fuésemos jurados de un concurso de logotipos y de lemas. Pintores y escritores. Creo que sólo uno era madrileño. Lo que no deja de ser una toma de postura frente a la acusación de centralismo, salvo que por centralismo se entienda una fuerza de atracción que, no ya la política ni la economía, sino el tiempo y el roce y la costumbre y la depuración y el respeto a las peculiaridades van creando. Elegimos un escueto y aproximado triángulo, que representa geográficamente a la provincia, y dos solas palabras: *Madrid, tuyo.* Y es verdad. «Madrid capitalea», dicen torciendo el gesto en Barcelona. Y también es verdad. Como un zangolotino al que la ropa, por crecer deprisa y mal, se le quedó pequeña. Pero su encanto es ése. Si, como dramaturgo, se me encargara un espectáculo crítico sobre Barcelona, mal o bien lo escribiría. Sobre Madrid, no: porque no tiene una personalidad clara contra la que meterse. Es una suma de muchas. No en vano se le llama *los Madriles.* A una valenciana, en su idioma, le oí un día: «Allí donde está el marido, está Madrid»: preciosa frase de ida y vuelta que es, en el fondo, un bonito piropo.

A mediados de los años 70 me propuse irme a vivir y a trabajar lejos de Madrid. Pensé en el pleno campo, y se me cayeron los palos del sombrajo. Pensé en un pueblo, y me vi resolviendo pleitos matrimoniales y tomando partido en lo que no me importaba ni un pimiento. Pensé en cierta capital andaluza, que era lo natural, y di los primeros pasos: desde los concejales hasta los arquitectos me convencieron, con su dejadez, de que Andalucía, en persona, es demasiado; de que la echas de menos, y a la semana de llegar y tratar con quien tienes que tratar —no con quien quieres— la empiezas a echar de más; de que es preferible visitarla a convivir con ella. Y decidí poner aquí mi casa nutricia, como la ponen en Roma las órdenes religiosas. No sé si para siempre, porque no sé lo que yo daré de mí, ni Madrid de sí, ni lo que hará la vida con los dos. Pero aquí han nacido y han muerto mis amores, casi todos mis libros, mi serenidad y mi congoja. (No obstante, ayer mismo, una amiga me advirtió: «Cuando vuelves de Andalucía vienes renovado, con los ojos llenos de cosas, de paisajes, de olores. Traes más grandes los ojos.» Yo me acordaba de que, hace poco, el alcalde de Sevilla me dio amablemente la bienvenida a la que él llamó «mi segunda ciudad», y el Presidente de la Junta Andaluza, mirándome a los ojos, le replicó: «Eso es él mismo quien tiene que decirlo.» Quizá la verdad sea que no tengo ciudades, sino gentes que quiero y que me quieren.)

Amo las fiestas, amo a Madrid, y amo a Madrid en fiestas. Amo la fraternidad y la solidaridad de esa tregua en que la gente se mira y se sonríe y se saluda con la mano diciéndose *buenos días,* y los días son buenos de verdad. Durante el mes de mayo se exalta, por san Isidro, ese Madrid plural, «rompeolas de todas las Españas», acogedor y hospitalario. El amor y el entusiasmo y el alborozo son los que construyen las ciudades, y cada uno es responsable de su trozo de acera y de la dicha que cabe en su trozo de acera. Si Madrid es inhabitable será porque nosotros —cada uno de nosotros— seamos muy malos habitantes.

TÓPICOS ANDALUCES

Tengo cierta afición a discurrir por dos caminos inversos de dialéctica: uno, la desmitificación, y otro, la redención del tópico. En el tópico existe siempre una almendra de verdad. Es la reiteración de esa verdad la que acaba por transformarla en un lugar común. Y, por común, un lugar no tiene por qué ser despreciable. Ni todos los mitos son dignos de respeto, ni todos los tópicos son dignos de desdén. Si, por ejemplo, identificamos Andalucía entera con el cante, los toros y las procesiones de Semana Santa, incurriremos en una resbaladiza simplificación. Pero no sería menos resbaladiza la actitud de calificar tales manifestaciones de *quincallería meridional,* y negar que Andalucía tenga que ver con ellas. No conozco en este mundo cosa que valga la pena que no sea susceptible de varias lecturas, según se dice ahora. Y los puntos de vista, como las perspectivas, influyen extraordinariamente en la opinión sobre aquello que se mira.

De una observación somera se deduce que, entre Andalucía y otras zonas de este *país de países* que es España, hay una diferencia: la soledad que envuelve sus más genuinas expresiones. El cantaor jondo canta a solas, frente a las polifonías y los coros del Norte; el mataor batalla a solas con su toro, frente a los multitudinarios encierros de otras geografías; el bailaor dialoga consigo mismo en el pavés erguido de la danza, en contraposición a otros danzantes conjuntados. ¿Quiere decir esto que el andaluz, en cuanto roza el arte, se ensimisma? Es posible; pero hay que razonarlo. Porque Andalucía es, en cualquier caso, una fusión de contrarios; una reducción quizá no a la unidad, pero sí a la amistad de elementos habitualmente encontrados.

El mes pasado presenté yo en Madrid la por fin concluida *Enciclopedia Andaluza.* Y me congratulaba, entre otros motivos, por dos. Primero: en apariencia, Andalucía es —por instintiva e intuitiva— poco dada a la investigación, al sistema, a la paciente recolección de datos, al trabajo en equipo y a la colaboración. (Yo mismo repito con frecuencia que, si me llamase de apellido Álvarez Quintero, me llamaría de nombre Serafín y Joaquín.) Segundo: se supone que Andalucía es asimismo poco dada a la constancia que una obra tan minuciosa exige. (También repito que es muy capaz de un Dos de Mayo, de un tres, de un cuatro, de un veinte; pero que, a mediados de junio, suele decir «ya hace mucho calor», y se larga a Chipiona.) El que pretenda conocer —o aproximarse— el alma andaluza, tiene que estar curado de espantos y de contradicciones. Una de ellas es ésta: lo que se cumple en el ensimismamiento y la concentración es lo que, en general, se considera precisamente un espectáculo: los toros, el cante, el baile y, en idea, la Semana Santa. Todo ello está teñido por un matiz ceremonial: una intimidad que se ofrece desnuda y entreabierta; un pudor que cierra los ojos para no ver que es visto («¿Quién podría decirle qué bien huele / a la rosa, en su tallo ensimismada?»); la sacralización de alguien, que representa a los espectadores y los personifica y los exalta: una soledad rodeada de solidaridad. Y unos espectadores, por lo tanto, no ajenos, no indiferentes, sino participantes. Hasta tal punto que, sin ellos, no tendrían sentido ni la voz, ni el gesto, ni el riesgo, ni el aroma.

Es esa participación, esa presencia activa la que logra otra de las contradicciones andaluzas: inmortalizar lo efímero. («Lo hiciste sólo un momento, / pero te quedaste en piedra / haciéndolo para siempre.») La emoción estética obra como un buril, y graba en los sentidos y en el ánimo de los asistentes el *pellizco* que no va a volver jamás a repetirse: un quite, un jipío, el vuelo de una muleta, el mecerse de un palio, los dos dedos de una mano recogiendo la cola de una bata. El pueblo andaluz, como pueblo *de vuelta,* conoce la infinita importancia del instante, la portentosa esencia de aquello que no dura: aquello que se tiene la suerte de presenciar y gozar entre el *todavía no* y el *ya no*. La vida se desarrolla entre la contingencia y la necesidad, y además es muy corta. Toda la cultura andaluza se basa en eso: una manera de ver cruzar la vida y ver llegar la muerte. De ahí que la auténtica *fiesta andaluza* no es que sea sólo peligrosa; es que consiste esencialmente en serlo, en el peligro mismo: de quedarse colgado en los cuernos de un toro o en los ayes de una *siguiriya*, de no levantar —*¡A ésta!*— como es debido un paso, de no rematar con gracia un taconeo. Andalucía es la gran inventora de un arte: el del dolor y el de la sangre. Ella acostumbra poner a la belleza en trance de agonía, en un terrible y voluntario riesgo. Y cuando lo supere, vendrá el admirable y aliviado olé. En los toros, en el cante, en el baile, en la Semana Santa.

Yo he estado, durante la última, en Sevilla. En pocas ocasiones tropecé con nada tan significativo de lo andaluz. Envolvente como una placenta, por encima y por debajo de cualquier pasatiempo (entendida la palabra en su original sentido, e incluyendo en ella hasta la religión católica, mucho más moderna que esa celebración de primavera). Quien no se sienta arrebatado por su gran riada de hermosura, difícilmente podrá ser amigo mío, porque a mí me afecta de forma medular: anonadante y exultante a la vez. Sevilla, en el fondo tan cerrada y clasista de ordinario (no hay más que poner un pie en su feria, que sí es un espectáculo), se altera, se enajena, se embriaga como una misteriosa bacante. Por supuesto que hay religión allí: una religión anterior a todas, natural y perpleja, expresada por los medios que la historia ha ido suministrando a la ciudad, y que la ciudad —como conjunto de hombres iguales— obtiene de sí misma. Desde la simplicidad de la cal o el azahar, hasta la complicación de las callejuelas o del barroco. Nada hay estático aquí: nada, ni nadie. La emoción se produce en el puro movimiento. Un paso quieto, por muy perfecto que sea, es asunto de museos. Por eso el *motor de sangre* de los costaleros es insustituible por la mecánica. La rueda es fría: avanza sin estremecerse. Y la frialdad se contagia; se contagia tanto como el amor. Lo que se brinda en espectáculo no encuentra, como mucho, sino admiradores. Lo que se entrega como palpitación y vida atina en la diana del corazón.

Lo simbólico de la Semana Santa sevillana es tal incesante movimiento: su fervor, su hervor, el paso diferente de cada paso, el temblor de las candelerías y de las saetas, el ávido ir y venir de los espectadores, la vertiginosa mudanza de los olores —del incienso al pescaíto frito, de la flor a los churros—, el vacilante cambio de la luz, de los atardeceres, de los amaneceres, de los mediodías. Y, sobre todo, el movimiento desde el dolor al gozo, de la muerte a la vida. No en balde se está bajo el primer plenilunio de la primavera, cuando las jóvenes diosas de todas las religiones retornan al mundo, desde los infiernos, triunfantes y deslumbradoras. No en balde las más jaleadas dolorosas se llaman Esperanza. Tras la tensión irresistible de un cante, se produce el respiro y el alboroto. Tras la faena al borde de la muerte, se pasea, vuelto a nacer, el diestro por el anillo, sonriente, devolviendo sombreros. Tras el agobio de las cruces, el esplendor y el poder y la gloria. Ante la vida, queda absorta la muerte y olvidada.

De todo corazón deseo que Andalucía reflexione en sí misma frente a sí misma. Siempre, pero muy en especial en estos días, en que ella —históricamente conquistadora de sus conquistadores y gobernadora de los que pasaban— ha de elegir a quienes la gobiernen. Ella, es decir, todos los andaluces. Sin excepciones. Porque Andalucía, o asimila la enseñanza de sus tópicos y es la tierra de la esperanza y de la coparticipación, o vivirá un mañana adocenado y triste en lugar del domingo de las resurrecciones.

LLORÓN DE PERROS

Quién, cuando se deshila sonora la lluvia sobre el campo desierto, o cuando tamborilea en los tejados; cuando el calor se arrastra por la cruda intemperie de la siesta, a esas horas en que el alma está a punto de romper a llorar y no rompe porque no tiene quien la escuche, quién, digo, no sueña con un sitio que sienta suyo, un sitio donde alguien, vestido de cariño, le espere, donde alguien le esté echando de menos. Y sólo con soñar en ese sitio —que ya existe o que podrá existir— se tranquiliza y echa a andar de nuevo por las inesperadas trochas de la esperanza. El ser humano aspira a querer y ser querido, o sea, a ejercer el derecho de propiedad que el amor justifica y a aceptar sobre sí ese ejercicio de otro. «Libertad no conozco, sino la libertad de estar preso en alguien / cuyo nombre no puedo oír sin escalofrío; / alguien por quien me olvido de esta existencia mezquina, / por quien el día y la noche son para mí lo que quiere.» Así escribió el andaluz Cernuda.

El ser humano no se diferencia en eso de los perros. ¿Sabe acaso su nombre antes de que alguien lo llame? ¿Se considera cumplido antes de que unas manos —*las* manos— lo abracen y le dejen un collar de amor en torno al cuello? ¿Puede el solitario beber sin tregua el largo trago amargo de la soledad? ¿No siente, el muy estrechamente cercado, la tentación de huir y de perderse y de recomenzar? ¿No le quema al aislado el deseo de un amo a quien servir? ¿La carga de la independencia no se aligera con cirineos secretos? ¿Qué es más humano: la necesidad que otro tiene de mí, o mi necesidad del otro? No; el ser humano no se distingue en esto de los perros.

Se me ha encogido con frecuencia el corazón ante lo evidente de un perro vagabundo. El hombre disimula su soledad: sólo después de un rato —salvo una cierta expresión ansiosa de los ojos— nos damos cuenta de que a nadie pertenece, a nadie ha de rendir explicación de su tardanza, de su quehacer, de su añoranza o de su gozo. El hombre acostumbra acorazarse ante los demás hombres, y acaso eso es lo que lo asola y entristece. Pero en el perro queda tan clara la ausencia de un dueño. Qué prisa por las ciudades y los descampados. Como si también él quisiera fingir una urgente cita con alguien, a quien consume la impaciencia de acariciarlo. O como si olfatease la proximidad de una mano tendida. O como si, con su apresurado desasosiego, aspirase a cubrir el oscuro agujero que es la vida sin sentido, la vida que se vive sin dedicarla a nadie.

Esta tarde recuerdo todos los perros sin nombre y sin collar que he visto. En las estaciones de ferrocarril, por las aceras, cruzando las calzadas, en los arcenes de las autopistas, en las gasolineras, en las playas. Casi siempre entre las piernas de los hombres, alzando su pura mirada para encontrar unos ojos que se detengan sobre los suyos por un segundo más de lo corriente; irguiendo las orejas por si una voz pronuncia una palabra anteriormente oída, una palabra que devuelva a su confusa memoria el eco de una casa, de un rincón, de un plato, de una simpatía. Esta tarde recuerdo los perros que me han seguido con el vago ofrecimiento de su amistad y la vaga esperanza de encontrar en mi afecto un lugar desocupado. Los perros solos por el ancho y desentendido mundo nuestro. Perros de los extremos continentes, de las islas remotas o cercanas. Y los que vi hace nada en los pueblos del Aljarafe, cojos por su continuo atravesar la carretera, humildes, casi humanos, casi censados ya, casi familiares, pero aún vagabundos. Perros exterminados por mandato de gobernantes imbéciles; perseguidos por laceros que viven del precio de la muerte: degollados por la gratuita crueldad; ahorcados por el salvajismo; crucificados en alambres de espino por el resentimiento; amontonados en infectos corrales antes de recibir la última herida. Pienso esta tarde en la forma en que les llegó la muerte: como una niebla que se espesa, que va envolviendo el dolor inexplicable, que confunde las manos que los matan con las que habían de traerles la primera ternura. No eran de nadie. No los lloró nadie. Estorbaban. Fueron eliminados. Pasaron entre nosotros acechando un mendrugo o un hueso. Sobrevivieron un tiempo lento y breve a la vez. Estuvieron marcados por la busca y la huida. Su muerte no marcó sobre frente ninguna el signo de Caín. Nadie es, en este asunto, responsable de nada. Eran tan sólo perros vagabundos.

Hace unas semanas, en el Zoo de Madrid, se ha inaugurado un monumento. De piedra y bronce, pero no hay en él gestos altaneros, ni figuras ecuestres: un perro nada más, sentado, levantada una mano como pidiendo una limosna, ateridos los ojos pidiendo compasión. Es el monumento al perro vagabundo. Se ha construido por suscripción popular. Una suscripción en calderilla, donde han contribuido los niños sobre todo. Quizá esos niños tengan mañana un corazón más grande que los nuestros, y comprendan que, si el hombre es el rey de la creación, no será para hundirla, esquilmarla, ofenderla. Aproximadamente donde hoy se erige el monumento, una mañana, hace tres años, se detuvo Troylo. Venteaba el olor acre de las fieras. Yo presentí su alarma. Sin duda revivió el momento en que una joven ocelota —Petra— domesticada apenas, lo había atacado, aprovechando su ingenua curiosidad, en casa de Elio Berhanyer, tan amigo. No quiso seguir Troylo. Se perdió, entre otras cosas, los asombrosos testículos turquesa del macaco cangrejero. Era un sábado de abril. A las hembras se las veía activas, como a cualquier ama de casa un sábado de abril. La jirafa hacía muecas en la altura. Los leones se negaban a representar su función matinal. Troylo, con el rabo entrepiernas, volvió al coche. Por no humillarlo, nunca quise hablar con él de esto. Ahora le da lo mismo, y por eso lo cuento.

Llorón de perros me ha llamado en estas páginas un lector de no buenas maneras. El catolicismo, cuando no se modera por el cristianismo, suele actuar así. El libro por el que —supongo— me llamó llorón de perros se reedita sin cesar. También se ríe en él y se ironiza y se clama: es decir, se convive. Me consuela creer que en España empiezan a cambiar las cosas, y me satisface que, uno de los pequeños índices del cambio, sea la difusión que mis charlas con un perro han tenido. Porque no sólo de la divina revelación se aprende, sino de todo lo que nos rodea. Hasta del pecado —*etiam pecata*—, quizá más del pecado. Si Dios existe será la costosa cosecha de una siembra de vacilaciones. Hay que dejarse de megalomanías: el hombre es como un perro de otra forma, y viceversa. Y el perro y el hombre han de vivir la vida en armonía con lo demás: eso es lo que Dios, si existe, quiere. Para eso es para lo que Dios, si existe, nos ha traído aquí. Prefiero ser llorón de perros y llorón de hombres a las amenazantes jeremiadas del Antiguo Testamento.

Sí; de todo se aprende. Yo aprendo hoy de Zegrí y de Zahira, aún tan pequeños que no les puedo hablar sino entrecortadamente, y con los que aún no tengo la confianza que dan los años de peripecias compartidas. De ellos aprendo cuál es el comportamiento masculino y cuál el femenino, muy distintos, aunque con los mismos derechos y las mismas obligaciones. Y aprendo cómo, a partir del primer celo, muda el carácter de la hembra y se hace más sosegada y elige definitivamente su amo único. Y aprendo qué incierto es que los padres no tengan predilección ninguna entre sus hijos; sí tienen: lo que sucede es que varían tales predilecciones con el tiempo y las actitudes y el hecho de que unos y otros vayamos comprendiéndonos. Y aprendo cómo es posible y peligroso desvirtuar un instinto: de cazar, de defender, de procrear; y cómo, por amor, llega ese instinto a amortiguarse. Y aprendo, con desánimo, qué feroces pueden ser con los desprovistos los que lo tienen todo. El más grave castigo que impongo a Zahira y Zegrí es por ladrar y acosar, en despiadado juego, a los perros sin amo que encuentran por la calle. Quien quiera entenderlo —sea o no llorón de perros— que se pregunte —en ese cuarto oscuro que en todos hay y en el que pocas veces osamos penetrar— si no le ha asaltado, en alguna ocasión, ojalá corta, la infinita desdicha de sentirse perro perdido sin nombre y sin collar.

NUEVA YORK HISPANA

Conozco ciudades rutinarias y cansinas, donde la vida se desliza sin pena ni gloria, como un agua aburrida que no encuentra obstáculos en los que entretenerse, espumear, saltar y abrirse. Y conozco ciudades fervorosas, apasionadas, agotadoras, donde la vida canta su irrepetible e interminable cántico. Conozco ciudades a las que sus ciudadanos miran con ojos fríos y distantes. Y conozco ciudades seductoras, cuyos ciudadanos consideran un inapreciable privilegio haber nacido en ellas o habitarlas, y sienten su atractivo y lo contagian a quienes las visitan. Hay ciudades en las que se estará siempre de paso, por mucho que se las viva, y otras que jamás nos serán indiferentes, porque producen, a primera vista, una honda simpatía o una honda antipatía, lo mismo que un flechazo de amor o repulsión. Para mí, pocas ciudades tan ilustrativas de lo que digo como Nueva York: pocas ciudades tan claramente universales, tan claramente humanas —en lo bueno y lo malo—, tan representativas de nuestro mundo de hoy, cruel y generoso, despilfarrador y avariento, endurecido y delicado, natural y deforme.

Lo que más me sorprende de mis llegadas a Nueva York es encontrar en ella un aire recordado y familiar. (O acaso *recuperado* sería mejor decir, porque no se recuerda lo que no se olvidó.) Lo que más me sorprende es que no me sorprenda una ciudad que es la sorpresa misma, insólita hasta para los que la padecen y gozan cada hora de su vida. Y es que voy ya tan dispuesto a la sorpresa, que sería su ausencia lo único que podría extrañarme. Llego, me agito, reflexiono y me ausento. Y también las despedidas son familiares: un *hasta pronto* apenas. Porque hay ciudades a las que uno —eso se sabe— volverá en seguida, y hay otras en cuyo adiós late algo terminante: ni eran nuestras, ni nosotros suyos: no nos dijeron nada. (Tengo un amigo casi de ochenta años en Nueva York, que esta última vez me confesaba: «El hombre dura estadísticamente unos 67 años. Yo he superado con creces tal edad. Mi forma de agradecerle a la vida esa ñapa —esa pasera, ese exceso— es procurar cada día ser más feliz que el anterior.» Él, desde hace decenios, ha encontrado en Nueva York la ciudad que anhelaba. La ama como a la ópera, a los conciertos o al ballet. Ha dado en su testamento la orden de que incineren su cuerpo y, de noche, a escondidas de los guardas, derramen las cenizas en los jardines que hay delante del MET—Metropolitan Opera House—, donde él sintió, como en ninguna otra parte del mundo, la emoción de la música. Unos minutos antes de tomar mi avión de regreso, me dijo: «Me despido con pena de la gente que quiero, porque puede que no la vea más. Pero tengo un alivio de esa pena: que soy yo quien se queda en Nueva York.»)

Otros lugares los inundaron buscadores de oro. Nueva York está llena de gente que llegó a ella en busca de dinero, y de gente que llegó buscando libertad. La libertad y la fortuna no son metas sencillas. Exigen una continua tensión, un continuo ejercicio, un desasosegado y permanente riesgo. Eso es lo que se respira en el aire, tan poco contaminado además, de la ciudad; eso es lo que se ve por sus aceras, de noche y día: actividad, libertad, peligro, dinamismo, es decir, vida, vida. No siempre hermosa, no siempre digna, no siempre soportable... He observado que, con frecuencia, Nueva York provoca un síndrome especial en el alma humana. Hacia la cincuentena hay muchos a quienes asalta la tentación de tirar la esponja y de rendirse. Salen de su trabajo, eluden la vibración en torno, van junto a su ventana, miran ajenos desfilar la vida, beben cuatro o cinco o seis latas de cerveza, se dejan invadir por la modorra y, por fin, con paso vacilante, se tienden en la cama hasta mañana. No quieren recibir llamadas de teléfono, propuestas de salidas o fines de semana:

están ensimismados frente a la ciudad que —pasajera o definitivamente— ha triunfado sobre ellos. Si no hacen el esfuerzo de abrir su ventana y gritar, de incorporarse de nuevo al desfile, los echará a un lado la corriente, serán pronto raques de su propio naufragio, y alguien dirá una noche *¿Qué será de Fulano? Hace tiempo que no sabemos de él:* un somero epitafio.

En un constante tejer y destejer, destruir y construir, transcurre Nueva York. Tres rascacielos están a punto de inaugurarse en Madison, una avenida que parecía intocable; uno, bellísimo, con una selva tropical en el vestíbulo, acaba de rematarse en la avenida Parque y la calle 48; el restaurante que hace tres semanas nos entusiasmó ya fue sustituido... Como una *apis regina,* como una Penélope sin tregua, la insomne Nueva York retoca sus facciones, muda su santo y seña, trastorna de lugar sus preferencias. Hasta el ambiente se menudea allí («¿No le gusta el clima de Nueva York? No importa: espere cinco minutos.») Una manzana —Broadway y calle 46— en que había dos teatros —uno el de Helen Hayes— ha sido demolida entre el griterío y las manifestaciones de duelo de los cómicos. Yo quise depositar una flor sobre los entrañables escombros. Al acercarme, me siseó una *bag lady.* (Las mujeres de Nueva York sin domicilio, que llevan en un saco cuanto tienen, igual que caracoles, y visten tres o cuatro trajes, tres o cuatro sombreros.) Y, señalándome un viejo baúl abandonado entre la ruina, me dijo: «Señor, ¿no es sangre fresca lo que sale de ahí?» «El aspecto sí es de sangre fresca», le respondí, «pero quizá no sale del baúl, sino del cubito de helado de frambuesa que han tirado detrás». «Como en Nueva York puede suceder cualquier cosa...», comentó tranquilizada —no sé por qué, bajó su casa entera— la *bag lady.* En efecto cualquier cosa: hasta que una señora-bolsa te consulte de repente, con naturalidad, si no habrá dentro de un baúl, en plena calle, un cadáver descuartizado.

Pero no iba yo en esta ocasión a ver cadáveres: ni de

hombres, ni de teatros. Iba a ver un teatro vivo y bien vivo: el que los grupos hispanos hacen en español. Y he ratificado dos cosas. La primera, qué tristemente desoladora y mala es la política hispanoamericana de España. Prefiero no hablar de nuestros Gobiernos presentes y pasados, ni de los hispanos. Hablo sólo de pueblos. Y digo que, exceptuando aquella gente que desea integrarse tanto que ni siquiera contesta cuando se emplea el castellano, nunca he percibido tan rotundo el amor por España. Quizá el exilio —por la causa que sea— en Nueva York obliga a los hispanos a indagar sus raíces, y profundizan hasta España. Y se acoplan con su arte y su cultura, y realizan una estremecedora transferencia de amor como en un tratamiento de psiquiatra. Si no fuese por los políticos, qué fértiles abrazos nos daríamos los pueblos, qué irrompibles abrazos consanguíneos.

Una segunda cosa he comprobado: que el teatro es una patria; que el teatro, frente a otros géneros literarios más de soledad, es un recado inmediato, colectivo, encarnado y personificado; que transporta el paisaje y la lengua y la actitud vital de una manera inevitable y rectilínea. He presenciado cómo entendían y paseaban por *Petra Regalada,* por *Anillos para una dama,* por *Los buenos días perdidos,* temporada tras temporada, espectadores de muchas nacionalidades, unidos por esa rosa fresca del idioma, una rosa en que caben todas las primaveras. Y he asistido a la fatigada alegría, a la ciega esperanza, al ilusionado tesón con que trabajan esos grupos hispanos para que no decaiga ni se arruine el patrimonio común, la riqueza viva, la candente entrega que el teatro de cada pueblo —de cada idioma— es. Y he amado y he admirado su empeño de nadar contra corriente. Más lo he amado y admirado evocando allí con qué desdén y cicatería se trata aquí lo que es su alto ideal; con qué criminal torpeza se desasiste aquí —dándolo por supuesto— aquello por lo que consumen la vida allí, su vida enamorada.

LAS ADMIRACIONES EGOÍSTAS

Cientos de veces se me ha preguntado cómo me sienta la popularidad. Yo, al borde de contestar «como un tiro», he rectificado y he dicho que la acepto como algo fastidioso y disturbador, pero que testimonia un afecto o una admiración —justificados o no: ése es otro tema— que no pueden recibirse sino con gratitud. Hablo de la popularidad física (*a nivel de calle* diría hoy un político); de las cartas, de las llamadas, de las continuas peticiones de «cuartitos de hora para poder intercambiar impresiones» —¿es que uno es capaz de cambiar las suyas ya?— he conseguido, más mal que bien, defenderme. Pero por las aceras, a la entrada o salida de una casa, de un teatro, de una clínica, uno se halla mucho más indefenso. Un lector me rogaba la semana pasada que le aclarase la expresión, tan empleada por mí como definitiva, de *solitario solidario*. Significa que me encuentro vinculado por lazos irrompibles de humanidad con mis semejantes, en especial con los abandonados, los desatendidos, los sufrientes, los indecisos, los que no acaban de tropezar consigo mismos. Pero significa también que yo estoy solo. Y protejo mi soledad y la cultivo para que las íntimas compañías no me distraigan de esa otra, ajena e invisible y más amplia; para que mis minúsculos percances de compañero no me distancien de los percances colectivos. Estoy, pues, solo con el fin de pertenecer a un mayor número de gente, que ni mi tiempo, ni mi salud, ni mi trabajo me permitirían tratar, y que trato sólo a través de lo que escribo. Quizá la intensidad se sacrifica aquí a la extensión, y la cantidad a la calidad: es norma de la época. Por eso me resulta doloroso —mucho más que molesto— que alguien, de repente, quebrante tales reglas: demuestra que me conoce muy poco, de vista nada más.

No hace mucho asistí a una representación teatral. El primer actor, al comenzar, suplicó a los jóvenes de los colegios asistentes respeto para su quehacer. Antes de que lo hiciera, a mí me habían estrujado y pisoteado con una petición multitudinaria de autógrafos como si fuese una multicopista. Ya en mi butaca, continuaron despeinando a la señora de al lado, remitiendo papeles y papeles por encima de las cabezas. Las luces apagadas, yo me negué a seguir, pero todavía me imponían *el último, el último, el último*. Comenzó la representación, y la vecina despeinada me pasó tres programas para que se los firmara a sus tres hijas, que *tanto me admiraban*. Luego, para evitar futuros aluviones, cambió su sitio por el de otra señora, que, a su vez, quería más autógrafos. Habían transcurrido diez minutos del acto. En el intermedio hube de esconderme en el mostrador de un bar en desuso, y, descubierto, huí a la gerencia, con los nervios deshechos. Los empleados comentaban sonrientes: «El peso de la fama.» Pero yo les aseguré que lo único que explicaba su sonrisa era no llevar ese peso sobre sus hombros.

Recién venido de una ciudad extranjera, donde impunemente —salvo los anónimos atracos— puedo pasear por las calles, se me había quedado la costumbre de andar y ver, de abstraerme ante el inagotable retablo de la vida peatonal. Fui a un bar de Malasaña. Yo quiero a esos muchachos que tienen, en apariencia, un idioma tan distinto del mío, y unos fines vitales tan distintos, y una forma de extraviarse tan distinta. Y ellos —o eso repiten— me quieren a mí *cantidad*. Una muchacha canaria de ojos grandes se acercó a mi mesa. «Tú en lo de la peseta estás resuelto, ¿no tío? ¿Me invitas a un tequila con piña?» Yo, llegado prácticamente desde el aeropuerto, no tenía moneda nacional, y trasladé el recado a quienes habían de convidarme a mí. La muchacha se sentó con naturalidad —si bien no con demasiada— entre nosotros, y se dedicó a insultar a quien se acercaba para estrechar mi mano, regalarme un dibujo, traerme un poemilla improvisado —«Jazmín de Andalucía, / látigo de dictaduras hecho grande por Dios»— o contarme que era un campesino cordobés convertido en albañil, analfabeto, y darme las gracias por mi actitud andaluza. La primera advenediza los largaba a zarpazos y se volvía a mí. «Qué coñazo, tío, ¿nos abrimos? Qué mal enrolle, tío.»

Anoche entré un minuto para tomar en un bar una cerveza con un par de amigos, y hablar de un tema privado antes de reunirnos con otros en un cercano restaurante. Se aproximó una señora guapetona, rubia: «¿A que no te acuerdas de mí?» Por delicadeza, dije que sí. «¿Quién soy, vamos a ver, quién soy?» Yo sonreía a lo tonto. «Pero dime quién soy. Que mi marido está esperándome, anda, que tengo prisa, dime quién soy.» Me acorraló tanto su falta de identidad que contesté lo que suelo en tales casos, trátese de ejecutivos, tenientes coroneles o viudas afligidas: «Eres Imperio Argentina.» Se rió, convencida de que la había reconocido, y prometió buscar mi teléfono y llamar para presentarme a su nieto, al que, con tres añitos, le da ya por la literatura. Respiré cuando la perdí de vista. Un instante, porque un hombre que había presenciado la escena me sacudió del brazo con una fuerza digna de mejor causa. «Chócala. Te admiro por lo bien colocados que los tienes para aguantar a tanta tía pesada que se te arrima. Qué bien lo llevas, macho.» Y en este tono estuvo hablándome tanto tiempo como la anterior interruptora. Lo de ver la paja en el ojo ajeno y no la viga en el propio es una verdad como la catedral de Sevilla.

Y, hablando de Sevilla, su Semana Santa la he visto no diré anegada, pero sí salpicada por lo embarazoso de estas admiraciones. Porque junto a la fineza de dedicarte una *levantá,* o conducirte a dos dedos del rostro de una Virgen (siempre con el «a ver, Antonio, dile un piropo a esta barbaridad»), está el aplaudirte sin ton ni son; el detenerte —con la prisa que se lleva— para *echar* el primer autógrafo traidor y contagioso, con el que se enzarzan veinte, cincuenta, cien. Y ya ha pasado el Señor por la esquina donde ibas, y los planes se te han estropeado. Un amigo me advirtió: «Las Vírgenes te miran con una cara... Y es que les estás robando el *show*.» Yo agradecido a esta gratuita devoción, me quedo con la duda de si será verdadera devoción o admiración (por lo poco que se lee o se va al teatro), y de qué harán después con esos vacilantes papelitos en que se da la firma. Porque de lo que no tengo ninguna duda es de que no hay tantos coleccionistas. (Una tarde, en Valdepeñas, tomaba café en un hostal, donde se detuvieron dos autocares de un colegio de monjas. Vi mi desdicha tan cierta que ni traté de escapar. Creí que en los autocares cabía menos gente. Terminé con el brazo dormido y la sensación de haber asistido a un acto largo, inútil y egoísta.)

Anteanoche, en la inauguración de un nuevo teatro, varias personas a quienes desconocía me presentaban, con aire cómplice, a sus jefes, a sus mujeres, a sus amantes o a no sé quién. Me las presentaban porque «ya les habían prometido que en cuanto me vieran lo harían». Yo sabía que estaba siendo utilizado y, a regañadientes, me resignaba. Para consolarme, un señor me rindió el *homenaje* vociferante de que su mujer, que era muy lista, nada más verme había dicho: «Mira, Antonio Gala.» Nada más verme. Y él estaba orgulloso de tan buen ojo clínico.

No sé si la intención —en último término, obligada— de estas palabras queda clara. Para los que aludo, seguramente no; para los no aludidos, sí: es lo corriente. Como es lo corriente el *sic transit gloria mundi*. Hace unas noches, huyendo de la gente, en el vestíbulo de un hotel, entre las dos más grandes actrices españolas de los cuarenta/cincuenta, que eran mis salvadoras, quienes vinieron a pedir autógrafos no se fijaron en ellas. Por eso —la lección aprendida— lo que suplicaría a los admiradores es que se *hicieran cargo* (ese verbo español tan importante). Porque a un solitario solidario lo peor que puede sucederle es que le quiten la soledad y no le den, a cambio, compañía. A él y a cualquiera.

PREMIO LIMÓN

Unos cuantos periodistas, que forman la peña Primera Plana, adjudican cada año un Premio Naranja y otro Limón a dos personas públicas —a dos famosos— por su simpatía o su antipatía con la Prensa, y por las facilidades que le dé o las dificultades que le oponga. Este año me han concedido a mí, tan ajeno a los cítricos de uno y otro signo, el Limón. Ello me deja, al mismo tiempo, agradecido y sobrecogido —porque es un premio, pero es de limón— y, sobre todo, me sumerge en una duda —porque es de limón, pero es un premio—. Y la Academia de la Lengua, que no es infalible, pero sí aconsejable, dice en su diccionario que premio es la recompensa que se da por algún mérito o servicio. O sea, el premio viene a reconocer una labor, estimulando a proseguirla y avanzar más en la dirección emprendida. Es decir, que si yo perfecciono por el uso mi presunta aspereza —y tal debiera ser la intención de los premiadores—, me haría acreedor a un limón a perpetuidad, y cada vez más grande, hasta acabar prácticamente con las exportaciones.

Supongo que el asunto debe reducirse a límites domésticos. Por parte de los otorgadores, el *limonado hecho* no es más que un pregón cariñoso, un aviso, una llamada de atención hacia ellos. «Me tiraste un limón, y tan amargo, / con una mano cálida y tan pura» / (hablando de periodistas, esto es sólo una licencia poética), «que no menoscabó su arquitectura / y probé su amargura sin embargo...». Y por mi parte, yo hago como que no me entero de que la peña Primera Plana no es toda la Prensa, lo cual no deja de resultar consolador. En el fondo, el *golpe amarillo* es más que nada un pretexto para demostrar ellos —los golpistas— que la Prensa, por el momento, aprieta, pero no ahoga, igual que Dios. Y para demostrar yo que no soy un ogro devorarreporteros, sino alguien relativamente amable y relativamente insoportable, lo que me hace igual que todo el mundo, los periodistas que me premian incluidos.

Yo, a la Prensa —en este mismo instante salta a la vista—, le profeso un alto respeto y una honda admiración. Por eso pienso que no está siempre en las manos que debiera, o que está en demasiadas. Me pasa igual que con la poesía: encuentro que hay un excesivo número de poetas, o que acaso llamamos poetas a un número excesivo de pelmazos. Una vez, la UNESCO publicó que la profesión de periodista es la más peligrosa después de la de piloto de pruebas. Pero es justo reconocer que el peligro no acaba en ellos mismos. Un piloto puede caerle encima a un transeúnte y hacerlo puré. Y un periodista, igual. Los periodistas asesinados nunca lo son porque se dedicaran a contar chismecillos de *boudoir.* Cuando las columnas de un periódico se ponen en manos de chisgarabises o de matones, que van a hacer su agosto y su ruin campañita, no se sabe hasta dónde puede llevarnos el error. Es como encargar a un elefante la custodia de un jarrón de porcelana. El arma de largo alcance que puede ser la Prensa no debe abandonarse a vanidosos, advenedizos ni resentidos. Y no hablo en mi defensa (a mí la gente me conoce por lo que escribo yo —o por lo menos a eso aspiro—, y no por lo que de mí se escribe), sino por la propia dignidad de la Prensa. No hace mucho, en Tenerife, por ejemplo, alguien que firmaba con unas iniciales me vomitó de pus de arriba abajo por haberme negado —inexplicablemente para él, que se considerará un Pulitzer— a concederle una entrevista. A este periodista sedicente yo no le tiraría un limón: aconsejaría a los tinerfeños que lo tiraran a él al mar, sin más requisitorias, a ver si se le refrescaban sus frustraciones.

No aludo al tuntún a esta menuda historia. En ella hubo cuatro razones —cada una suficiente por sí misma— para mi negativa. Por eso es susceptible la historia de ampliarse y explicar hosquedades. 1.ª Si yo me someto a una conferencia de prensa, por lo general pesada y larga, me parecen poco éticos los francotiradores que pretenden, a espaldas de sus colegas, obtener excepcionales privilegios. 2.ª Después de un esfuerzo físico público, a la gente hay que dejarla en paz, trátese de un combate de boxeo, del canto de una ópera o de una firma de libros sin parar durante dos horas. Lo contrario no es que sea una falta de humanidad —que sí—, sino de educación. 3.ª El trabajo ajeno ha de ser considerado en primerísimo lugar. Aquel día yo tuve la urgencia de enviar una colaboración a este periódico y, prensa por prensa, preferí la mía. Me pasó como con los barberos que hablan mucho: prefiero decir yo mis propias tonterías a escuchar las suyas. 4.ª Uno está ya hasta el gorro de entrevistas reversibles e intercambiables. Tropezar con un entrevistador realmente bueno es muy difícil. A mí me han entrevistado en cuatro continentes y he llegado a esta triste conclusión. Por tanto, las entrevistas hay que seleccionarlas. Y uno de los procedimientos es negarla a quien la solicite así: «¿Es que no le interesa a usted que yo le haga una buena entrevista?» Porque, en principio, a quienes les tiene que interesar es a los lectores, y luego, claro, al periodista.

Yo comprendo que hay gente *espectacular,* por decirlo de un modo inteligible y fino. Mi profesión, sin embargo, es *también* la de escribir: de otra manera, pero la de escribir. Esa gente *espectacular* necesita el riego casi diario de la Prensa, el recordatorio que estimule las frágiles memorias, la zonza omnipresencia en los quioscos. Yo, por el contrario, he de colocarme lo más lejos posible de los focos: la creación brota en el silencio, en la penumbra, en el recogimiento. No puede trocearse con encuestas, preguntitas sinsorgas, cinco minutos de grabación por teléfono, tres cuartos de hora de magnetófono, media hora de fotógrafo. Antonio Gala cocinando, Antonio Gala con sus perros o con sus bastones, el cubo de la basura de Antonio Gala, Antonio Gala regando su jardín, etcétera. Esto lo entiende cualquiera que tenga dedo y medio de frente. No es que a mí me incomode servir de portor a un periodista que lo que busca es expresar su personalidad, y no la mía, no; pero para eso necesitaría tener muchas más horas libres. Porque si, por esquivar el limonazo, dejo de trabajar, me moriré de hambre, dc muchas hambres. Y en último término, el limón tiene bastantes vitaminas.

Todos los humanos tendemos a juzgarnos interesantes, maravillosos y, desde luego, únicos. Yo rogaría a los componentes de la peña Primera Plana que echaran una ojeada a su alrededor. Hay cientos de revistas con cientos de secciones; hay cientos de diarios; hay cientos de emisoras de radio; hay una sola televisión, pero anda, hijo; hay decenas de estudiantes con tesis y tesinas; hay 130 cartas diarias; hay 75 llamadas de teléfono... Y hay, ante todo, que seguir escribiendo, porque por lo que escribo es por lo que me rondan diarios, revistas, radios, estudiosos y *la* televisión. Como en el cuento de la lechera: si se rompe el cántaro, adiós al resto. Y yo no quisiera, por muy limoneros que sean, decirles a mis amigos periodistas definitivamente adiós.

Sea como quiera, agradezco de corazón este enrevesado premio. A quien amarga mi amargor será porque me estima. Y, la verdad, prefiero el limón a la naranja. Primero, porque soy incapaz de ser tan simpático con tantos a la vez: o sea, soy sincero; segundo, porque, como le contesté a una entrevistadora francesa que me preguntó por qué no buscaba mi media naranja, yo ya soy una naranja entera, y creo que en la variedad está el gusto, y tercero, porque en estos ominosos tiempos del Mundial de Fútbol, presididos por el horrible engendro llamado Naranjito, cuanto menos se aproxime uno a las naranjas, mejor: se evitan confusiones.

JUEGO SUCIO

Asegurar, como me ha asegurado a mí un ilustre norteamericano, que el Gobierno español estaba pringado en el asunto de las máquinas tragaperras, es mucho asegurar. El Gobierno es, desde luego, cobarde, estéril, zanguango, tocamerroque y, así se dice en Andalucía, *la cagá del pavo, que ni huele ni hiede.* Eso va de suyo; pero agregar que es ladrón me parece excesivo. (Por lo menos si la palabra Gobierno se emplea en su estricto sentido de Gabinete ministerial, porque si se amplía un poco más ya no me atrevería a poner la mano en el fuego.) Lo que sucede es que esa presunta honestidad no significa gran cosa. Un Gobierno no puede conformarse con no ser ladrón sólo. Tiene que ser exactamente lo contrario: enriqueciente, remediador de la pobreza, generoso, advertido del porvenir, aliviador del mal trago presente, etcétera. Y tales elogios no creo yo que puedan atribuirse, en serio, a nuestro actual Consejo de Ministros.

En cualquier caso, yo he de aclarar que de juegos de azar no entiendo una palabra, y muy poquitas de los otros. Algún domingo, en casa, se juega una partida de *scrabble,* o de oca, o de parchís. (En ellas, reconozco que lo que más me gusta es hacer trampas y presumir de haberlas hecho luego. Un juego en el que no quepa hacer modestas trampas pierde su esencia de travesura para mí y se transforma en un negocio o en una cacería. Entiendo que debe jugarse por jugar, no por ganar: a la ganancia, que conduzcan otras vías algo más esforzadas.) Las cartas las ignoro. Jugué de niño, en ocasiones, con mi ama, a la brisca; pero se me ha olvidado. (Tan bruto soy que estuve un año entero aplazando la *Petra Regalada* porque tenía el capricho de que empezase con una escena en que los caciques jugaran al mus, y no pude escribirla porque no conseguí aprender.

Compré libros, me grabaron *casettes* los amigos expertos, asistí a las eliminatorias del campeonato mundial de México, y que si quieres. De manera que hubo que inventar otra escena inicial con otro juego un tanto más erótico, pero sin duda mucho menos gracioso.) Jamás he entrado a un bingo. (Una noche, en Almería, me dio por ir al que estaba instalado en mi hotel, pero me disuadió que me pidieran a la entrada el documento de identidad. «Si empezamos con éstas», me dije, «cómo terminaremos». Y me subí a mi cuarto.) En cuanto a la lotería, no creo haber metido más de mil o 2.000 pesetas en cada Navidad. Por supuesto, la lotería me ha pagado en la misma moneda: no me ha tocado nunca. Un par de noches, en los casinos de Niza y Estoril, gané unos imperceptibles francos y unos versátiles escudos, que se largaron por el camino que vinieron. Por lo que hace a las quinielas, años ha rellené un boleto y acerté —me parece recordar— tres resultados: no me sentí impelido a reincidir. Y esto es todo, salvo un reto al futbolín, que entonces debía estar de moda, de una librera amiga cerca de san Ginés. No llegó a culminar el desafío, porque a las primeras de cambio agarré equivocadamente los mandos de los jugadores contrarios y me embadurné las manos de una grasa asquerosa. De modo que ya veis a qué extremos desordenados me ha conducido mi pasión por el juego. (Y, sin embargo, sí hay riesgos que me gustan: el que corro, por ejemplo, escribiendo este artículo, o los que implican decir la verdad, sentir el amor, o cumplir un trabajo, que no son calderilla.)

Otra aclaración que necesito hacer —y si aclarando se me va a ir el tiempo, que se vaya bien claro— es que no confío en eso de que *Hacienda somos todos.* Hacienda casi soy yo solo, al parecer: se lleva, entre pitos y flautas, más de la mitad de lo que gano. Tan con el culo al aire estoy con ella, tan falto de recursos que, aunque quisiese taparme un poco las vergüenzas, no podría. Ella lo sabe y anteayer me ha pedido que salga en TVE convenciendo a los espectadores de que no la defrauden. No sé si lo haré o no, pero sea como sea, considero un abuso por su parte pedírmelo: puta y poner la cama es demasiado. Porque en esto de Hacienda hay tres grupos: el que paga lo que tiene que pagar; el que no paga, y el que gasta malísimamente lo que cobra.

De lo antedicho se deduce que soy una persona decente, a la que no embelesa el programa de aquel canto andaluz: «Yo no quiero ser ladrón, / pero a robarle al Gobierno / me tira la inclinación.» Por eso es por lo que hay dos cosas que me sacan de quicio: la insolidaridad egoísta de quien antepone su cochino interés personal a otra cualquiera consideración, y la hipocresía suavona y bendecidora que suele acompañarla. No las puedo aguantar. Me ponen malo. Ni el evidente hecho de que la Administración española sea nefasta y malgaste a boleo el dinero de los contribuyentes; ni que la burocracia se engulla la mayor tajada; ni que todo ande aquí manga por hombro es suficiente para justificar el fraude a Hacienda. Porque cierto que, para decidir cómo se emplea la pasta, no somos todos ella; pero también que, si yo me descargo, cargo a otro, porque lo que se gasta de alguna parte sale, y entre todos —ni uno más ni uno menos— se han de trasponer el santo y la peana.

De ahí que me haya soliviantado el tema de las dichosas maquinitas. Porque hay cerca de medio millón de ellas repartido, que no sé ni cómo no me han colocado una o dos en mi estudio. Porque huele a podrido —por muy alejado que se esté— el asunto, y mira que yo estoy. Porque nos han robado cerca de 2.500 millones a los españolitos de a pie en un año que llevan en sus glorias. Porque la mafia —cualquier mafia, cualquier negocio oculto, cualquier oscuridad— es repugnante siempre. Porque el mejor destino de los hombres de paja es arder y contagiar el fuego a los que se tapan detrás de ellos. Porque los sobornadores es lo que más detesto de este mundo, a excepción de los sobornados. Porque no es permisible que se grave con un impuesto más el caudal de ilusiones de este pueblo, cada día más triste y más empobrecido: un impuesto que se lo apalancan cuatro sinvergüenzas, dejando las migajas en manos de unos cuantos desgraciados. Porque a nuestros niños debemos distanciarlos lo más posible del dinero, para que vean la vida como es, no como la hemos hecho. Porque me asquea el chantaje de amenazar con el aumento del paro si se cumple el tan demorado real decreto. (Con el paro se termina también matando a los parados de docena en docena: uno de los medios más radicales para quitar la jaqueca no deja de ser la guillotina. El pleno empleo no tiene que estar por encima de todo: hay industrias que prostituyen y que manchan. Y, sobre todo, que los altos personajes invisibles luchen contra el paro devolviendo los miles de millones que han trincado.) Y porque no se puede leer sin sublevarse o sin marearse de risa la carta abierta que —P. O.— se ha dirigido *A la opinión pública y a la Administración* (... «daños inconmensurables de imposible reparación y enigmática superación, al perder la confianza sustantiva, que puede ser destruida por cualquier medida instrumental. (...) Ante la profunda crisis que propicia, se nos antoja que no ha podido valorar adecuadamente la jerarquía de fines intervenientes, ni su prudencia político-económica, ni la infecundidad realizadora que la adopción comporta.») En ella no hay más que dos verdades inconcusas: «el actuar oscilante de la Administración», que debió ser más lúcida y más pronta, y que «la opinión pública debe ser correctamente informada». Pero no sólo por esa *carta abierta,* sino por otras mucho menos abiertas que también se han escrito.

FANÁTICOS

Hay sucesos que, por mucho tiempo que pase, no conviene dejar caer en el olvido: en torno a ellos siempre cabe alguna reflexión. Uno de tales sucesos es la agresión sufrida, en Alba de Tormes, por la insólita curia de El Palmar de Troya. El hecho es susceptible de un tratamiento irónico y hasta desternillante, pero acaso no sea el más idóneo para sacar conclusiones fructíferas. Yo, como método, no dudo de la buena fe de la gente; entiendo que lo que ha de demostrarse es la mala fe. Prefiero pensar que si alguien se mete en un convento por comer, o por no trabajar, o por acostarse con un hermano de la orden, es la excepción y no la regla. Como prefiero pensar que si alguien *se dedica* a la política —espantosa expresión— es por el bien de su pueblo y no por el medro personal, ni la autocomplacencia en el poder. Que las excepciones sean lo que más abunda no me hará cambiar de actitud.

Parece que los habitantes de Alba de Tormes andan soliviantados, con la mosca en la oreja de que van a arrebatarles las reliquias de *su* Santa, que lo que hizo en Alba más que en otras partes fue morirse (con semejante perrengue llevan ya cuatro siglos). Parece que los prelados-lazarillos de El Palmar insultaron a unas visitantes vestidas no tridentinamente, y proclamaron la *papalidad* de su fundador. (Dudo que ultrajaran a santa Teresa, dado que ellos se titulan también carmelitas, y ella no personifica el progresismo, sino la reforma.) Parece que un droguero encerró a los *herejes* en la iglesia «para que no se escaparan» y tocó con las campanas a rebato. De boca en boca fue cundiendo la alarma. Cundiendo y agrandándose. Ya no era cualquier cosa: era que querían robarles los santos restos y habían llamado putas a las monjas, y ramera —una cursilería, y una contradicción si aspiraban a sus reliquias— a la

Santa, y se habían ciscado en la Iglesia y en el Papa. Se armó la gorda. Les pegaron, les arañaron, les acorralaron dispuestos a matarlos con palos y navajas. («Tenían que habernos dejado. Es como si lo hubieran dicho de nuestra propia madre.») Les tiraron su coche por el puente y le prendieron fuego. Una Fuenteovejuna sacrosanta. El párroco, padre Tinín, dijo —ojalá lo repita en mejor ocasión—: «A un pueblo unido no lo para ni un batallón de infantería.» El alcalde dijo —muchos tendrán ocasión de repetirlo—: «Me siento orgulloso de mi pueblo, aunque creo que se ha pasado un pelín.» La Comisión Diocesana de Celebraciones del IV Centenario de la muerte de santa Teresa envió a los vecinos «su más entrañable y cariñosa felicitación por el amor a la santa, demostrado en forma tan patente». (Un poco más patente y se cargan la orden de la Santa Faz.) Y añade que «el doctorado que se concedió a la santa hay que concedérselo también a la villa», y le remite «nuestro *vítor* tiernamente desgajado de los detalles de violencia a que fueron obligados sin jamás ellos buscarlos». (Eso es ecuanimidad y lo demás son murgas.) Para concluir: «Quiera el Señor que todo sirva para una preparación más profunda y evangélica ante la venida del Papa.» (Pocas veces he leído un texto tan surrealista.) En cambio el obispo de Salamanca no ha dicho nada. Más vale así.

Si alguien opina que mi intención es apoyar a la prole de Clemente, están de todo punto equivocado. Yo respeto cualquier manera que elija el hombre de ensanchar y elevar su espíritu y el de sus semejantes, y detesto cualquier manera que el hombre elija para imponer sus ideales, especialmente si éstos son religiosos. El fanatismo me produce náuseas. Y el fanatismo en acción me produce a la vez tristeza e ira. Que el adjetivo *santa* se aplique al sustantivo *guerra* y no sobrevenga un cataclismo, me plantea un dilema: o Dios no existe o su paciencia es infinita. Y debe de haberlo sido con España, porque el suceso sobre el que escribo no deja de ser un atavismo, una reiteración desaforada en nuestra historia. No hacemos caso aquí a la doctrina de los santos, pero defendemos con uñas y dientes sus reliquias. En vez de imitar su vida intentamos aliviar nuestra muerte con sus despojos y, como mucho, enriquecernos con ellos en el peor sentido. Lo mismo que los buitres. Qué afán de convertir en fútiles pavesas una religión que se planteó como una forma de ser, antes de creer y de actuar y de sentir y de estar.

Por lo demás, no hay que asombrarse. Papas —y antipapas, por tanto— la Iglesia ha producido para dar y tomar. Teníamos nosotros uno en Peñíscola, y danzaban por Europa otros tres o cuatro excomulgándose unos a otros y poniéndose como pingos. Y si a Gregorio XVII le zurraron en Alba, simultáneamente trataron de arrearle a Juan Pablo II en Fátima, y hace un año le atinaron en Roma. No sé qué demonio le arma la mano al fanatismo. O quizá sea que el fanatismo nace con el arma en la mano, sea en Roma, o en Ecône, o en Alba, o en El Palmar de Troya. Qué torpes o qué ruines e hipócritas los hombres: qué pretensión de echarse sobre sus hombros las causas de Dios y luchar en Armagedón para, al final, quedarse con los bienes y las tierras de sus enemigos —de los enemigos de su *estilo* de Dios—. Al principio del siglo XIII, cuando la *guerra santa* de católicos y albigenses, en el asalto de Beziers, los soldados preguntaron al abad Almaric, que los guiaba, cómo distinguirían en la matanza a los herejes de los católicos que habitaban allí. El inspirado abad les respondió: «Matadlos a todos. Dios ya se encargará de identificar a los suyos y llevarlos al cielo.» Siempre me ha parecido tal contestación de una aleccionadora imparcialidad y de una gran fe.

No lejos de donde viven, en Sevilla, las huestes de Clemente se encendió la primera hoguera de la Inquisición. Hace poco se cumplieron los quinientos años. La Susona, por amor a un cristiano, denunció a su padre, que judaizaba. Por eso me alegra que hoy los vecinos de la calle de Redes o de El Palmar hayan aprendido a convivir sonriendo con esa comunidad multirracial, operetesca y no infinitamente seria. Porque es más fácil ver la mota en el ojo ajeno que la viga en el propio. A los argumentos de doble filo les apreciamos sólo uno cuando los manejamos nosotros. Y nos cortan. Los milagros, en parroquias ajenas, son monsergas. «El vidente invidente que es Clemente», nos suena a chascarrillo y a aleluya. Si su orden dijera que en Alba ha sufrido martirio por amor de Dios y proclamación de su verdad se nos aflojarían los esfínteres de risa. Y, sin embargo, no es más chocante creer en Gregorio XVII que en el hecho de que el Espíritu Santo intervenga expresamente en la elección de los papas romanos. Creer en la revelación divina es un gran riesgo; creer en la exclusiva de esa revelación es ya un descaro.

Cierto que otorgar el capelo cardenalicio a chicos de quince años es, por lo menos, sorprendente. Pero la Iglesia —la mayor— no puede escandalizarse: ella lo ha hecho cuando le vino bien. Y el espectáculo de las lágrimas de sangre de la Virgen granadina no se puede llamar edificante. (Ni útil, porque —bien está lo que bien acaba— las elecciones las ganó el socialismo.) Y si es verdad que en el templo de la Alcaparrosa hay altares dedicados a san Franco y a san José Antonio y a san Carrero Blanco, otros tiene la Iglesia tan *extraños,* y uno que está al caer si Dios no lo remedia —y me temo que Dios se quede al margen de estas cosas— pienso que los supera.

Si santa Teresa, con los pies tan en este mundo y tan amiga de dejar vivir, se entera de cómo están a punto de estropear su centenario, recoge ella misma sus reliquias, se recompone y habríamos de oírla. Pero como tal gustoso milagro no es probable, lo mejor que podemos hacer —en esto como en todo, antes de decir ni pío, ni levantarle la mano a nadie— es mirarnos desde fuera, vernos como nos ven los demás: los que no piensan ni creen como nosotros. Y que esa sospecha de ridículo nos frene y nos suavice.

«L'EXCELLENT»

El otro día escribí de ciudades. Hoy quisiera insistir. Porque el rechazo o la atracción que nos producen no siempre dependen, de una forma inmediata, de ellas mismas. Pueden intervenir otros factores más o menos patentes. El paisaje de Japón, por ejemplo —nacarado, verde, insinuante—, se ve contradicho por el nerviosismo de los japoneses, a quienes se adivina bailando en una cuerda floja: la de haberse apartado de sus grandes culturas madres sin haberse integrado todavía en la extremo-occidental. Eso provoca al espectador la incómoda impresión de estar tratando con alguien que no es ni gitana ni americana, y que además lo sabe. Otras veces lo que influye en nuestro sentimiento hacia una ciudad es su historia, o la nuestra, o las dos entrelazadas, compitiendo, mordiéndose. Es posible —no seguro— que eso sea lo que a mí me acaece con París.

Yo, en principio, soy enemigo de las bellezas oficiales. Creo en la subjetividad de la belleza, en su descubrimiento personal, en su adecuación a nuestros ojos. (Hay ciudades más evidentemente bellas que Córdoba, incluso en la misma Andalucía. Si la prefiero es por su reconditez, por su difícil entrega, por la certeza de que habrá tantas Córdobas cuantos visitantes inteligentes la busquen y la hallen.) Y, en principio, también soy enemigo de las arquitecturas que mandan hacer los militares, para su propia gloria, cuando ganan las guerras, o cuando convencen a los civiles de que las han ganado. Tal cosa, en París, ocurre mucho. Una arquitectura grandilocuente y empenachada suscita una íntima sensación de vacuidad, fachenda y faramalla. También la época histórica influye, pero menos: gobernantes advenedizos suelen erigir monumentos chocarreros. (La consagración del enorme mal gusto francés es el palacio de la Ópera, de París. A su vera, la sacristía de la Cartuja de Granada, a la vista de cuyo barroco me desmayé hace más de veinte años, es severa y silenciosa.) Claro, que no es indiscutible que los españoles seamos ajenos del todo a esa pesadilla merengada y grandiosa: demasiadas infantas nuestras se casaron con los Borbones de oro, y asestó la puntilla la tenaz, avariciosa, fría y superficial Eugenia de Montijo. La verdad es que los grandes tamaños no rediment, aunque la disimulen, a la cursilería: la *grandeur* no sustituye a la *calité,* por muy cacareada que ésta sea.

En cualquier caso, dos observaciones: al francés no le atraen los misterios y, en la plástica, no es creador de fuste, aunque logre un buen —y hasta notable— cultivo. Por ceñirnos a dos museos, en el Jeu de Paume hay una espléndida colección de impresionistas indígenas: uno de ellos —no mi predilecto—, Renoir, aseguró que la historia de la pintura reside en el lazo rosa que Velázquez pintó a la infanta Margarita. Cuando en el ala Flora del Louvre encontramos la colección Beistegui, se ve el prodigio de la *Marquesa de la Solana,* de Goya, en el umbral del pabellón de España. Y ahí se saca la conclusión de que, para ser genio de la pintura, hay que ser español. Puede que eso sea chauvinismo, pero el chauvinismo no lo he inventado yo precisamente. (Ni siquiera los ingleses, a pesar de que, en el penúltimo festival de Cannes del que yo fui jurado, un colega francés se irritó ante la película *The Chariots of fire,* que calificó de «muestra insufrible del chauvinismo inglés», sin percibir el divertido reproche de mis ojos ante el más difundido *mal francés:* mucho más que la sífilis.)

En cuanto al intento de clarificación, los franceses lo han llevado demasiado lejos. El siglo XIX destrozó, envainó, o maquilló el románico y el gótico de París que no habían envainado, destrozado o maquillado el XVII y el XVIII. Hay un hecho significativo: para precaver a *La Gioconda* de amantes furiosos han decidido que no la vea nadie. La han enclaustrado, aislado, entenebrecido. Sus devotos se colocan ante una reprobable cárcel de cristal, y lo que ven es el reflejo del cuadro que hay enfrente (*Júpiter y Antíope,* llamado *La Venus del Pardo,* de Tiziano, que parece un anuncio de compresas.) Y esta contradicción no es única. Fuera del centro Pompidou, en la explanada, hay juerga, porros, abigarramiento circense, automarginados por el suelo. Podría pensarse que eran miembros de la contracultura, en protesta por no haber sido admitida en el museo. No es así: hay mucha representación de la llamada contracultura dentro. (Verbigracia, una de las pintadas recogidas dice: «Álvaro Portillo no tiene pililà», y está en la misma planta que *La blusa rumana,* de Matisse.) Acaso en París rige lo que Ortega opinaba de Sevilla: que era como un ballet en que colaboraban todos los sevillanos. París, a mi entender, no es una fiesta: es, sí, un espectáculo —no siempre jubiloso, por supuesto, ni acertado— en que los participantes se ven unos a otros, se aplauden, se gratifican y recíprocamente se jalean. El barrio Latino, a primera vista, parecería un reducto medieval, una feria en que se está a punto de tropezar con François Villon: laúdes, títeres, tragafuegos, faquires, *stripteases* irónicos, flautas dulces. Pero, en resumidas cuentas, todo es un trabajo, y un trabajo en el que *la joie de vivre* queda fuera; en el que lo que más interesa a los trabajadores es su resultado en francos, con lo cual la tradición no queda desmentida.

Hay algo, no obstante, que ha mejorado en Francia: los franceses. Y eso ya es mejorar. Sobreviven —cómo no— camareros odiosos y taxistas entronizados y porteras hostiles, pero hay algo en el aire que ha cambiado. No creo que el socialismo sea el que lo ha hecho cambiar, sino al revés: el cambio, anterior, ha puesto al socialismo en el poder. Los *chichis,* antes frecuentes restos del empalagoso pasado, no salen de sus catacumbas. En las terrazas y en las calles hay una grata uniformidad, una *mêlée* sabrosa. Los franceses están hoy más simpáticos y se ríen mejor. No sé si *a pesar* o *por causa* de que el franco desciende, los árabes se desparraman desde la Goutte d'Or, y París no es ya —ni muchísimo menos— la *Ville Lumière* en ningún sentido. Es como si se hubieran liberado de un corsé, de una responsabilidad que les venía grande: han respirado hondo y se encuentran más libres. Quizá se han convencido de la frivolidad que supone, después de inventar la revolución, pasar dos veces —y estar a punto de la tercera— de república a imperio, y se han quedado en un término medio conciliador, burgués. Se tiene la impresión de que París es de la gente, de una gente distinta —pero conocedora— de la del 1789 y del 1968. De momento. Veremos si su conservadurismo les permite digerir este plato, que no es del todo de la *cuisine française.*

En el fondo, las conductas humanas, puntuadas o no por mundiales de fútbol o exposiciones universales, siguen idéntico trayecto. En la tumba de Allan Kardec, en el cementerio del *Père Lachaise,* donde los espiritistas continúan amontonando sus rosas, sus gladiolos y sus fresas, lo dice taxativamente: «Nacer, morir, renacer otra vez y progresar sin pausa. Tal es la ley.» Alrededor, también sin pausa, fornican las palomas, y entran y salen sigilosos gatos de las tumbas. Alrededor, París, que no destaca como ciudad mística, come y bebe: *aquí y ahora,* como diría un existencialista, por lo pronto. En el plano del cementerio, que otorga el guardia con los melindres de una absolución y previo el pago de la penitencia, se lee la propaganda de un moderado restaurante próximo: su nombre es *L'Excellent.*

DEL MUNDIAL

La más conocida cadena de radio del país me propuso, meses atrás, que hablara durante unos minutos diarios del Mundial de Fútbol. Mi ignorancia del tema es hoy tan paladina, que supongo que lo que deseaba era matar de risa, o de ira, a sus oyentes. No acepté, por supuesto. Antes sabía un poco más. Mi penúltima casa estaba cerca del Bernabéu, y había llegado a distinguir, por la dimensión y el tono del bramido del público, cuándo se producía un gol, o una arbitrariedad del árbitro —en el fondo, es lo suyo—, o un grave aprieto, o una catástrofe. Ahora, ni eso. Creo haber contado, sin embargo, que en fecha ya lejana asistí a un partido de fútbol casi entero. Llegué tarde por acompañar a una *miss no-sé-qué,* que, por si fuera poco, apareció vestida de amarillo. Se enfrentaban un equipo castellano y otro gallego. Yo procuré apasionarme; pero qué difícil es conseguirlo cuando uno no tiene ni el menor porqué. No puedo afirmar que me divirtiera: ni siquiera los espectadores de fútbol tienen ese aire enajenado y participante de los de toros; me parece aquél un espectáculo más anonadador. El caso es que el partido concluyó con un resultado contundente: 4 a 0. Yo, por cortesía, pregunté que a favor de quién. Nunca lo hubiera hecho: había ganado el equipo local, y me fue laborioso conservar las amistades que en la ciudad tenía. Una experiencia que me desanimó.

No obstante, sustraerse al Mundial teniéndolo a la vera exige un esfuerzo nada aconsejable. Uno no es sordo; uno no es ciego; uno no es enteramente imbécil. Y, en consecuencia, uno percibe datos, cifras, nombres, opiniones. Todo un tanto inconexo, desde luego. De ahí que sospeche que mis vislumbres de ahora sean más peligrosas que mis tinieblas de antes: el necio juzga donde se abstiene el sabio. Pero presiento que este Mundial, del que tanto y tanto tiempo se ha hablado, del que dependieron decisiones políticas y la economía y la cultura y el porvenir de todos, quizá haya defraudado. Ni en esto es nuevo el fútbol. El trecho entre la esperanza y la realidad suele ser insalvable. Es el contraste infinito de las dos expresiones: «¿A dónde vas?» «A los toros»; y «¿De dónde vienes?» «De los toros.»

Me comentan que hay asoladas muchas expectativas. Las ciudades que se desvelaron por erigirse en sedes no sé si fueron crematísticamente compensadas. Y es que, ¿a qué ocultarlo?, la televisión es la que manda: para masiva, ella. Sin ella, el Mundial se habría reducido a unos cuantos miles de aficionados en viaje con su equipo; a unas radios retransmitiendo, a oscuras, unas cuantas carreras; a unos periódicos informando de lo sucedido ayer tarde. La televisión, por un lado, glorifica al Mundial; pero, por otro, resta comparecencia en los estadios. La gente sabe que en su casa verá mejor —y repetidas— las jugadas claves; estará en los entresijos del asunto; asistirá a las patadas, a los empujones, al gozo y al desencanto de los jugadores. Y como —insisto: es mi impresión— el ambiente de un partido es menos ceremonial que el de una corrida, escasas dudas caben de dónde debe ser presenciado. Con lo cual, los no iniciados disfrutamos en Madrid de unas tardes peatonales y vacías, como en el mes de agosto, que Dios guarde. Y gracias a lo cual vi, desde fuera de España, la sesión inaugural —si es que se llama así—, tan semejante a las manifestaciones sindicales del primero de mayo del antiguo régimen, por mucho que se le agregara una vaga paloma picassiana, que yo confundí con un gran guante blanco.

Dos cosas me han llamado la atención. La primera, que el aspecto festivo casi siempre corriera a cargo de errores o salidas de tono, y siempre de la gente, no de la organización. Hablo de esos ingleses con las nalgas pintarrajeadas al aire; de los forofos inundando la yerba perseguidos por la policía; de un perro atravesando una cancha como Pedro por su casa; de futbolistas repartiendo flores; de los abrazos, besos y caricias a cada gol; de los imperturbables jeques infiltrados; del inoportuno y devoto Ramadán, etcétera. En segundo lugar, he reflexionado sobre la representatividad de los equipos. Más o menos, tenemos una ligera idea de a quién representan, por ejemplo, nuestros parlamentarios (a pesar del galipucheo que se traen, que van a acabar todos en el Grupo Mixto, que es el equivalente al limbo de las Cortes), pero los equipos de fútbol, ¿a quiénes representan? Si se representaran a sí mismos, no importarían un bledo; si representan a su país, es diferente. A un país con su historia, con sus buenas o malas cualidades, sus guerrillas, su riqueza en petróleo, sus derrotas, sus Juntas Militares. Porque no vienen, en tal caso, en nombre de un pueblo *de siempre,* sino también de sus gobernantes *de ahora.* Y eso puede suscitar compasiones o antipatías colectivas, igual que los desdenes que sufrió, en similares circunstancias, la España de Franco. (No nos engañemos: hubo una España que fue *de* Franco: la que le dejó, después de cuarenta años, morirse de viejo en la cama sin intentar de veras quitárselo de encima.)

Pero lo que más me ha sorprendido es que el *fair play,* tan mentado, no sea dogma de fe y condición estricta en este sinvivir de los Mundiales. A un periódico especializado le declaré, la semana pasada, que me disgustaría que España, por generosidad, hiciera el ridículo en un campeonato organizado aquí: una cosa es ser buen anfitrión y otra prestarle la propia esposa al invitado. (Pensaba, sobre todo, en nuestra hospitalidad, tan grande, que termina con nuestros visitantes en el hospital; o en la manía que tenemos, cuando se trata de recibir a alguien, de tirar la casa por la ventana, con lo cual concluimos siempre recibiendo en la calle.) Se me ha tranquilizado con largueza: es, por lo visto, costumbre de estas confrontaciones proporcionar penalties al equipo de la nación que hospeda. Ante eso, nada tengo que oponer; las tradiciones deben ser respetadas hasta en el mismo fútbol. Incluso aquella que divide a las naciones entre ricas y pobres para otorgarles —¿por qué el fútbol había de distinguirse?— tratamientos distintos. E incluso la que consiste en *primar* —hermoso eufemismo— a un equipo ya condenado para que se deje meter, por un contrincante en apuros, un número de goles redentor.

Como se deduce, algo he aprendido. No todo, la verdad. Verbigracia, no sé qué es eso del Mundial Cultural: ni en qué consiste, ni con qué se come, ni quién lo organizó, ni qué coño tiene que ver con la cultura, ni a qué viene intentar pedir perdón con semejante farsa. Y tampoco sé por qué este carnavalillo del Mundial depende de la ensalada que denominamos Ministerio de Cultura, en lugar del de Transportes: porque lo único bueno que trajo es el arreglo de alguna carretera, de algún que otro aeropuerto o de las señales de direcciones y circulación. O sea que, una vez más, España —reír de puerta ajena— se lavó las bajeras para que se las viesen, no por higiene íntima. Que el Señor nos perdone.

TEATRO EN RUINAS

Un admirable autor de teatro —un *compañero mártir,* porque escribir aquí teatro está entre la locura y el martirio— me aseguraba el otro día que el fútbol es un gravísimo enemigo común. No sólo de él y mío, sino de todos. Un enemigo cuya principal arma es solapada e invisible; una especie de esbirro del poder. Según mi colega, lo mejor que podía haber sucedido en el Campeonato Mundial es que todos los equipos perdieran todos los partidos. Y como era imposible estaba satisfecho de que hubiera perdido, por lo menos, el nuestro. Por fin, me aconsejó: «Como tú tienes el don de la oportunidad, deberías dedicarte al fútbol, para cuya práctica es tan imprescindible.» Acaso su intención era que, por lo pronto, yo dejara de escribir teatro, pero no creo: quedamos tan poquitos que nos perjudica más la incompetencia que la competencia, y, por instinto, tendemos a guardarnos las espaldas unos a otros. Además, con mi salud, mi bastón y mis años no llegaría ya ni a taquillero en un estadio, lo cual no me seduce.

Yo, sin embargo, contra el fútbol no tengo mayor cosa. Contra quienes lo utilizan o se aprovechan de él desordenadamente, sí: el fútbol —ni nada— no debe convertirse en un tapabocas, ni un somnífero, ni una mafia, ni un latrocinio, ni una explotación. Por otra parte, ¿de qué iba a servir mi inquina? Durante un mes terrible se ha demostrado que goza de una salud insuperable. Y, por sistema, yo estoy tan lejos de las iconoclastias como de las idolatrías. Claro que mi actitud no puede ser la misma frente a distintos espectáculos. Hay unos que masifican —es decir, que transforman en masa a los espectadores—, y otros que individualizan —es decir, que acentúan las cualidades personales—. Hay unos que alteran —es decir, que hacen *otros,* y no mejores, a quienes los contemplan—, y otros que ensimisman —es decir, que obligan a reflexionar—. El fútbol es de los primeros; el auténtico teatro, de los segundos.

Yo no encuentro irremediable que se haya gastado —ay, y hasta malgastado— dinero de todos en reformar y ampliar estadios, en organizar —ay, y hasta en desorganizar— un Mundial para el fútbol, en el que el español no ha sido ni siquiera un discreto contendiente. Ignoro si la sociedad, abandonada a su gusto propio y no mangoneada, se apasionaría por el fútbol. Pero, tal como están las cosas, así es. Lo que no implica que se abandonen otros aspectos de la diversión, ni otros espectáculos que tengan más que ver con nuestra cultura y nuestra tradición: no sea que, en el recorrido pendular de la historia, llegue el instante del retorno, y no hallemos dónde fijar los ojos. Afirma Hegel que la historia es un viaje entre las ruinas de lo egregio. Quizá es que lo ruinoso nos parece más noble, o que lo más noble nos parece siempre lo que ha pasado ya. Pertenecemos a un país —o somos un país, para ser más exactos— que no vive demasiado en su presente, y al que sin cesar solicitan dos tentaciones: la primera, la de borrón y cuenta nueva, la de romper la continuidad, la de tachar el pretérito (como si fuera factible ser actual de improviso, como si la actualidad no fuese una consecuencia); segunda, la de pretender reconstruir lo aniquilado. Por la primera, se nos van los ojos al futuro: a un futuro que no nos compromete tanto como el presente, porque no lo concluiremos; por la segunda, se nos vuelven los ojos al pasado, que tampoco nos obliga de hecho, puesto que ya se fue, y de él venimos. Destruir y reconstruir son nuestras labores predilectas. Por ellas nos olvidamos de la más fructífera: la de conservar, la de disfrutar, la de poner al día.

No es mal momento de España éste en el que vivimos, pleno de posibilidades, de tareas —fatigosas, pero gustosas—, de vías que emprender. «Para ello», dijo Ortega, «es menester que *todos* nos apretemos un poco las cabezas, agucemos el sentido para inventar nuevas formas de vida donde el pasado desemboque en el futuro, que afrontemos los enormes, novísimos, inauditos problemas que el hombre tiene hoy ante sí con agilidad, con perspicacia, con originalidad, con gracia, en suma, con aquello sin lo cual ni se puede torear ni se puede hacer de verdad historia, a saber: con garbo». Tales válidas frases las pronunció en una conferencia —la primera suya en España después de nuestra guerra, en el Ateneo de Madrid— titulada *Idea del teatro.* Qué coincidencia, porque es de teatros de lo que intento hablar. No del que se escribe, esta vez, sino de aquel al que se va: de los edificios donde se representa, donde se ve y se escucha lo que, más o menos remotamente, alguien ha escrito.

¿Qué opinaríamos si nos enteráramos de que una catedral gótica va ser derruida; se va a sustituir por un banco, por un polideportivo, por un gran hábitat: esas vaguedades tan de hoy? A mí me parecería tan tremendo —mucho más tremendo— como tratar de resucitar esas ruinas nobles que no son sino sombra de la luz que fueron: Medina Azahara, Itálica, Mérida. Esas ruinas han de ser veneradas, conservadas, aprendidas; ilustran nuestra Historia y nos muestran cómo es irrepetible la hermosura, y con cuánto afán debe defenderse, y que pacífico no es el que se resigna a la paz o la padece, sino el que la sostiene y la procura. Pues bien, los teatros —las casas donde nace y crece— son como catedrales modernas en que se refugió el suspiro de la cultura y su ventalle refrescante. Porque el teatro, entre nosotros, fue una manera de contar la historia, de explicar la teología, de enseñarles la religión a quienes no leían; una forma de sembrar ideas; un procedimiento de reformar y de alzar la realidad, y de buscar la justicia y alentar la esperanza. Sus locales, destartalados acaso, desconchados, caedizos, maculados, son la huella de algo que no puede perderse. El español de ahora que no se oponga a que un teatro se derruya y se asole, ni es español ni es nada. En una España que queremos nueva y fervorosa, los teatros —como homenaje y como proyecto— tienen que estar de pie.

Hay que salvar el de Burgos y el de Córdoba y el de Málaga y el de Avilés y tantos, tantos otros. Para la representación, y para que sean lo que fueron: irradiadores de cultura, a través de bibliotecas municipales, de museos conmemorativos de exposiciones, conferencias, congresos, cursos, asambleas, ágoras, vida. Desconfío de las tardas declaraciones de monumentos históricos-artísticos. Ni siquiera sé si son o no históricos y artísticos nuestros teatros; pero sé que son teatros y son nuestros: basta para impedir que se derrumben. Ellos conforman el perfil físico de nuestras ciudades —*Gran Teatro, Teatro Principal, Teatro Municipal.* ¿cuál no los tiene?—, y fueron su perfil activo y sonriente. Si vamos hacia la actividad y la sonrisa, sustentemos sus hermosas y erosionadas carcasas, donde se soñó tanto. ¿No es eso también ecología? ¿No es apoyar nuestro equilibrio, contradicho por tanto mercachifle? Que nuestros hijos, mañana, no puedan acusarnos de malbaratadores de su herencia por cambiar el destino de los viejos teatros o por manejar la piqueta parricida. El terrorismo se disfraza, a veces, con aires progresistas.

LA LIBRE ENSEÑANZA

Sobre el césped, dormidos, tengo a mis dos perrillos. Olvidados de todo —hasta de mí— menos de su impunidad y de su confianza. Zahira y Zegrí son como nietos míos. Siento por ellos el afecto irresponsable del abuelo, que se beneficia de lo más inmediato del niño —su gracia, su naturalidad, su zalamero egoísmo—, dejados en manos del padre la educación, el enderezamiento y el castigo. Con Troylo no me sucedió así: tuve que inculcarle las normas —mínimas, es verdad— para la convivencia. Estos pequeñajos, a los que veo ahora mismo en total abandono, son dos intrépidos. A nada temen, porque no saben que existe lo temible. Recuerdo que Troylo se escondía al escuhar dos ruidos: el de levantar una persiana y el de desenroscar el tapón de un frasco. Porque asociaba la repentina luz con el descubrimiento de sus pises nocturnos y el consecuente azote del periódico; y porque asociaba el frasco que se abría con la, para él, repugnante y pestilente colonia que intentaba suavizar su olor a zorro callejero. Zegrí y Zahira, no: no asocian nada con un peligro próximo. Son descarados, contumaces y osados. Se atrincheran en su desvalimiento. Los acoraza la certeza de que a su cariño incondicional responderé con incondicional cariño. No andan equivocados.

Hijos no tengo yo, pero sí he sido hijo. Sé lo que es formar y lo que es deformar. Sé lo que es la educación aparente y convencional, y lo que es la auténtica. Mis perros están mal educados, o mejor, no educados. Pero lo sé. No echo la culpa a nadie. No juego a ese escondite demencial al que dicen que juega la avestruz, que oculta la cabeza para no ver el riesgo y piensa, con no verlo, que no existe. El ser humano intenta prolongarse en sus cachorros; intenta prolongar su juventud en ellos; recuperar con ellos su niñez. Los considera, erradamente, objeto suyo: no individuos cuya preparación para la vida le está a él encomendada, sino emanación de sí mismo, a la que está seguro de conocer como a su mano o a su pie. A pies juntillas cree en su inocencia —necesita creer—, porque la inocencia del hijo hace inocente al padre; y su debilidad le hace más fuerte; y su desamparo le explica a él y le proporciona justificación. Pero, cuando despierten, mis perrillos comenzarán sus juegos lúbricos —lúbricos y tan puros— y se sorprenderían si yo les ordenase un poco de vergüenza. Acaso empezaría su temor, el peor de todos: el temor incomprensible.

No tengo hijos, pero he sido hijo. Sé lo que pesa la carga de los padres que se realizan por delegación; que aplazan su triunfo en su descendencia; que depositan su orgullo en los hombros del heredero; que, en un despotismo ilustrado familiar, procuran *todo para el hijo, pero sin el hijo.* Sé en qué consiste el no querer saber cómo es, de cierto, el hijo; imaginarlo agonzagado, deportista, estudioso; a la vez perspicaz e ignorante de la vida; a la vez inteligente y antípoda de la mentira y del sexo y de la droga y de su propio despertar. Yo fui un niño al que se aseguró que a los niños los traía la cigüeña. Un día alguien me anunció: «La cigüeña te ha traído un hermanito ¿Quieres verlo?» Yo contesté con una lógica rotunda: «Quiero ver a la cigüeña.» Me tuve que conformar con mi hermano Manolo, tan infinitamente preferible.

Rememoro sin la menor nostalgia mi primera enseñanza y mi bachillerato. Hoy mismo una revista llamada *Nuestra Escuela* me pide que relate, en un artículo, mis experiencias infantiles. Quizá les sirva éste. Porque, aun normales y no especialmente desdichadas, no desearía repetirlas. De aquel colegio religioso recuerdo con empacho los rosarios, las largas devociones antipáticas, la crispante hipocresía de la mayor parte de mis compañeros, las veladas referencias a *las cosas de la vida,* el absoluto y voluntario desconocimiento de los educadores sobre nuestro corazón, la cotidiana ausencia de verdadera y esencial alegría, de verdadera y esencial libertad. La educación humana consiste para mí en liberarse de las sugerencias momentáneas; en instalarse en una jerarquía de aspiraciones, de afectos, de ideales; no en aprender gramática, historia o matemáticas, sino en prepararse para vivir la personal historia, en la que —infortunada o afortunadamente— ni maestros ni padres nos acompañarán.

Con acierto la sociedad limita el poder de unos y otros: la sociedad y la vida. No pueden maltratar a los chicos; no los pueden matar. Pues de la misma forma y por la misma causa, tampoco tienen —ni unos, ni otros— el derecho a angustiarlos, a llenarles el corazón de miedos, a frustrarlos, a castrarlos, a predestinarlos. Qué fuerza tan terrible se requiere más tarde para ser uno mismo: el que nació, el anterior a la atroz ortopedia. Aire, aire abierto. A la libertad no se llega sino por el camino de la libertad. Hemos nacido para ser felices: no ceguemos la fuente de la felicidad, porque atentaremos contra la naturaleza. En esta carrera de relevos de la vida no pasemos a quien nos sustituya un testigo aberrante.

Claro que hay que enseñar a nuestros cachorros. Y dirigirlos. Pero con el ejemplo sobre todo, y la atención constante y la dedicación. Sin adoctrinamientos ni corsés. Un muchacho no es Zegrí, no es Zahira, no es un recién nacido al que se bautiza sin pedirle opinión. Me espanta ver de dónde salen las más vociferantes exigencias de libertad de enseñanza: de los sectores más prejuiciosos, más deteriorados, más dogmáticos. La libertad es lo contrario de la imposición. La libertad ha de ser respetada y respetuosa, asimiladora de los antagonismos: un bien comunitario y compartible: o la gozamos todos, o, en plenitud, no la gozará nadie. A veces he escuchado la retransmisión de un partido de fútbol o una corrida de toros: el locutor no sólo narra lo que ocurre, sino que nos contagia su opinión, nos acarrea, nos empuja. Qué difícil es la imparcialidad: suministrar los elementos para el juicio, y mantenerse al margen. Enseñar es mostrar, no invadir; convencer no es vencer. Libertad de enseñanza en lo religioso y en lo científico, porque la religión y la ciencia son parcelas humanas que cada cual ha de asimilar e interpretar; que mudan, puesto que el hombre muda. (La religión no es cosa de Dios, sino del hombre.) Enseñanza jovial, es decir, con el estado de ánimo cercano a la sonrisa con que Jove —Dios— se hallaba en el Olimpo. Platón, el indudable, en sus últimas obras usa con ironía dos palabras similares, que a veces los copistas confundieron: *paidiá* y *paideia.* La primera significa niñería; la segunda, cultura. No le pintemos bigotes a los que no los tienen. No acibaremos lo que sería jocundo sin nuestra intervención.

Lo escrito va contra unos cuantos padres de familia, dictatoriales y egocéntricos, que no sólo quieren mandar sobre sus hijos. Un par de ejemplos. A principios de año, en el colegio nacional de *San Donato* de Etxarri-Aranaz, en Navarra, se empapeló, por culpa de ciertos padres y ciertos delegados de Educación (?) a algunos miembros del profesorado. El pretexto, una exposición de dibujos infantiles. Uno, el tosco reflejo de una mujer y un hombre abrazados. Luego, un niño anónimo añadió los órganos sexuales del hombre. Se decidió, con razón, no descolgar el dibujo, que no había alarmado a ningún escolar. Segundo ejemplo, más próximo: en Sanlúcar de Barrameda se procesa, por escándalo público, a unos profesores que publicaron, en una revista del instituto, las pintadas de los colegiales —ellos y ellas— en los servicios. En ambos casos han intervenido los Gobiernos Civiles. Qué asombroso: ir contra el mensajero porque no nos gusta el mensaje; arrojar el espejo porque no nos gusta nuestra cara. Qué asombroso y qué idiota. Salvo que lo que deseen esos *patres conscripti* sea, en realidad, devolvernos a la tiniebla de la que amanecemos. Si un padre airea la artificial delicadeza de la mente o el estómago de su hijo, que compruebe primero si no son obra suya el complemento del dibujo y la pintada, o si no se siente solidario con su autor. Y, en última instancia, sanciónese al muchacho por actuar a escondidas, no a quien proclama la libertad sin la que ni siquiera hay cielo, ni hay infierno, ni hay vida que los valga.

SALVAR A EUROPA

No entiendo nada sobre la Comunidad Económica Europea. Es decir, estoy en igualdad de condiciones que el presente Gobierno español, que sus antecedentes y que los respectivos representantes en Bruselas —uno de los cuales preside hoy nuestro Gabinete, esperamos que no por mucho tiempo—, si es que es en Bruselas donde la Comunidad tiene su sede. La debilidad de España por las colas es, desde siglos, sobrecogedora. Pero en este caso hemos batido todas las marcas. Ni los peritos en desesperanzas podían vaticinar semejante desastre. Y no es que se haya perdido el tiempo, qué disparate, no: ha habido incontables reuniones, docenas de *vues d'ensemble,* millares de estudios e informes, cientos de trabajos realizados por el Parlamento Europeo, el Consejo Económico-Social, los organismos profesionales homologados, y otros privados, que se pagaron caros con el dinero de la Comunidad. Faltan, por lo visto, muchos aún sobre la incidencia de nuestra adhesión en las regiones agrícolas francesas e italianas. Y falta, por supuesto, un *inventario de conjunto* de tantísimo papeleo: un hilito de Ariadna que ayude a quien sea, porque tampoco eso está claro, a salir de este laberinto del que no debe de andar muy lejos Kafka. A todo esto, hemos hecho lo imposible por *olvidar* voluntariamente los temas más pinchosos: agricultura, pesca y asuntos sociales; hemos intentado chantajear a la Comunidad con la terneza de nuestra democracia, con nuestros golpes de Estado y con el aspecto político, más que económico, del ingreso; nos ilusionó el cambio socialista francés: con lo que —los franceses antes y después de nada son franceses— nos ha salido el tiro por la culata una vez más. A voces, sin tapujos, hasta en el Palacio de Oriente y de memoria, nos han dicho que nones: que sus problemas —los suyos, los de Europa— son prioritarios. Y los expertos españoles más locamente optimistas juzgan que la solución reside en un período de adaptación transitorio —unos diez años— para que nos vayamos adecuando al mercado europeo. Total, una gozada: nuestros nietos a lo mejor se tutean con *ellos.* Aunque siempre habrá clases: las cosas como son.

Europa fue siempre —y ahora que es vieja, mucho más— una alimaña en cuestión de dinero. Pero procuró encubrir y dorar con ideologías, divinas invocaciones, arte egregio y *propaganda fide,* cualquier movimiento trincón. Desde las Cruzadas al Renacimiento, desde la Reforma hasta la Revolución Francesa, todo apoya la sublime intención de mejorar la economía sin decirlo. ¿Por qué ahora, para rechazarnos, se emplean argumentos económicos? Primero, porque la existencia de una dictadura en España, por mucha hostilidad que se nos tenga, era ya insostenible. Segundo, porque hay causas de mayor hondura que ni a ellos ni a nosotros nos conviene exponer. Echemos un vistazo.

En lo físico, en lo geográfico, o sea, en lo evidente, España es un finisterre. No está rodeada de Europa. Eso la hace distinta: a un tiempo partícipe y contradictora; europea, pero algo menos y algo más también. Su situación de pasillo no es la de un cuarto de estar: explica, por un lado, su abierta tolerancia de una época, y, por otro, su medrosa preservación: el *Pase sin llamar* y el *¡Santiago y cierra España!* Acaso la esencia de lo español consista en unos jugos gástricos admirables, capaces de digerir a tantos conquistadores que le suministraron tan contrario alimento. Sus digestiones históricas son más o menos largas, pero España suele concluirlas con una triunfante evacuación.

Cuando Alejandro Dumas destila su *África comienza en los Pirineos,* no hace más que recoger una impresión muy extendida, y muy beneficiosa para Europa, que trató de concretar aquí sus campos de batallas: desde Carlomagno y los árabes, hasta el ensayo general *con todo* que supuso nuestra guerra civil respecto de la segunda europea.

Porque tal posición física ha obligado a España a tener una historia apasionante: una historia que, durante bastante tiempo, se convirtió en historia universal. Nosotros le sacamos a Europa las castañas del fuego tantas veces que da grima decirlo: tantas, cuantas le llevamos el fuego a domicilio y le dimos castañas para parar un tren. Y los favores no pagados se olvidan con tanta dificultad como las derrotas. («Es más fácil, España, en muchos modos / que lo que a todos le quitaste sola, / te puedan a ti sola quitar todos.» Así remata Quevedo un soneto que yo incluí en mi comedia de 1972 *Los buenos días perdidos.)* Hay un instante en que la unidad espiritual de Europa, que defendió el emperador Carlos —nacido en Gante y rey de España—, se frustra. Lo que sigue son saldos, por mucho que se le acaben de dar al Rey de España de hoy el Premio Carlomagno en Aquisgrán. La historia se pone en contra nuestra: un nuevo concepto de vida pública, que brota en los países más enemigos —Reino Unido y Holanda—, y un nuevo concepto de religión, que se refugia en el *fuero interno.* España, que se arriesgó, perdió. Sólo restaba el aislamiento como un destino triste sostenido con la cabeza cada vez más alta: con la cabeza ya a pájaros. (Un texto del Duque de Alba, el terrible: «Mucho más vale conservar, por medio de la guerra, para Dios y para el rey un reino empobrecido y hasta arruinado que, sin ella, mantenerlo íntegro para el demonio y para los herejes, sus satélites.» Otro, opuesto, de Gonzalo de Valcárcel: «¿Qué tiene que ver para que cesen allá las herejías que nosotros acá paguemos tributo de la harina? ¿Por ventura serán Francia, Flandes o Inglaterra más buenas cuanto España fuere más pobre?»)

Todo está, en apariencia, consumado. Junto al fracaso de los ideales político-religiosos, nuestra soberbia: *Para ser extranjero hay que estar loco,* o el estribillo de los aires infectos del Norte (y Norte, para España, es casi todo). Pero ¿de veras está todo consumado? Aquella situación física de que hablábamos y aquel sentido histórico casi peristáltico tuvieron dos resultados que, si los descuidamos, sí seríamos dignos de desaparecer: lo hispanoárabe y lo hispanoamericano. Ellos nombran a España embajadora permanente y consanguínea de su mundo en dos mundos dispares: dos mundos que tampoco son —ni quieren— europeos. La única posibilidad de que Europa, mercenaria y venal, venga en busca de España es ejercer a ultranza, con amor y consciencia, esas dos misionales embajadas. Estoy seguro de que la esperanza auténtica de Europa está otra vez en España. No haciendo colas, no transigiendo, no hipotecando nuestra pesca y nuestros cultivos, sino atareándonos en la labor histórica que nos fue encomendada. Qué cochino afán el de ser la cola de un león moribundo pudiendo ser la cabeza de los dos grandes leones de que depende el porvenir. ¿No era lo nuestro misionar? Pues misionemos, puñeta; pero sin equivocarnos de sitio. Tirémonos del trampolín con brío, pero no por la parte en que no hay piscina. ¿No éramos casi África? ¿No éramos el culo del mundo? Ahí hay dos mundos nuevos en que abrirnos de brazos, si es que crucificarnos sigue siendo nuestra vocación. Arrimemos, por una vez, el ascua a nuestra sardina, porque las cosas han dado —y darán— muchas vueltas. Unos días antes de morir escribió Quevedo a Francisco de Oviedo: «Muy malas nuevas escriben de todas partes y muy rematadas, y lo peor es que todos las esperaban así. Esto no sé si va acabando ni si se acabó. Dios lo sabe: que hay muchas cosas que, pareciendo que existen y tienen ser, ya no son nada sino un vocablo y una figura.» Quizá esto, que Quevedo escribió de España, ya le está sucediendo a la propia Europa. ¿No habrá que estar al quite, como un viejo peón de confianza?

ESPAÑA NUEVA

Nos pongamos como nos pongamos, España es un país triste. En la historia, dentro y fuera, tenemos fama de eso. No hablo de esta o aquella nacionalidad, de esta o aquella región: hablo de España —una vez más— y de los españoles. La verdad es que no somos unas castañuelas. Yo, el primero. Me duele la acusación, pero sin previo conocimiento no hay enmienda posible. Yo no sé si se tratará de un destino, de una forma de ser o de que, poco a poco, las cosas y los hechos nos fueron convirtiendo en lo que somos. A lo mejor, como dice el rey Basilio de *La vida es sueño,* tan moderno en su afición a los horóscopos, los astros «sólo el albedrío inclinan, / no fuerzan el albedrío.» Pero Calderón de la Barca hizo una cuestión tan personal al oponerse a la Reforma protestante y a sus determinismos que no me fío de él. Y además no me gusta.

El caso es que, en las bodas regias, hasta la última belga por lo menos, se invitaba a las damas españolas, dada la tendencia tradicional, a ataviarse con trajes no demasiado oscuros. El caso es que hasta la raza castellana de gallinas tiene la pluma negra. El caso es que a la llamada *fiesta nacional* puede calificársela de todo —ritual, abrumadora, sangrienta, vergonzosa, emocionante, épica— menos de alegre: por mucho pasodoble que se le eche y mucho cascabel que se les cuelgue a las pobres mulillas. El caso es que, mientras en Francia o Inglaterra se habla de jugar —*jouer* y *to play*— al referirse a música, a teatro o a cine, aquí no nos permitimos tales lujos: decimos tocar o interpretar, y basta. El caso es que nuestros pintores, los mejores del mundo, pintaron con frecuencia temas atroces, y que a Velázquez, por la *Venus del espejo,* y a Goya, por la *Maja desnuda,* les sobrevinieron graves complicaciones. El caso es que al Greco se le mandó que se pusiera a tono o que se fuera, y el tono era terrible: cubrir las acariciadas, las casi magreadas, carnes de sus Mauricios y sus Sebastianes y sus ángeles con corazas y trajes de un siniestro guardarropa. El caso es que lo que en otros sitios tiene *la novedad* de valor añadido, aquí se recibe con pavor: decimos *sin novedad* para indicar que la cosa va bien; el mismo Covarrubias advierte en su diccionario que la novedad «suele ser peligrosa por traer consigo mudanza de uso antiguo». El caso es que aquí el sentido lúcido de la vida nos parece una barbaridad, porque estamos hechos a *jugárnosla* por conceptos, lo cual tiene maldita la gracia. El caso es que aquí confundimos la alegría con la irresponsabilidad, y la virilidad —porque somos muy machos— con la hirsutez y el eructo y el desabrimiento y la suficiencia. El caso es que el humor —esa manera de respirar hondo, de parpadear, de abandonarse, de rociar la vida— es también negro aquí. El caso es que el que se confiesa como *pecado nacional* no es la soberbia, ni la rijosidad, sino la envidia; y la envidia, desde el *Ripalda,* es la tristeza por el bien ajeno: no hay ningún alegre envidioso, ni ningún envidioso alegre, que en el pecado lleva la penitencia.

No es buen sitio este para profundizar, pero me gustaría saber —así, por encima— qué nos pasa, o qué nos ha pasado, para que tengamos la mala leche que se nos atribuye, ay, con tanto motivo. Porque la alegría de vivir se nos niega desde Trogo Pompeyo, en el siglo I (si es que éramos ya españoles, y si no, peor, porque antes de serlo éramos tristes ya), hasta el presente. Siempre hemos desdeñado los pequeños placeres, la sal y la pimienta de esta dura ensalada que es la vida. (¿Por qué defino a la vida como *dura ensalada?* Porque soy español. Vaya una cruz.) Y sin que fuese siquiera la causa la pobreza —a la fuerza ahorcan—, porque aun cuando tuvimos dinero, que venía de las Indias, nuestras ciudades sorprendían por desaseadas y nuestros mesones por incómodos. Aquí el regalo y el bienestar —lo que ahora se llama consumismo— eran afeminamiento. Austeridad y sobriedad y desdén. Para el español típico —y tópico también—, como para santa Teresa, esta vida es una mala noche en una mala posada. Nuestra empresa es el *sustine firmiter et abstine fortiter.* Vivimos con los dientes apretados y los vellos de punta. No es extraño que seamos tan proclives a considerar la muerte como una liberación. Si acepto el estoicismo de Séneca, al que tan filialmente se adhiere Quevedo, no es porque recomiende el suicidio, sino por otras cosas. De héroes estoy yo ya hasta el gorro. Numancia me parece el mayor disparate. Porque puede que la vida no sea el supremo bien (aunque lo dudo: porque otro, o no lo tenemos, o se da dentro de ella y no sin ella), pero la muerte sí que no lo es. La abstinencia y el trabajo serán santos y buenos; pero, sobre todo, para el que los aconseja. Ese desprecio de la muerte de los iberos, esa consagración ciega al jefe por la *devotio* es hitlerismo puro y nazismo. Me da náuseas porque, en el fondo, es el desprecio de la vida. Y hasta ahí podían llegar las aguas, mayores o menores.

Continuamente hemos oído decir aquí que el verdadero y supremo bien era la fama. *Muera el hombre y viva el nombre:* desde el infante Juan Manuel para acá y mucho antes. Disfrutar de la vida es de gentuza. Divertirse y reír y holgar y revolcarse, de cerdos. Los soldados españoles de la Contrarreforma solían tener un lema: «Por la honra pon la vida, / y pon las dos / —honra y vida— / por tu Dios.» Lo cual tiene mandanga. (Yo opino, más o menos, como Fernando Pessoa. Pensar mucho en Dios es desobedecerlo. Ni *gracias a Dios,* ni *si Dios quiere,* ni tanta busca de él. Él ya nos ha encontrado: ¿nos inventó o no nos inventó? Hay que vivir la vida que tenemos: eso es lo que él, si existe, quiere. Y para eso nos puso en este mundo. Lo demás son megalomanías.) Acaso el origen de tanta tiniebla española esté precisamente en nuestra religiosidad. Porque el catolicismo —con sus penitencias y sus sacrificios y sus *valles de lágrimas*— amargó a medio mundo y procuró cargarse al otro medio, pero más que a ninguno nos amargó a nosotros. A nuestro concepto de religión, unas veces fomentado por la Iglesia y otras fomentado por quienes gobernaban, le debemos haber pasado guerreando toda la Historia, que se dice muy pronto. Por no hablar sino de la más reciente: contra los moros, contra los herejes, contra los turcos, contra los indios. (En general, porque eran menos tristes que nosotros. Puede decírseme, por ejemplo, que el calvinismo es peor; cierto, pero no me consuela. Que los ginebrinos sean mucho más aburridos ni prueba nada, ni me sirve de alivio.) Y cuando se nos acabaron los imaginarios enemigos exteriores —porque nos quedamos más solos que la una; ahora, eso sí, cristianos viejos—, nos pusimos a pelear, *en el nombre de Dios,* contra nosotros mismos con el mote que fuese: secesión, sucesión, tradición, alzamiento, naranjas de la China. Un espanto. Aquí las sacristías —y aun ahora— han estado siempre atiborrada de anatemas, de cilicios y de armas fratricidas. Una de las cuales —no la menos dañina— era *la manta,* de la que se tiraba —ay, esa perpetua amenaza dc tirar dc la manta— para leer en ella los nombres de quienes no tenían sangre limpia. *Limpieza de sangre:* para hablar un idioma que emplea esa expresión hace falta una dosis de valor que ya, ya.

Tan sólo me consuela mirar hacia el futuro. Me consuelan los nuevos españoles. Vestidos como les sale del níspero; meneándose al son que les tocan; con los pelos cortados como quieren; evitándose gratuitos malos tragos; entendiéndose con la gente de su edad del universo mundo. Ojalá los nuevos españoles sean españoles nuevos: curiosos, admirativos, capaces de sorpresa y de ilusión y de entusiasmo. Capaces de mandar a tomar viento a la espada del Cid, y de soltar al viento —al viento libre— su carcajada histórica.

LA BIENVENIDA

No hay nada como el distanciamiento para asegurar la objetividad de una opinión. Quienes rodean, minuto tras minuto, a un enfermo grave apenas perciben los altibajos de la enfermedad. «Hoy parece que está más animado. Ha movido un pie. Tomó un poco de zumo.» Se quedan en la periferia del problema, en las consecuencias menores, sin actualizar la causa. De ahí que suela sorprenderles la muerte del enfermo. Porque no tienen la vista puesta en ella, sino en algo más próximo: el minuto siguiente, la hora del termómetro, la sonda, las pastillas. Casi se han olvidado de por qué sucedía el trastorno doméstico de velar, de comer por turnos, de dejar para más tarde los asuntos pendientes, las facturas, sacudir las alfombras. Es quien llega de lejos el que los trae a la realidad. Tan sólo por el hecho de llegar, que ya es un rompimiento, pero también por traer los ojos no acostumbrados a la penumbra del dormitorio, y en su recuerdo —vivo, como antes— el rostro ahora asolado del enfermo. Por eso quienes estaban lloran abrazados al que llega de nuevas: primero, porque es el más desconsolado —su desconsuelo no ha sido repartido, fragmentado, diluido como el de ellos—, segundo, porque su presencia, de un empujón, los trae a la verdad sin paliativos.

De la misma manera, cuando un país está en crisis, la auténtica dimensión de ella se nota al volver de una ausencia: cuando los parpadeos, las afirmaciones, las contradicciones, los desdichos, las noticias en tromba y la necesidad de llenar los periódicos se han depurado y aquietado. Yo he vivido por ahí durante unas semanas. El día de mi retorno, en el aeropuerto de Roma, un alto periodista, ante mi confesión de no haber leído ni un diario español, me insinuó alguna dimisión, algún cese, algún cambio. Le supliqué que me dejara aún un par de horas de ignorancia. Por fin, luego, he sabido. Y estoy avergonzado y furibundo.

La política, si es un arte —quizá la gran política lo sea—, es un arte ancilar. Y en el que, como todos los otros, hay mucha gente que entra por la puerta de servicio, y muchísima más que ni por ésa merecía entrar. La política, como el dinero, es un medio para algo: para algo bueno o malo, pero un medio. Si un billete caduca o está falsificado, se le quema o se manda a un museo: se le retira de momento de la circulación. El ápice de la política no es, para mí, dictar leyes. (Existe una marcada y fomentada tendencia a identificar la vida pública entera con la parlamentaria. Es falso: la realidad política es más grande que la de los partidos, y, por descontado, inmensamente mayor que la de un partido solo.) El ápice de la política, para mí, es ofrecer ideales. Y de ninguna forma puede ofrecerse lo que no se tiene. La política práctica ha de contar con dos imprescindibles apoyaturas: la autoridad moral (sin la que la armonía que supone el consentimiento se transforma en una imposición) y la eficacia (sin la que todo gobierno ha de ser sustituido como se sustituye el personal de una empresa privada que naufraga: ¿o es que sólo se va a sustituir aquí a los entrenadores de un equipo de fútbol?)

La impresión que produce al volver el Gobierno español —quiero decir los dirigentes del partido en el Gobierno— es el de un hatajo de desaprensivos. Ni crisis ni pamemas: unos cuantos frescales pegados como ventosas a sus puestos, que cambalachean, regatean, truecan, se mudan de camisa y de pellejo y se alborotan en una urgente y espectacular arrebatiña. Un rigodón de «quítate tú para que yo me ponga, pero si yo me voy, tú vuelves». Una danza y contradanza de malditos. Un petulante y osado «o él o yo», cuando lo mejor sería ninguno. Porque vamos a ver: ¿qué le importan al país estos señores, ni el porvenir de estos señores, ni la perduración de estos señores? Al país le importa su propia perduración y su porvenir propio. Y Quienes no sirvan para garantizárselo, mañana es tarde: fuera.

Cuando yo era pequeño imaginaba que los mayores eran gente seria, que actuaban con previsión y con mesura y serenidad. Sobre todo, pensaba, los políticos que tienen en sus manos —o eso creen ellos— la historia nacional. Ahora no pienso así. Creo que no tienen ni previsión, ni mesura, ni serenidad. Y que, gracias a Dios, tampoco tienen en sus manos nuestra historia. Arreglados estaríamos. El pueblo español, una vez más, está muy por encima de quienes lo dirigen. Y es que quienes lo dirigen son sus representantes: o sea, que el único lugar donde no hay pueblo es donde están aquéllos; para eso se apodera a alguien: para que el apoderado pueda no estar sino trabajando en lo suyo, lo que quiere, lo que le da de vivir y de gozar. Y a esos representantes, si no cumplen a nuestro gusto, se les manda a paseo, y a otra cosa. Pues sí que el pueblo español es bueno para aguantar pelmazos. (El lunes santo estaba yo en el Arenal de Sevilla, a la puerta de un bar, frente a una farmacia, viendo pasar la Virgen de Guadalupe. Una ancianilla que creyó que yo era futbolista, porque me pedían autógrafos, hasta que me vio la cara y el bastón, le gritó al paso cuando estuvo a nuestra altura: «Danos salud, Señora, mucha salud, y que se acabe tanta infamia.» Y cuando, después de la *levantá,* el paso nos daba ya la espalda, como dando un recado a punto de olvidarse, se puso a vocear manoteando: «Y que se muera *tol* Gobierno, madre mía: *tol* Gobierno.» A mí me pareció que la Virgen, tan guapa, se hizo la sorda, pero sonreía.)

Quizá un día, cuando ellos también eran pequeños, estos gobernantes de hoy —para los que el día de mañana ya es ayer— fueron idealistas, creyeron que trabajarían en algo nuevo, fuerte, generoso, bello y noble. Quizá un día ellos sintieron eso tan vago que se llama vocación política, y que, como todas, es un impulso que nos mueve hacia algo bueno, para lo que la vida y las circunstancias nos dan los medios, aunque sea a trancas y barrancas. Quizá ellos algún día tuvieron buena fe y amor a España: dos palabras que se están oxidando. Pero desde entonces, a pesar de las sequías, ha llovido muchísimo. Nadie puede creer que hoy tengan la cabeza puesta en el país, sino en su inercia de seguir mandando: no hay más que ver las pruebas, los cachucheos, las componendas, las zancadillas, las vanas iracundias. Grandeza, ellos no saben qué es. ¿Por qué ha de renovárseles el crédito? ¿Hicieron algo que merezca nuestra confianza? Entre el alpargatazo de febrero y su juicio y el temor al Ejército y a la fáctica espada de Damocles —como si ellos mismos no fueran nuestra *fáctica* espada—; entre el pandemónium del Mundial de Fútbol y el pantocrátor de la inoportunísima visita del Pontífice; entre el error de las Malvinas y el horror de la OTAN, ¿Qué es lo que ha habido? Pobretería, ordinariez, mediocridad. Ni prosperidad, ni emoción, ni alegría. Entonces, ¿qué más crédito cabe? Si todos los españoles tenemos la obligación de procurar ser mejores cada día en lo nuestro, ¿cómo los que gobiernan no la van a tener? Lo que es irrespetable ha de ser apartado. Cuanto antes: que no se nos contagie la ambición, la chapuza, la falta de coraje y de majeza. A mí me gustaría vivir en un Estado en que no se supiera cómo se llama el presidente. Por desgracia, en el nuestro, lo único —o lo mejor— que sabemos del presidente y quienes lo rodean es su nombre.

Verdad que el presente parece lo peor y más oscuro, y verdad que la luz la situamos en la nostalgia o la esperanza. Pero que, además, el presente sea ridículo y desesperanzado es ya mucho tomate. A hacer puñetas.

EL PODER Y LA GLORIA

Nunca se mata tan a gusto como cuando se mata en nombre de Dios. Nunca se gobierna tan seguro como cuando se gobierna en nombre de Dios. Nunca se gana dinero tan aséptico (el agua bendita es un buen detergente) como cuando se gana en nombre de Dios. O sea, para conquistar el reino de este mundo conviene referirse constantemente al otro. A tal respecto, en todas partes cuecen habas; pero la Iglesia católica es una especialista. No hablo del dogma, porque cada cual puede creer lo que quiera o lo que pueda: en contra de lo que pensó el ardiente Llull no hay *razones necesarias* para eso. No hablo del poder de ejemplaridad que haya tenido algún miembro de la Iglesia: para ser un hombre modelo no es imprescindible, aunque sí conveniente, ser laico, como para llegar a santo no hay que ser de derechas. No hablo del sentido de espiritualidad que, a veces, ha emanado algún incurso en la Iglesia católica. Porque Iglesia es, sin duda, san Francisco de Asís; pero Iglesia es también —sobre todo, diría yo— fray Elías. Las individualidades innovadoras le sientan como un tiro al *Corpus misticus:* son preferibles los buenos administradores con los pies en el suelo, y, en cuanto a la cabeza, Dios dirá. (Si es que Dios dice, que me temo que no cuando no se ha decidido a decir ya, porque mira que motivos le han dado.)

Cuando digo Iglesia no me refiero sólo a su cúspide, sino a quienes de alguna forma la representan sin ser el pueblo llano. La cúspide es precisamente la que menos merece ahora que se remueva el cuchillo en la llaga, porque ha conseguido un desprestigio de toma pan y moja. Con tanto banquero *suicidado;* con tanto consejero económico *wanted* o simplemente condenado a veinticinco años en la cárcel de New Jersey; con tan especiales maneras de invertir y de no respetar las legislaciones monetarias de nadie; con tan cordiales relaciones con ciertos grupos tejanos y ciertos generalitos de América del Sur, da la impresión de que un cerebro más o menos oculto ha transformado los viajes estelares del Papa en viajes de negocios. (Como aquella misteriosa escala técnica en Nassau, de cuyo paradisiaco banco es consejero, al parecer, el monseñor que organiza las *tournées.)* No en vano se corrió la voz de que Juan Pablo I, al enterarse por encima de las finanzas vaticanas, murió del susto: porque, por muy inescrutables que sean los designios del Espíritu Santo, es difícil que eligiera un vicario, tal como están los tiempos, para unos cuantos días.

Pero no hay que subir tanto. Quién, en su modestia, no ha tenido ocasión de comprobar que una cosa es predicar y otra dar trigo. Las órdenes religiosas han sido, por lo menos desde que se murió su fundador —salvo en el caso, como una que no es orden, de que el fundador las fundara para eso—, pegadas a la tierra y pedigüeñas (y escribo pedigüeñas haciendo un gran esfuerzo de caridad cristiana). Eso sí: con la vista en las alturas. Se trata de ese celeste desinterés personal del que nada quiere para sí mismo; del que a nada aspira; del que, puesto que ha sacrificado su vida, exige que le den gratis todo lo demás, el Edén incluido. Las monjitas —diminutivo que odio— y los frailes siempre me han recordado a ciertas viudas convencidas de que, sólo por serlo, tienen derecho a todo, y todo el mundo debe estar boca abajo aguardando sus órdenes y vaciando sus bolsillos. Pongo de testigos a los padres que han de pagar las facturas de un colegio de curas o de monjas. Si se rompe un cristal, se pagan tantos cristales como alumnos haya; el material escolar se vende más caro que en la calle, y se compra por fuerza en el colegio; los uniformes, las excursiones, los libros, la biblia en pastas: todo es obligatorio y sobretasado. ¿Por qué? Porque ellos proporcionan una educación religiosa, y son hombres y mujeres consagrados a Dios, que no tienen ni quieren patrimonio propio. Ellos no se manchan administrando nada; piden a los superiores que los eximan, por misericordia, de la administración. Pero escatiman un plátano en el postre de los internos y la calefacción —que cobran— en las aulas. Todo para la orden. Vaya por Dios.

Porque lo más gracioso está ahí: ningún trincón de éstos es ambicioso ni avaro, ni siquiera trincón. El problemático monseñor Marcinkus, a cuyo cargo está la problemática hacienda vaticana, no se lleva muy bien con el secretario de Estado Casaroli. (Probablemente porque éste teme que los ajenos le noten demasiado a aquél sus pecados capitales. Y tan *capitales.)* Decir, en la Iglesia, que no se llevan muy bien es como en otras partes decir que se odian a muerte. Pues si se les pregunta, contestarán: «Podemos tener puntos de vista diversos sobre diversos temas, pero algo esencial nos une: que ambos trabajamos por el bien de la Iglesia.» A tomar morcilla. Como si el bien de la Iglesia fuese lo que importara; como si la Iglesia no se hubiese inventado para el hombre, si es que ésta tiene ya nada que ver con quien la inventó.

Muy pocas cosas hay evidentes para mí. Una de ellas es que el reino de la Iglesia sí es de este mundo. También será del otro, no lo sé ni me interesa pero de éste, desde luego. (Desde luego, en el estricto sentido de la expresión: es decir, *desde ya.)* Basta pasearse por Italia. Por otras partes es igual, pero menos notable. Resulta aterrador ver tantas Iglesias, tanta riqueza, tan apabullante poderío, tan prolijo y multiplicado lujo para adorar. Resulta aterrador y significativo de una cosa: no el amor a Dios, sino del desamor al prójimo, al que se predicó el reino del otro mundo para que no tuviera la tentación de alzarse con el de éste. ¿Cómo es posible que, con tanto dinero, la terrible *mano muerta* que fue la Iglesia no construyera casas, escuelas, cultura, fraternidad, es decir, hombres? ¿Qué se hicieron hospitales y escuelas pías? Sí, pero ya sabemos qué fue de ellos cuando desapareció el grupo que los levantó: llegó otro con vocación de tesorero, como monseñor Marcinkus, y se alzó con el santo y la peana. ¿Qué necesidad hubo jamás de tanta orden religiosa, ni de tanto instituto secular, por muchísimas que sean «las moradas de la casa del Padre»? ¿Qué necesidad hubo de que se llevaran unas con otras como el perro con el gato, y se dedicaran a heredar a los ricos para sus fastos y sus emulaciones? ¿Es que no es despilfarro la mejor prueba de la infinita paciencia de Dios? (Que no se me replique con el argumentito del pomo de perfume en la cena de Betania con Simón el leproso —«los pobres los tendréis siempre con vosotros»—, porque puedo explotar.) ¿Es que la oprimente amenaza de esos templos superfluos no tuvo por fin mantener callados, sin cultura y sumisos a los parroquianos? Ay, las *divinas palabras,* en latín para enturbiarlas, como los oráculos y las hechicerías. Qué exactamente igual actúan todos los delegados, por propio nombramiento, de la divinidad. (Ayer, cuando leí la oposición de Juan Pablo II al nacimiento de la Iglesia popular de Nicaragua, me pareció oír a todos los representantes exclusivos de todas las religiones: «Esa Iglesia nace mucho más de supuestos valores de un estrato de población que de la libre y gratuita iniciativa de Dios... Si se opone a la Iglesia de la jerarquía será una grave desviación de la voluntad y del plan de salvación de Jesucristo.» Qué barbaridad. Qué confianza con el Creador. Qué línea directa. Quién pudiera gozar de tal postín.)

Por eso, cuando oigo hablar de «la consigna marxista-judeo-masónica para descristianizar España» —como dice un periodista cada día menos eminente—, opino que la Iglesia católica juega en tal conjura un papel de protagonista. Hacer negro y decir blanco es tirar, a la larga, piedras contra el propio tejado. Porque al que escupe al cielo, en la cara le cae. Dios, aun incomprensible, será bueno; pero no será tonto. Digo yo.

EL CORAZÓN, AL SUR

Siempre que voy a Andalucía voy con temblor. No de miedo, sino de expectativa. Porque estoy seguro de que incurro en un riesgo: el de darme de bruces con quien fui. Y en ningún lugar del mundo fui tanto como en Andalucía. Quiero decir que en ningún otro lugar he sido tantas veces feliz o desdichado; he vivido, con tal violencia, momentos de dolor o de felicidad. Creo que la felicidad y el dolor son los ápices de la vida; los trazos más vigorosos de su perfil; los contornos extremos de un dibujo, que el resto de los días —igual de precisos quizá, pero menos individualizados— rellena y colorea. Son esos puntos claves los que le dan un sentido u otro al boceto, cuyo resultado solamente al final conoceremos. El hombre es una historia. Las dimensiones de ella —su altura, su profundidad, su densidad, su extensión— las marcan siempre los momentos cruciales de dolor o de felicidad.

Si hay un Dios creador, el día en que creó el universo decidió no ser más invisible, ni inasequible, ni ajeno. Se incluyó en él, y en él permanece, múltiple y aleado. Recuerdo que un día tuve que examinar a unos reclutas. Al preguntarle a uno por la Santísima Trinidad, se le nubló la vista. «¿El Padre es Dios?», tanteé. «Pues claro.» «¿Y el Hijo?» «Puede.» «¿Y el Espíritu Santo?» «Ese, desde luego que no.» «Entonces, ¿dónde está Dios?» «Como estar, estar, está en *toas* partes, pero donde mayormente para es en las iglesias.» No estoy de acuerdo yo con el recluta aquel. Acaso Dios sea el espíritu, tan nuestro que no nos atrevemos a llamarlo Dios, que donde más alienta es en el dolor y en la felicidad. Dos sentimientos de distinto signo porque los vemos con distintos ojos, pero que no calificaría yo de opuestos: ¿o es que no tienen en común la intensidad?, ¿o es que los hilos de la urdimbre y la trama se oponen entre sí? La vida es una combustión, o no es apenas nada. Es necesario arder para alumbrar: el brillo y la quemadura son hermanos. Y ninguno de los dos pasa sin huella. Por eso voy con temblor a Andalucía.

Se dice que el hombre es un falo y un cerebro. (Mudando lo mudable, la mujer es igual.) Yo de mí sé decir que ni un solo momento de plenitud (la fusión de nuestro destino con el del mundo es la felicidad; el abandono desesperanzado frente al mundo es el dolor: los dos son momentos de plenitud, aliada o enemiga), ni uno solo que recuerde ha sido fálico. La felicidad —que no he buscado— no es el deleite físico; ése es demasiado impersonal; en él uno cumple su rito de criatura —de ahí la gloria del sexo como gesto indiscutible—, pero no lo trasciende. El dolor —que no he buscado— no es el daño físico: ése es también demasiado personal; a través de él uno percibe su servidumbre de criatura —de ahí la fuerza educadora del dolor—, pero no adquiere la semilla de la creación. La prueba es que un gozo o un sufrimiento físicos se olvidan, y el dolor y la felicidad de que yo hablo no se olvidan jamás. Se quedan al acecho, aguardándonos; aprovechan, para hacerse presentes, el color de una tarde, el roce de una mano, un cante, una palabra entrecortada, un paisaje. Por eso me acerco con temblor a Andalucía.

El dolor de que hablo forma ya parte de nosotros mismos. Fuimos un día ese dolor, y lo que somos hoy viene de allí. Es imborrable, igual que esa cicatriz de la ceja o de la rodilla o del mentón, de cuando jugábamos de niños aquel jueves. Por esa cicatriz, alguien nos reconocería. El dolor ha dejado, como un pájaro que levanta el vuelo —¿para volver, o para no volver?—, el trazo de sus patas en la arena del alma. Es un laberinto del que querríamos salir: al principio; después ya nos vamos haciendo a él, por él y en él. Un laberinto del que no se sale, aunque veamos y casi toquemos la salida. Más nos enredaremos cuanto con más furor tratemos de escapar. El dolor es como un libro del que hay que leer los ejemplares de la edición completa. Y, cuando terminemos, habrá más ediciones. Y, si leyésemos todas, se nos darían otras, en otro color, con otra letra y otro formato y otra encuadernación. El mismo texto ya aprendido de memoria: el texto de nuestra vida: el del momento cumbre, estelar, irrepetible, que lo ha teñido todo. No con aquella sangre del principio, no con aquel alarido, no con aquel urgente cornalón, sino como esos recordatorios de la primera comunión —*«Hoy es el día más feliz de mi vida»*—, pero al revés y más cierto. Un recordatorio que se desliza, de repente, de las páginas de un libro, de las nubes, del calor, de una copa de manzanilla, de una manera de separar los labios. El consuelo no existe. O el olvido no existe. Existe la anestesia del resto de los días, que nos distrae y nos ocupa. Pero, imprevistamente, algo —un portazo, un mal sueño— nos despierta, y allí, a la cabecera, sigue el dolor: rutilante, flamígero, inmarchitable, nuestro. O sea, *nosotros* otra vez...

Y lo mismo sucede con la felicidad. Uno de los califas del esplendor cordobés comenzó su testamento con una serie de hiperbólicos faroles: «He poseído los palacios más ricos; amé y fui amado por las más bellas mujeres; me rodearon los artistas más sutiles; me aconsejaron los más grandes sabios; he sido el dueño de la ciudad más hermosa del mundo...» Y concluyó la retahíla con la que era, por la ley del *crescendo,* la presunción mayor: «Fui feliz catorce días.» Pero quizá considerando que era excesiva tal afirmación, se apeó de ella y la matizó un poco: «No seguidos.» Verdad: la felicidad, como el dolor, nos da su puñalada —su jubilosa puñalada—, y luego retrocede, hasta que un pretexto cualquiera nos la devuelve ilesa, tersa, rutilante también, inmarchitable, nuestra: también *nosotros.* Ni la felicidad ni el dolor son nuestros huéspedes por una estancia larga: nuestra casa es demasiado frágil e incapaz. Alguien ha escrito que el menor momento de dicha es una obra maestra. Pero no nuestra, sino del universo.

Por eso el instante feliz es de plenitud y confusión, de misericordia y de concordia, de panteísmo y de inconsciencia. Una criatura, con la dudosa luz con que el pez ve a la estrella, entrevé el auténtico soporte de la vida... Un atardecer de verano, camino de una cita trivial, alguien acompañado entró en una heladería en la plaza de un pueblo. Sus paredes eran de un verde indeciso y de azulejos blancos. ¿Qué pidió?, ¿una cerveza?, ¿una horchata?, ¿una crema tostada? se bebió una sonrisa, la lumbre de unos ojos: la sonrisa del mundo, la lumbre de este mundo, la razón única por la que este mundo fue creado. Una remota plaza. No la volverá a ver. Si la ve, será una pequeña e indiferente plaza de pueblo. No venderán helados, o será de noche, o se habrá muerto todo. Pero allí se le dio la somera, breve e inolvidable explicación que la vida le debe a cada ser...

No sé por qué escribo esto hoy, Quizá para que los que se hallen viviendo momentos semejantes los beban hasta el último sorbo. Porque lo que viene después es sólo una vacilación entre el recuerdo y la esperanza. La vida no se nos muestra dos veces en la misma postura. Por eso yo siempre voy temblando a Andalucía.

EL CEMENTERIO DE LOS PÁJAROS

A nadie puede extrañar —a mí menos que a nadie— que mi nombre se encuentre en la supuesta lista de los amenazados de muerte por el golpe del 23 de febrero de 1981. Si el origen de tal lista debería o no ser objeto de atención judicial, es otro tema; pero que a mí, que he clamado —con oportunidad y sin ella, como diría san Pablo— por la libertad, se me incluya, resulta lógico. Uno debe arrostrar las consecuencias de sus actitudes.

Yo a la muerte no le he tenido nunca miedo. Somos viejos vecinos. La considero tan natural como a la vida, y tan rotunda y válida como ella. La vida nos va acostumbrando a la muerte, que es su propio reverso; nos conduce, desde el principio, allí. La inmensa mayoría de los libros que me estimulan, de los recuerdos que me animan, de los cuadros que me rodean, de los muebles que comparto, de las ideas que me elevan, fue creada por manos o por mentes que yacen enterradas. En ocasiones, el trabajo de vivir es tan duro que uno se remite y descansa en las almohadas de la muerte. Pero ha de ser con tiento: la única manera apetecible de morir es estando bien vivo. Morir ya medio muerto es una lástima. El hombre sano es el que mejor duerme, porque sus células productoras del sueño —el sueño es algo activo y no un abandonarse— son combativas y exigentes. Así, el hombre que vive en plenitud es el que mejor muere.

Por otra parte, de los que considero enemigos de mi colectividad, no es a mí a quien compete defenderme. Con buena fe y honrada sinceridad he escrito siempre lo que creí mejor: son los que se hayan beneficiado de mi tarea quienes tendrán a su cargo mi defensa. *Suum cuique.* Y si no fuera así; si aquellos enemigos hubiesen conseguido asesinar a quienes se proponían para ahogar sus voces; si se hubieran sofocado las bocas de la libertad y la libertad misma, en esa España de ellos, yo no querría vivir. Para mí, la libertad y la vida son conceptos consanguíneos, radicalmente unidos por la imposibilidad de que se nos otorgue el uno sin el otro.

De ahí que mi forma de contestar a esas luctuosas y oscuras amenazas, y hasta mi forma de colaborar en la campaña electoral (que se nos viene encima con Papa y todo, que se dice muy pronto), sea estrenar mi obra *El cementerio de los pájaros.* Siempre me fascinó ver cómo, en el alma de cada ser humano, se entrecruzan y trenzan el apasionado deseo de la libertad y el también apasionado amor a la libertad. Y en el alma de los pueblos —de los que tienen alma— ocurre de igual modo. Cuando Kierkegaard definió la angustia como el temor de lo que se desea, acaso pensó en ello. Porque la inmensa libertad, la trascendental libertad y su descubrimiento coinciden con frecuencia con la angustia, y se suscita entonces uno de los grandes asuntos dramáticos de la humanidad, en esta y muchas horas.

Sobre él anhelaba yo escribir hace tiempo. Ignoro por qué misteriosa razón, a partir de finales de febrero de 1981, se me preguntó reiteradamente si proyectaba llevar a la escena el golpe de Estado. Yo me asombraba, porque no era del irrisorio golpe en sí de lo que trataba de escribir, sino de esas circunstancias del alma —individual o colectiva—, anteriores y posteriores a cualquier golpe, que lo imposibilitan o lo posibilitan; de una tensión que se afirma y se niega, que constituye el auténtico tejido del corazón humano, tan semejante al tejido que cada día Penélope destruía para reconstruir. El resumen de tales reflexiones no es otro que *El cementerio de los pájaros.*

La libertad es la tierra del hombre. No sé de otra. Pero su ejercicio es amable y explosivo a la vez; difícil de prevalecer sin grave riesgo para ella o para nosotros. Y, sin embargo, ni la libertad sin el hombre sirve para nada, ni el hombre sin la libertad: sólo en función de ella podremos, en esta vida y en otra, ser condenados o salvados, es decir, responsables. Y la responsabilidad es medular en el hombre: lo que lo diferencia de las otras criaturas. Los crímenes más claros de lesa humanidad son el que da la muerte y el que arrebata la libertad. Más inhumano aún el segundo, que enjaula a la esperanza; que, después de matar a los pájaros, los diseca. Nada más triste que la falsa vida, la imitada vida de un pájaro disecado: alza las alas remedando el vuelo; toma la posición del canto; copia el color, el ansia, el júbilo, detenidos y abolidos ya para siempre. En esa muerte maquillada consiste la más insufrible de las maquinaciones y de las ofensas. Donde estuvo —o pudo estar— el fervor de los trinos, el aleteo de las ilusiones, el alto cernirse de los ideales, está ahora el silencio de los picos fingidos y la ceguera de los ojos de cristal; está ahora el cementerio de los pájaros.

Asesino, pues, quien dispara contra la libertad. Pero suicida quien se resigna, sin morir en la briega, a que se le esclavice. Por muy absolutas que sean las fuerzas opresoras, por muy sedicentes divinas, o sedicentes humanas, ni un solo hombre puede abdicar de su derecho a elegir, ni de su responsabilidad por haber elegido. Esa palpitación, ese peligro, esa gloriosa dificultad es lo que nos define. «Yo conozco unos pájaros que nunca se alcanzan, ni a tiros ni a pedradas, y que, de repente, ellos mismos descienden y se te posan en la mano trinando. Unos pájaros que nadie sabe dónde tienen su nido, y no están muertos como ésos, sino que cualquier mal aire puede herirlos, porque son delicados y mortales lo mismo que nosotros.» Esas palabras de un personaje de mi obra justifican mi amor a la libertad y mi falta de temor a la muerte: la libertad y la muerte configuran la vida.

Estoy convencido de que quienes convierten el ejercicio de la libertad en un arma de ataque o de defensa, se equivocan. O tratan de equivocarnos a nosotros. La libertad nunca es un arma, sino un fin, un aprendizaje común y fraternal. Querer ser libre es estarlo ya siendo, porque la intimidad del hombre no resiste cadenas ni mordazas. La libertad es tan intangible patrimonio del hombre que, mientras quede alguno que no sea libre, no seremos, de verdad, libres nadie. Y es que la libertad se necesita hasta para negarla, hasta para negarse a ella y renunciar. La helada protagonista de mi obra afirma: «Quedarse solos es el primer riesgo de ser libres.» Pero ¿está solo quien conoce la razón de su lucha, la meta de su lucha; quien sabe que, donde lata un corazón humano, se levantará —frágil, quebradizo y osado— el verde retoño de la libertad? Del cementerio donde la vida haya sido aherrojada se escapará, en el momento final menos pensado, una indefensa adolescente con una indefensa vida nueva dentro. Aunque la tiranía que pretenda sustituir a otra tiranía triunfe; aunque aseste su arma y dispare contra la liberad recién inaugurada. Nuestra historia es una carrera de relevos que concluye en la libertad, y el testigo que nos pasamos es la consigna de la libertad.

Por eso solicito con vehemencia que los espectadores reconozcan a los personajes; se reconozcan quizá en los personajes; se debatan, sufran, se rebelen con ellos. Porque el arma de la cruel protagonista sólo podremos abatirla entre todos, descargarla entre todos; porque a todos nos hiere su disparo, no únicamente a quienes una supuesta lista apunta y ensangrienta; porque mi obra no pretende ser un vaticinio, sino una invitación a la cordura, a la generosidad, a la solidaridad y al respeto hacia la vida: hacia toda, hacia cualquier vida.

UN NIÑO EN BRAZOS

Ayer tuve en mis manos a un niño recién nacido, ante la impaciente desazón de mis perrillos, convencidos de que era un insólito regalo. No estoy seguro de que yo comprendiera mucho más que ellos. Sentí —quizá ellos no— una enorme misericordia y un enorme respeto: la misericordia que se siente frente a la debilidad, y el respeto que se siente frente a lo impenetrable. Porque el niño es una esperanza al mismo tiempo ya cumplida y empezando a cumplirse; a la vez el asombroso resultado de un proceso y el principio de otro; una vida incoada y también una muerte incoada. El niño es simultáneamente el proyecto de un hombre, y otro ser —él— terminado y perfecto. En tal ambivalencia reside la dificultad de su entendimiento. Yo, cuando he escrito sobre la niñez —en muy escasas ocasiones—, siempre he dicho lo mismo: no sé ni una palabra; no creo que nadie la sepa (ni siquiera los niños, que no están hechos sino para *ser)*. Creo que nos equivocamos al opinar de esos menudos habitantes de otro país —el de la infancia— tan lejano del nuestro. Y nos equivocamos todavía más intentando trasplantarlos a nuestro país, contra cuya impureza no están aún vacunados, y cuyo idioma les es profundamente ajeno. (Sin embargo —de nuevo la contradicción—, el idioma en estricto sentido lo absorben en seguida. A menudo he sabido qué desgraciado puede hacer un adverbio a los dos o tres años. Cuando tenía esa edad, llegaban a casa de mis padres las visitas, y veían a mis hermanos, tan esbeltos, tan elegantes, tan lucientes. «Qué hijos tenéis. Qué barbaridad. Qué guapos son.» Luego, descendían su mirada hasta mí: coloradote, gordo, impresentable. Yo me había aprendido de sobra el comentario: «Bueno... Este es mono también.» Aquel *también* no por habitual me hacía menos daño. Pienso si todo lo que soy —casi nada— no se habrá construido sobre el *también* aquel: para contrarrestarlo como suplencia de lo que no me había sido dado.)

El hombre adulto está a idéntica distancia de su niñez y de su senectud. Con el mismo aislamiento y la misma implicación que el presente respecto del pasado y del futuro. Viejos, no todos lo seremos; niños, sí que hemos sido. Y cada una de las tres etapas es distinta —se concluye en sí misma— e imprescindible a la vez para la siguiente. Como la planta de una casa, en que se vive con independencia de las otras, y todas juntas forman el edificio. Yo me inclino con frecuencia sobre esas misteriosas y marginadas zonas de la vida que son la vejez y la infancia. Me inclino entre el recuerdo traducido y falseado, y el presentimiento tan diferente de la realidad. Ver niños y ver viejos emociona, pero no enseña nada. Tratar con niños y tratar con viejos no nos adiestra en ellos. Hay que *ser* niños y *ser* viejos. Y eso no se consigue sino a su hora. Y además no queremos. La sociedad que entre todos deformamos lo que quiere es ser joven. Todos lo perseguimos. Más que nadie —qué extraño— los jóvenes, que necesitan gritarlo, afianzarse, echárnoslo en cara sin cesar, disfrazarse de jóvenes como si no lo fueran. Y es que, en el fondo, dudan; hacen como que *pasan* de los mayores, pero no es verdad; los imitan hasta en su fervorosa admiración por la juventud, que ha llegado a convertirse en cebo comercial y en un asunto de grandes almacenes. Yo no sé ni por lo más remoto qué es ser viejo, pero por nada del mundo volvería a ser niño o a ser joven. *Hasta aquí llegó la riada:* si hay más agua y más vida, ya subirá el letrero; de momento, bien está donde está.

Y no obstante, ¿es que no soy el niño que fui? ¿No está —recóndito, amilanado— entre las telas de mi corazón? ¿Podría yo definirme sin recurrir a su capacidad de curiosidad y de admiración y de sorpresa; a su ternura no siempre correspondida; a su infinito deseo de embellecer su reducido mundo? Parece que, como los estratos de un terreno, se superponen nuestras estaturas, nuestras facciones, nuestras cicatrices. Acaso dentro de nosotros, no demasiado satisfecho, se encuentra el niño de ayer de puntillas, mirando a través de nuestros ojos, como por una cerradura, el mundo apasionante y atroz de los mayores. ¿Quién no adivina, detrás de una cara barbuda y melancólica, en cierto instante, al niño que hace veinte, hace treinta años se fotografió sentado a su pupitre, con la regla y la escuadra y el plumier, fijos los limpios ojos quizá en el hombre de hoy, con su cara barbuda y melancólica? (Escribió Juan Ramón: «¡No corras, ve despacio, / que adonde tienes que ir es a ti solo! / ¡Ve despacio, no corras, / que el niño de tu yo reciennacido / eterno, / no te puede seguir!»)

De ahí que nos aterre la muerte de los niños. Con ellos mueren demasiadas cosas: no una sola vida, sino las que iban a venir: la del adolescente y el joven y el adulto y el viejo: todas. Muere cuanto el hombre, en su insensata y precisa esperanza, imaginó. De ahí que nos sobrecoja el suicidio de un niño: como la primera noche al primer hombre, como un trastorno cósmico; que nos sorprenda como el descubrimiento —ay, tardío— de que alguien a quien menospreciábamos tenía los mayores poderes: el de seguir vivo y el de darse la muerte. De ahí que nos estremezca un niño delincuente, porque se está anticipando a sí mismo y porque el crimen está en el niño fuera de lugar, como la voz cascada o la calvicie o la facultad de engendrar otro niño.

Teniendo ayer en brazos a aquel renacuajillo desvalido, pensaba qué lógico sería que las madres, con imponer las manos sobre los hijos que acaban de salir de sí mismas, les pudieran sanar y serenar y consolar. Pero, por el contrario, a nuestros niños solemos darles a mamar la ácida leche de la agresividad y de la violencia. Les obligamos a contemplar nuestros cuchillos y nuestra ensangrentada enemistad. «Para que aprendan lo que es la vida», repetimos. Como si la vida fuera esa que hemos hecho; como si el niño no trajera en su manecita la oportunidad de rectificar... No, no sé una palabra de niños. Pero tampoco sé una palabra de padres. Y no hablo de los que asesinan a sus hijos, de quienes los violan, de endemoniados o de locos. Hablo de padres normales, es decir, relativamente irascibles, relativamente exasperables. Hablo de padres que, como todos, han perdido la espontaneidad y la libertad de la infancia como perdieron la tersura de la piel; de padres forzados a emigrar para darles de comer a sus hijos; de padres solos, porque fueron abandonados; de los que se casaron demasiado jóvenes, o a la fuerza, porque el hijo iba a nacer; de los que no encuentran trabajo para mantener a ese hijo; de los que ya no están enamorados. Hablo de padres que llamamos normales. Porque, según las estadísticas, son ellos los que hieren a puñetazos, a patadas, a mordiscos, a sus hijos pequeños; son ellos quienes los encierran en armarios o los atan a las camas; quienes los arrojan contra el suelo o contra las paredes; quienes les queman con cigarrillos o con planchas, o los meten en un horno encendido, o los gasean para hacerles callar. Henry Kemper descubrió el *síndrome del niño golpeado,* que, lejos de sus padres, recupera la sonrisa y el orden y el gusto de vivir.

Nuestra sociedad debería asomarse a ese pozo que es la mirada de un *niño golpeado.* ¿Qué obra de destrucción es esta, qué impiedad, qué atentado contra la naturaleza? ¿De qué hedonismo, de qué subversión, de qué desastre íntimo, de qué solitaria aridez, de qué egoísmo espantoso procede? Estos niños apaleados de hoy serán los padres *normales* de mañana. ¿Cuánto resistiremos sin que nos estrangule a todos la creciente cadena? Ayer mis perrillos le ladraban a un recién nacido, y saltaban a mi alrededor para lamerlo como a una cosa suya. El recién nacido, sin darse cuenta, sonreía: al ruido de los perros, al ruido de mi voz, al ruido de la vida.

FACTURAS PENDIENTES

La sociedad en que nos ha tocado la suerte o la desgracia de vivir —y que todos, de alguna forma, consentimos— emplea, más que otros, un idioma: el numérico. No hay fonemas en él: hay sólo cifras. La amistad y el amor se miden con invitaciones y regalos; el éxito, a tenor de los ingresos; la consideración, por los metros cuadrados de piscina; la bondad, por el monto de la limosna y no de la justicia. No puede extrañar, pues, que la eficacia de una administración pública tenga, como principal índice y dato más visible, su honradez: lo contrario la descalificará automáticamente. España —preciso es reconocerlo— no ha sido en eso ejemplar casi nunca. Los *juicios de residencia* que en otro tiempo existieron, si daban resultados inocentes, solía ser, con frecuencia, porque también los juzgadores se dejaban *untar.* La economía doméstica —quiero decir nacional— nunca se domesticó del todo ni fue impecable; pero América acabó por darle la puntilla: el ojo del amo estaba tan lejos que el caballo se desbocó por hambre. ¿Quién se asombra al leer que altas personalidades están embarulladas en sucísimos negocios o que puestos pincipales y principales apellidos son el pedestal de fortunas principales? No obstante, los dineros públicos han sido antes dineros privados, y nadie tiene derecho a desviarlos. El anonimato de la administración pública no supone la impunidad. El bien común es un concepto vago, que siempre corre el riesgo de ser definido por cuatro sinvergüenzas. Y me temo que no sólo ocurriera así en el pasado régimen.

El año 82, en su segunda parte, ha sido, y lo va a seguir siendo, un año movidito: río revuelto para ganancia de los pescadores. Aparte de las elecciones (a las que todos debemos acudir con esperanza, y entrar y salir de ellas con las manos bien limpias), hemos padecido un Mundial de fútbol en el que hicimos un profundo ridículo, y vamos a padecer una visita del Sumo Pontífice de la Iglesia católica que, por razones obvias, tampoco va a resultarnos muy barata. La religión y el fútbol, en general, se consideran como amortiguadores y válvulas de escape de nuestra colectividad. No estoy seguro. Pero sí lo estoy de que *determinado* fútbol y *determinada* religión no son susceptibles de identificarse, sin estafa, con el bien común. Un Estado aconfesional, por muy meapilas y muy aficionados al fútbol que sus ministros sean, no puede permitirse sufragar con el erario público los gastos que tan particulares aficiones originen. Lo que es de todos no es de cada uno. Y muchísimo menos de unos cuantos.

No tengo nada contra el fútbol, salvo que no me gusta. (Pero tal hecho no es trascendental, tampoco me gusta el frío y me resigno.) Lo considero un deporte de larga tradición, por lo menos en otras latitudes. (No sé qué rey Carlos de Inglaterra lo declaró delito de alta traición y condenó a la horca a quien lo practicara. Eso muestra dos cosas: su antigüedad y que algo malo se vería en él entonces ya.) Sin embargo, ¿qué opinar de él como negocio? Un negocio construido sobre la monotonía de millones de vidas, que persiguen una excitación para animarse. No la excitación proporcionada por el juego en sí, sino por la incertidumbre de su resultado. *¿Quién será el ganador?* ¿Es que importaba de veras más que eso en el Mundial sufrido? No es jugar lo que importa, sino ganar. Un entrenador americano decía no hace mucho: «No, no es que ganar lo sea todo: es sencillamente lo único.» Y uno nunca está seguro de que cuando se dice *ganar* en este tema no se refiera siempre al dinero antes que a los partidos. Quien conozca las universidades americanas sabe la intangibilidad de los atletas: en ellos se invierten cientos de millones. Y no se busca tanto el prestigio cuanto la probabilidad de las enormes ganancias que un equipo de fútbol o de baloncesto logrará con el éxito.

Como negocio, el fútbol me da asco. Porque manipula y tergiversa una pasión honesta del ser humano: el amor a su equipo y a sus representantes. La desvirtúa, la prostituye, la extorsiana. Como negocio, el fútbol, ¿a quién se le ocurriría decir que es un bien común (sobre todo el aparentemente atroz fútbol español)? Por tanto, la deuda aproximada de 10.000 millones de pesetas de los clubes nacionales deben saldarla los caraduras que la han ocasionado o, en última instancia, los socios que lo deseen, pero jamás, jamás los contribuyentes. Y saldarla los contribuyentes es aumentar la participción de los clubes en las quinielas, privilegiar al fútbol con loterías extraordinarias, condonar sus créditos a la deuda pública, exonerarlo de una fracción de sus impuestos, o subvencionarlo, a través de la televisión, con quinientos cuarenta y un millones de pesetas por un espacio dominical llamado *Deportivo*. Tal comportamiento, aun habiendo quedado campeones del Mundial, sería un robo; más cuando, en lugar de gloria, se nos cubrió de escarnio en el deporte y en la organización, y se nos ha echado tal fama de timadores por el mundo entero —gracias a unos cuantos ladrones descarados— que da pena viajar.

Y con la Iglesia católica me pasa tres cuartos de lo mismo: no tengo nada en contra, salvo que no me gusta. No enjuicio —insisto— su moral, ni su dogma, ni su culto —cada palo, su vela—, sino sus concreciones. Hoy recibo una larga carta en que se me reprocha un artículo aparecido aquí. Entre otras cosas, dice que «la Iglesia, como compuesta de hombres, tiene que tener defectos, pero nadie tiene derecho a publicarlos, sobre todo cuando el fin que se persigue es el descrédito.» Ni yo pretendo desacreditar a la Iglesia católica; ni está en mi mano, sino en la suya, hacerlo; ni creo que sea *crédito* —en cualquier sentido— lo que ella necesita. Pero del argumento perpetuo de *obra de hombres* falibles, estoy hasta la coronilla sin ser cura. Porque para contradecirlo están el *Opus Dei* (si es que eso puede contradecir nada, porque ¡anda!) y la infalibilidad pontificia (que ¡anda y olé!). A los individuos que la utilicen y quebranten, que los expulse la Iglesia de su seno y quede inmaculada: a Dios rogando y con el mazo dando. De la escabechina, alguno se salvará. Claro que cuando se decide no siempre acierta: el bribonazo de Alejandro VI, en vez de quemarse él, mandó quemar, por machacón, a Savonarola, que era lo más decente de Florencia.

Este año concluye el primer tramo de la *fórmula escalera* que el Estado acordó con la Iglesia en el 79: alrededor de 6.000 millones los tres primeros años, un impuesto religioso los tres siguientes y la autofinanciación después. A ver si el Papa resuelve, con el nuevo Gobierno del 28 de octubre, lo del impuesto y lo de la autofinanciación y lo de la enseñanza privada y la universidad católica y demás trinconeos. Y a ver quién paga —no de boquilla: de hecho— los gastos de ese viaje faraónico. Porque del bien común —el único en este caso— que podía ser el patrimonio artístico católico, los párracos y los obispos hicieron siempre de su capa un sayo. (Yo sé de cacos que avisan a ciertas iglesias el día que van a ir a robarlas.) Y, en cuanto a ese impuesto, mal comienza si ya no nos fiamos ni de quien lo administra ni de quien lo recibe. Por lo que hace a la autofinanciación, padres tiene la Iglesia; incluso hay institutos —o como ahora se llamen— que no creo que se dediquen a otra cosa. Y, en último término, que la Iglesia promueva una Liga Católica de Fútbol.

EL IGNORANTE AMOR

Yo amo a los animales. Siento por ellos un amor respetuoso, mudo y —como casi todos los amores— abrumado de desconocimiento. Suele decirse que amar es el camino más recto para conocer; también suele decirse la viceversa. Y que el amor es ciego —o miope por lo menos— y necesita avanzar a tientas: quizá esa sea la razón de las caricias. Suelen decirse demasiadas cosas respecto al amor: contradictorias muchas, confusas las restantes. Ni siquiera estoy seguro —ni en cuanto a los animales, ni en cuanto a las personas— de que el trato remedie el desconocimiento. Uno va construyendo a su manera al ser que ama. Y ama, en el fondo, lo que ha construido, lo que ha deseado; descubre las cualidades que anhelaba descubrir; es la esperanza nuestra quien viste al ser amado, y nuestros ojos los que ponen el azogue del espejo que nos refleja. ¿Alguien puede decir que un domador conoce a sus fieras? ¿No leemos, de cuando en cuando, lo contrario en las páginas de sucesos? Es la vanidad del hombre lo que le lleva a imaginar que ya domina, que ya está en situación de enseñar a un animal lo que, como amo, a él le place. Yo no he tenido nunca animales sabios. No me gustan. Me sucede con ellos igual que con los hombres tontos. De un animal yo aprecio la naturalidad, la distinción irrepetible, la misteriosa vida que destellea en sus ojos: tan ajena y tan semejante a la vez a la nuestra. Por eso me sobrecogen más por su indefensión que por su fuerza. Lo que provocan en mí está más cerca de la ternura que del espanto: la ternura que brota frente a lo que se ha sido o lo que acaso será; la ternura que a cualquier vida, aunque ignore el idioma en que le hablan, puede inspirar la vida.

Hace poco, en la playa de la Ballena, de Chipiona, se me acercó un niño. Con gesto de generosidad, en que se adivinaba la orden de su padre, me ofreció un camaleón. No sé quién me explicaba que, cuando está aterrado, el camaleón no es capaz de disimularse cambiando de color. Estaba allí rabiosamente verde, enroscada la cola en los dedos del niño, engarabitados sus propios largos dedos, acechando el mundo hostil —un chiringuito con olor a sardina y a familia— desde sus vibrantes ojos divergentes, tan parecidos a los de Jean Paul Sartre. El niño se lo iba a llevar a Sevilla, a su casa; lo ataría cerca de unas macetas, y lo alimentarían los mosquitos. Sentí de refilón la ráfaga de un ojo exaltado y frenético. Bajé los míos. Di las gracias al niño, y no acepté el regalo. El niño se retiró, supongo que contento.

El mes pasado salí hasta la puerta de la calle a despedir a alguien. Al cerrar, escuché un ligero pío. Entre la yerba del jardín había un gorrión. Le apuntaban ya los cañones en las alas, pero aún tenía desnudillos los muslos. Era un guacharro de boqueras amarillas y grandes; un harapiento y tembloroso ser caído de su nido. Por fortuna, mis perros estaban en otra parte de la casa. Lo recogí y, no sé por que tendencia humana, hablándole con suavidad, lo llevé a la cocina y lo invité a comer. Para el hombre, son la conversación y la comida lo que más une a los seres, sobre todo cuando un gorrión es tan jovencito que no acostumbra a fumar. Qué manía la de humanizar al mundo entero; la de antropomorfizar la naturaleza, desde los animales a los dioses. Siguiendo la otra grave e irresistible tendencia nuestra, le puse nombre: le llamé Gabriel, porque era, en cierta modesta forma, un menudo y equivocado arcángel de la Anunciación. Por supuesto, el gorrión no comió: ni galletas, ni leche, ni miga de pan humedecido: nada. La persona a quien había despedido tocó de nuevo el timbre. Volvía por algo olvidado. Me vio con el pájaro. Me advirtió lo difícil que es criar un gorrión. Me aconsejó dejarlo en el lugar del que lo cogí y esperar que los padres lo encontraran. Yo temía que, antes que los padres, lo encontraran mis perros. Mi amigo era más experto que yo: se lo llevó. Apenas duró un día. Yo recuerdo aún su aleteo, su infinita necesidad de protección, su miedo irremediable a la protección mía.

Hasta este verano he tenido predilección por las palomas. Son un poco cochinas, pero alegran las ciudades, enternecen el aire de la mañana o del atardecer. Para esta casa en que vivo, me regalaron en Marchena una pareja. Son famosos los palomos marcheneros. «En un mes logrará usted tener un palomar con cien.» No porque procreen a tal velocidad, sino porque seducen. El macho, no de gran tamaño, tenía la cola gastada de hacer la rueda garbosamente para conquistar a las palomas, que lo seguían después enamoradas. Una amiga, consciente y reflexiva, me prohibió admitir en casa la pareja si no estaba dispuesto a reparar cada año el tejado de pizarra. Este verano tuve ocasión, en Venecia de conocer —¿de conocer?— de cerca a las palomas. Ellas siempre gozaron en la literatura buena fama: identificaciones divinas y espirituales, adjetivos incontaminados: cándidas, dulces, amorosas, y simbologías pacifistas. Mi paisano Góngora, harto ya, las calificó de lascivas. En Venecia pude, de sobra, comprobar porqué. Yo diría que la vida de una hembra se reduce a huir de un palomo mientras comisquea y a dejarse pisar. Y la de un macho, al revés, pero con más trabajo.

Un anochecer, recordaba, por San Marcos, riendo, el cartel que había visto, de adolescente, en la catedral de Ferrara: «Se prohíbe echar de comer a las palomas sobre los altares.» Y de repente vi una hembra agonizante. Vi sus leves boqueadas y el velo de sus ojos. Vi, asqueado, a los machos acudir a montarla. Los aparté con el bastón. Ella, rendida, abandonó su cuello irisado sobre la losa. Un niño, creyéndola hambrienta (siempre creemos hambriento a quien no comprendemos), le puso delante un puñadito de maíz. Los machos descendieron en mayor número; comían y pisaban a la moribunda. Diez, doce, no sé. Se peleaban por la posesión del cuerpo y de los granos. Me pregunté si la naturaleza tiene siempre razón. Y me alejé. Cuando volví no quedaba ni rastro de aquella muerte, ni de aquellos orgasmos, ni de aquel maíz... Esa misma noche tropecé con una fotografía, tomada desde un helicóptero, en un bar. Las palomas de la plaza de San Marcos, a decenas de miles, buscando una comida habilidosamente colocada, en letras enormes, escribían Coca-Cola. Era el triunfo de la práctica sobre la estética. Norteamérica siempre tiene, de momento, esa última palabra. Y, en definitiva, los edificadores de Venecia hubieran comprendido a sus palomas: ellos hicieron exactamente igual.

Al día siguiente, en una cena cerca de Treviso, conocí a una condesa alemana deprimida y dipsómana. Le había sucedido —le estaba sucediendo hacía meses— una tragedia íntima. Todo el mundo, excepto yo, intentó consolarla. Hoy mismo ha mandado saludos, sin ninguna ironía, «para aquel afectuoso español del bastón». ¿Por qué escribo esto hoy? Porque creo que somos —con las personas y con los animales— demasiado sanjorges: queremos redimir, inmiscuirnos, entender, manejar la extraña justicia incognoscible que rige el universo. ¿Qué sabemos de nada? ¿Es que somos nosotros los certeros, los fuertes, los infalibles, los mejores? ¿Quién es nadie para salvar a nadie de *su* vida; ni siquiera para salvar a nadie de *su* muerte?

ANTIGUAS PROFESIONES

En mi época, aparte de una aspiración brillante e inconcreta que se llamaba Ingeniería, los chicos estudiábamos Derecho, Arquitectura o Medicina. Con evidente ingenuidad, a los que ni las matemáticas nos gustaban ni íbamos para curas, se nos hablaba de los *sacerdocios* que eran la Judicatura y la Medicina, o del *matrimonio de arte y ciencia* que constituía la Arquitectura. Yo, al terminar la licenciatura de Derecho y otras no muy opuestas, sólo tuve una cosa clara: que no quería usarlas. Por eso le propuse a mi padre estudiar Arquitectura. «No», me respondió, «porque el año próximo me pedirás simultanearla con la Medicina, y eso ya es demasiado». Era exactamente lo que yo tramaba, y él tuvo, como siempre, razón. A mí me atraía, de la Medicina, el estudio de sus asignaturas, y de la Arquitectura, su ejercicio. Quizá por haberme visto obligado a elegir entre tan escasas posibilidades; por haberlas amado y desechado; por haber convivido con ellas largo tiempo, son esas tres carreras —administrador de justicia, médico y arquitecto— las que más observé en los oscuros años del pasado, y las que vi más asediadas —y manchadas— por la rutina y por la corrupción.

Pocas cosas hay en este país tan afirmadas como la que se denomina, con cierta vaguedad, *espíritu de cuerpo.* Creo que es lo único que conservamos de la beneficiosa y humanísima organización gremial, y consiste en hacer compatibles dos advertencias del refranero: que los trapos sucios han de lavarse en casa, y que no hay peor enemigo que el de tu oficio ni peor cuña que la de igual madera. Para mi primera serie de televisión, dejé escritos unos cuantos guiones antes de emprender un aciago curso por universidades norteamericanas. En uno de ellos aparecía un peculiar y exuberante maestro; en otro, una amarga enfermera timada por la vida. Cuando volví de América, me chafaron el gozo del retorno miles de cartas, de artículos, de alusiones. Todas las enfermeras de la Seguridad Social y todos los maestros nacionales se habían puesto, por primera vez, de acuerdo para insultarme a mí. Quisiera, con este artículo, no tentar a ningún *espíritu de cuerpo,* que encontraría tantas ocasiones de emplearse mejor que defendiéndose de quienes no lo atacan.

Un par de años atrás inauguré la sede de una Agrupación de Colegios de Arquitectos. Es una tolerable casa de los años veinte. De ninguna manera puede calificársela de monumento nacional —en la misma ciudad hay edificios que corren mayor peligro y son más bellos—, pero su situación es espléndida. Mientras elogiaba el inicial propósito de la enmienda de los más jóvenes arquitectos —dinámicos, vivos, experimentadores—, veía alrededor, sobresaliendo tras los incapaces y empinados árboles, numerosos delitos que sus predecesores habían cometido: rascacielos interminables, innecesarios, horribles, destructivos. Y comprendí que, de momento, la deuda contraída no estaba, por aquella sola inauguración, saldada. Los jóvenes arquitectos —los de aquel día y todos— tendrán que hacernos olvidar la sumisa entrega a los propios intereses en que los menos jóvenes incurrieron. Una entrega a la especulación sin lucha, sin rebeldía, sin conjura valiente en cuerpo vivo y en espíritu vivo (¿o es que el *espíritu de cuerpo* sólo sirve para socaliñear gangas?), con opinión colectiva e inamovible, con la imaginación y el buen gusto que han de suplir a la escasez de medios. La responsabilidad de los arquitectos en el estrago de nuestro país es infinita. Basta darse un garbeo para convencerse de que a ellos no les importó, en general, dónde iba a vivir la gente, ni cómo esas viviendas influirían en la sociedad que hoy ya ha llegado. A un arquitecto —y a cualquier otro profesional— se le puede perdonar que sea bobo o sea malo, pero de ningún modo que se venda.

Precisamente ahí es adonde condujo el desaliento, la insatisfacción, la burocratización de los médicos. Destrozado el concepto de sacerdocio, sólo quedaba firmar recetarios con resignación o montarse en el dólar. (Sé que hubo más, pero muy poco más.) De ahí el abandono de nuestra sanidad, la espantosa torpeza de la Seguridad Social, el escalofrío de níquel y formol que cunde al visitar las descuidadas clínicas. De ahí que el *espíritu de cuerpo* tenga en esta profesión tanto que hacer hoy para salvar a los insalvables: los eternos ausentes, los delegadores, los rebajados de funciones, los que se ciscan en la incompatibilidad, los que preservan sus tentebonetes, sus ventajas, sus años de pésimos servicios, sus sucias canonjías, sus negocios fríos y desamorados. Y de ahí que, escandalosamente, trate de convertirse en algo de derechas o de izquierdas lo que no es más que o cumplir con un deber, sagrado y voluntariamente contraído, o ser un cerdo por las buenas. Hay demasiada vertiginosa distancia desde el juramento de Hipócrates y la hermosa oración de mi paisano Maimónides («... Que el amor a mi oficio me llene a cada momento, que ni la ruindad, ni la avaricia, ni el deseo de fama o de reputación enturbien mi mente...») a la descarada actuación —no individual— de quienes, con uñas y dientes, mantienen sus prebendas de los años pasados y ayudan a mantenerlas a los colegas de la misma calaña. Demasiada distancia, para que sea sencillo que los jóvenes médicos, con una ilusión nueva, pasen una página obscena y escriban con su vida otra más limpia.

En cuanto a la Administración de justicia, tanto se la calificó en los años duros de intachable, de independiente, de inasequible a las órdenes del poder y a la tentación, que daba risa. Yo he sufrido en mi carne —más de una docena de procesos imbricados— su intachabilidad y sus demás virtudes. A mí no me trataron como a los procesados por el golpe de Estado: ellos podían salirse de la sala a su estrellado albedrío; yo tenía que suspender mis estrenos en Hispanoamérica por vanas comparecencias, que sólo servían como pretexto para incoar a su vez otros procesos por desacato: un desacato que se reducía a decir la verdad. En un pueblo andaluz conocí a dos manijeros que vivían —nada mal en aquel tiempo, que ya es decir— de una lucrativa y pública ocupación: la de testigos falsos. Un eminente abogado, también paisano mío, hace nada escribió: «En un gran sector la justicia es pésima... La corrupción —el cohecho— está extendiéndose cada vez más.» El artículo 117 de la Constitución declara a los jueces y magistrados independientes y responsables: una cosa no es comprensible sin la otra. Y en la última apertura del año judicial, el presidente del Tribunal Supremo destacó que, por primera vez, el acto no estaba presidido por el ministro de Justicia, lo cual es un síntoma a favor de la, antes tan cacareada como falsa, independencia del Poder Judicial respecto del Ejecutivo. Ojalá que, en ésta y en las otras profesiones, ni a los profesionales les sea necesaria la corrupción para sobrevivir, ni su conciencia —o su *espíritu de cuerpo*— les consienta aceptarla.

IMAGINERÍAS

La Academia tiene de la palabra imagen un concepto muy cutre. Entiende que «es la figura, representación y apariencia de una cosa», o «la estatua, efigie o pintura de Jesucristo, de la Santísima Virgen o de un santo». Según eso, alguien menos bueno, como el demonio o yo, o alguien no católico, como un caballo o Buda, no somos dignos de disfrutar de imagen. Afortunadamente en el panteón del diccionario no se acaba la vida. Lucidos estaríamos si toda la campaña electoral hubiera de hacerse con estampitas de san Pancracio contra el paro, de san Isidro para la reforma agraria, de san Roque contra la corrupción, o de san Expedito —abogado de los imposibles— para poner a los militares en su sitio. No es así, y menos mal, los medios de comunicación nos enseñan que imagen es también el conjunto de datos físicos y morales que definen públicamente a una persona. Hasta hace poco quisieron convencernos de que una imagen vale más que mil palabras: era el deseo de arrimar el ascua a su sardina, y no les salió bien. Ya no se lo cree nadie. Bajo la retocada fotografía de los políticos en liza, suele aparecer un par de palabras que valen más que mil imágenes. Porque todavía los rostros se maquillan con más facilidad que los vocablos, aunque detrás de éstos se juegue con tanta o más frecuencia al escondite.

En este asunto la Constitución también se queda corta. El artículo 18 protege el *derecho a la intimidad y a la propia imagen,* pero se refiere, según la ley que lo desarrolla, sólo a reproducciones fotográficas: a la altura en que estamos eso es muy poquitín. Además, ¿no serán la imagen y la intimidad los extremos opuestos de una vida sociable? ¿Es privada la *persona,* y para andar por casa; el *personaje,* público y ventanero? ¿Qué los distingue? Podría pensarse que, en el teatro griego, era no más la máscara, que incorporaba el actor al escenario. Sin embargo, no fue así: en Grecia, la *persona* era ya *personaje*. El término *persona* explica la razón de ser de la máscara: *per-sonare,* ampliar la voz. Es decir, el vocablo nos reconduce a una vieja verdad: entre el actor y el personaje lo que está es la personalidad. Es razonable que un tribunal francés condenara a un reportero por fotografiar a Brigitte Bardot en el jardín de su casa con su hijito en brazos: allí no era una actriz, cuyos centímetros cuadrados de piel ya conocíamos, sino una mujer madre, que no coincidía con la otra ni en el nombre siquiera.

También se quedó corta la Constitución no protegiéndonos a todos, en períodos electorales, contra las imágenes que quieren imponernos los políticos. En un santiamén no se enmiendan desastres, ni se nos puede vender el burro que estuvo coceándonos años. Ese Fraga, hoy marrullero y lubricante, fue el póstumo ministro de la Gobernación cuanto Vitoria y cuando mis palizas, y, bajo Franco, hizo con la Información y con mis comedias lo que le dio la gana. Su símbolo es una ametralladora con silenciador: con silenciador, hasta que otra vez nos ensordezca. Por muy abanderadas bromas que ahora gaste: ayer, con sus tirantes; hoy, con sus paraguas. Lo que nos importa no son los accesorios, sino su portador. Y ese es el mismo desde el primer instante de su ser natural, amén. La imagen, ni en política ni en arte, hace otra cosa que envasar el producto. También Azorín llevó un paraguas, enorme y rojo, y Valle-Inclán, barba de chivo, y Dalí, un bigote ridículo. Pero son la literatura y la pintura lo que vale la pena, y por lo que la gente los admira. Porque ¿hasta dónde esos aditamentos, en un artista, son reclamos publicitarios y no gestos de rebeldía contra las formas hueras y los buenos modales de los adocenados? Tales bigotes y tales barbas, como mi bastón y mi cadena perpetua, ¿no significan exactamente lo contrario, por ejemplo, del abotonado chaleco pudoroso y el traje planchadito de Landelino Lavilla, cuyo *equipo de imagen* nos lo vende en plan *caballero respetable sin tacha y sin miedo, deshacedor de entuertos,* ay, tan ucedeos como irremediables?

Todos habríamos de procurar que la idea que los demás tienen de nosotros —creada lentamente, como un aluvión de iteraciones— coincidiera con la verdadera. O sea, que se aproximen esos polos de intimidad e imagen. No obstante, cuando surge la *interpretación,* de cualquier clase que sea, el tema se complica. Porque surgen un tercero en discordia: el que aparecerá de manera inmediata. Nadie duda, verbigracia, que la imagen de Irene Gutiérrez Caba como actriz responde a su personalidad como mujer, y por ello la votan con decisión las amas de casa. Es serena, comprensiva, trabajadora, modesta, perdidiza, respetuosa y fructífera. De ahí que no fue fácil —y sí de agradecer— que aceptara el papel de la protagonista en *El cementerio de los pájaros,* que es todo lo contrario. Ella temió —aun siendo actriz y, por tanto, creadora de ficciones— que esa *tercera imagen,* sobrepuesta y temporal, dañara las otras dos, previas y confirmadas. Yo me alegro de que no sea así, porque a un actor —o a un político— no se le debe identificar con su personaje, por muy maravillosamente que lo encarne.

Digo esto porque actores somos todos: no sólo los políticos en traje de campaña, sino todos. ¿A quién no le acusaron algún día de reír en puerta ajena, y reservar para los más próximos el mal humor y la acedia? ¿Quién no disimuló algún día un movimiento de ternura, sus ojos empañados, el sentir que estaba a punto de aflorarle a los labios? En el fondo, todos, muy poco a poco, acabamos de ser víctimas o verdugos de nuestra propia imagen; a todos nos tiraniza la opinión que los demás tienen de nosotros: porque procuremos adaptarnos o porque procuremos contradecirla; todos nos deberíamos empeñar no en *ser lo que parecemos* (como aconsejaba el *Conde de Kent,* de Shakespeare, y no Shakespeare), sino en *parecer lo que somos.* Abierta y humildemente lo que somos: no más, no menos, no otra cosa distinta.

En tal sentido, yo, como la mayoría, tengo suerte: no he de hacer campañas electorales; no debo corregir a la carrera errores de actitud, posturas, opiniones; no tengo que estafar; no tengo que echarle agua al vino, ni cloro al agua, ni aceite de colza al de oliva, ni decir digo donde dije Diego, ni pregonar que la calle es ya de todos, ni colgarme en la trompa un lazo rojo y gualda. Me interesa más lo que espero de mi auditorio que lo que mi auditorio espera de mí. En mi imagen no intervienen publicistas, no hay *marketing:* actúo —actúo, sí, lo mismo que un actor, ¿y quién no?— con buena fe, con naturalidad, con honradez, sin más armas que la franqueza. No aspiro a nada: ni a un puesto de ujier de un ministerio: sólo a expresarme tal como soy. Si desfiguro mi realidad, es deficiencia mía, porque mi intención es darla exacta: mirar dentro de mí y alrededor de mí, y contar lo que veo. Porque sobre los seres de a pie, como yo mismo, tengo, por escritor, una ventaja: el diccionario dice que imagen, en literatura, es la representación viva y eficaz de una cosa por medio del lenguaje. O sea, el axioma de la imagen y las de mil palabras es para mí inservible: porque no puedo ofrecer más imagen —ni mía, ni del mundo, ni de María Santísima— que la que alcance a dar con la palabra.

URNAS DE CRISTAL

La primera vez que presencié una campaña electoral y un día de elecciones, fue en un país hispanoamericano. Para facilitar la *lectura* de los analfabetos, cada partido tenía su color —o sus colores, porque no bastaban los simples del espectro— y su música. Las ciudades eran una verbena. Acostumbrado yo al omnipotente silencio franquista, me preguntaba cómo podían los ciudadanos reflexionar, con tanto ruido, sobre su voto. El aire todo era, para mí, festival y envidiable... Así tiene que ser. Pocas circunstancias más emocionantes y justamente hermosas que ésta, en que un pueblo se da a sí mismo su futuro. Es la democracia coronándose a sí misma a través de la más alta participación colectiva. Es el momento de designar representantes, de acertar, de arriesgarse. Es el ejercicio de la libertad activa, que consiste en elegir; luego vendrá la consecuencia de la elección: se obedecerá o se desobedecerá la ley, pero esa no es más que una libertad secundaria; la primordial es la de consagrar a quienes tienen que elaborar las leyes, cuyo inicial impulso va ya dado en cada papeleta. En la fragilidad de ese papel y el cristal de las urnas reside la grandeza de cualquier democracia.

Yo recuerdo cómo nos tuteaba a casi todos los españoles la alegría en un 15 de junio, y cómo las calles y las casas y los rostros aparecían teñidos de esperanza. Luego, aquel sol se nubló; se amortiguó aquel gozo; se mustió la ilusión. Quizá porque se encargó a médicos la que era tarea de cirujanos: los analgésicos no resuelven cuestiones de quirófano. Cuando se encomienda el avance a un paralítico no puede sorprendernos que poco o nada mude. Las cosas, desde ahora, nos irán bien o mal; pero no tendremos derecho a llamarnos a engaño. En nuestra mano está —en todas, de una en una— acometer lo que temimos antes: por adolescencia, por miedo a la libertad recién inaugurada, y a lo desconocido, y a un porvenir hecho de posibilidades y caminos, uno de los cuales había que tomar, confiando en un guía. Hoy los hechos —imperativos, no alegres; exigentes, no optimistas— nos aconsejan —nos obligan casi— mirar hacia otro lado. Ignoro lo que allí nos aguarda, pero estoy convencido de que la única manera digna y fructífera de mirar es con esperanza, y de que lo que nos aguarde dependerá en muy buena medida de nosotros.

España, por tradición histórica, se ha visto casi siempre coartada en sus actuaciones. Cuando ha querido moverse, de un pie la ha sujetado un militar, y del otro pie, un cura. Por eso es conveniente conocer la actitud de esas dos fuerzas (que, en definitiva, protagonizaron mi comedia —la nuestra— *Los buenos días perdidos)* en estas elecciones. De entrada, ambas están al cabo de la calle de que España es de izquierdas, y así va a proclamarlo. Ni otra cosa es posible, ni, aunque lo hubiera sido, le habría dado opción el comportamiento —monótono, egoísta, secular— de la derecha. Desconfiad de quienes aseguran que la división entre izquierda y derecha es inservible, trasnochada y partidista. Mentira: una añagaza más. Cuando un producto en venta se desacredita, la primera medida es cambiarle de nombre: a eso el capitalismo nos tiene acostumbrados. Yo quiero mucho a los perros, pero sé que no cambian por cambiar de collar. Y sé —lo que es más triste— que quien da pan a perro ajeno, pierde el perro y el pan. Por eso ahora se trata de darle el pan al nuestro.

La Comisión Permanente de la Conferencia Episcopal Española hizo, el mes pasado, una declaración que intentó ser «una iluminación religiosa y moral de tan importante acontecimiento». A mí me pareció correcta. Me trajo a la memoria, eso sí, la pastoral que, después de tres meses de ver y oír y callar, publicaron los obispos portugueses cuando la revolución de los claveles. Los españoles han tenido unos años para dar a entender lo que los portugueses tuvieron que expresar: que «la Iglesia acepta, tanto a nivel de jerarquía como de laicado, el peso de la responsabilidad de los errores cometidos o participados. Negarlo sería desconocer que la Iglesia, aunque el espíritu de Dios la conduzca y anime con indefectible asistencia, está compuesta de hombres sujetos a las vicisitudes y limitaciones de la terrena condición.» Sin embargo, entre aquella pastoral y este documento hay otra semejanza. «No existe», dijo la pastoral, «espíritu democrático que no sea de inspiración evangélica o que pueda subsistir sin tal inspiración.» «La aproximación, en suma, a un tipo de sociedad lo más cercana posible al Evangelio» es lo que nuestros obispos nos proponen.

Si cree la Iglesia que en España algún día ha convivido con regímenes evangélicos, va lista. «A quien te robe el manto no le impidas que te robe la túnica.» «Se dijo a los antiguos: no matarás, el que matase será reo de juicio. Pero yo os digo que todo el que se irrite contra su hermano será reo de juicio.» «Si vas a presentar tu ofrenda y te acuerdas de que tu hermano tiene algo contra ti, deja la ofrenda sobre el altar, ve a reconciliarte con tu hermano y vuelve luego a presentarla.» Eso no es una moral eclesiástica, ni un dogma, ni una forma de culto; no es ni una religión: es pura y simplemente el evangelio. Un evangelio que, hasta hoy, se ha escamoteado por quienes lo aceptan como frasecitas edificantes y piadosas parábolas; por los mediocres que atemperan el aguardiente de Jesús con el agua de lo *humanamente posible;* por los beatos cicateros de reclinatorio que, so color de misticismo, desdeñan darle al hombre lo que es del hombre: una criatura sin la que Dios no es Dios, porque en ella se complace y se muestra. Con las *Bienaventuranzas,* escribe Romano Guardini, «se inaugura desde lo alto una nueva existencia, que la creación sola no podría engendrar y que está concebida según leyes que, vistas desde abajo, no parecen tales, sino incoherencias y revoluciones.» Cuando, a raíz del Vaticano II, le preguntaron al teólogo Rahner qué habría opinado Jesús de Nazaret de las conclusiones del Vaticano I, contestó que lo más probable es que no hubiera entendido absolutamente nada. Pero en el Vaticano II, si bien no por demasiado tiempo, se reconoció el don carismático del pueblo de Dios, su don profético y la infalibilidad de la comunidad cristiana como tal. Con unas consecuencias definitivas: la Iglesia no es la jerarquía ni el clero; la Iglesia no es una organización canónica, ergotista y cargante; la Iglesia no es una sociedad perfecta y autárquica, a la manera de los estados nacionales; la Iglesia no es siquiera un conjunto de hombres que, a semejanza de un partido político, tienen la misma fe; la Iglesia, o es una comunión fraterna fundada en la relación personal y comunitaria con Dios, que es amor, o no es nada.

De ahí que resulte innecesario, en el documento episcopal, reconocer «la primacía de la persona del trabajador en las relaciones laborales»; o que «la Iglesia no debe identificarse con ninguna postura política ni imponerla autoritariamente a sus fieles»; o la aspiración a «la recta distribución de los recursos materiales, culturales y cívicos» y a «la justicia en todos los órdenes de la vida.» Todo eso es pobre y se sabía. La Iglesia asoma la oreja en lo de «la protección eficaz del matrimonio y la familia» (que no estoy seguro de que ejerza ella) y en «el derecho de los padres a elegir el tipo de educación que reciban sus hijos» (¡ya salió!). Pero algo hay todavía más innecesario: el arzobispo de Sevilla, en un lugar tan oportuno como la cárcel y en una fiesta tan idónea como la de la Merced, ha expuesto que la antedicha declaración de la conferencia no cierra «en absoluto» la posibilidad de que los cristianos voten opciones moderadas de izquierda, como el PSOE. Bravo por este nuevo arzobispo, que además ostenta el gustoso apellido de Amigo.

Claro que en Sevilla ha sido también donde el capitán general ha afirmado: «Para el Ejército no existe ni derecha ni izquierda. Sólo la patria y su símbolo representativo, que es la bandera nacional. Que el ejecutivo lo detente una u otra ideología política no nos afecta.» Saca un poco de quicio que los militares se vean en la necesidad de asegurarnos que acatarán el resultado de las elecciones. Unas elecciones que hace el pueblo, que es su verdadera patria y su propia bandera: las otras son, una y otra, los símbolos de él. En cualquier caso, esperemos que todos —del rey abajo, incluyendo obispos y jefes y oficiales—, no sólo respetemos, de uno en uno, tal resultado, sino que trabajemos con denuedo para que se cumpla y sea el mejor. Porque las urnas son sólo de cristal.

EN TORNO AL PARO

Nada hay que afecte tanto al ser humano, descomponiéndolo, como el hundimiento de sus más íntimas convicciones. Él cuenta, conscientemente o no, con la caducidad de sí mismo y de sus sentimientos: cuando siega a su alrededor, la muerte le duele, pero no lo deshace; y el final de un amor lo desgarra, sobre todo por lo que tiene de propiedad cesada, de reflejo y de eco cesados. Pero si ese amor era más: un proyecto interminable, un mundo nuevo, la luz nueva del mundo, y se concluye sin el comprensible seísmo de la muerte, el ser humano se anonada, porque no es sólo el amor, sino su entero mundo el que se tambalea, en el que desespera y en el que ya descree; no es que quede imposible para el amor en adelante, sino para la vida y la fe en ella... Es la certeza de que, sin un anuncio, no va a faltar la tapa de una alcantarilla por la acera que paseamos; la certeza de que a nuestra escalera no le falta un peldaño. Una certeza lógica, cuya ruptura es lo que hace brotar la risa. No otro es el mecanismo del chiste, más universal y hondo cuanto más sencillo. Si alguien que camina, erguido y digno, se hunde en un agujero, o tropieza contra un poste insólito, o resbala en una cáscara de plátano imprevista, la carcajada que provoca tiene algo de solidario e instintivo grito, algo de aviso a nuestros pasos. Porque estamos seguros de que el hombre no se hizo para darse un jardalazo, ni para chocar contra otro, ni para desaparecer dentro de un socavón.

Una de las más profundas convicciones —si no la más— del hombre es el trabajo. Puede negarse a él, puede evitarlo, pero sabe que está oponiéndose a una ley que —se le ha repetido tanto, tanto— es natural. Yo desconfío de tal apelativo aplicado a las leyes morales. Creo que la naturaleza es mucho más comprensiva y menos obligatoria de lo que se nos enseña. Sin embargo, hasta tal punto se ha insistido —y la vemos tan clara— sobre la perentoriedad del trabajo del hombre, que la llevamos en la médula de los huesos y el alma. ¿Qué busca el hombre? Más o menos adornados, su pan y su pareja y su cubil. Desde la Creación —por lo menos a nosotros, los de esta falible civilización judeocristiana— nos llega la advertencia: *Ganarás el pan con el sudor de tu frente.* Es la *maldición del trabajo* que, luego, los moralistas, acharados, procuraron levantar en orgullo, en cumplimiento, en desarrollo y en emanación. «Quien no quiera trabajar que no coma», escribe rotundo y explícito san Pablo en carta a los tesalonicenses. Y todo el sentido calvinista y puritano y *madeinusa* de la vida consiste en hacerse a sí mismos a costa de trabajo, y escalar puestos, y ascender a la cúspide, y alcanzar la deslumbrante constelación del éxito en este bajo mundo, como signo de que la divinidad que rige el otro nos está dando pruebas de su predilección. El argumento, como se ve, es bastante asqueroso; pero hay que ser recio para resistirlo y vencerlo.

O sea, del trabajo es imposible huir. Es congénito con el hombre: su lazarillo, su sostén, su despensa, su camino de júbilo, su vía de amor, su casa, su primogenitura, su descendencia toda. El hombre habita una sociedad edificada, por el trabajo común, sobre el común trabajo; su tiempo, hasta casi morir, se reduce a trabajar, y a comer y a dormir lo indispensable para trabajar; sus ciudades cada vez se dividen más en aquéllas donde sólo se trabaja, y aquéllas donde a cada atardecer se vuelve a descansar. Se ha hecho del trabajo el protagonista de este episodio que llamamos la vida, en el que día a día nos sabemos menos importantes. Se nos muere un hijo, el amante, la madre, y hay que seguir trabajando, perdido acaso el *para qué* o *por quién.* Se muere uno mismo, y es sustituido, y el trabajo prosigue. Si algún país sureño siente la tentación de disminuir sus necesidades con tal de disminuir las fatigas que le vale satisfacerlas, ya se encargan los laboriosos nórdicos de tacharlo de perezoso, de indolente y de tercermundista. (No sé cuál es el primer mundo, ni tampoco el segundo; ni sé siquiera quién es el comisionado para clasificarlos. En cualquier caso me temo lo peor, y no estoy de acuerdo con él en absoluto.) La pereza es un pecado capital. Quien no sea diligente se perderá en esta vida y en la otra. Conclusión: del trabajo es imposible huir.

Pero ¿qué pasa cuando es el trabajo el que huye de los hombres? De unos hombres a los que machaconamente, desde que aprendieron a escuchar, se les empujó, hasta configurarlos por dentro y por fuera, a ser hombres de provecho, formales, hacendosos, dignos, a vivir con la frente muy alta de aquello que se gane, a ser ejemplo de sus hijos, a mantener con su jornal la casa, a alcanzar un salario decoroso y creciente. Unos hombres sobre los que, agrupados por gremios, pasaron los siglos sin personalizarlos ni pormenorizarlos: toneleros, olleros, zapateros, orífices, tallistas. Unos hombres, en cuya representación alguien se rebeló para que no fueran explotados ni extorsionados; para que su cansancio tuviera un justiprecio. Unos hombres a los que se ha concentrado en férreas clases sociales según el tipo de trabajo que ejercen, y cuya máxima aspiración es que su hijo llegue más alto que ellos, más preparado que ellos, dueño de hacer no nada, sino otro trabajo más brillante que el de ellos. ¿Qué pasa cuando es cualquier trabajo, todo trabajo, el que huye de esos hombres?

¿Podrá extrañar que los parados sufran trastornos físicos y psíquicos? Es un mundo entero, una moral entera, una fe entera, un dogma, un culto enteros los que se bambolean, ¿y no se bamboleará la pobre mente humana, el corazón humano? Los parados no viven ya: desviven. Entre ansiedades, neurosis, astenias, úlceras gástricas, náuseas, alteraciones cardiovasculares, palpitaciones, infartos, impotencia sexual, frigidez, desgana, infinita tristeza. ¿Quién es, entonces, el responsable de los abortos provocados; de la irritabilidad que corroe a las familias; de la agresividad que salta como un chorro de bilis; de la delincuencia de los niños y los adolescentes; del alcoholismo y de la droga, que abren sus sombrías avenidas como un torvo consuelo; del vano tiempo que, en soledad, transcurre mano sobre mano? ¿Quién es, entonces, el responsable de tantos suelos abatidos, tanta vida sin procrear, tanto amor sin canciones, tanta ilusión mordida y derramada? ¿Quién es, entonces, el responsable del incesto, de la violación, del crimen, del hambre, del atraco, del asesinato, del suicidio? ¿Qué palabras borrarán ahora, de repente, las empleadas durante miles de años? ¿Qué orden es éste, en que hay seres humanos que han de dejar su cielo, su sol y su paisaje, para ir a vendimiar a otros países, o a recoger cebollas o espárragos o tuercas a otros países, donde puede insultárseles —por el triste hecho de ser hombres sin trabajo— impunemente, desalmadamente? ¿Quién es capaz de defender un orden en que hay campesinos sin campo y sin faena; obreros sin jornal ni jornada; albañiles sin andamio y sin tajo; hombres con las manos inútiles, los ojos en el suelo, sin entender qué es lo que ha ocurrido con el mundo de ayer y sus promesas, sin libertad, sin paz, sin dios, sin esperanza?

El drama de los hombres que no encuentran trabajo es el que, de manera más rigurosa, apuñala a nuestra sociedad en el corazón de su corazón. Ella se lo merece. Se merecerá cuanto, por esos parados, le suceda: su presencia subvierte jerarquías, estamentos, religiones, estados. No hay nada que destroce tanto al hombre como el hundimiento de una de sus pocas verdades. El paro, con existir, lo explica todo: las jerarquías y los estamentos y las religiones y los estados se hicieron, por el hombre, para el hombre. Si no, que se destruyan.

MI GENTE

Dice Averroes que el clima y el paisaje de Andalucía, «más próximos a los de Grecia que a los de Babilonia», hace a su gente sosegada, despierta y reflexiva. «He observado», agrega, «que, así como la lana de las ovejas andaluzas es más delicada que otra alguna, así sus hombres son los de temperamento más equilibrado, como se reconoce en el color de su tez y en la calidad de su cabello. El color de los hombres andaluces no es moreno como el de los de Arabia, y su pelo no es ni crespo como el de los africanos, ni lacio como el de los nórdicos, sino ondulado y sedoso». Averroes, sin ser todavía español, era ya cordobés. Otro andaluz —san Isidoro—, que sin ser todavía español, era ya sevillano, dice que las gentes de Asturias que son «de más pasible corazón y más amigables que las que moran en las otras partes», y las describe «de natura alegre e placiente, e ligeramente cantan, e son muy liberos y buenos batalladores; e hermosa gente, segund la situación de la tierra caliente do ellos moran; e han la lengua ligera para hablar e para se burlar de los otros». No había de pasar ni un siglo para que los asturianos —al menos tal es el más común sentir— demostraran, precisamente contra los andaluces, qué *buenos batalladores* eran. (No me gusta contradecir a nadie —ni a Sánchez Albornoz—, pero los *habitantes* de Andalucía han gozado de una sabiduría histórica: la de ir fundiéndose con sus sucesivos invasores, los últimos de los cuales —esperémoslo— fueron los cristianos de Castilla y León.)

En los renovados *Jocs Florals* de Barcelona, en los que fui este año invitado de honor, afirmé que las culturas catalana y andaluza son seres vivos que, en largos períodos, se han visto ogligados a sobrevivir más que a vivir; a ejercitar incesante, silenciosa y rebeldemente, una faena de afirmación y lucha. A mediados del siglo IX los condados de la geografía catalana se unen en la Marca Hispánica y en la defensa contra los árabes, que entonces empezaban a ser refinados por Andalucía. Luego, decaída la influencia franca, los vínculos monásticos erigen a Ripoll como su centro de cultura, casi al mismo tiempo que Córdoba era ya el adorno del mundo. Cuando, a la segunda mitad del XII, Cataluña se desensimisma y atraviesa el Ebro, su lengua ya está configurada. Pero la unión, en los Reyes Católicos, de Aragón y Castilla, le ocasiona un peligro parecido al que le ocasiona toda la Reconquista a Andalucía. La aristocracia catalana es atraída a la Corte, que habla castellano; castellanos son los virreyes; desaparece la Cancillería; la clase mercantil no es capaz de crear una cultura propia; y, para desgracia final, se produce una fragmentación de dialectos. Sin embargo, como contraste, la poesía popular, escrita o no, continuó siendo la fuente de la vida, el sostén del idioma, el secreto silo de la cultura amortiguada. Y tal es la coincidencia con la actitud de la cultura andaluza, cuya secreta peculiaridad consiste en una última irreductibilidad de su gente por debajo de una superficial entrega inmediata. Aún en el XVIII, funda Carlos III las Nuevas Poblaciones andaluzas, destinando a su colonización unos cuantos miles de emigrados de Alemania y de Flandes. Pero el inesperado crecimiento de La Carolina, o La Carlota, o La Luisiana, se debió a la masiva llegada de inmigrantes catalanes. Está claro que no se puede afirmar nunca *de este agua no beberé.*

Recibí el otro día unos versos: «Al suroeste de Francia / el tren llegaba, / lleno de hombres pequeños / que alborotaban. / Maletas de madera, / calzón de pana, / pelo negro y revuelto, / larga la barba. / ¿De qué frente venían; / de qué batalla? / ¿A qué campo de guerra / se los llevaban?» Me los envió, en una desolada carta, Diamantino García, cura de Los Corrales y cabeza del Sindicato de Obreros del Campo, que cada año acompaña a vendimiar y a pasar fatigas a su gente y la mía. Más de 50.000 andaluces fueron este otoño a la dolorosa vendimia de Francia. En el campo andaluz hay 113.000 jornaleros parados. Y yo sé —basta mirar— que, si alguien sobra en el campo, no son los jornaleros ni sus manos, sino quienes viven del trabajo ajeno. Sobran los que arrancan, sin más ni más, olivos; los que dejan estéril la tierra; los que la labran antisocialmente, como si fuera suya y sólo suya; los que niegan, hasta para beber, el agua, que es un bien natural —como el aire— y de todos; los que acumulan riquezas *superabundanter* —así lo dice santo Tomás, tan poco sospechoso— a costa del hambre, de la desdicha, de la desesperanza de tantos corazones...

Pero también van vendimiadores andaluces a Cataluña y a cualquier otro sitio en donde haya trabajo. Como si en Andalucía nada quedara por hacer: ni cosechas que ampliar, ni repoblaciones forestales que multiplicar, ni secanos que transformar, ni infraestructuras de comunicaciones y de vivienda y de cultura y de sanidad que satisfacer... Leo que, en la manifestación de la *Diada,* se dieron este año gritos de *¡Fora xarnegos!* Leo que el colectivo Nacionalistas de Esquerra propugna la expulsión de los no nacidos en tierras catalanas. Leo que, en el barrio barcelonés de La Verneda hay una violenta actitud contra los gitanos de La Perona. Leo que, en Gijón, comenzó el proceso para echar del barrio de Tremañes a unas angustiadas familias portuguesas que viven, si es aquello vivir, en precario y sin documentos... (En efecto, no hay nada nuevo bajo el sol, y todo es empezar. Por si acaso, yo me niego a aceptar que la violencia sea el único camino; que el egoísmo sea el mejor idioma.) Me escriben que 100 sevillanos de Martín de la Jara fueron apaleados y expulsados de Marcilla, en Navarra, donde habían ido a *trabajar el espárrago.* «Se oían gritos de mucha gente contra nosotros: ¡Fuera, andaluces, que venís a traernos la mierda y a llevaros el dinero! ¿No tenéis la autonomía? ¡Pues iros a vuestra tierra!»... ¡Ay!

Eso quiere mi gente: su tierra. Como toda la gente de este mundo. Porque Andalucía no ha recibido nada que no haya, con mucha anticipación, pagado. De nadie. De ninguno. Andalucía supone la quinta parte del Estado español. Es rica, fértil, amable en el más estricto de los sentidos, generosa, abierta, múltiple. Su mañana no se acaba en su ayer. Para ella, hoy, como para cualquier otra tierra, una emigración desmedida potencia el subdesarrollo en lugar de evitarlo. Para ella, hoy, más que para cualquier otra tierra, las inversiones públicas —y las privadas dirigidas— pueden tener efectos multiplicadores, no sólo en su propia economía, sino en la economía general del Estado. Mi gente ya no quiere ni una limosna más. Mi gente quiere, acostumbrada a las ingratitudes, trabajar en su tierra, por su tierra, para su tierra, según el estilo y los modos de su tierra. Que, como advirtió Averroes, son más *equilibrados* que los de otras.

No deseo hablar de próximos pasados, porque lo más próximo —para mí y para todo ilusionado— es el futuro. Pero no será bueno ese futuro si nuestros pueblos —todos, ¿eh?, todos— no se respetan, se complementan, se implican y comprometen en tareas fraternas. Cito a Espriu, a quien tanto le debe la lengua catalana: «Eviteu el màxim crim, el pecat de la guerra entre germans. Penseu que el mirall de la veritat s'esmicolà a l'origen en fragments petitíssims, i cada un dels trossos recull tanmateix una engruna d'autèntica llum.» Para conseguir esa auténtica luz hay una sola vía: la que señaló, lo mismo que Averroes, Ramón Llull: «Aumenta tu entidimiento y aumentarás tu amor.» Ojalá nuestros pueblos se entiendan unos a otros más cada día, y se amen. Ojalá nuestros pueblos —ágiles, hermosos, fervientes y distintos— estén más orgullosos cada día de serlo, y más orgulloso cada uno de que el otro —ágil y hermoso y distinto y ferviente como él— camine al lado suyo.

REFLEXIONES EN UN AMANECER

Hace muy poco ha muerto un autor de teatro *mínimo y dulce,* como el san Francisco de Rubén Darío. Fue un hombre experimentado, justo y objetivo. Tanto, que su diminuta estatura no le impidió utilizar sin temor los diminutivos. *Pequeña comedia, Pequeño estudio, Teatro breve...* Tres días antes de morir me decía: «Antoñito» —era la única persona que, en mi vida, me ha llamado así—, «no termino yo de entrar por eso que ahora califican de *creación colectiva.* Es tan difícil crear, aun estando uno solo...». Yo pienso como él. La creación es una partenogénesis. La soledad, en ella, es esencial. La habrán precedido toda clase de promiscuidades, de invasiones, de confusiones; pero ella es una puesta en limpio, un acto de moderación, un ensimismamiento. Se hace, aunque no se sepa, para los otros; pero a solas, como una necesidad. Porque hasta en la comida, convertida en un rito familiar o social, cada cual come lo suyo, lo que su estómago va a digerir. En el convivio se participa de la conversación, no del alimento. Puede comerse del mismo plato, pero no el mismo bocado. En cualquier arte, la creación primera (no la interpretación de los actores, por ejemplo, o de los músicos, que es una recreación) consiste en un doloroso placer solitario y en una emanación. La artesanía no debe confundirse con el arte. No por inferior o superior, sino por distinta. En la *creación colectiva* —acertaba Víctor Ruiz Iriarte— siempre habrá alguien que ordena, inicia, jerarquiza, prevé: ése es el creador.

Ante el ilusionado amanecer socialista que hemos elegido yo siento sin cesar la mano de la esperanza sobre mi hombro. Sin embargo, no creo ocioso reflexionar en alta voz. Hay que tener muy clara la distancia —la oposición a veces— que existe entre la sociedad y el individuo; entre un determinado tipo de sociedad bastante atroz, como la que vivimos, y el desvalido pero rebelde ser humano. Es el socialismo el que se hizo para el hombre, y no a la inversa. El mejor camino hacia el socialismo es el humanismo: promoverlo como el sistema político capaz de suscitar las circunstancias más favorables para que los hombres, de uno en uno, se cumplan. En que se cumplan los hombres de uno en uno, no en que se cumpla la sociedad en abstracto, consiste el más alto cumplimiento del sistema. Todos sabemos que los efectos del amor sexual son sociales, pero no el sentimiento. Y sabemos que, para que el amor cumpla su misión liberadora y redentora, ha de ser una exaltación individual. Eros es antigregario y, en ciertos casos, antisocial. Lo mismo que la cultura, si no aprende la sociedad a mantenerse en sus propios umbrales. De no ser yo un solitario, acabaría por convertirme en un insolidario acompañado. La sociedad a que el socialismo aspira no enriquece la intimidad de los más a costa de la de unos cuantos, sino enriquece a todos. Hoy aspiramos a una sociedad que nos haga más libres, pero no más pobres.

El peligro del nuevo día es que los aprovechados o los mediocres traten de imponer dogmas sacados de sus anchas mangas; manejar sobadas demagogias; exhibir viejos resentimientos. Como si un régimen político pudiese poner a crear, por arte de birlibirloque, a quienes nunca fueron creadores. Una política cultural bien orientada limpiará el aire, sembrará la serenidad y la confianza, repartirá una fe alegre y libre. Pero lo que tras estas facilidades sobrevenga será cuestión de cada uno frente a sí mismo. Recuerdo una recepción en un fastuoso salón de Praga: esa ciudad barroca, cuyas numerosísimas estatuas producen la impresión de conversar agitadamente por las noches y paralizarse cuando la aurora las sorprende. Ofrecían un concierto. El salón, aun en un Estado comunista, deslumbraba. Cerca de mí, en un palco, había una mujer: plena, madura, con el brillo de la inteligencia en los ojos, con el poso de la cultura en la voz y en los ademanes, con el sello de la sensibilidad en su modo de escuchar la música. Luego, me fijé en cómo iba vestida. Llevaba uno de los vulgares trajes que los planes quinquenales imponen. Pero, no sé cómo, le había agregado un cuello, le había cogido un pliegue, le había abierto las mangas, lo había retocado con un instinto estético, y era otro. Era otro, sobre todo, porque ella estaba dentro. La hermosa mujer de Praga embellecía lo ramplón, contagiaba de belleza lo feo. Aquella noche, ¿qué era lo que seguía siendo igual que en las abolidas épocas de las glorias de Praga? Algo tan frágil como los maravillosos cristales de espejos y de lámparas; algo tan sutil como la música; algo tan efímero como una mujer. Es decir, la belleza: la infinita lección de la belleza perdurable, medular, esencial, que no puede confundirse con el lujo, y que está en la raíz de todo lo noble, de todo lo digno, de todo lo auténticamente humano: o sea, de lo humano que tiende a ser divino.

Siempre he dicho que incluía dentro de la cultura dos conceptos diversos. Primero, el de la herencia: una actitud ante la vida, una forma de esperar vivos la muerte y de entender el mundo, que se nos da al nacer —en un tiempo y lugar exactos— mezclada con la sangre. Ahí veo una afirmación comunal y misteriosa de lo colectivo: si a ella nos oponemos, definitivamente erramos. Pero hay además una creación de cultura, hija más o menos remota de la anterior, pero originada por el gesto y la aventura personales. Y ahí veo una arriesgada afirmación —no menos misteriosa— de lo individual. Son las inasibles influencias multiplicadoras entre uno y otro concepto lo que, con humilde respeto, debe el Estado procurar. La cultura soporta mal las burocracias, se diluye en las colas, se marchita ante las ventanillas. ¿Cuál será la posición de un Estado socialista ante la creación individual? No otra que favorecer las investigaciones, fomentar el conocimiento y la consciencia del creador, dejarlo en libertad sin dirigirlo en un sentido *conveniente* (porque ¿cuál es, a la larga, ese sentido?), no con más subvenciones ni más premios, sino con una mejor y previa preparación desde la infancia. ¿Y cuál será la posición de un Estado socialista para ensanchar el eco social de tal cultura? No otra que esa mejor y previa preparación de todos los ciudadanos hacia su asequibilidad: facilitar a la sociedad entera el afinamiento en que consiste la cultura. Culto, en el primer sentido, es un analfabeto; pero el Estado ha de abrirle la puerta al segundo sentido. Y el analfabeto se transformará así en un nuevo creador, o en un nuevo disfrutador de la cultura creada. Pero tendremos que huir de la tentación fácil, estéril y paternalista de la *cultura popular,* del *arte popular,* del *teatro popular:* expresiones ambiguas; con las que no sabemos si se dice que los precios han de ser rebajados, o ha de ser rebajada la calidad. Para hacer inteligible el arte no debe empequeñecerse él mismo, sino aupar a su auditorio. Y ésa es una labor mucho más rara por mucho más difícil.

Apoyado en estas reflexiones, yo siempre alentaré el nacimiento y la proliferación de un arte elitista, que es todo lo contrario de lo antipopular. Yo me he dirigido y me dirigiré —ayer, hoy y mañana— a los oídos *minoritarios* de la más grande mayoría. Siempre intentaré transformarme y transformar en élite a todos, no aniquilar las élites; igualar —o, para ser exactos, defender la igualdad— por arriba, no por bajo; encontrarnos unidos todos en las estrellas, no en los charcos. Sólo así se podrá salvar esta época, ardua para el arte, ardua para la cultura, ardua para la belleza, ardua para la supervivencia de cuanto amamos ahora y desde el principio hemos amado. No hay época verdaderamente humana que trate de oponerse a lo que de más humano late en el corazón del hombre. Mi infinita esperanza en él se funda en su indomable afán, su apasionada búsqueda, su continuo retorno, su anhelo inquebrantable hacia lo bello y hacia la belleza. Por encima de la actividad utilitaria y ancilar que es la política; por encima de la actividad primaria y dominante que es la vida. Por eso, de todo corazón, sin miedo a equivocarme, en este amanecer invito a quienes me lean a acercarse a la belleza, y a mirarse en ella, y a gozarla, y a iluminar con ella sus calles y sus casas. Porque la belleza —la diana del alma—, lo mismo que el amor en el *Paraíso,* es lo que mueve al sol y a las demás estrellas. También al sol y a las estrellas de este amanecer de hoy.

SOBRE CRÍTICOS

El camarero me alargaba una copa de vodka fría. Era la fiesta nacional rusa última. Un desconocido, amable y ya no joven, se acercó. «Si me da usted permiso, le atizo a ese crítico.» «¿A cuál?», pregunté mirando alrededor. «No, no está aquí. A *fulano»*, y dijo un nombre propio. «A una opinión no debe replicarse con los puños: no son lenguajes homogéneos.» «Pero es que lo de ese tío no es opinar, es tener envidia.» «La envidia es una inconsciente forma de homenaje. Tiene que agradecerse.» Diálogos como éste no son insólitos en mi vida. Si yo no fuese bastante impermeable, más de un crítico —y supongo que también más de un incondicional mío— andaría con los ojos morados. Es posible que así vieran más claro, tanto unos como otros. Pero, en el fondo, es cosa de ellos; lo mío es escribir.

Quisiera hacer dos advertencias. Primera, mi lógicamente escasa simpatía por el oficio de crítico literario, que jamás ejercí. Admito que, para considerar al crítico, le exijo más sabiduría e impecabilidad que a cualquier otro tipo de escritor. Quizá porque se mueve en un terreno tan personal y ambiguo que siempre corre el riesgo de la arbitrariedad. Quizá porque su tarea es demasiado próxima al juego de las siete y media, en el que te pasas o no llegas. Quizá porque en el gremio abundan los faltos de preparación y de interés (profesional, no monetario). Quizá porque se hallan a dos dedos de convertirse en diosecillos caseros de *papier mâché*. Quizá porque es funambulesco pasar de autor a crítico, de comentarista deportivo o de sociedad a crítico, de cobrador a crítico, de botones a crítico. Quizá porque tengo un sobrino que, a los catorce años, fue un duro e intransigente crítico de cine de un diario en Alicante. O quizá sólo porque, exceptuada la de quien admiro, la crítica no me importa un pimiento.

La segunda advertencia es que este artículo maneja términos generales. Podría citar nombres, o dar una lista cualitativa de personajes y personajillos; pero eso sería pasarme al enemigo. Lo dejo para peor ocasión, si es que ésta es peorable. Yo soy muy poco magistral y nada pontificante. Tengo dudas metódicas, convivo con la contradicción y me desojo buscando pepitas de oro al más mínimo rastro. Precisamente si escribo hoy sobre críticos es porque casi ninguno piensa que en una obra pueda haber más de lo que él percibe; porque casi ninguno emplea las cautas expresiones de *a mi entender, en mi opinión, si no me equivoco,* que son, por lo menos, educadas. La infalibilidad es mala consejera: como el hambre, como el resentimiento, como la envidia. Tengo entendido que buena parte de los sedicentes críticos literarios alemanes de la época *hailhitleriana* se hizo ruidosamente nazi y hasta de las SS. No es extraño: pocas cosas más desalentadoras que ser portero de un edificio en que se ha deseado penetrar y al que, aunque por fuera y desde abajo, se conoce. La crítica en contadísimos casos llega a ser verdadera creación. Un desparpajado escritor catalán me decía una vez en un almuerzo: «La diferencia que hay entre ellos y nosotros es la misma que hay entre la coca-cola y el champán.» Ya sé que hay mal champán, pero estoy por asegurar que ninguno tan malo como la coca-cola. Aunque siente peor.

Sin embargo, en cualquier país, entre los críticos, hay grados: unos son más imbéciles que otros; incluso existe un par de ellos que vale seriamente la pena, y lo que es cierto es que siempre hay uno más imbécil que todos los demás: suele ser el más seguro de sí mismo. Pero en nuestro país el asunto se complica. Aquí la palabra *crítica* se confunde con *mala crítica.* Y el diccionario se anticipa (!) a la realidad, y previene *criticastro* (el que sin apoyo ni fundamento ni doctrina censura y satiriza las obras de ingenio) y *criticón* (el que todo lo censura y moteja, sin perdonar ni aun las más ligeras faltas). O sea que aquí andamos con la escopeta cargada, deseando disparar contra aquello que brille. Y tenemos la tendencia a ampararnos en ese burladero del *espíritu de cuerpo,* y a proclamar la intangibilidad de la *crítica,* como si pudiese identificarse la *crítica* con los *críticos,* cuyas voces son discordantes, desunidas y, con frecuencia, opuestas. La más feroz crítica que he escuchado la hizo ante mí, hace unos días, un crítico de otro. Quizá por caerme bien, lo que no consiguió.

No es que el Teatro —por referirme a un género concreto— esté en España en su mejor momento. Acaso sea chapucero, mediocre, vacilante. Pero lo será todo él; no se salva la crítica, para quien no se escribe el Teatro ni se hace, sino para los espectadores, destinatarios de la crítica asimismo que, no obstante —y por algo será—, han llegado a desentenderse de ella y olvidarla. La crítica de Teatro aquí sólo la leen los afectados, es decir, quince. (Yo confieso que me entero de ella pasados unos meses del estreno.) Y, a pesar de todo, podía alcanzar una enorme influencia, más que pellizcando a creador e intérpretes, apuntando el *tinglado* —nunca mejor dicho— *de la antigua farsa* —y tan farsa—, que anda bueno. Pero para eso tendría que tener las manos limpias: no es tolerable ser juez y parte a un tiempo. Y aquí hay críticos mezclados con el Centro Dramático Nacional —mucho más centro y más dramático que nacional, sin duda—, y mujeres de críticos mezcladas con los críticos y con el Centro, y queridas de críticos mezcladas con los críticos y con sus mujeres y con el Centro, y todo ello mezclado vagamente —muy vagamente— con el Teatro, lo que es mucho más lamentable y pernicioso. Pero no soy yo quien tiene que poner orden en semejante enredo. Para eso está, por un lado, la Administración, que se gasta nuestro dinero, y por otro, los críticos, cuya labor no acaba en ir a los estrenos. (Yo, en los míos, he suprimido ya la ceremonia y la bisutería y el ritual.) No vayan a pensar que respiro por la herida que no han llegado a hacerme.

A finales de otoño, un ex crítico, autor de cine ahora, se vengó juvenilmente de una mala crítica arrojándole al crítico de turno un cubo de agua. Al leer la noticia me dio risa. Primero, porque el autor de hoy conservaba aún los gestos deplorables del crítico que fue: echar un jarro de agua fría sobre las ilusiones. Segundo, porque —como escribió Fernando Savater, lúcido autor y crítico, a quien me encanta citar—: «Cuando se defiende una obra propia contra algún crítico, pesa contra uno, de inmediato, la descalificación de la rabieta *pro domo.* Pero ¿de dónde se *saca* que el crítico (...) no argumenta también *pro domo sua,* intentando justificar sus prejuicios o rescatar su mediocridad?» (Yo emplearía el *pro domo sua* hasta en el más estricto y mercantil y bajo de todos los sentidos. Aunque debo añadir, en conciencia, que jamás he dado a un crítico ni una peseta ni una cena. Ignoro si por su incorruptibilidad o por mi tacañería: prefiero no aclararlo.)

El arte de creación —todo arte—, hoy, está vertebrado por la negativa. Él es también crítico: de lo que le rodea, de lo que siente, de lo que presiente y de sí mismo. Ni la creación ni la autocrítica acompañan a menudo a *la crítica,* pero la crítica es inseparable de la creación. Y si un creador, para serlo de veras, hace su propia crítica, ¿cómo no será dueño de criticar a quienes lo critican? Tal crítica —la de ellos, la exterior— ha de ser ponderada, tolerante, animosa y alegre, estimulante y comprensiva, y, dentro de lo posible, bien escrita. Catón ceñudo es dos veces Catón. Y, después de esto, que aguante cada palo su vela; que no exijan respeto los irrespetables; que si es patrimonio común la libertad de expresión, nos expresemos todos libremente; que no alborote el necio donde calla el prudente; que sepamos quién guarda a los guardianes. Y que no tire la primera piedra sino el que esté a salvo de pecado. Lo cual no deja de ser una tranquilidad muy grande.

EL JUBILEO DE LAS 70 HORAS

Hay un tema que me resistía a tratar: el del viaje triunfal —y triunfalista— del papa por España. No porque sea agua pasada (de él habrán de sacarse sabrosas consecuencias), sino porque me siento un poco ajeno a él. («La otra tarde en la función, / cuando el cura predicaba, / toda la gente lloraba / menos el pobre Simón. / "¿Por qué no lloras, Simón?", / le preguntó la tía Eustoquia. / "Yo no soy de esta parroquia / y los que lloran sí son."») Sin embargo, el número de lectores que me piden mi opinión es grande. Por desgracia estoy acostumbrado a opinar sobre lo divino y lo humano; pero prefiero lo segundo, y desde ese solo punto de vista voy a hacerlo.

De entrada he de manifestar mi profundo respeto por la persona de Juan Pablo II, y mi reconocimiento de su carisma que, como cualquier otro (Jesús lo tuvo, pero Hitler también), puede ser peligroso. A un papa distinto le habría resultado intolerable la intensidad, la rapidez y la profusión de las actuaciones. Risa da pensar que los actores españoles se quejen del misérrimo número de dos funciones diarias. (Durante la visita, yo estaba leyendo la última novela de Anthony Burgess, *Los poderes terrenales,* tan ilustrativa respecto al papa de ficción Gregorio XVII, trasunto del real —y realista— Juan XXIII.) Y también he de proclamar de entrada que los católicos españoles tienen perfecto derecho a amontonarse para escuchar al vicario de su Dios, y seguramente el deber de obedecerlo. Si discuten o no su magisterio, lo ignoro; aunque parece que se vuelve a un momento anterior al Vaticano II, y el jefe no es muy amigo de contradicciones. Que católicos básicos se han opuesto al viaje, o a las formas del viaje, o al contenido de sus alocuciones, salta a la vista; que no se les ha hecho el menor caso, también. Pero no es cosa mía.

Hay puntos que exceden mi incumbencia. Nada diré sobre la añeja tentación de la Iglesia a erigirse en conservadora y definidora de toda clase de moral. No hablaré de la continua defensa de la enseñanza privada. (Si la educación de los hijos es un derecho-deber «insustituible e inalienable, que no puede delegarse totalmente en otros, ni otros pueden usurparlo», lo de los frailes y las monjas, o es una delegación o una usurpación. No sé si «el derecho de la libertad religiosa quedaría desvirtuado en gran medida si los padres no tuvieran la garantía de que sus hijos, sea cual sea la escuela que frecuentan, incluso la pública, reciben la enseñanza y la educación religiosa». Más bien pienso que lo que desvirtúa aquella libertad es la existencia de privilegios y discriminaciones, precisamente lo que la Iglesia busca. Por ejemplo, el colegio nacional *Príncipe Felipe,* aún sin inaugurar en Madrid, ya ha visto parte de sus instalaciones transformarse en parroquia. Aquí sabemos que si a la Iglesia se le da el pie, acaba por tomarse la mano. Quizá habría sido conveniente un *confiteor* referido a errores y culpas históricos gravísimos.) No me referiré a la actitud intransigente sobre aborto y anticoncepción (mucho más intransigente que sobre los crímenes colectivos); ni sobre la sexualidad (*sin gusto* apenas comeríamos, *sin gusto* habría muy pocos hijos); ni sobre el divorcio (si «Nuestro Señor hizo referencia "al principio", es decir, al proyecto original de Dios, a la verdad del matrimonio»; si la indisolubilidad se considera de *derecho natural* «escrito en nuestro corazón», ¿para qué discutir? Habló Blas).

Sí voy a tocar, pasando, la organización fastuosa, y al mismo tiempo un pelín ridícula, de las representaciones. Se han cumplido las normas del *marketing;* ni a Reagan se lo habrían preparado mejor, acaso ni al Führer: imponentes altavoces, generosas dimensiones, cánticos comunales, invitación a las reiteraciones y los gritos, música rítmica, larguísimos plantones que debilitan la objetividad, culto de hiperdulía al líder... Si el *pueblo* español ha saltado sobre eso, será muy a pesar del plan de desarrollo. El *Opus Dei* asomó la oreja —no sé si en gratitud por favores recibidos o en acicate para los futuros—: la repipiez de los *animadores,* el convencionalismo burgués de los oferentes, el acaramelamiento de los gestos, el invento de una *Joven Iglesia* que no guarda el menor parecido con la real, o el llevar a Loyola y Javier —que son feudos jesuitas— menos gente que a los demás lugares. No sé si el *Opus* paga todos los gastos del lujoso y carísimo paseo. Si es así, con su pan se lo coma. Si no, habría que recurrir a un juzgado de guardia.

Porque, ¿qué motivos hondos había para el viaje? Sé que la crisis de la fe católica es enorme: en Europa Occidental apenas hay clérigos menores de 35 años; en los últimos veinte, 200.000 religiosas y 80.000 sacerdotes se han borrado. Pero ¿quién cree que el griterío va en favor de la fe? Ni el más multitudinario concierto de los *Rolling Stones* ha convertido a nadie a nada, ni ha cambiado una vida. La emoción es contagiosa; la fe, no. Y la emoción es flor de un día. Supongo que, dentro de dos semanas, no habrá más gente en las iglesias que la que hubo en octubre. Es asombrosa la labilidad sentimental de nuestro pueblo. Los mismos que votaron al PSOE, cuyo programa no lo redactó el *Opus,* acudieron a vitorear al papa. Los mismos que insultaron y echaron a Isabel II, recibieron con lágrimas a su hijo. La religión es una relación íntima, un coloquio interior, un encuentro privado: lo demás es rebumbio y propaganda.

Si yo fuese hoy católico —como lo fui— dos cosas me preocuparían. Primera: santa Teresa (¿es de lo que se trataba, o no?), negociantona y todo, dijo: «Sólo Dios basta.» Y ponía en las manos de *Su majestad* el asunto que fuese. Así es la fe y el desasimiento y la infancia interior. «Observad los lirios del campo cómo crecen; no se fatigan, ni hilan...» Segunda: puede haber quien tenga mil veces más poder de concentración y ensimismamiento que yo, pero quizá no un millón de veces más. Y me temo, que el Santo Padre, con tales galopadas, corra el riesgo de perder —él— el norte en vez de señalarlo.

Si se me permite decirlo, no he visto al papa como *testigo de esperanza*. Lo siento. Entiendo que los católicos a pelo esperaban más gozo: el esencial lo han puesto todo ellos. Menos lo que ha puesto el Estado, claro. Porque, si un Estado que concede al acontecimiento 70 horas en su televisión única es aconfesional, yo soy Wifredo el Velloso y me voy ahora mismo camino de Zamora.

HOJA POR HOJA

He bajado al jardín. Sobre el césped están todas las hojas secas del otoño. Alguien, con un rastrillo, las ha ido amontonando. Pero no cesan de caer desde los altos álamos, desde los falsos plátanos de fuera, desde la parra virgen ensangrentada ahora. El jardín es un campo de batalla cuajado de cadáveres... «Te querré siempre», dijo. «Te querré siempre», dije. Y era cierto. El amor es eterno mientras dura. Es una afirmación de los amantes, de la vida, del mundo que inauguraron, que comparten, que gozan. Cuando el amor se va, nosotros somos otros: miramos de otra forma, entrecerramos de otra forma el libro que leemos, escuchamos de otra forma la música, aguardamos la muerte. Cuando el amor se va, nos deja moribundos de nuevo. Los que fuimos, los amantes que fuimos, se van tras el amor a esa provincia, melancólica y sólida, *donde habita el olvido...*

«Hojas del árbol caídas / juguete del viento son. / Las ilusiones perdidas, / ay, son hojas desprendidas / del árbol del corazón.» El derramado capital del otoño ha sido una continua referencia de la literatura. Sobre todo, cautivó a los románticos: su afición al dolorido sentir, a las ruinas, a la decadencia y a la mala salud, los identificó con el infalible desasirse de la hoja, con su impotencia en manos del remolino, que se la lleva lejos de la rama en que brotó y oyó trinos y el calor la besaba. El romántico es «hoja que del árbol seca / arrebata el vendaval, / sin que nadie acierte el surco / donde a caer volverá». «Mi alma perdida» —dice don Juan Tenorio— «va cruzando el desierto de la vida, / cual hoja seca que arrebata el viento». Et moi, je suis semblable á la feuille flétrie: / emportez-moi comme elle, orageux aquilons!», escribió Lamartine. Y Verlaine: «Et je m'en vais / au vent mauvais / qui m'emporte / deça delà, / pareil à la / feuille morte.» No obstante, los románticos fueron gente fina. En el siglo XVIII, Meléndez Valdés prestó, a las doradas monedas malgastadas por el otoño, un cariz más concreto y egoísta: «Así sombra mis años / pasarán, y con ellos, / cual las hojas fugaces, / volará mi cabello.»

Pero no siempre sucedió en la literatura de este modo. Antes del XVIII, las hojas nos proporcionan un ejemplo filosófico. El autor de la *La Epístola moral a Fabio* advierte: «Las hojas que en las altas selvas vimos / cayeron; ¡y nosotros a porfía / en nuestro engaño inmóviles vivimos!» Usa nuestro Barroco la mortandad que hoy veo en mi jardín para demostrar lo efímera que es la vida toda: o sea, nosotros —por muy inmóviles en nuestro engaño que estemos— los efímeros. No tardaremos mucho en darnos cuenta... De ahí que prefiera la aplicación que a la metáfora le da el divino Homero: «Como brotan y caen las hojas de los árboles, así pasan las generaciones: unas hojas abaten los vientos del otoño, y otras cría el bosque al florecer y las embellece el aliento de la primavera. Con las generaciones de los hombres pasa igual: una nace, otra muere.» Aquí ya no se trata de lamentarse por la caducidad; ya no se trata de un bello símil, de una transposición, de un paralelo entre nuestros corazones y los vegetales. No: las hojas de Homero forman parte de un ciclo: de lo que se trata es de hacer sitio para las hojas nuevas. Es un proceso de renovación. Y con el hombre acontece, no algo semejante, sino exactamente igual. Hay una identidad con la naturaleza, en la que el ser humano es uno más. No tenemos nosotros a la vida: es ella quien nos tiene a nosotros, nos utiliza, nos transcurre, nos abandona cuando le da la gana. Y ella sigue verdeciendo inmortal: inmortal sin nosotros.

Hace muy pocos días me visitó, sin previo aviso, mi penúltimo amor —digamos en el amor como en las copas—. Dos años habían pasado desde nuestro penúltimo adiós —digamos en el adiós también como en las copas—. Dos años poblados del empestillamiento de estar a solas con su olor y su recuerdo. Dos años en que bajé al jardín exterior en noviembre para verlo inundado por la muerte. Dos años en que no quise descender al jardín interior, ni asomarme a mi corazón por miedo a ver —como en un hondo pozo—, en el agua de antes, retratada su cara. Dos años infinitos... Y hace tres días se presentó en mi casa.

Siempre me ha sorprendido qué detalladamente nos expone la Iglesia los tormentos del infierno. No es sólo el llanto y el crujir de dientes, sino las llamas, los tridentes, las tenazas, las penas de daño y de sentido. «¿Cómo esa imaginación», me pregunto, «no alcanza nunca al cielo?». Los deleites celestiales no se enumeran. Se habla de la visión beatífica, y basta. ¿Por qué tal escasez de fantasía para las complacencias? Qué religión tan rara. El Islam es mucho más explícito. «Hay un santo, sin embargo, muy poco conocido entre nosotros —san Leonardo de Porto Maurizio, *patrono delle missioni fra i popoli cattolici,* es decir, *in partibus fidelium*— que se define más: *Il Paradiso in cielo è il godere* —ya salió la palabra, ya salió la etimología, ya salió la verdad—, *in terra è il sofrire.* En conclusión: para *godere,* como era imaginable, habremos de esperar la caída de la hoja.

Yo vi a aquel amor hace tres días, cerca de mí, sentados en el mismo sofá. Me hablaba de nosotros, de cosas, no sé de qué. Yo pensaba: «Los amantes que fuimos se van tras el amor. Los que quedamos somos irremediablemente otros, regresados de una cruenta batalla: con otro horario, otras costumbres, otras aspiraciones. Quien sobrevive, sobrevive distinto. El milagro no tiene día siguiente. Los recuerdos no son bifrontes: miran sólo hacia ayer.» Me levanté para forzar el fin de una entrevista que había perdido todo su sentido. Desde la ventana vi el jardín exterior lleno de hojas caídas. Y procuré mirar al jardín interior. «Estuve en el infierno», me dije, «ahora estoy en el limbo: en ese estado de gracia venial que es la resurrección reciennacida. En el hermoso espejo *era el azogue lo que yo ponía».* Sonreí muy despacio: «¿Te encuentras bien?» «Muy bien», le contesté. Reflexionaba sobre las hojas de Homero, no sobre las románticas. Atardecía fuera, comenzaba el frío fuera. Dentro de mí, por el contrario, había una cierta luz y un aire amable. Escuché la apaciguada voz de Antonio Machado «Mi corazón espera / también, hacia la luz y hacia la vida, / otro milagro de la primavera», que me hablaba de algunas hojas verdes renacidas, «al olmo viejo, hendido por el rayo, / y en su mitad podrido». «Estoy bien», y volví a sonreír. Y dije, levantando la voz: «La vida actúa muy parecidamente a la ley del Talión: ésta es *ojo por ojo;* la vida, *hoja por hoja.* No está mal. No está mal.»

CEMENTERIOS

Lo he dicho y lo repito: me gustan los cementerios. De una ciudad, antes que nada, visito los mercados y los cementerios. Son su haz y su envés: cómo viven sus vivos, cómo viven sus muertos. Porque también los muertos habitan la ciudad: no sólo formaron parte de ella y la hicieron, sino que aún forman parte. La muerte es una manera distinta —menos ruidosa, más honda— de estar vivo... El año que viene se cumplirán los veinte de mi matrimonio con el teatro. Mi primera comedia, *Los verdes campos del Edén,* transcurre en un cementerio. («Haremos un decorado no muy realista», me dijo el director. «Si al alzarse el telón la gente se encuentra con un cementerio, se levantará y se irá.» No fue así. Quizá a la gente le asustaba más la vida.) Mi última comedia, *El cementerio de los pájaros,* es más triste por lo que tiene no de muerte, sino de repintada apariencia de vida, de vida disecada, de imitación tosca de lo inimitable.

He visto tantos cementerios que ya confundo unos con otros. Grandes y pequeños cementerios a la luz del sol y a la luz de la luna: cementerios civiles, religiosos de muchas religiones, de guerra, de atormentadas minorías. Me han hecho entrevistas hamletianas en medio de las tumbas. Las televisiones extranjeras me han grabado, más que en ningún otro sitio, en cementerios. Me atraen su orden, su desdén, su silencio, su tiempo detenido. La muerte tiene nuestra sangre; es de nuestra familia. Para mí es un viejo pariente que vive fuera y ha anunciado, una vez y otra vez, su vuelta a casa. Sorprende, más que su venida, que no haya ya llegado. Por temporadas, nos olvidamos de él; otras, lo echamos casi de menos, con el remordimiento que provoca el olvido. Quizá un día, de pronto, nos decidamos nosotros mismos a ir en busca del lejano pariente, y a tocar en su puerta... La muerte es, para mí, una canción muy oída por dentro: no cantada, sólo tarareada sin despegar los labios. No la puedo temer.

Quizá nadie la teme. Le tememos al salto en el vacío. Sentimos *horror vacui.* Como el paracaidista que pone el pie fuera de ese terreno, dudoso y vacilante como la misma vida, en que consiste el avión. Le tememos a la agonía: a la última, porque la vida es toda una agonía, un ir muriendo lento y enriqueciente. Le tememos al paso —mucho menos trascendental de lo que se nos dice— que nos lleva de aquí a allí; de la parte que creemos conocer a la que creemos desconocer. Sólo se teme lo que se desconoce. (El otro día me dijo un sevillano: «¿Cómo no voy a creer yo en el *más allá,* don Antonio, si vivo en el Tiro de Pichón, que está donde el Señor perdió la gorra?») Y, sin embargo, hay gente para todo. Yo tengo una comadre aficionada a las agonías que, por hache o por be, va de una en otra, y que las olfatea. Se ha resignado a ellas, con un cierto regusto, me parece. La llaman, como a un viático, de casas familiares o amigas. Ella acompaña, asiste, amortaja, dispone y vuelve, con su marido y con sus hijos, a preparar la cena. Bueno, pues a mi comadre los cementerios no le atraen lo más mínimo. Ella es ducha sólo en saltos mortales; comprende las rebeldías *ad limina;* observa, con interés no desprovisto de morbosidad, las postreras resistencias; pero la quietud póstuma, el frío mármol póstumo, la prolongada vida de la muerte le dan no sé qué vértigo.

Recuerdo cementerios en que me encantaría descansar. El de Casabermeja, mitrado y bizantino, desde donde se escucha, abajo, el vaivén de la costa. O el encastillado de Medinaceli, junto al que reposó Almanzor, en su muerte exiliada. O el redondo y altivo de Almuñécar. O el de Doña Mencía, que, por Difuntos, parece un estadio en noche de partido: tantos miles de lamparillas le enciende la añoranza. O el de los Ingleses de Málaga, convertido en vivero, con araucarias, buganvillas, mimosas y pacíficos. (En él compré yo un ciprés, mi árbol predilecto, que, contra lo que se imagina, es símbolo de perduración y vida interminable: por eso se planta en los cementerios, que lo han salpicado de una brisa sombría.) Hay otro cementerio de Ingleses (con esa desdeñosa y vaga palabra designan los latinos al resto de Europa): el del Piazzale Donatello, en Florencia. Alrededor de él, el más ruidoso tráfico del mundo gira, patina, frena, cambia de marchas, acelera; y ellos allí, tan quietos, tan ingleses ya siempre. También en Florencia está el horrendo cementerio monumental de San Miniato, donde hay un enterramiento que consiste en una losa de vidrio constelada de falsas nubecillas, sobre la que bailan un vals dos jóvenes en mármol de tamaño natural, vestidos él de aviador y ella de noche de los años cuarenta: unos recién casados, muertos de guerra y de amor, respectivamente, y vueltos a asesinar por dos locas familias y un escultor nefasto.

Recuerdo los intensos cementerios mejicanos; los del Extremo Oriente, orlados de lacitos; el de Samarkanda, como un lujoso barrio azul invitando a la vida. El mes pasado estuve en el gran cementerio bajo la Ciudadela de El Cairo. El representa la actitud de un pueblo que vive de las tumbas de sus antecesores: por ellas, para ellas y en ellas. La civilización egipcia es un recado que nos viene a través de la muerte: nunca estuvo más clara una herencia. Desde el polvo que el Nilo vivifica, hasta el polvo residual del pasado sobre el que hoy se construye. En ese cementerio de los mamelucos —miles de casas preparadas para la resurrección— viven hoy cientos de miles de personas vivas. La frontera entre uno y otro territorio no es tan tajante como se acostumbra afirmar.

Durante el verano volví a San Michele, la isla cementerio de Venecia. A la hora de la siesta. Iba a visitar a Ezra Pound. Una turba de moscas se levantó, zumbando espesamente, en medio del ardor. Cruzó a mis pies el relámpago de una lagartija. Las rosas, soñolientas, perfumaban. Todo era vida allí. Hasta el superpuesto y prestado iconostasio, al fondo del Patio Griego, de Diáguilev, que no tuvo tampoco buen olfato para su propia muerte. (Le habían vaticinado que moriría entre aguas, y no se atrevió a viajar jamás en barco. Se retiró a Venecia. Qué mala puntería: allí le aguardaba el agua de su hora.) Vi un letrero sobre una construcción alargada —SOCREM—: parecía la nave de una fábrica de sopas concentradas. Era la *Società Veneziana per la Cremazione.* Vaya por Dios. Al salir, en el lado interior del muro, un timbre con una indicación: *Chiamata notturna.* (Para qué enterrado vivo, para qué personaje de Poe, para qué indecible terror.) Me he acordado de aquel timbre porque le hubiera sido útil a una mujer de Córdoba, que anteayer se perdió y se quedó encerrada en el cementerio de San Rafael, hasta que la policía la rescató «presa de una gran excitación». En ese cementerio están mis más próximos muertos, quienes me dieron vida, esperándome a mí sin impaciencia...

Que no se entienda, por lo que digo, que soy forofo de la muerte. Lo que ocurre es que estoy tan metido en ella (en mi versión de ella) —como todos, por otra parte— que he llegado a no verla, como no se ve el aire que respiramos; a no olerla, como un dependiente de perfumería que acaba por perder el olfato; a no saborearla, como no saborea un buen catador el vino que expertiza. Yo, frente al olfato de mi comadre, puedo estar charlando con alguien que va a morir a las dos horas, y no presiento nada. Me ha sucedido ayer. Y me ha traído a la memoria la última vez que Troylo encontró a la persona que más quiso en su vida. Se negó a que lo acariciara. Retrocedió, erizado, en mi busca. Yo le reñía lleno de irritación. Le repetía el nombre tan amado. Fue inútil. Troylo olía la muerte: la de los tres acaso. Como Blanquet, el mozo de espadas de *Gallito* y Granero, al que, por ese olfato, ningún torero quiso volver a contratar. Según dicen, también el avestruz, cuando esconde la cabeza y no ve, cree que no la ve nadie.

MI PRECIO

No es difícil suponer que, desde hace bastantes años, se me haya ofrecido anunciar cosas muy distintas por televisión, como no es difícil suponer que se me hayan ofrecido puestos en la política. No he aceptado nunca ni una ni otra propuesta. Eso quiere decir, dada la sociedad en que vivimos, que los puestos ofrecidos fueron cada vez más altos y las tarifas cada vez mayores. La razón de mi negativa, en una y otra dirección, fue esencialmente la misma, aunque con matices. Me es imprescindible conservar la independencia interior y exterior que tanto me ha costado: una independencia no estratégica, no asequible, no acomodaticia a lo que a cambio se me brinde; una independencia que es justamente la causa de que lo que digo o escribo sea, no aceptado sin discusión —lo que no ambiciono—, pero sí respetado a fuerza de honestidad y de sinceridad y de no estar a expensas de las cotizaciones, ni *de oferta* en ningún supermercado.

Yo no me he visto a mí mismo apenas en televisión: si se emite en directo, porque es imposible; si en diferido, porque suelo tener otro quehacer urgente; y no tengo vídeo además. Por otra parte, uno se reconoce con dificultad. Hasta la propia voz grabada nos suena un poco a la del Pato Donald, ajena y contrahecha. Siempre me ha sorprendido, cuando se me pidió jugar a *Personaje misterioso* —cuya identidad hay que adivinar sólo por la voz—, que a través de la radio se me reconociese. Y es, por lo visto, sencillísimo. En el penúltimo anuncio que se me propuso, ya con cautela, hacer, no aparecía mi cara: sólo un texto enunciado por mí. Según la empresa eso bastaba. Qué curiosa actitud la de los publicistas: pretender embaucarme con la socaliña de que, si yo no salía en imagen, yo no estaba. Como si el texto no fuese lo más mío, más mío que mi rostro, y como si yo no me diera cuenta de que, si la pagan es porque mi voz equivale a una firma fehaciente. Uno aprende mucho viviendo en este mundo: hasta lo que maldita la gana que tiene de aprender.

No almuerzo jamás fuera de casa. Necesito poca comida y muy simple. Necesito, después, estar un cuarto de hora —mi *clin* lo llaman— a solas, en mi dormitorio, trasponiéndome. Para emprender el misterioso viaje de la trasposición —ni un sueño lúcido, ni una vigilia amodorrada—, me ayuda mucho la tele: no tan alta que se erija en protagonista, no tan baja que obliga a aguzar el oído: una televisión en penumbra, digamos. La oigo y la miro unos minutos, hasta que me traspongo. Es igual que una nana. El otro día algo me sacó de mi ensimismamiento: un tirón repentino. Miré al televisor y, sin gafas, me vi. Me vi porque me oía. Me calé las gafas y vi a un horrendo cómico imitándome. Un cómico rechoncho, vestido en tonos beiges, con un bastón, una cadena al cuello y fumando en boquilla. Hice un esfuerzo, y me di cuenta de que no era yo: ni yo, ni mis tonos, ni ninguno de mis bastones. Y de que yo, que apenas fumo un par de cigarrillos, los fumo sin boquilla. Y de que mi voz no había sido nunca tan resbaladiza. Y, sobre todo, de que yo jamás hubiera pronunciado las estúpidas palabras del cómico rechoncho para vender un producto de mala imitación. Casi tan mala como la de él.

Una vez sacado a empujones de mi *clin,* imposible volver. Y me puse a pensar. Pensé qué desvalidos nos encontramos en este mundo que llamamos nuestro. No tenemos derecho ni a nosotros mismos. Habrá que remediar esa laguna. No es decente que, si uno se prohíbe anunciar café, o vajillas, o cuberterías, o champán, un desdichado imitador los anuncie por uno. No es decente que uno, sin comerlo ni beberlo, salga entre ese vómito de tómbola que, en diciembre, nos inunda el dormitorio de juguetes, turrones, electrodomésticos, objetos de regalo, cámaras fotográficas y muñecos que hacen toda clase de guarradas y a los que les sale sarpullidos y sarna. «Hay que protestar de esto», me decía. «Hay que ampliar el artículo 18 de la Constitución sobre el derecho a la intimidad y a la propia imagen.» Y recordé que, coincidiendo con mi último estreno, un estudioso u organizador o crítico (no sé bien), escribió sobre mí: «¿Qué precio se paga por convertirse en un escritor de moda, a qué personajes hay que ser necesariamente fiel a partir de ese momento? Ni siquiera importa que el personaje Gala corresponda realmente al escritor. El problema quizá esté en que todo hombre contiene múltiples personajes y el éxito obliga a investirse de uno de ellos. Sería interesante preguntarse en qué punto se alza hoy la imagen de Antonio Gala, o, dicho con otras palabras, hasta dónde su poesía es casoniana o es de los grandes e incontrolables rebeldes.» Y por ahí ya se me enredó el asunto.

Yo no creo haber aspirado nunca a ser un *rebelde incontrolable,* ni a ser algo distinto. Yo no creo haber aspirado nunca al éxito, porque es difícil saber cómo alcanzarlo, y porque además no es esencial: es una consecuencia, y a mí las consecuencias me traen al fresco: yo busco la raíz. (Comprendo que se hable del *precio del éxito,* pero del desinterés por el éxito sólo puede hablar el que lo tiene: en este tema es peligroso renunciar de antemano.) Yo no creo haber aspirado nunca a ser famoso, porque es muy duro serlo, sobre todo si se usa para bien. Yo no creo haber aspirado nunca a ser original —en mi vida, digo— y mucho menos a llamar la atención. Ni siquiera he aspirado a ponerme el mundo por montera: lo que pasa es que el mundo se me subió un día a la montera y no me iba yo a pasar el resto de mi vida pidiéndole que se bajara. A lo único que yo he aspirado, siguiendo el consejo del sabio Shakespeare, es a ser fiel a mí mismo, porque sabía que, sin esa fidelidad previa, jamás conseguiría las otras dos fidelidades —a mi momento y a mi pueblo— que son las que hacen de verdad a un escritor.

Supongo que la consanguinidad de nuestra gente es lo que nos consagra: ser un vehículo, una mano prestada, una boca prestada. Que se nos diga con justificación: «Tú estás diciendo lo que yo quería decir, como a mí me habría gustado decirlo.» Sólo por eso —sólo por eso— compensa sacrificar una parte de la gloria individual en que la intimidad consiste. Porque lo que nos roba la imagen exterior es intimidad, no personalidad, no verdad, no capacidad de creación. El personaje que en público intenta representarnos —en el anuncio que cuento queda claro— lo elige el mercachifle, que se queda con lo más superficial y más vistoso; que se queda con el recipiente y deja el contenido. Qué trabajera la simplificación. Cuántas veces nos habrán repetido *frases admirables* que no recordamos haber dicho jamás —o que acaso dijimos, pero de pasada— y luego han ido repitiéndose, redondeándose, encubriéndonos. Cuántas veces se habrá hablado de mi contundente capacidad de ataque, de mi ferocidad dialéctica, de mi extraordinaria habilidad para ridiculizar. Y yo no soy así: lo sé perfectamente (y también sé poner las cosas en su sitio). Ese es un Antonio Gala inventado, transmitido por amigos no próximos, exagerado por las *ampliaciones* de admiradores o chistosos. Lo que debe importar —y de eso no cabe hacer imitaciones— es lo que está debajo, la médula, el cimiento; de un escritor, lo que escribe; de un pintor, lo que pinta. Si quien soporta el bastón o la caspa o el bigote o la bufanda —tan queridos por los mediocres y tan alcanzadizos— es un diosecillo de guardarropía, todo quedará en disfraz de teatro. O ni siquiera eso: porque hasta el teatro ha de estar bien escrito.

NAVIDAD 1982

Hay un derecho humano previo a todos los demás —sin él no existirían—: el derecho a la vida. La vida de los individuos, de los pueblos, de las razas. En este *año del Señor,* la estúpida y suicida crueldad del hombre batió su propio récord, trabajó horas extraordinarias, alcanzó nuevos pluses. E invocó, siguiendo una costumbre repugnante, la paz, el orden, la justicia, la vida, Dios, los derechos humanos...

Un país *ejemplar* —USA—, tan implicado en la desastrosa dirección de este mundo, ha inventado a la vez dos nuevas formas de matar: una, a millones; otra, de uno en uno. Las dos en nombre de la democracia. Cada misil MX lleva diez cabezas nucleares, y cada una de ellas puede lograr más muertes que la bomba arrojada en Hiroshima. Se construyó, naturalmente, para evitar la guerra. Su amenaza, su catástrofe explícita harán la paz cada día más tensa, más irrespirable, más erizada de peligros. Transformarán la economía en otro misil, más mudo y frío: para equilibrar sus potenciales bélicos se arruinarán los pueblos; se descabalarán los presupuestos; brotarán, ante el empobrecimiento, los conflictos sociales. Cuando los cañones sustituyen a la mantequilla, ¿cómo sorprenderse de que acaben utilizándose para conseguir mantequilla? ¿Es que el cinismo es una profesión de quienes nos dirigen? ¿Cómo, si no, explicar también el otro modo de matar? Dulce y suave, igual que el sueño, ese hermano pequeño de la muerte. Con thipental de sodio aplicado en la vena. Antes se utilizaba para sacrificar perros, esos hermanos pequeños de los hombres; ahora, para ejecutar condenados. En Texas, en la prisión de Huntsville, con un negro llamado Charlie Brooks, se realizó la primera experiencia. Fue un éxito. El médico del penal comprobó el buen estado de las venas del reo y su salud satisfactoria. El verdugo se ocultó tras una red metálica. (Ya en algunos Estados, más ardorosamente puritanos aún, han decidido emplear tres verdugos: dos inyectarán líquidos inocuos, y ninguno sabrá quién inyectó la muerte. Idaho, dudoso, prepara un pelotón de fusilamiento por si el benevolente método fallase.) Unos momentos antes de morir, Charlie Brooks, convertido al Islam mientras lo sentenciaban, confesó: «No hay otro Dios que Dios. En verdad, suyos somos y a él regresamos.» Y regresó, en efecto.

¿Cuántos Gobiernos existen hoy que representen con autenticidad a sus pueblos —¿o es que los pueblos se han vuelto rabiosos?—, es decir, que tengan autoridad moral? En septiembre, después de las atroces matanzas del Líbano, después del holocausto palestino, después de firmarse el acuerdo —¿el acuerdo?— entre los combatientes, después de haber sido expulsados los vencidos —¿quiénes son los vencidos?— una noche, a la luz de las bengalas que el Ejército israelí disparaba sobre la Beirut mártir, ante los ojos ocupantes, en los campamentos de los refugiados civiles de Sabra y Chatila, se desencadenó el odio y la vesania. Cadáveres de niños abrazados, de mujeres violadas, de recién nacidos degollados, de ancianos estupefactos, de jóvenes tiroteados y torturados y acuchillados y deshechos, de caballos, de gallinas, de corderos. Un amasijo de indefensión y de desolación y desamparo. El ministro de la Guerra israelí, Ariel Sharon, se fotografió con dos caniches negros (los únicos que han conocido su ternura de *monsieur Verdoux),* y ante la *conveniente* queja de Reagan, aclaró: «El presidente tiene que cuidar la opinión pública con vistas a las elecciones. Pero yo no dramatizo su irritación. Nuestra alianza se basa en intereses recíprocos, y todos los norteamericanos lo saben. Carece de importancia que surja alguna riña.»

¿Qué contagioso odio desciende desde los gobernantes hacia abajo? ¿Por qué tremola sus siniestras banderas la muerte, azuzada entre pueblos hermanos?

¿Por qué se lleva el desastre a domicilio de los países débiles? ¿Qué bochornosa conjura transforma Iberoamérica en un campo donde toda conculcación es cosechada? Un niño por minuto muere allí de violencia; en Guatemala alguien cae de un balazo cada cinco horas; en El Salvador se asesina sin cesar; Haití agoniza entre sus flores. Se mata a los niños, que son el único tesoro de la familia indígena; a los ancianos, que son el depósito de su sabiduría; a las mujeres, que son su esperanza de futuro... Desde hace diez años han desaparecido allí 90.000 personas. En Argentina, en Chile, en Brasil, en Bolivia. ¿Las egregias locas de la Plaza de Mayo serán las únicas que no han perdido la razón? ¿Qué hay detrás de tanta tortura, de tanto crimen con sordina, de tanto cementerio secreto? ¿Por qué a los genocidios sólo responde un silencio afirmativo o cómplice?

Y a los que no nos mata ni la guerra, ni la tiranía, ni el racismo, ni el hambre, ¿en qué mundo nos dejan? En uno invadido por el terror a esta paz falsa y a esta vida falsa, tan semejantes a la muerte y a la guerra. En uno carcomido por elementos residuales atómicos; humillado por el paro, que la ambición y la insolidaridad y la tecnología destructora y la ciencia sin conciencia multiplican. En un mundo asolado por quienes se llevan su dinero a lugares seguros, como si el dinero se hubiese transformado en valor absoluto y la vida del hombre en valor relativo. ¿Dónde vamos? ¿Qué es esta Humanidad? ¿Qué es este mundo, donde hasta las ballenas se suicidan porque se les ha arrebatado su canon y su norma? ¿Qué es este mundo, donde la Naturaleza es arrasada, abolido el paisaje, aplastados los seres vivos; donde las religiones son enarboladas, una vez más, como armas de combate? ¿Adónde se quiere que miren nuestros jóvenes sino a las procelosas alcobas de la droga y el desentendimiento? ¿Quién se halla autorizado para decir a nuestros adolescentes: «Por un minuto de *deleite carnal* serás eternamente condenado»? ¿Quién es capaz de dar consejos en vez de dar ejemplos? ¿Quién hay en este mundo, si no grita, digno de ser considerado intérprete de Dios, vicario de Dios, hijo de Dios?

La Navidad no es una fiesta privada: eso sería un atroz burladero, un antifaz, una sucia mordaza. La Navidad es un asunto que nos atañe a todos —el Creador no puso límites a su amor—, es decir, que hoy ninguno podemos celebrar. Por campos empapados ahora en sangre, transcurrió haciendo el bien quien nació en ese día. En la primera Nochebuena desearon la paz los ángeles a los hombres de buena voluntad: ¿a quién se la desearán hoy? Qué desconcertado y qué inútil es un ángel sin Dios: tanto como un hombre que desconfía de los hombres. Celebrar la Navidad con espumillones y zambombas, en una torre de marfil o de plástico, mientras llueve sangre fuera, es la más blasfema de las hipocresías. Dios es de todos los hombres, el resto es lo de menos. Quien lo supo, lo dijo: *Antes de poner la ofrenda en el altar, ve a hacer las paces con tu hermano.* La religión, o es una búsqueda del reino de Dios —de cualquier Dios— y su justicia, o no es nada. Aún peor que nada: un decorado repintado y triste para ocultarnos la propia podredumbre.

LA ÚLTIMA CARTA

Mis queridos amigos:

Se acabó el año 82 y, con él, se acabó esta correspondencia <u>en propia mano</u>. Ha sido bastante larga: duró dos años y cien cartas. En ellas nos hemos alegrado juntos, hemos reflexionado juntos, hemos hecho juntos buenos propósitos. Es hora de quedarnos un poquito más solos. Vosotros encontraréis otras lecturas y otra compañía nueva; yo debo dedicarme a otros trabajos. (Si es que éste era un trabajo, que no creo. Aunque, en mi caso, la palabra trabajo no tiene nunca sentido de fatiga o de pena o de imposición: mi trabajo es mi vida.)

Os dejo con tristeza. Os echaré de menos cada semana. Sólo me consolará la esperanza de que acaso vosotros también me echéis de menos: no tanto a mí cuanto a esta cita conmigo. No siempre oportuna quizá, no siempre cómoda, pero siempre sincera y bienintencionada. Por eso os dejo con tristeza. Pero sé que un día seguiremos charlando. No sé dónde; no sé cuándo. Espero muy de veras que sea pronto.

Entretanto, que comencéis con alegría y paz un año nuevo —nuevo y mejor— en todos los sentidos. Para llenarlo de felicidad, un año es demasiado tiempo. No he conocido a nadie que haya sido feliz un año entero. En cuanto a la <u>prosperidad</u>, que mutuamente solemos desearnos, es ya otra cosa más a nuestro alcance. Depende mucho de nosotros: de cada uno, de todos; del esfuerzo y la confianza y la entrega y la generosidad de todos. Difícilmente será próspero el año si nosotros, durante él, somos egoístas. En 1983 vamos a tener ocasión de comprobarlo. Deseo que la comprobación nos sea favorable. De todo corazón.

Lo mismo que a cada uno de vosotros —para sí y los suyos y lo suyo— le deseo el amor y el cumplimiento.

Quedo vuestro como hasta hoy.

P.S. Perdonadme la letra: no tengo otra.
Y si queréis escribirme, no lo dudéis: hacedlo.
Para la amistad no debe haber últimas cartas nunca.

ÍNDICE
DE TÍTULOS PUBLICADOS

SELECCIONES AUSTRAL

TÍTULOS PUBLICADOS

ANTONIO MACHADO
1. POESÍAS COMPLETAS
Prólogo de Manuel Alvar
424 págs. ISBN 84 239 2001-1 □□□□

RAMÓN DEL VALLE-INCLÁN
2. TIRANO BANDERAS
Introducción de Antonio Valencia
240 págs. ISBN 84 239 2002-X □□

ANTONIO BUERO VALLEJO
3. HISTORIA DE UNA ESCALERA. LAS MENINAS
Prólogo de Ricardo Doménech
238 págs. ISBN 84 239 2003-8 □□

JOSÉ BOTELLA LLUSIÁ
4. ESQUEMA DE LA VIDA DE LA MUJER
Introducción de Ramón de Garciasol
245 págs. ISBN 84 239 2004-6 □□□

MIGUEL DE CERVANTES
5. ENTREMESES
Prólogo de Francisco Ynduráin
184 págs. ISBN 84 239 2005-4 □

JUAN RAMÓN JIMÉNEZ
6. SEGUNDA ANTOLOJÍA POÉTICA (1898-1918)
Prólogo de Leopoldo de Luis
294 págs. ISBN 84 239 2006-2 □□□

JOSÉ ORTEGA Y GASSET
7. LA REBELIÓN DE LAS MASAS
Introducción de Julián Marías
264 págs. ISBN 84 239 2007-0 □□□

JUAN JACOBO ROUSSEAU
8. CONTRATO SOCIAL
Traducción de Fernando de los Ríos
Prólogo de Manuel Tuñón de Lara
168 págs. ISBN 84 239 2008-9 □

AZORÍN
9. LAS CONFESIONES DE UN PEQUEÑO FILÓSOFO
Prólogo de José María Martínez Cachero
181 págs. ISBN 84 239 2009-7 □

RAMÓN MENÉNDEZ PIDAL
10. FLOR NUEVA DE ROMANCES VIEJOS
262 págs. ISBN 84 239 2010-0 □□□

RAINER MARIA RILKE
11. EPISTOLARIO ESPAÑOL
Traducción y prólogo de Jaime Ferreiro Alemparte
344 págs. ISBN 84 239 2011-9 □□□

12. CANTAR DEL CID
Texto antiguo de Ramón Menéndez Pidal
Prosificación moderna de Alfonso Reyes
Prólogo de Martín de Riquer
335 págs. ISBN 84 239 2012-7 □□

MIGUEL DE UNAMUNO
13. DEL SENTIMIENTO TRÁGICO DE LA VIDA
Prólogo del P. Félix García
271 págs. ISBN 84 239 2013-5 □□□

SALVADOR DE MADARIAGA
14. GUÍA DEL LECTOR DEL «QUIJOTE»
Prólogo de Luis María Ansón
215 págs. ISBN 84 239 2014-3

ANTONIO BUERO VALLEJO
15. LA DOBLE HISTORIA DEL DOCTOR VALMY. MITO
Prólogo de Francisco García Pavón
243 págs. ISBN 84 239 2015-1

EUGENIO D'ORS
16. ARTE VIVO
Prólogo de Cesáreo Rodríguez Aguilera
215 págs. ISBN 84 239 2016-X

CLAUDIO SÁNCHEZ-ALBORNOZ
17. SOBRE LA LIBERTAD HUMANA EN EL REINO ASTURLEONÉS HACE MIL AÑOS
Prólogo de Julio González
199 págs. ISBN 84 239 2017-8

JULIÁN MARÍAS
18. MIGUEL DE UNAMUNO
Introducción de Juan López-Morillas
262 págs. ISBN 84 239 2018-6

PLATÓN
19. DIÁLOGOS
Traducción de Luis Roig de Lluis
Prólogo de Luis Castro Nogueira
295 págs. ISBN 84 239 2019-4

RAFAEL ALBERTI
20. POEMAS DEL DESTIERRO Y DE LA ESPERA
Selección y prólogo de J. Corredor-Matheos
312 págs. ISBN 84 239 2020-8

RENÉ DESCARTES
21. EL DISCURSO DEL MÉTODO. MEDITACIONES METAFÍSICAS
Traducción, prólogo y notas de Manuel García Morente
182 págs. ISBN 84 239 2021-6

RAMÓN GÓMEZ DE LA SERNA
22. GREGUERÍAS (Selección 1910-1960)
Prólogo de Santiago Prieto Delgado
213 págs. ISBN 84 239 2022-4

PEDRO CALDERÓN DE LA BARCA
23. LA VIDA ES SUEÑO. EL ALCALDE DE ZALAMEA
Introducción de Alberto Posqueras-Mayo
219 págs. ISBN 84 239 2023-2

FRANCISCO DE QUEVEDO
24. HISTORIA DE LA VIDA DEL BUSCÓN
Prólogo de Domingo Ynduráin
189 págs. ISBN 84 239 2024-0

LEÓN FELIPE
25. OBRA POÉTICA ESCOGIDA
Selección y Prólogo de Gerardo Diego
262 págs. ISBN 84 239 2025-9

HAROLD RALEY
26. LA VISIÓN RESPONSABLE
Traducción de César Armando Gómez
Prólogo de José Luis Pinillos
365 págs. ISBN 84 239 2026-7

GUSTAVO ADOLFO BÉCQUER
27. RIMAS Y DECLARACIONES POÉTICAS
Anotador Francisco López Estrada
272 págs. ISBN 84 239 2027-5

KARK JASPERS
28. INICIACIÓN AL MÉTODO FILOSÓFICO
Traducción de María Luisa Pérez Torres
184 págs. ISBN 84 239 2028-3

RAMÓN DEL VALLE-INCLÁN
29. FEMENINAS. EPITALAMIO
Introducción de Antonio de Zubiaurre
206 págs. ISBN 84 239 2029-1

ANTONIO GALA
30. LAS CÍTARAS COLGADAS DE LOS ÁRBOLES. ¿POR QUÉ CORRES, ULISES?
Prólogo de Enrique Llovet
212 págs. ISBN 84 239 2030-5

LEOPOLDO DE LUIS
31. VIDA Y OBRA DE VICENTE ALEIXANDRE
Prólogo de Ramón de Garciasol
237 págs. ISBN 84 239 2031-3

JOSÉ LUIS ABELLÁN
32. PANORAMA DE LA FILOSOFÍA ESPAÑOLA ACTUAL
Prólogo de Vicente Llorens
222 págs. ISBN 84 239 2032-1

JOSÉ MANUEL MINER OTAMENDI
33. LOS PUEBLOS MALDITOS
Introducción de Florencio Martínez Ruiz
160 págs. ISBN 84 239 2033-X

CARLOS SECO SERRANO
34. GODOY. EL HOMBRE Y EL POLÍTICO
Prólogo de Miguel Artola
222 págs. ISBN 84 239 2034-8

ALEJANDRO CASONA
35. FLOR DE LEYENDAS. VIDA DE FRANCISCO PIZARRO
Prólogo de Federico Carlos Sainz de Robles
242 págs. ISBN 84 239 2035-6

FERNANDO NAMORA
36. DOMINGO POR LA TARDE
Traducción y prólogo de Sol Burguete
210 págs. ISBN 84 239 2036-4

ARISTÓTELES
37. MORAL, A NICÓMACO
Traducción de Patricio de Azcárate
Prólogo de Luis Castro Nogueira
340 págs. ISBN 84 239 2037-2

ANTONIO DÍAZ-CAÑABATE
38. HISTORIA DE UNA TERTULIA
Prólogo de Francisco Umbral
286 págs. ISBN 84 239 2038-0

FEDERICO GARCÍA LORCA
39. ROMANCERO GITANO. POEMA DEL CANTE JONDO
Prólogo de José Luis Cano
220 págs. ISBN 84 239 2039-9

JOSÉ ANTONIO JÁUREGUI
40. LAS REGLAS DEL JUEGO
Prólogo de José Luis Pinillos
343 págs. ISBN 84 239 2040-2

FRANCISCO AYALA
41. LOS USURPADORES. LA CABEZA DEL CORDERO
Introducción de Andrés Amorós
340 págs. ISBN 84 239 2041-0

BALTASAR PORCEL
42. DIFUNTOS BAJO LOS ALMENDROS EN FLOR
Prólogo de José Luis L. Aranguren
244 págs. ISBN 84 239 2042-9

LOPE DE VEGA
43. EL MEJOR ALCALDE, EL REY. FUENTE OVEJUNA
Introducción de Alonso Zamora-Vicente
174 págs. ISBN 84 239 2043-7

WENCESLAO FERNÁNDEZ FLÓREZ
44. EL MALVADO CARABEL
Prólogo de Santiago Prieto Delgado
238 págs. ISBN 84 239 2044-5

BERTRAND RUSSELL
45. LA CONQUISTA DE LA FELICIDAD
Introducción de José Luis L. Aranguren
226 págs. ISBN 84 239 2045-3

ÁNGEL PALOMINO
46. PLAN MARSHALL PARA CINCUENTA MINUTOS
Prólogo de José Luis Vázquez Dodero
253 págs. ISBN 84 239 2046-1

47. LOS LAIS DE MARÍA DE FRANCIA
Introducción y traducción de Ana María Valero de Holzbacher
239 págs. ISBN 84 239 2047-X

FRANCISCO AYALA
48. EL JARDÍN DE LAS DELICIAS. EL TIEMPO Y YO
Prólogo de Carolyn Richmond
338 págs. ISBN 84 239 2048-8

ALFONSO GROSSO
49. LA ZANJA. UN CIELO DIFÍCILMENTE AZUL
Prólogo de Eduardo Mendicutti
346 págs. ISBN 84 239 2049-6

FRANCISCO UMBRAL
50. RAMÓN Y LAS VANGUARDIAS
Prólogo de Gonzalo Torrente Ballester
246 págs. ISBN 84 239 2050-X

DANTE ALIGHIERI
51. LA DIVINA COMEDIA
Prólogo de Ángel Chiclana Cardona
382 págs. ISBN 84 239 2051-8

ANTONIO BUERO VALLEJO
52. LA DETONACIÓN. LAS PALABRAS EN LA ARENA
Prólogo de Luciano García Lorenzo
217 págs. ISBN 84 239 2052-6

MARÍA TERESA LEÓN
53. UNA ESTRELLA ROJA
Prólogo de Joaquín Marco
192 págs. ISBN 84 239 2053-4

SALVADOR DE MADARIAGA
54. RETRATO DE UN HOMBRE DE PIE
Prólogo de Juan Rof Carballo
178 págs. ISBN 84 239 2054-2

RICARDO GÜIRALDES
55. DON SEGUNDO SOMBRA
Prólogo de Juan José Güiraldes
254 págs. ISBN 84 239 2055-0

LUIS MOURE-MARIÑO
56. TEMAS GALLEGOS
Prólogo de José María Castroviejo
246 págs. ISBN 84 239 2056-9

LUIS ROSALES
57. RIMAS. LA CASA ENCENDIDA
Prólogos de Dámaso Alonso y Julián Marías
200 págs. ISBN 84 239 2057-7

FÉLIX GRANDE
58. MEMORIAS DEL FLAMENCO
Tomo I. (Raíces y Prehistoria del Cante)
Prólogo de José Manuel Caballero Bonald
356 págs. ISBN 84 239 2058-5

FÉLIX GRANDE
59. MEMORIA DEL FLAMENCO
Tomo II. (Desde el café cantante a nuestros días)
438 págs. ISBN 84 239 2059-3
Obra completa: ISBN 84 239 1999-4

JUAN JACOBO ROUSSEAU
60. LAS CONFESIONES
Traducción de Pedro Vances
Introducción de Juan del Agua
548 págs. ISBN 84 239 2060-7

GILLO DORFLES
61. EL DEVENIR DE LA CRÍTICA
Traducción de Cristina Peri Rossi
Liminar de Alexandre Cirici
270 págs. ISBN 84 239 2061-5

SÖREN KIERKEGAARD
62. EL CONCEPTO DE LA ANGUSTIA
Introducción de José Luis L. Aranguren
189 págs. ISBN 84 239 2062-3

CLAUDIO SÁNCHEZ-ALBORNOZ
63. CONFIDENCIAS
Prólogo de Carlos Seco Serrano
251 págs. ISBN 84 239 2063-1

RAMÓN HERNÁNDEZ
64. PRESENTIMIENTO DE LOBOS
Prólogo de Ángel María de Lera
230 págs. ISBN 84 239 2064-X

GUILLERMO DÍAZ-PLAJA
65. MODERNISMO FRENTE A NOVENTA Y OCHO
Prólogo de Gregorio Marañón
372 págs. ISBN 84 239 2065-8

CLAUDIO SÁNCHEZ-ALBORNOZ
66. ESTUDIOS POLÉMICOS
Prólogo de Luis G. de Valdeavellano
328 págs. ISBN 84 239 2066-6

LEOPOLDO ALAS, «CLARÍN»
67. SU ÚNICO HIJO
Edición, introducción y notas de Carolyn Richmond
391 págs. ISBN 84 239 2067-4

GUILLERMO MORÓN
68. BREVE HISTORIA DE VENEZUELA
Prólogo de Demetrio Ramos
291 págs. ISBN 84 239 2068-2

RAFAEL ALBERTI
69. CANTO DE SIEMPRE
Selección y prólogo de J. Corredor-Matheos
299 págs. ISBN 84 239 2069-0

DUQUE DE RIVAS
70. DON ÁLVARO O LA FUERZA DEL SINO. EL DESENGAÑO EN UN SUEÑO
Prólogo de Carlos Ruiz Silva
275 págs. ISBN 84 239 2070-4

RAMÓN DE GARCIASOL
71. SEGUNDA SELECCIÓN DE MIS POEMAS
Prólogo de Antonio Buero Vallejo
323 págs. ISBN 84 239 2071-2

JORGE FERRER-VIDAL
72. VIAJE POR LA FRONTERA DEL DUERO
Prólogo de Ramón Carnicer
228 págs. ISBN 84 239 2072-0

FERNANDO DE ROJAS
73. LA CELESTINA
Prólogo y edición de Pedro M. Piñero Ramírez
360 págs. ISBN 84 239 2073-9

ÁNGEL MARÍA DE LERA
74. LOS CLARINES DEL MIEDO
Prólogo de Ramón Hernández
206 págs. ISBN 84 239 2074-7

MARTA PORTAL
75. PROCESO NARRATIVO DE LA REVOLUCIÓN MEXICANA
Prólogo de Leopoldo Zea
376 págs. ISBN 84 239 2075-5

FRANCISCO DE QUEVEDO
76. SUEÑOS Y DISCURSOS
Prólogo de Francisco Abad Nebot
208 págs. ISBN 84 239 2076-3

LUIS BERENGUER
77. EL MUNDO DE JUAN LOBÓN
Nota previa de Antonio Tovar
315 págs. ISBN 84 239 2077-1

ALFONSO BARRERA VALVERDE
78. HEREDARÁS UN MAR QUE NO CONOCES Y LENGUAS QUE NO SABES (MAMÁ ZOILA). DOS MUERTES EN UNA VIDA
Introducción de Florencio Martínez Ruiz
303 págs. ISBN 84 239 2078-X

JOSÉ MARÍA CASTROVIEJO
79. LA MONTAÑA HERIDA
Prólogo de Pedro Sainz Rodríguez
138 págs. ISBN 84 239 2079-8

LAURO OLMO
80. LA CAMISA. ENGLISH SPOKEN. JOSÉ GARCÍA
Prólogo de Luciano García Lorenzo
233 págs. ISBN 84 239 2080-1

MANUEL AZAÑA
81. LA VELADA EN BENICARLÓ
Prólogo de Manuel Andújar
Se incluye la versión teatral de José Luis Gómez y José Antonio Gabriel y Galán
231 págs. ISBN 84 239 2081-X

GABRIEL CELAYA
82. POESÍA, HOY
Prólogo de Amparo Gastón
249 págs. ISBN 84 239 2082-8

MIGUEL DELIBES
83. CINCO HORAS CON MARIO (Versión teatral)
Estudio introductorio de Gonzalo Sobejano
191 págs. ISBN 84 239 2083-6

GUILLERMO DÍAZ-PLAJA
84. FIGURAS CON UN PAISAJE AL FONDO
(De Virgilio a Carmen Conde)
Prólogo de Miguel Dolç
243 págs. ISBN 84 239 2084-4

ANTONIO GALA
85. CHARLAS CON TROYLO
Introducción de Andrés Amorós
326 págs. ISBN 84 239 2085-2

JOAQUÍN CALVO-SOTELO
86. CINCO HISTORIAS DE OPOSITORES Y ONCE HISTORIAS MÁS
Prólogo de Antonio Valencia Ramón
219 págs. ISBN 84 239 2086-0

JOSÉ LUIS ARANGUREN
87. LA FILOSOFÍA DE EUGENIO D'ORS
Prólogo de José Luis Abellán
339 págs. ISBN 84 239 2087-9

ANTONIO BUERO-VALLEJO
88. JUECES EN LA NOCHE. HOY ES FIESTA
Prólogo de Luis Iglesias Feijoo
276 págs. ISBN 84 239 2088-7

ENRIQUE ROMÉU PALAZUELOS.
LEOPOLDO DE LA ROSA OLIVERA.
ANTONIO MIGUEL BERNAL RODRÍGUEZ
89. LAS ISLAS CANARIAS
289 págs. ISBN 84 239 2089-5

PABLO NERUDA
90. ANTOLOGÍA POÉTICA
Prólogo de Rafael Alberti
509 págs. ISBN 84 239 2090-9

FRANCISCO AYALA
91. MUERTES DE PERRO. EL FONDO DEL VASO
Prólogo de Mariano Baquero Goyanes
329 págs. ISBN 84 239 2091-7

GUSTAVO FLAUBERT
92. MADAME BOVARY
Prólogo de Enrique Tierno Galván
311 págs. ISBN 84 239 2092-5

HÉCTOR ROJAS HERAZO
93. EN NOVIEMBRE LLEGA EL ARZOBISPO
Prólogo de Luis Rosales
340 págs. ISBN 84 239 2093-3

RAFAEL MORALES
94. OBRA POÉTICA
Prólogo de Claudio Rodríguez
240 págs. ISBN 84 239 2094-1

RAMÓN GÓMEZ DE LA SERNA
95. LA QUINTA DE PALMYRA
Edición y estudio crítico por Carolyn Richmond
314 págs. ISBN 84 239 2095-X

FERNANDO PESSOA
96. EL POETA ES UN FINGIDOR (Antología poética)
Traducción, selección, introducción y notas por Ángel Crespo
338 págs. ISBN 84 239 2096-8

JOSÉ MARÍA MOREIRO
97. GUIOMAR, UN AMOR IMPOSIBLE DE MACHADO
Prólogo de Rafael Lapesa
278 págs. ISBN 84 239 2097-6

98. FLORILEGIUM. (POESÍA ÚLTIMA ESPAÑOLA)
Selección y estudio por Elena de Jongh Rossel
326 págs. ISBN 84 239 2098-4

JUAN RAMÓN JIMÉNEZ
99. POESÍAS ÚLTIMAS ESCOJIDAS (1918-1958)
Edición, prólogo y notas de Antonio Sánchez Romeralo
399 págs. ISBN 84 239 2099-2

GABRIEL GARCÍA MÁRQUEZ
100. CIEN AÑOS DE SOLEDAD
Estudio introductorio por Joaquín Marco
448 págs. ISBN 84 239 2100-X

RAMÓN MENÉNDEZ PIDAL
101. LOS ESPAÑOLES EN LA HISTORIA
Ensayo introductorio por Diego Catalán
241 págs. ISBN 84 239 2101-8

JORGE LUIS BORGES
102. NUEVE ENSAYOS DANTESCOS
Introducción de Marcos Ricardo Barnatán
162 págs. ISBN 84 239 2102-6 □□□

103. ANTOLOGÍA DE LOS POETAS DEL 27
Selección e introducción de José Luis Cano
406 págs. ISBN 84 239 2103-4 □□□□□□

MARIANO JOSÉ DE LARRA
104. LAS PALABRAS
Artículos y ensayos
Selección e introducción de José Luis Varela
340 págs. ISBN 84 239 2104-2 □□□

TERESA DE JESÚS
105. LIBRO DE LAS FUNDACIONES
Introducción, edición y notas de Víctor García de la Concha
296 págs. ISBN 84 239 2105-0 □□

CLAUDIO SÁNCHEZ-ALBORNOZ
106. DÍPTICOS DE HISTORIA DE ESPAÑA
Prólogo de Vicente Palacio Atard
230 págs. ISBN 84 239 2106-9 □□□

JESÚS FERNÁNDEZ SANTOS
107. LA QUE NO TIENE NOMBRE
Estudio preliminar por Jorge Rodríguez Padrón
260 págs. ISBN 84 239 2107-7 □□□

JORGE FERRER-VIDAL
108. EL HOMBRE DE LOS PÁJAROS
Introducción de José Luis Acquaroni
172 págs. ISBN 84 239 2108-5 □□

MIGUEL FERNÁNDEZ
109. POESÍA COMPLETA (1958-1980)
Prólogo de Guillermo Díaz-Plaja
360 págs. ISBN 84 239 2109-3 □□□□□

VICENTE ALEIXANDRE
110. HISTORIA DEL CORAZÓN
Prólogo de José Luis Cano
144 págs. ISBN 84 239 2110-7 □